Inge Merkel

Aus den Geleisen

Roman

Fischer Taschenbuch Verlag

Veröffentlicht im Fischer Taschenbuch Verlag GmbH,
Frankfurt am Main, Dezember 1996

Lizenzausgabe mit freundlicher Genehmigung des
Residenz Verlags, Salzburg und Wien

Druck und Bindung: Clausen & Bosse, Leck
Printed in Germany
ISBN 3-596-13267-3

Gedruckt auf chlor- und säurefreiem Papier

Die Weichen werden gestellt

Gegen vier, halb fünf Uhr früh saß sie auf einer der typischen Gußeisenbänke, die, in einem barocken Spitzenmuster gehalten, die Mole von Veracruz säumen. Der kalkweiße Anstrich gibt ihnen etwas Knochen- und Knorpelhaftes. Man sitzt sehr unbequem darauf.

Um diese Stunde, nahe dem Ende der Nacht, aber noch vor Anbruch der Helligkeit, ist die Finsternis am tiefsten. Sie hat etwas Stockiges, Überständiges und den Geruch eines ungelüfteten Raumes, in dem lange niemand gewohnt hat. Das Atmen fällt schwer. Die Gedanken schleppen sich träge.

Wieder einmal, wie nun schon seit drei Wochen, versuchte sie dahinterzukommen, wieso sie eigentlich hier war. Mit einer geradezu erbitterten Unrast mühte sie sich ab, die Fakten, Empfindungen und Überlegungen zu rekonstruieren und zu deuten, die zu dieser ungereimten Unternehmung geführt hatten, die verantwortlich dafür waren, daß sie sich kopflos und überstürzt auf diese Reise eingelassen hatte.

Mit absoluter Sicherheit wußte sie nur, was *nicht* der Grund war: zum Beispiel allgemeine Reiselust oder ein spezielles Interesse an diesem Land, Drang nach Zerstreuung oder gar das Bedürfnis nach neuen Bekanntschaften. – Wohl verläuft ein Leben mit siebzig Jahren ohne Berufspflicht und nennenswerte Kontakte ziemlich eintönig, aber sie war nie ein Gesellschaftsmensch gewesen. Schon in der Jugend hatte sie Gemeinschaftsunternehmungen verabscheut. Was war es also nur, das sie so jählings aus den bequemen Alltagsschuhen gehoben und wie eine plötzliche Brandungswelle erfaßt und in eine Woge des Geschehens geschwemmt hatte, in der sie jetzt steuerlos dahintrieb ohne Ruder und Ziel? – Ein zwar stilles, aber dennoch hochspektakuläres Ereignis.

Es änderte übrigens nichts an seiner Dramatik, daß es sich in einem so außerordentlich trivialen Rahmen vollzog, wie es eine von einem Reisebüro organisierte und veranstaltete Touristenreise darstellt.

Seit dem Abflug hatte sie immer und immer wieder ihr Erinnerungsvermögen strapaziert, um sich die Gedanken, Gefühle und Handlungen ins Gedächtnis zu rufen, welche diesen absurden Entschluß bewirkt hatten. Keinesfalls war er im Gehirn zur Reife gelangt. Die Vorgänge, die dieser fragwürdigen Entscheidung vorausgegangen waren, hatten keine rationalen Folgerungen ausgelöst. Sie brachten etwas in Gang, das sich im Bereich der Sinne abspielte, genauer im Gehör.

Ein Klang war angeschlagen worden. Unüberhörbar. Es war das scheppernde Gellen, das durch die Betätigung eines Klingelzuges erzeugt wird, wie es sie bisweilen noch in alten Häusern gibt. Man hört dann die Schallwelle in die Tiefe eines dunklen Flures schrillen und sich als gespenstische Vibration in unbekannten Räumen verlieren. – Das Herankommen der Schritte erhorcht man zwischen Neugier und Schreckbereitschaft.

Zum erstenmal hatte die Glocke ihr Gehör berührt während einer der Abendgesellschaften im vertrauten Kreis, die sie regelmäßig besuchte.

Ein älterer Herr aus dieser Runde, die in bestimmten Abständen zusammenkam, hatte eine schwere Herzattacke erlitten und befand sich auf der Intensivstation der Klinik.

Die Gattin des Betroffenen berichtete, daß ihr Mann mittels Spritzen, Infusionen und Medikamenten gerade noch am Leben erhalten werde: Maßnahmen, die nach Auskunft der Ärzte nicht mehr heilen, sondern das Ableben (sie sagte Ableben, nicht Tod) nur noch auf eng begrenzte Zeit hinauszögern konnten.

Natürlich waren alle tief bestürzt. Handelte es sich doch um einen Dauerbesucher des Kreises, der jetzt – wie schon mehrere vor ihm – wegsterben, den man nie mehr sehen und hören sollte.

Eigenartig war es, daß die sichtlich schwer getroffene Frau es war, die das Gespräch vom Leidenszustand und nahe bevorstehenden Tod des Gatten auf die Formen und Bedingungen der Hospitalisierung brachte. Tränenschwanger zwar, aber doch irgendwie getröstet, verbreitete sie sich über die ausgezeichnete Behandlung durch das Pflegepersonal und über die Innenausstattung des Krankenzimmers. Sie redete nicht vom Sterben ihres Mannes, sondern von dem freundlichen Ambiente, in dem es sich vollzog.

»Sie können sich gar nicht vorstellen«, erzählte sie, »wie engagiert und lieb die Ärzte und die Schwestern sind, bis zur Putzfrau hinunter. Die Pflegerinnen sind übrigens durchwegs junge, adrette Mädchen. Sie sollten sehen, mit welcher Schonung und fröhlichen Routiniertheit sie alle Hantierungen am Patienten bewältigen. Und Sie wissen ja, der Egon ist kein Leichtgewicht. Zudem hängt er noch an einer Menge Nadeln und Schläuchen, und selbst darf er sich nicht bewegen, das ist ihm streng untersagt. Keine leichte Arbeit also! Aber bei dieser Plage finden die Schwestern noch aufmunternde Worte, plaudern und scherzen wie mit einem quengelnden Kind; resch zwar, aber ausgesprochen herzlich.

Und dann das Zimmer selbst! Natürlich ist da das Spezialbett mit all den eher Scheu erregenden, dem Laien kaum verständlichen Installationen und Montierungen. Aber man sieht leicht darüber hinweg in diesem Interieur, wo alles auf Beruhigung, Entspannung, ja Heiterkeit gestimmt ist. Die Wände in einem warmen Blaßrosa, weiße Stores an den

Fenstern und viel Grün, und in Sichtweite des Bettes Aquarelle; idyllische Landschaften und Blumenstücke in zarten Farben. So positiv! Das muß doch kalmierend auf das Gemüt wirken. Der Egon wird das sicher spüren, wenn man es ihm im Augenblick auch nicht ansieht. Er hat eine Haut wie vergilbtes Papier, das sich straff über die Gesichtsknochen spannt; das gibt ihm natürlich etwas Starres, Ausdrucksloses ... Aber ich bin fest überzeugt, daß er alles mitbekommt und daß es ihm wohltut. Nichts ist dazu angetan, daß man ans Sterben denkt.«

»Ja, meine Liebe«, sagte Herr G., »das ist nun einmal ein wirklicher Fortschritt. Wenn ich an die trostlosen, leicht verwahrlosten Räume der Kliniken von früher denke! An die zweifellos tüchtigen, aber im Habitus wie im Umgang harschen geistlichen Schwestern! Sicher ist auch dazumal geschehen, was zu geschehen hatte. Aber die schäbige Umgebung, das ganze Milieu ließ unwillkürlich an den Tod, und zwar an die makabre Seite des Todes denken; selbst wenn man, wie ich damals, nur mit einem Blinddarm dort gelegen ist. Es gruselte mich, und es suchten mich düstere Gedanken heim: so brüchig und abgenützt wie diese Wände, Fensterstöcke und Möbel bist auch du! – Der penetrante Lysolgeruch! Und an der Mauer nichts als ein Kruzifix. Dazu der Spitalsgeistliche in der schwarzen Soutane!«

»Ja, das ist auch etwas, was ich erzählen wollte. Natürlich war ein Priester bei ihm, aber nicht im Habit. Ein junger Mann in Zivilkleidung. Schwarzer Rollkragenpullover, dunkle, legere Hose und modische Schuhe. Sportlich fast. Ein fescher Mensch. Und auch die Art, wie er mit dem Egon gesprochen hat! Keine Bibelsprüche und Beichtmahnungen. – ›Na, wie geht's unserm Opa?‹ hat er gesagt in einem ganz lockeren, familiären Ton; und zu mir: ›Kopf hoch, gnädige Frau, nicht weinen, Zuversicht zeigen. Er soll sich ja nicht aufregen. Deshalb komm ich auch nicht mit meinem Werkzeug. Das bringt ja sofort die Gedanken aufs

Sterben, und das wollen wir ihm doch ersparen!‹ – Wirklich ein verständiger, sympathischer Mensch, dieser Geistliche. Kein Wort von Gott und vom Jüngsten Gericht und Gewissenserforschung!«

»Ja, das ist auch neu und durchaus zu begrüßen. Früher haben sie gleich was aus der Bibel zitiert, womöglich aus der Apokalypse, und in kruden Wendungen ganz direkt vom Sterben geredet.« – »Aber das war ja noch gar nichts gegen etwas, das ich in Frankreich gesehen habe«, sagte mit schreckgeweitetem Auge Frau B.; »war vielleicht jemand von Ihnen einmal in Beaune? Dort zeigen sie das Hôtel-Dieu, ein vollständig erhaltenes, noch original eingerichtetes Spital aus dem späten Mittelalter, alles ganz authentisch.« – »Ja, ich erinnere mich genau«, bestätigte Dr. K.; »ein langgestreckter, düsterer Saal, feucht, schimmlig. An den Längswänden stehen dicht nebeneinander Betten mit verstaubten Baldachinen – gegen das Ungeziefer heißt's – und zwei Kranke in einem Bett zum Warmhalten! Kann man sich das noch vorstellen? Die müssen sich doch gegenseitig angesteckt haben. Ich red gar nicht vom Grausen ...« – »Was mich am meisten schockiert hat, war das Gemälde. Ich seh es noch vor mir. Ein Riesenbild an der Stirnseite des Siechensaales, von allen Betten aus genau einzusehen. Ausgerechnet das Jüngste Gericht stellt es dar, und zwar ganz schön drastisch.« – »Ich erinnere mich auch! Tote brechen aus den Gräbern, und im Zentrum steht ein Engel, ernst und langgesichtig, und hält zwischen Daumen und Zeigefinger eine Waage, auf deren Schale je ein Verstorbener kniet, dessen moralisches Gewicht gemessen wird.« – »Und die Verzweiflung, mit der die Verdammten dem Höllensturz entgegenwanken ...« – »Ja, und eher wenige Selige! Ist Ihnen das auch aufgefallen? Und auch *die* nähern sich dem Engel wie demütige Bittsteller mit geknickten Knien und hoch erhobenen Falthänden!« – »Unfaßbar so etwas heutzutage! Wenn man sich vorstellt, wie der Daueranblick eines solchen Bildwerks die Kranken und Moribunden erschreckt und deprimiert haben muß! Den bevorstehenden Tod vor Augen mit all seinen peinvollen Konsequenzen für die Ewigkeit. Für die damalige Zeit war das doch konkrete Wirklichkeit!« – »Heute denkt man ja selbst in den Kreisen der Kirche nicht mehr so kraß und mutet den Gläubigen nicht solche Schreckensbilder zu, sondern mildert die Schilderung der Vorgänge oder übergeht sie überhaupt, besonders wenn es sich um einen Kranken oder Sterbenden handelt.« – »Die Leidenden früherer Zeiten verfügten offenbar über ein robusteres Seelenleben als wir Heutigen. Und das betrifft wahrscheinlich auch die Geistlichkeit selbst.«

Sie war dem Gespräch aufmerksam, aber mit steigendem Unbehagen gefolgt. Sie kannte das erwähnte Hospital von Beaune und hatte das Gemälde deutlich vor Augen. Sie erinnerte sich auch noch daran, daß sie sich damals, als sie es gesehen hatte, über die ungemilderte Strenge, ja Grausamkeit der Kirche entsetzte und ausließ und Zweifel über die heilende Wirkung eines solchen Gemäldes gerade in einem Siechen- und Sterbesaal äußerte. Gleichzeitig aber hatte sie zu ihrer eigenen Befremdung ein Gefühl von Feierlichkeit und Einverständnis beschlichen, eine stille Überzeugung, gerade dies und nichts anderes gehöre hierher.

In der Anwesenheit der Leidtragenden wollte sie ihre rebellischen Gedanken natürlich nicht zum Ausdruck bringen. Aber sie verabschiedete sich frühzeitig. Da sie sich durch etwas Motion ein bißchen innere Beruhigung verschaffen wollte, machte sie einen kleinen Umweg nach Hause.

Als sie den Heldenplatz überquert hatte und zum Burgtor hinaustrat, stand sie vor dem Ausgrabungsareal, das einen großen Teil des Michaelerplatzes einnimmt. Bei Bauarbeiten war man auf – recht spärliche – Reste einer Römersiedlung gestoßen, hatte sie freigelegt und archäologisch bestimmt. Nun ließ man sie, architektonisch gerahmt, offen als eine Art Schaufenster in die Vergangenheit Wiens.

Ein narbiger Mond, von fahrigen Wolkenfetzen überwischt, warf ein unruhiges Licht über das Pflaster des Platzes. Bald tief im Schatten, bald bläulich überflirrt lag das Labyrinth der Mauerreste da und ließ an die klaffenden Kiefer eines Knochenschädels mit verrotteten Zahnstümpfen denken. Dann wieder schien es durchhuscht von verstohlener Lebendigkeit, den Chimären einstigen Lebensgetriebes; oder einfach Ratten aus den Kanälen der schlafenden Stadt, vermutlich die direkten Nachkommen derer, die schon in der Römersiedlung ihre nagende Betriebsamkeit entwickelt hatten.

Mitternacht war vorüber. Die Gassen menschenleer, aber durchweht von einem für die Jahreszeit unerwartet warmen Wind. Irgendwo in einer großbürgerlichen Wohnung entsann sich ein Schoßhund seiner wölfischen Herkunft und jaulte die Urtöne kreatürlicher Verlassenheit zum Mond auf.

Lange stand sie vor der Grube und nagte am Überdruß wie eine Schindmähre an einer zähen Kruste Brots.

Im Rücken der Prachtbau der Habsburgerresidenz, rechts die barocke Michaelerkirche, wo man jedes gotische oder gar romanische Restchen mit penibler Sorgfalt herausschabte, links das Café »Griensteidl«, das man detailgenau so wiederhergestellt hatte, wie es vor der Jahrhundertwende gewesen war.

»Die ganze abendländische Kultur ist da ausgestellt zur Beschau, datiert, beschriftet und begehbar wie ein Museum. Revitalisierung heißt der schöne Unfug. Totenerweckung. Nekrophilie in der Kultur. Was uns beim Individuum nicht gelingen will, tun wir wenigstens mit der Vergangenheit. Wir erlauben ihr das Sterben nicht. Kadaverkosmetik wird getrieben, und mit Genugtuung registrieren wir das Ergebnis, schlendern durchs Gewesene, süffeln uns an mit retuschiertem Scheinleben und naschen an einer Unsterblichkeit, die uns als Menschen nicht gegönnt ist. Vergangenheitspflege ist wie eine luxuriös ausgestattete Gruft.«

Als sie durch die Herrengasse zum Schottentor kam und sich die Rolltreppe hinunter und auf der anderen Seite wieder hochtreiben ließ und den der Ringstraße nahen Teil des Votivparks durchquerte, wurde sie von der Ampel aufgehalten, die den Verkehr auf der Straße regelt, welche den Park in zwei Teile zerschneidet. Während sie auf Grünlicht wartete, nahm sie in den Baumkronen den vorüberwischenden Wechsel von hellen und dunklen Reflexen wahr, wenn die Scheinwerfer der Autos das Ästegewirr streiften. Grell aufleuchtende Flecken im dunklen Gezweig, die sich bewegten wie ein rasch abgespulter Film.

Und plötzlich versetzte sie dieses optische Phänomen zurück in sehr ferne Kindertage.

Ferien! Eisenbahn! – Sie steht am offenen Fenster des Zuges, Fahrtwind im Gesicht und in den Haaren, sein Prikkeln auf der Haut der nackten Arme. Stundenlang konnte sie damals in die vorübergleitende Landschaft hineinschauen, in halbe Trance versetzt durch die wechselnden, rasch vorüberfliegenden Bilder und das rhythmische Stampfen des eisernen Räderwerks, das ohne Holpern in den glatten Schienen lief. Und immer hatte sie dann der gleiche, fast schmerzhafte Wunsch bedrängt: der Zug möge aus seinem geregelten Geleise ausscheren und querfeldein durch ungemähte Wiesen rollen, frei von Führung und Fahrplan, hinein ins Unbekannte, Unerhörte, abenteuerlich Verheißungsvolle, vielleicht auch Schreckliche: aus dem Geleise ausscheren!

In diesem Augenblick wurde der Klingelzug zum zweitenmal gezogen. Die Glocke schlug an, schriller als zuvor, und der Ton schien sich in tiefere Räume zu verlieren und Staub in Zimmern aufzuwirbeln, deren Möbel für eine kurze Weile vag vertraute Konturen zeigten, bis der kurz aufgewühlte Belag sich wieder gesetzt hatte.

Noch am nächsten Tag, flach auf dem Diwan, die Hände auf dem Bauch verschränkt, räsonierte sie vor sich hin.

Die Ängste haben eine feinere Witterung als die Ratio. Sie sind ehrlicher. Sie zeigen uns den Tod als Zerfall der Ordnung und als wüste Verwilderung, Zersetzung und Auflösung jeder Form. Zutiefst wissen wir ja, daß alle unsere Embellierungsversuche ohnmächtige Kindereien sind.

Nichts wird sich daran ändern, daß jeder von uns eines Tages vor dem lapidaren Halt steht, an der Schwelle der Todeszone. Keine Chemie und gefällige Innenarchitektur werden sie uns glätten. Am vertrautesten werden noch die alten, vermorschten Planken sein, »mit denen die Welt verschlagen ist« seit eh und je. Kein noch so schlaues computergesteuertes Programm wird da ein Loch hineinfräsen zum voyeuristischen Durchblick. Wir selber müssen hinein in die Terra incognita.

Sie dachte an das Gespräch des vergangenen Abends. Wie sie sich alle um den Tod gedrückt hatten; sogar um das Wort, obwohl von einem Sterbenden die Rede war. –

»Moribundenidyll! Kinderhortatmosphäre auf der Intensivstation!« querulierte sie; »human relations im Tremendum! – Kindisch und eine grobe Geschmacksverirrung ... natürlich gut gemeint und dankbar angenommen ... unser modernes, pharmazeutisch sediertes Dasein ist viel zu wehleidig und heikel, um dem Tod ins knöcherne Gesicht zu schauen und einzugestehen: da bist du also, tu dein Amt, ich kann's nicht hindern.«

Als sie am Nachmittag zum Zahnarzt ging, war sie mit ihren Gedanken ganz bei der bevorstehenden Unannehmlichkeit der Behandlung. Sie dachte nicht mehr an das Gespräch über die Moribundenpflege. Auch nicht an die römischen Ruinen und an den Eisenbahnzug, der aus den Geleisen ausbricht.

Das Trottoir entlanggehend, streifte sie die Auslagen nur

mit einem flüchtigen Blick. Sie kam an einem Reisebüro vorüber. Das Schaufenster warb mit Tongefäßen, Flechtarbeiten und dem üblichen Poster einer Stufenpyramide für Mexiko. Sie nahm es oberflächlich zur Kenntnis und ging weiter, ohne ihr Schrittempo zu verändern, und dachte an den Zahnarzt.

Da schrillte in ihrem Ohr grell und alarmhaft ein jähes Blechgeklingel, so daß sie sich unwillkürlich umsah. Aber es war nirgends etwas zu erblicken, das diesen Ton hätte auslösen können. Er hielt sich hartnäckig, brach sich, als liefe er durch verwinkelte Korridore, verlor aber kaum etwas von seiner Lautstärke, bis er plötzlich verstummte. Und jetzt vernahm sie das Geräusch schlurfender Schritte in einem Flur.

Es war fast ein Gefühl müder Ergebenheit, das sie stehenbleiben und umkehren hieß. Sie hielt vor der Auslage des Reisebüros und sah sich erst jetzt genauer den Teppich an, einen Vorleger in den gedämpften Farben der Indiowebereien, der an der Seitenwand der Auslage hing.

Er stellte eine Marktszene mit Händlern und Käufern dar, daneben eine Mariachigruppe mit ihren Instrumenten und breitkrempigen Hüten. Dazwischen Kinder. Alle normal bekleidet und beschäftigt. Nur – anstelle der Gesichter hatten sie Totenköpfe, und die Hände waren die eines Skeletts. Das störte aber in keiner Weise die triviale Tätigkeit. Man kaufte, zahlte, spielte Gitarre, und die Kinder, gleichfalls bekleidete Skelettchen, wimmelten um die Füße der Mütter, die mit knöchernen Augenhöhlen und grinsendem Gebiß auf sie hinuntersahen.

Das Eigentümliche an diesem Webebild war, daß ihm jede makabre Note, jede grausige Dimension fehlte. Kein Memento mori eines Totenreigens, der sich, Knochenbeine werfend, in die Hölle tanzt. Geistliche Betrachtungen kamen bei der nüchternen Selbstverständlichkeit des Bildes gar nicht auf. Doch gerade dieser Umstand, die Vulgarität des Todes mitten im banalen Lebensbetrieb, verursachte einen Schock. Einen schwereren Schock als der Anblick des Sensenmannes mit dem Stundenglas, der einen Menschen in der Integrität seines Fleisches bedroht.

Es sprach aus diesem kunstlosen, durch die Webetechnik eher plumpen Bild ein völlig unsentimentaler Realismus. Eine zutiefst nüchterne Feststellung der Allgegenwärtigkeit des Todes – versetzt mit einem Stich Sarkasmus.

Sie war so fasziniert von diesem Anblick, daß sie das Geschäft betrat und sich Reiseprospekte über Mexiko erbat, in der Hoffnung, vielleicht in einem davon eine Abbildung dieses Teppichs zu finden.

In der naheliegenden Meinung, sie interessiere sich für eine Reise, begann die Angestellte die diversen Möglichkeiten aufzuzählen. Dabei hob sie besonders ein Arrangement hervor, bei dem eine begrenzte Zahl bildungsbeflissener Teilnehmer unter fachkundiger Führung die wichtigsten Denkmäler der altmexikanischen Kultur besuchen sollte. Anderseits – und das sei das Besondere – würde der Gruppe auch direkter Einblick in das gegenwärtige Alltagsleben geboten. Es sei dies, betonte die Angestellte, ein exklusives Programm für höchste Ansprüche, werde in bestimmten Kreisen schon als Geheimtip weitergegeben, sei daher gewöhnlich auf Monate ausgebucht. Allerdings habe gerade eben ein Teilnehmer der nächsten Reise absagen müssen. Der Platz sei noch frei. Sie müßte sich allerdings sehr rasch entschließen, da die Abreise in wenigen Tage erfolge.

Sie durchblätterte immer noch die Prospekte auf der Suche nach dem in der Auslage ausgestellten Teppich, hörte also nur halben Ohres auf den Sermon der gefälligen Dame. Es lag ihr auch schon auf der Zunge, zu sagen, daß sie nicht die geringste Absicht habe, nach Mexiko zu reisen, noch dazu mit einer Touristengruppe. Sie hatte gar kein Bedürfnis nach Sightseeing im Exotischen. Aber etwas hieß sie schweigen. Was es eigentlich war, hätte sie nicht zu sagen gewußt. Sie erbat sich Bedenkzeit, füllte aber einen Anmeldungsbogen aus, unverbindlich und in der festen Überzeugung der schließlichen Absage. Sie genierte sich auch ein wenig dafür, daß sie den Trug so weit führte.

Am Rückweg kam sie an ihrer gewohnten Buchhandlung vorbei und fragte, wie üblich, nach interessanten Neuerscheinungen. Strich, wie sie es immer zu tun pflegte, an den Regalen entlang, nahm da und dort ein Buch heraus, blätterte darin. Dabei kam sie auch zur Abteilung für Reiseliteratur. Sie wollte schon daran vorübergehen, da sie diese Sparte wenig interessierte, doch standen da auch ein paar Bände über Mexiko. Sie überflog sie flüchtig. Bildbände vor allem. Historisches über die Conquista, eine Geschichte der Revolutionen, Abhandlungen über die gegenwärtigen politischen und sozialen Verhältnisse. Sie erregten nicht ihre Aufmerksamkeit.

Da stieß sie auf ein schmales Büchlein, »Die Religion der Azteken«. Kapitelüberschriften und Bilder wiesen es als eine Art Mythologieführer durch Altmexiko aus. Mythologie war ein Wissensgebiet, das sie seit je gefesselt hatte. »Seltsam«, dachte sie, »von der indianischen Mythologie weiß ich so viel wie nichts. Das müßte ich nachholen.« Sie sah nach dem Preis. Es war ein vergleichsweise billiger Band. Sie kaufte das Buch.

Im Lauf des nächsten Vormittags rief sie das Reisebüro an und fixierte ihre Teilnahme an der Mexikotour. Sie rief übrigens schon um neun Uhr an, denn der Gedanke, ein anderer könne ihr zuvorkommen, war ihr plötzlich unerträglich. Dabei war sie selbst im Augenblick des Telephonats außerstande, ihren Entschluß zu begründen. Aber er war zwingend wie selten einer.

Sie hieß übrigens Quaerens, Julia Quaerens. Jeder, der zeigen wollte, daß er sein Latein beherrschte, merkte an, daß »quaerens« suchend heiße, sie also gewissermaßen eine Suchende sei, und verband diese Feststellung je nach Charakter mit einem Witz oder einer tiefsinnigen Phrase. Sie pflegte dann spaßhalber zu sagen, daß der eigentliche Name Querulans gewesen sei. Man habe ja bekanntlich bei der amtlichen Festlegung der Familiennamen Berufe, Herkunftsorte, aber auch hervorstechende Charakteristika gewählt. Ihre Sippe habe sich offenbar durch Querulieren ausgezeichnet. Ein Vorfahr, dem die Hänseleien wegen dieses entlarvenden Namens auf die Nerven gefallen seien, habe ihn dann einfach verkürzt zu Querens und sich von dem fatalen »ul« freigekauft. Ein späterer, humanistisch gebildet und pedantisch, habe dann ein »a« erworben und aus dem Querens ein Quaerens gemacht, damit es seine grammatikalische Richtigkeit habe. So habe sich die Familie aus Nörglern zu Suchenden gemausert, was sicher edler ist.

Die Opfer

Julia Quaerens betrat zur angegebenen Zeit die Halle des Schwechater Flughafens, einen Koffer auf Rädern hinter sich herzerrend. Nahe dem Eingang verharrte sie und sah sich im hektischen Getriebe um.

Sie war in Habitus und Aufmachung völlig unauffällig und hätte auch in einem ruhigeren Milieu kaum besondere Aufmerksamkeit auf sich gezogen, höchstens ein gewisses Unbehagen.

Wenn man nämlich genauer hinsah, gewahrte man, daß sie von ihrer Umgebung sorgfältig Kenntnis nahm, wobei sie die Brauen über den Rand der Brille hochzog und die Nasenflügel in zuckende Bewegung gerieten, was die Oberlippe verlängerte. Ein Blick von nervöser Wachsamkeit graste unaufhörlich das Panorama ab, als hege sie Sorge, etwas zu übersehen. Diese Unrast des Schauens ließ an eine permanente Neugier denken, die nicht nur durch aktuelle Reize angeregt war, sondern in der Wesensart wurzelte.

Um den Mund hatte sich eine Faltenstruktur eingekerbt, die von einer ironischen Lebensstimmung sprach, die nicht behaglich war. Es fehlte ihrem Gesicht ganz die Note kordialer Gutmütigkeit. Es war geprägt von einem Zug grundsätzlicher Skepsis und einer Gefaßtheit auf ein Malheur, dessen Eintreffen sie vielleicht erschreckt, aber nicht verwundert hätte.

Jetzt beobachtete sie, wie der bewegte Trubel durchsetzt war von Gruppen, die sich in besonderer Dichte um einen Punkt scharten, wobei die Verknotung manchmal als Ganzes in Bewegung geriet. Oft zeigte ein solcher Menschenknopf ein emblemartiges Zusammengehörigkeitsmerkmal, wie eine Tafel oder gleichartige Plaketten. Vor das innere Auge der Quaerens trat das Bild eines abendlichen Dorfangers, wo sich die Entenvölker, ernst zu Gruppen geordnet, stallwärts begeben, wobei bestimmte Farbflecken auf den Vogelköpfen die Zugehörigkeit besiegeln. Die Gruppen der Reisenden folgten der gleichen Choreographie.

Die Quaerens hing diesem Bild noch nach, als sich eine Papptafel auf langer Stange vor ihre Augen schob, auf welcher in greller Leuchtschrift zu lesen stand: »Mexiko, akademische Reise, Reiseleiter Gerhard Bäuml«. Die um diese Tafel Gescharten trugen Anstecknadeln auf ihren Revers, welche die Richtigkeit der Scharung bestätigten.

Die Quaerens zögerte kurz, und ihr Mienenspiel drückte gallige Ergebung in die Sachlage aus, mit der stummen Feststellung: »Das hast du notwendig gehabt!« – Nach einer kurzen Zusammenraffung drängte sie sich gleichwohl zu dieser Gruppe durch und stellte sich als Julia Quaerens vor. Der Reiseleiter hakte sie von der Liste ab und empfahl ihr, unter Hinweis auf Fälle, wo Leute in falsche Gruppen geraten und auch gereist seien, die Plakette anzustecken. Von bereits plakatierten und gewissermaßen eingesessenen Teilnehmern scharf fixiert, heftete sie sich das Zugehörigkeitsemblem an die Jacke und zerknirschte mit mahlenden Kiefern nochmals leise die Bemerkung: »Das hast du notwendig gehabt!« Die breite Woge fast euphorischer Nötigung, die sie vom mondumflirrten Michaelerplatz bis zur Auslage eines Reisebüros getragen und zu nahezu somnambulen Aktionen getrieben hatte, war in sich zusammengefallen, und sie schwamm im Flachen, nüchtern wie ein Kochlöffel. Motiv und Entschluß zu dieser Unternehmung waren ihr im Augenblick eine Folge bedenklicher Geistesverwirrung. Sie floh nur deshalb nicht, weil sie das Aufsehen scheute und ihr ums Geld leid war.

So musterte sie überblicksweise ihre Mitreisenden.

Man war in der Gruppe fast uniformartig aufgeschirrt. Die Leute hatten die schriftlich übermittelten Empfehlungen der Reiseleitung befolgt und trugen sich in Khaki bis Oliv strapazfähig, hitze- sowie regenfest; an den Füßen, was man als vernünftiges Schuhwerk bezeichnet. Mehr zweckgerichtet als formschön gestaltete Hüte ergänzten die Ausrüstung. – Auch das Handgepäck der Herrschaften ähnelte einander. Starkes Segeltuch, in welchem sich zahlreiche Ecken und Kanten kleinerer Gegenstände abzeichneten. Die Quaerens erriet, daß es sich um die von der Leitung empfohlenen Medikamente handelte, ergänzt durch eigene zum Dauergebrauch. Der erfahrene Reisende will diese Garanten leiblicher Sicherheit nicht dem Koffer anvertrauen, weil er weiß, daß der Gepäcktransport in exotischen Ländern zu ebenso leidigen wie unverständlichen Verzögerungen und Verwirrungen führen kann; das dortige Personal läßt oftmals ein ausgereiftes Gefühl für Zeit und organisatorische Genauigkeit vermissen.

Daß es sich bei der Gruppe nicht um vulgären Massentourismus handelte, war schon aus der Bezeichnung »Akademische Reise« und der geringen Zahl der Teilnehmer ersichtlich. Es waren ihrer zehn. Das Faktum des Elitären wurde eindrucksvoll bestätigt, als der Reiseleiter die Anwesenheitsliste verlas und überprüfte. Man hatte sie schon im Reisebüro ausgefüllt und laut Anweisung zum Namen auch Titel und Beruf eingetragen. So erfuhr man, daß sich unter den Anwesenden ein Hofrat Dr. Heinrich Cornell mit Gattin und Sohn befand, ordentlicher Professor für Kunstgeschichte. Ferner ein Obermedizinalrat Dr. Alois Höchstlmeier mit Gemahlin Cäcilie, Oberschwester i. R. Das dritte Paar durfte sich Kommerzialrat nennen, Otto und Rosa Herschel, Inhaber einer bekannten Textilkette. Eine alleinstehende Dame unbestimmbaren Alters erwies sich als Frau Studienrat Mag. Traute Schönbein. Eine gewisse Ditta Dorn, eine Dame um die Dreißig, bezeichnete sich als Designerin.

Die Quaerens hatte als Beruf Pensionistin angegeben, weil sie etwas gegen Durchschaubarkeit hatte.

Jetzt fehlte nur noch eine einzige Reisegenossin, ein gewisses Fräulein Nowak Sissy, wie sie sich mit steiler Kinderschrift unterzeichnet hatte; Berufsangabe Coiffeuse, was feiner klingt als Friseurin.

Der aufhorchenden Gesellschaft verriet der Reiseleiter informationshalber, aber auch aus Bosheit, daß diese Teilnehmerin die Reise im Rahmen einer in einem Versandhauskatalog ausgeschriebenen Verlosung gewonnen habe.

Die Gesellschaft brachte mit hochgezogener Braue eine gewisse abschätzige Skepsis zum Ausdruck und bekundete mit dieser Geste Solidarität untereinander und mit dem gestreßten Reiseleiter, der sich erneut auf die Suche nach der Ente unter den Schwänen machte.

Bei der nun durch Kenntnis des Personalstandes bereicherten Musterung ihrer Reisegefährten traf der neugierige Blick der Quaerens auf einen ebenso schweifend neugierigen Blick, nahm kurz Kontakt, wobei der andere Blick mit einem angedeuteten Zwinkern reagierte. Er gehörte Herrn Herschel von der Textilkette.

Die übrigen schauten nicht sosehr die anderen an, sondern posierten und suchten sich so zu komponieren, wie sie gesehen werden wollten. Die Quaerens mußte an Pfauen denken.

Blickfang war eindeutig der dreifach betitelte Hofrat Prof. Dr. Cornell. In Aussehen, Haltung und Selbsteinschätzung war er der typische Dominus. Groß, von guter Figur, deren erste Ansätze zu maßvoller Beleibung von einem gewandten Schneider unter Kontrolle gehalten wurden, besaß er das, was man einen Römerkopf nennt: prägnant geschnittene Züge; soignierter Blick unter gewölbter Braue; edel gezeichneter Mund; pikant angegraute Schläfenpartie des noch vollen, leicht gewellten dunklen Haars. Ein Charakterprofil, das imponierte.

Wenn man ihn sehr genau und nüchternen Auges betrachtete, nahm man allerdings wahr, daß um die energisch geformte Kinnpartie die leise Andeutung einer gekränkten Wehleidigkeit lag, die – ohne das Wissen des Professors – durch einen winzigen Tic überspielt wurde, kraft dessen der Hochgestellte seine Kieferzone in regelmäßigen Abständen zu mannhafter Eckigkeit anspannte – gewissermaßen zurechtwies.

Seine Gattin war eine jener Frauen, die durch natürliche oder anerzogene Unscheinbarkeit als Kontrastmittel für den Bedeutenden dienen und sich dann im häuslichen Zusammenleben durch jene passive Störrigkeit entschädigen, die unter der Maske der Demut den Unterwerfer oft in totale Abhängigkeit zu manövrieren vermag. Der Sohn, Johannes mit Namen, teilte mit der Mutter die Unscheinbarkeit, aber nicht die zähe Kraft. Er schien zweifach erdrückt. Einerseits durch Rang und Erscheinung des Vaters, anderseits durch die gnadenlose Inbesitznahme von seiten der Mutter. Ihm blieb nur ein müder Dauertrotz in den Zügen, die Zuflucht der Ohnmächtigen. Er war übrigens Student der Münzkunde.

Dem Honoratiorenkreise der Provinzstadt St. Pölten gehörte das ärztliche Paar an. Herr Obermedizinalrat Dr. Alois Höchstlmeier betreute eine ausgedehnte Praxis sowie das Ressort Gesundheitswesen im Stadtmagistrat. Frau Cäcilie, emeritierte Oberschwester im ortseigenen Krankenhaus, unterstützte den Gatten sachkundig bei seinen vielseitigen Geschäften. Sie war es übrigens, von der man mit lauter, etwas blecherner Stimme die gesamten Bewandtnisse des Paares erfuhr. Sie besaß einen großen Mund mit jener beweglichen Lippe, die ein Eigenleben zu haben scheint und mit der Zeit durch den reichen Gebrauch eine gewisse schlappe Ausgeleiertheit bekommt, die den Ausdruck »Maulbeutel« aufdrängt.

Das Paar stand auf stämmigen Beinen mit stark profilierten Waden; im Partnerlook, sichtlich für die Reise erstanden und noch appreturverstärkt. Die Frau Oberin, mit Leibeswölbungen wie stramm gestopfte Polstermöbel, hatte es fertiggebracht, ihrem Hut Form und Sitz einer Schwesternhaube zu geben, dadurch, daß sie ihn vollkommen waagrecht aufgesetzt hatte und kein einziges Härchen darunter hervorkriechen ließ.

Der Gemahl trug einen viereckig gestutzten Bart mit Schnauz in einem Knollengesicht mit kleinen Augen hinter randloser Brille; ein Gesicht, das jeden Verdacht auf Humor ausschloß. Eine durch ärztliche Erfahrung gewonnene Kenntnis menschlicher Schwäche hatte sich in seiner Miene durch einen ständig herabgezogenen Mundwinkel eingeprägt, während der andere leicht geöffnet war. Durch diese Öffnung sonderte der Obermedizinalrat beim Sprechen Speichel ab, der – möglicherweise dank einer Zahnprothese – nicht direkt, sondern irgendwie gebrochen ausschoß und nicht den Gesprächspartner traf, der gefaßt war und sich vorsah, sondern den bestürzten Nebenmann. Der Doktor war kein ausgesprochener Sprechspucker, sondern ein Spürzler. Seine straffe Bauchigkeit war kreuz und quer mit Photo- und Filmausrüstung behangen. Er sprach wenig und hatte einen Grimm im Blick, der eher habituell war als aktuell begründet. Er hatte sich diesen Blick vermutlich in den Anfangsstadien seiner ärztlichen Karriere anerzogen, wo Mediziner häufig an Autoritätsängsten laborieren.

Von der beweglichen Lippe erfuhr man, daß der Gatte auf Reisen immer viel photographiere und filme, um dann im Kulturkreis von St. Pölten vor einem hochinteressierten Publikum instruktive Lichtbildervorträge über das eben bereiste Land zu halten, mit Hervorhebung der hygienischen Verhältnisse in demselben.

Wenn Frau Cäcilie von ihrem Mann sprach, sagte sie »der Obermedizinalrat«. Zu ihm selbst »Alois«: »der Obermedizinalrat, müssen Sie wissen, ist ein leidenschaftlicher Photograph ... nicht wahr, Alois?«

Von sich gab sie zu wissen, daß sie bis vor wenigen Jahren als Oberschwester Cäcilie im St. Pöltner Spital gewirkt habe, sich übrigens das lockere Cilli stets verbietend. Denn jetzt (da beschleunigte sich ihr Lippenspiel und bekam etwas Feuchtes), diese neue Generation der Schwestern ließe sich ja von den Patienten mit allerlei Kosenamen rufen, ganz abgesehen noch von Schminke, lackierten Fingernägeln und kokettem Haubensitz. Zu ihrer Zeit wäre so etwas undenkbar gewesen. – Der Höchstlmeier Lieblingswort war: »Ich als Schwester von altem Schrot und Korn«.

Die Studienrätin Mag. Traute Schönbein, eine eher leibarme, gleichwohl zähe Person, hatte das dürftige, farblose Haar zu einem unbestimmten Knäuel gerafft, das unter dem Tropenhut, dessen Krempe sie hinten hochgeschlagen hatte, hervorzauste. Sie hatte sich in die Nähe des Doktors gepirscht und betrachtete dessen Photoarmatur mit gierigem Blick, soweit ihre schlichten blauen, etwas schwärmerischen Augen so etwas wie Gier oder Lüsternheit auszudrücken vermochten. Als aber die Oberschwester von den bildenden Vorträgen im Kreise des kulturell anspruchsvollen St. Pölten berichtete, hakte sie schüchtern ein und gab bekannt, daß sie zu ähnlichen Zwecken auf Reisen viel photographiere, wenn auch mit weit bescheidenerer Ausrüstung. Zur Belebung des Geographieunterrichts an einer Allgemeinbildenden Höheren Schule zeige sie dann die Ausbeute, unterstützt durch ein genaues Reisetagebuch, das sie führe, um den Schülern ein lebensnahes Bild der Orte zu vermitteln, die im Lehrbuch nur trocken beschrieben würden. Sie bereichere den Stoff mit interessanten, auch launigen Details aus dem wirklichen Leben, gewiß, daß die Schüler, auch wenn sie altersgemäß Witze machten und durch Lachen störten, es ihr in der Tiefe dankten; sonst wäre sie nicht Lehrkraft, die trotz der langen Dienstzeit noch keinen Deut von ihrem Idealismus und der Liebe zur Jugend eingebüßt habe.

Bei dieser Eröffnung schlug sie die farblosen Wimpern nieder und griff sich mit einer teils nervösen, teils koketten Geste an das unscheinbare Knotengebilde unter dem Hut, den Kopf auf sehnigem Halse leicht zur Seite geneigt.

Von ganz anderer Art waren die Kommerzialrätlichen, Otto und Rosa Herschel, deren Stammeszugehörigkeit nicht in Zweifel gezogen werden konnte.

Frau Rosa trug zu vorschriftsgemäßem Khaki auf korsettgeschopptem Busen eine dreifache Perlenkette, die fast waagrecht lag. An die imposante Oberpartie schloß sich ein hüftschmales, gesäßarmes Untergestell mit enggestellten Beinen (die Quaerens nannte diese Wuchsform bei sich »gespaltener Rettich«). Die Schuhe sahen nach orthopädischer Sonderanfertigung aus, wie sie oft Damen tragen, die in jüngeren Jahren hochstöckeliges und eine Nummer zu kleines Schuhwerk bevorzugt haben. Frau Rosa hatte große, dunkle, in faltiges Violett gebettete Augen unter einer hohen Rundung gezupfter Brauen, die ihrem trägen, ichbeschränkten Blick etwas von einer grundsätzlich abschätzigen Kritik gaben.

Völlig anders und viel gewinnender wirkte der Gatte. Ein großer runder Kopf mit Spiegelglatze saß ohne nennenswerten Hals auf einem kleinen, bauchigen Körper, der auf großen Wiegefüßen stand. Als einziger der Gesellschaft zeigte er sich nicht in zünftiger Strapazkleidung, sondern in einem gewöhnlichen Straßenanzug, der nicht neu war, sondern – das Schuhwerk eingeschlossen – etwas bequem Abgetragenes hatte. Statt des Wüstenhutes trug er eine Baskenmütze. Der Kommerzialrat gehörte zum Typus der Männer, welche die Fähigkeit besitzen und bewußt pflegen, auch fabriksneues Gewand rasch und verläßlich einem jovialen Bedürfnis nach leiblichem Wohlbehagen anzupassen, nur zum Teil aus Sybaritismus, sondern vor allem, weil andere Interessen zu stark waren, um im Namen der Reputation sich durch kneipende Schuhe oder einen zu engen Hosenbund ablenken zu lassen.

Man spürte bei ihm eine vigilante, humorvoll bis spöttisch getönte Teilnahme an allem, was um ihn herum vorging. Ganz fremd schien ihm die Sorge: Herschel, was machst du für einen Eindruck auf die Leute! – eine Einstellung, welche die Wahrnehmungsschärfe nicht unbeträchtlich erweitert. Er besaß offene, flinke Augen, die er ungeniert wandern ließ, längliche, bewegte Nasenflügel und Fältchen um Mund und Augen, die verrieten, daß er gern lachte, sei es auch nur für sich allein. Die Schärfe des Schauens war gemildert durch eine legere Kontaktfreudigkeit. Er schien frei von der Schwellenangst, die den Intellektuellen in fremder Gesellschaft befällt.

Etwas abseits hielt sich die Designerin Ditta Dorn, in einfachem Khaki zwar, aber bestückt mit einem ihren Namen rechtfertigenden Modeschmuck, der aus scharfen Kantengebilden, Stachel- und Nagelmotiven empfunden war. Sie rauchte aus einem langen Spitz Zigarillos. Fräulein Dorn trug einen modisch geschnittenen, kappenartig anliegenden Bubikopf, dessen dunkles Brünett die Blässe des dreieckigen Gesichts mit den betonten Backenknochen hervorhob. Die am Sattel eingedrückte Nase hatte nichts von einem sogenannten Stupsnäschen, sondern wirkte, wie die ganze Erscheinung, bewußt herb. Ihre großen dunklen, langbewimperten Augen schienen vor lauter Reserviertheit fast stumpf, und um den eher kleinen Mund lag eine Art Dauerverächtlichkeit. Den überlangen Hals hielt sie leicht vorgeschoben wie ein sichernder Vogel. Er saß auf einem langen, dünnen, wenig profilierten Körper, etwas zwischen Jugendstil und Wassertrieb. Wie sie da, mit abschätzigen Mundwinkeln ostensible Gleichgültigkeit gegen die Umgebung darstellend, ein Zigarillo nach dem anderen inhalierte, die blasse Unterlippe über einem sehr schwach entwickelten Kinn etwas vorgeschoben, hätte man an eine Inflammeuse denken können, die nichts erwartete und anstrebte als den scharfen Kitzel eines kühlen Flirts, der den Partner nach routinierter Aufheizung kaltblütig fallenläßt; wären nicht die Beine gewesen. Sie waren, der Gestalt entsprechend, lang, schlank und fehllos, hatten aber etwas eigentümlich Unreifes, Asexuelles. Es waren die Beine einer Halbwüchsigen, die, äußerlich erwachsen, nachts noch mit ihrer Puppe schläft. Ebenso wirkten auch die Hände, schmalfingrig, aber gänzlich adernlos, als ob sie nicht zum Greifen und Halten bestimmt wären.

Beim Reden lispelte sie ein bißchen, und ihre Stimme hatte etwas Kleinmädchenartiges. Sie sprach das brave, monotone Hochdeutsch einer Schülerin, die etwas aufsagt.

Bei genauerer Beobachtung konnte man sich des Verdachtes nicht entschlagen, daß Ditta Dorn hinter der provokanten Maske sehr verletzbar sein mochte und daß die abweisende Verächtlichkeit der Miene eine heikle Scheu verdecken sollte. So gesehen bekam auch der stachelige Modeschmuck etwas von einer Vergitterung der Person.

Der Reiseleiter hatte sich als Gerhard Bäuml vorgestellt, Soziologie und Völkerkunde … nein, bitte, kein Doktor, auch nicht Magister, noch im Studium begriffen. Da er mindestens um die Fünfunddreißig war, durfte man auf eine stark verlängerte Studienzeit schließen. Man konnte zu seiner Erscheinung nur schwer eine charakterisierende Bemerkung machen. Er war ein spärlicher Mensch mit stark hervortretendem Adamsapfel. Bei genauer Beobachtung glaubte man im Hintergrund seiner blaßblauen Augen eine gewisse Bereitschaft zur Festbohrung in ideologische Fanatismen zu erkennen.

Jetzt war er allerdings ziemlich abgegriffen vom Streß

seiner Aufgabe, die ihn zwischen dem Durchzählen der Köpfe seiner Herde und der Suche nach dem noch fehlenden Schaf hin und her jagte.

Da wehte mit klapperndem Gestöckel und fliegender Blondmähne eine Person in die Flughalle, gefolgt von einem Taxichauffeur, der ansehnliches Gepäck schleppte. Nach kurzem Umblick näherte sie sich der Gruppe, lachend, plappernd; erst habe sie verschlafen, dann ein Stau auf der Autobahn! Im Reden drückte sie dem Chauffeur sein Geld in die Hand und stöberte gleichzeitig in ihrem Täschchen nach dem Paß und den Papieren, die ihr der hochnervöse Reiseleiter schon aus der Hand riß, um damit zum Schalter zu fegen.

Die Person war die noch fehlende Sissy Nowak aus dem Frisiersalon. Sie war bester Laune und von keinerlei Scheu angekränkelt. Sie schwatzte wie eine Elster und sah ein bißchen ordinär aus. Sie teilte mit, daß sie diese Reise gewonnen habe ... »die Seychellen oder Malediven mit Tanz und Unterhaltung wären mir ja lieber gewesen als die altbackenen Sehenswürdigkeiten, aber sagen Sie selbst, was man umsonst kriegt, kann man doch nicht wegwerfen. Und ›Spaas‹ findet sich überall.« – Das Fräulein Nowak sprach ein von der Kundschaft eines besseren Frisiersalons angetratschtes Hochdeutsch, das jedoch durch ein überhelles A und den leichten Zungenschlag des L das Lebensmilieu verriet, aus dem sie stammte.

Während sie sprudelte und dabei mit der Hand die platinblonde Mähne zurechtschüttelte, stand die Gruppe eng geschlossen wie Schafböcke, wenn sich Fremdes nähert. Ernst und bewegungslos, aber mit stillem, festem Blick.

Man registrierte die hochhackigen, noch dazu roten Schuhe und stellte sich schon mit lüsterner Freude vor, wie die Person diesen eitlen Leichtsinn in Wüste und Dschungel werde büßen müssen. Auch sonst hatte sie das vernünftige

Tropenspeigrün mit viel Rot aufgemuntert sowie glitzerndem Geklingel an Hals, Ohren und Handgelenken.

Die Quaerens beobachtete mit Interesse, wie nach dem ersten gemeinsamen Geglotze alle Frauen in feindselig getönte Distanz gingen und Strichmünder bekamen, dagegen bei den Herren sich die Lippen- und Kinnpartie lockerte und in ihren Blick etwas träumerisch Gieriges trat, besonders dann, wenn die Nowak ihre gänsernen Blauaugen mit einer trillernden Lidbewegung der künstlich verlängerten Wimpern überflatterte.

Die Quaerens unterhielt sich noch mit ihrer Beobachtung der Mitreisenden, da wurde das Signal zum Einsteigen gegeben, und die Gruppe drängte sich dicht an dicht in den Schlauchgang, der in die Maschine führte. Da bemächtigte sich der Quaerens eine Art Übersichtigkeit. Die Gruppe einschließlich ihrer selbst schien ihr neben der tatsächlichen noch eine unsichtbare Schwelle zu übertreten, die sie vom heimatlich gewohnten Boden über den neutralen Raum des Flugzeugs »anderswo« hintrug, in Zonen, die nicht nur von außen her wildfremd waren. Noch in der Meinung befangen, aus eigenem Wunsch und Interesse eine Sightseeingtour in ein bestimmtes Land zu machen, würde dieses Land ihre Integrität annagen, sich ihrer in aller Stille bemächtigen. Was nach außen hin eine moderne Art der Freizeitbeschäftigung war, kam ihr plötzlich wie ein Wagnis vor. Sie fragte sich beklommen, wie sie es bestehen würde.

Die Vorhut der anderen Welt

Nach einem Zubringerflug von Wien nach Frankfurt bestieg man den großen Überseejet, der, abgesehen von einer kurzen Auftankpause, direkt nach Mexico City fliegen sollte. – In dieser Maschine nahm nun die Reisegesellschaft für die nächsten gut zwanzig Stunden ihre Plätze im Nichtraucherabteil ein. Das Reisebüro hatte für sie zwei durchgehende Querreihen reserviert. Dabei ergab es sich von selbst, daß die Ehepaare die Fensterplätze besetzten und die Einzelpersonen sich auf die Mittelreihen aufteilten. Da keine ausgesprochene Reisezeit war, gab es Platz genug, so daß man es sich mitsamt dem Handgepäck relativ bequem einrichten konnte.

Die Quaerens hatte einen Gangplatz. Rechts neben ihr hatte sich die Schönbein niedergelassen, einen Sitz weiter das Fräulein Dorn. Links, durch den Gang getrennt, saßen Herr Kommerzialrat Herschel und Gattin Rosa.

Da die Reihe die letzte im Nichtraucherabteil war, hatte die Quaerens den ganzen Raum im Blickfeld, was ihr lieb war.

Die Wiener Gruppe war unter den ersten Einsteigenden gewesen und hatte sich schon zurechtgesetzt, als andere Reisende verschiedener Nationalität eintrafen.

Ziemlich knapp vor dem Abflug quoll, völlig unhastig, eine große Schar von Fluggästen lateinamerikanischer, später erfuhr man: vor allem mexikanischer Herkunft herein. Es war keine geschlossene Gesellschaft. Es gab Einzelreisende, Paare sowie auch ganze Sippen, von der Großmutter bis zum Wickelkind. Daß sie zusammen ankamen, war Zufall oder eher noch durch eine stammeseigene Gelassenheit der Zeit gegenüber bedingt. Sie verteilten sich auf ihre Plätze mit einer Ruhe, als handle es sich nicht um einen Transatlantikflug, sondern um einen Kinobesuch.

Fast unmittelbar vor dem Start der Maschine, von nervösen Stewardessen schon namentlich aufgerufen, kam noch ein junges Paar lässig hereingetrieben, das durch eine programmatisch wirkende Abgerissenheit der Aufmachung ins Auge stach. Das Haar verfilzt und ungewaschen, echt oder künstlich beschädigte Jeans, verschmierte Tennisschuhe und T-Shirts, die mit Schock-Aussagen bedruckt waren. Ihr Handgepäck bestand aus formlosen Beuteln.

Auf den ersten Blick konnte man sie jener Gruppe von Jugendlichen zuordnen, die in den Ländern der westlichen Zivilisation beheimatet und, aus gutbürgerlichen, oft akademischen Kreisen stammend, es sich zum Hauptberuf gemacht haben, eben diese Kreise durch Benehmen, Ausstaffierung und Lebensführung zu entrüsten, wovon sie sich eine fundamentale Erneuerung der Gesellschaft versprechen.

In den Reihen der neugierig gaffenden Reisenden erhob sich mißbilligendes Gemurmel. Kommerzialrat Herschel setzte anstelle der Entrüstung sachlichen Realismus und sagte vor sich hin: »Ich stell mir das ziemlich beschwerlich vor, wenn man der gesamten Zivilisation permanent den Götz anschaffen muß!« – »Otto, benimm dich!« zischte Frau Rosa.

Als die Maschine abgehoben und das Personal die Fluggäste mit den üblichen Sicherheitsvorrichtungen vertraut gemacht hatte, setzte man sich so bequem wie möglich zurecht und begann nun in aller Ruhe seine Reisegenossen zu mustern.

Das Interesse der Quaerens war bald gefangengenommen von der äußeren Aufmachung der mexikanischen Gruppe, die in einem scharfen Kontrast zur Gewandung der Europäer stand. Europa trug sich ausnahmslos dem Sonderfall angepaßt: zweckmäßig und bequem für vielstündiges Sitzen auf engstem Raum. Praktisch also und somit mehr oder weniger anspruchslos und eher ungefällig in Form und Farbe.

Dagegen zeigte sich Mexiko, unabhängig von Alter und Geschlecht, durchwegs in Gesellschaftskleidung. – Die Männer, vom Greis bis hinunter zum Knaben, trugen dunkle Anzüge mit Gilet und Krawatte über tadellos gebügelten, oft fein gefältelten weißen Hemden; die Damen eng geschnittene Stadtkleider, hochhackige Schuhe mit Bleistiftabsätzen sowie Schmuckgeklingel an Hals, Ohren, Handgelenken und natürlich mehrfach beringte Finger mit grell lackierten, überlangen Nägeln. In der Schminke herrschten verwegene Couleurs vor, wie man sie nach unserem Geschmack keinesfalls tagsüber trägt. Die kleinen Mädchen steckten in gestärkten hellen Volantkleidchen und Lackschuhen. Nirgends fehlten Maschen oder Schmuckspangen im Haar und Ohrenkringel.

Die Quaerens wurde besonders gefangengenommen und auch verwirrt von der Beobachtung, daß diese zweckwidrige Aufmachung, deren grelle Tönung an Vögel in fortgeschrittener Balzstimmung gemahnte, offensichtlich in grundnüchterner Verfassung getragen wurde, ohne eine Spur von provokativer Absicht. Das verblüffende Schauspiel gewann noch an Eindringlichkeit durch die zeremonielle Förmlichkeit, mit welcher die Leute – außerhalb der Sippe – miteinander umgingen. Sie erinnerte an den steifbeinigen Tanz mancher Vogelarten, die mit tiefernsten Mienen exakt ihre rituellen Pas setzen.

Angesichts dieser Merkwürdigkeit mutete es als krasser Widerspruch an, wie unbekümmert sich diese Spezies im intimen Bereich der Familie verhielt.

Niemand behinderte die Kinder am freien Spiel. Sie wimmelten zwischen den engen Sitzreihen und rutschten ungeachtet ihrer anspruchsvollen Kostümierung auf dem Boden herum, unbehelligt von schrillem Mahnen, Bei-Fuß-Halten und sonstigen Erziehungsakten.

Auch der Alten nahm man sich in rüstiger Selbstverständlichkeit an und betreute sie mit unverhüllten Pflegeakten. Man fütterte sie, wischte ihnen den Speichel ab, entnahm und säuberte Gebisse. Auch auf das WC wurden die Greise geleitet, man achtete auf Toilettefehler oder übernahm den Hilfsdienst ganz – wegen der Enge bei offener Tür.

Als erste widmete sich die Oberschwester mit regsamem Maulbeutel dieser Erscheinung. Sie nahm Anstoß am Verhalten einer Dame aus offensichtlich bestem Kreise, die durch Feinheit und Eleganz bereits aufgefallen war, als sie, einen Säugling auf dem Arm, mit Gazellenschritt das Flugzeug betreten und neben einem englischen Herrn, der Zeitung las, Platz genommen hatte. Vor ihren Füßen standen offene Taschen, die von all dem bauschigen Zubehör überquollen, dessen man zur Wartung eines Kleinkindes bedarf.

Grundanders als junge Mütter in unseren Breiten, die im Stadium der Säuglingspflege immer etwas Abgewetztes haben und auf jede Gefälligkeit des Äußeren verzichten, trug sich die Dame tadellos frisiert und geschminkt, in schwarzer Seide und edlem Schmuck.

Sie wirkte weder heikel noch nervös, hielt das Kind mit geübtem Griff auf dem Schoß und ließ sich ohne Gezimper von den klebrig feuchten Händchen abtatschen und mit Ketten und Ohrgehängen spielen. Plötzlich hob sie den Säugling an und steckte ihre feinnüstrige Nase in den Hinterbausch, überprüfte die Lage und raffte aus einer der Taschen das Nötige zusammen. Dann machte sie sich, ohne des säuerlich blickenden englischen Herrn zu achten, an die Trockenlegung. Der Säugling zeigte sich dadurch sehr aufgeräumt, stieß Kiekser aus und schwenkte die Ärmchen. Und siehe! – alles Europäische glotzte – freizügig und ohne Verhüllungsmaßnahmen öffnete die Dame ihre feine Bluse und nahm das alsbald gierig schmatzende Kind an die Brust.

Der Vorgang entriß der tief verblüfften Schönbein die Worte: »Und alles vor einem wildfremden Herrn!«

Unter den Einzelpassagieren befand sich eine junge Frau mit einem etwa vierjährigen Kind; eine Deutsche, die wegen des Berufs ihres Mannes in Amerika lebte und von einem Besuch bei den Eltern wieder zurückflog. Alle diese Bewandtnisse hatte ihr die Oberschwester leicht entlockt, die hinter ihr saß und sofort ein Gespräch eingeleitet hatte.

Der deutsche Knabe steckte reisegerecht in einem praktischen faulgrünen Overall, saß still neben der Mutter und beschaute starr die fremden Kinder, wobei er einen Teddybären (waschbar aus kinderfreundlichem Material) fest an sich preßte.

»Ein gut erzogenes Kind«, äußerte sich anerkennend der rege Maulbeutel, »wenn man sich dagegen das schwärzliche Gewurl da anschaut! Kein Schimmer von den Grundbegriffen der Hygiene ... angezogen wie zur Erstkommunion und dann am Boden ... was die Kinder da in so einem Flugzeug an Infektionen aufklauben können! Unglaublich! Und die Mütter scheren sich nicht darum ... schauen Sie dort hin! Schauen Sie sich so was an! Ein Skandal ist das!«

Man sah ein etwa zweijähriges Kind im Windelbausch auf festen Beinen vor einem der leeren Sitze stehen und mit Hingabe am Plüschbezug lecken. Niemand störte das Kind in seiner Forschungsarbeit. Die Oberschwester beobachtete hartäugig den Anstoß, Kommentare spendend, die alle mit »ich als Schwester von altem Schrot und Korn« begannen. Die deutsche Mutter lauschte respektvoll.

Während die beiden Frauen über die Rückenlehne hinweg ihre kritischen Bemerkungen austauschten, ließ sich das hygienische Kind, seinen Bären fest an sich drückend, langsam vom Sitz rutschen, die Augen starr auf die tätigen Kinder geheftet, und stand nun, sich an seinem Sitz festhaltend, in andeutungsweiser Berührung mit dem Getriebe, das sich den Gang entlangschob, pufft e und kugelte.

Ein kleines Mädchen sichtete den stillen Knaben und stellte sich zu sachlicher Musterung vor ihm auf; es zwitscherte etwas in seiner Sprache, was der Bub natürlich nicht verstand. Darauf hob es eine Hand und betastete mit dem Zeigefinger den Teddybären. Er drückte ihn fester an sich, starrte weiter und schwieg.

Das Mädchen zeigte ihm jetzt im Gegenzug eine kleine Puppe und zog sie blitzschnell wieder zurück. Der Bub streckte seinerseits die Hand nach dem Püppchen aus, welches das Mädchen nun kichernd und schnatternd auf dem Rücken hielt. – Es war eines jener lang hingezogenen Rituale der Kontaktnahme in Gang gekommen, das Kindern aller Rassen eigen ist und einem eingewurzelten Schema folgt.

Die Mutter des Knaben, die immer mindestens ein halbes Auge bei ihrem Sproß hatte, beobachtete den Hergang und mischte sich – dessen rituelle Formenstrenge nicht begreifend – sofort pädagogisch ein; wie sie meinte, kindgemäß. »Schau das liebe Mäderl! Möchtest du ihr nicht deinen Teddy zum Anschauen geben?«

Die Kinder empfanden die Einmischung nur als Störung des Rituals. Jedes hielt sein Eigentum fest. Die Mutter jedoch dachte an Einübung sozialen Verhaltens und sprach mit erhöhter Stimme: »Gib dem Mäderl deinen Teddy zum Anschauen!« Das Mädchen schaute ernst die Mutter an, instinktiv begriff es den Fauxpas der Ritualverletzung. Der Knabe verbiß sich und preßte den Bären stärker an sich. »Sofort gibst du dem Mäderl den Teddy!« sagte schrill die Mutter, weil sie jetzt vor sich und vor allem vor der beobachtenden Oberschwester die moralische Forderung, die sie gestellt hatte, glaubte durchsetzen zu müssen. Daraufhin stieß der Kleine unvermittelt ein langgezogenes Geplärr aus. »Ich will dem Mäderl nicht meinen Teddy geben. Pfui kack, Mädi!«

Letzteres lutschte jetzt am Kopf seiner kleinen Puppe und sah aus großen schwarzen Augen mit kühlem Interesse dem entfesselten Knaben zu, der ihm nun mit dicken Zornestränen auf den Wangen mit dem Bären weiche Schläge versetzte. Die Situation sehr realistisch als verfahren einschätzend, drehte sich die Kleine resolut um und widmete sich anderen Tätigkeiten. Der in Stößen schluchzende Knabe kroch wieder auf seinen Sitz, äußerte aber seinen Protest weiter in Form eines greinenden Wimmerns und verlangte nach seinem Schnuller. Nun errötete die Mutter, sich wohl bewußt, daß ein Vierjähriger von dieser kindischen Unart schon frei sein müßte. Für Notfälle auf der Reise hatte sie allerdings den Schnuller eingepackt, schämte sich aber, den Umstand der Oberschwester einzugestehen, und tat, als hätte sie nichts gehört. Der Bub schluchzte lauter, und auf seiner Oberlippe bildeten sich zwei Rotzrinnen. Mit verstärktem Gequengel forderte er seinen Schnuller, weil er spürte, daß die Mutter bereits schwankte. Genau im passenden Augenblick aber fühlte sich die Oberschwester zu einem ehrwürdigen Gemeinplatz gedrängt: »Ein so großes Kind braucht keinen Schnuller mehr, und überdies darf ein richtiger Bub nicht weinen!« Damit spielte sie nach ihrer Meinung psychologisch raffiniert auf den maskulinen Stolz an, erreichte aber nur, daß das Männchen nun in voller Lautstärke losplärrte. Die hochrote Mutter hätte längst das peinliche Geröhre mit dem Schnuller abgekuscht, hätte nicht die Oberschwester ein Kurzreferat über das Thema Schnuller abgesondert: »Der Schnuller oder Zuller in hygienischer, pädagogischer und psychologischer Sicht.«

Da aber wurde sie – gleich den übrigen Reisenden – von einer ausgesprochen anstößigen Szene abgelenkt, die das ideologisch abgerissene Paar, das im letzten Augenblick eingetroffen war, in seinem engen Schubfach zur Entwicklung brachte. Es fiel nach einem heftigen und lautstarken Zank, in dem es sich mit Unflätigkeiten bewarf, unvermittelt in einen Kußakt, zum Knoblauchzopf verwickelt, der nahezu einem Beischlaf ähnelte. – Der Vorgang wurde allseits scharf beäugt. Man tauschte Vermutungen aus, wie weit die Abgerissenen gehen würden. Diese merkten, daß sie beobachtet wurden, und gingen sehr weit. Nicht aus unbezähmbarer Leidenschaft, schien es, sondern als weltanschaulich fundierte Demonstration vorurteilsloser Freizügigkeit gegen kleinbürgerliche Zwänge.

Während der ganzen Szene stand ein mexikanischer Knabe dicht bei dem Geschehnis und beobachtete es genau. Er hatte einen glattgebürsteten strengen Scheitel und trug einen dunkelblauen Anzug mit roter Fliege über dem weißen Hemd, dazu gleichfalls weiße, spitz zulaufende Lackschuhe. In lässiger Haltung mit Stand- und Spielbein besah er sich kalten Auges die Vorgänge, wobei er mit zartem braunem Finger in der Nase bohrte und an einem Schnuller mit rosa Blumenmundstück sog. Er war etwa sechs Jahre alt.

Während sich alle Fluggäste mehr oder weniger mokierten bis entsetzten, wurde plötzlich Ditta Dorn laut, und zwar verteidigte sie zur allgemeinen Befremdung die obszöne Schaustellung als Signal der Freiheit von ungesunden Verklemmungen. Sie tat es mit Kleinmädchenstimme und vorgeschobener Unterlippe.

Bis zu diesem verblüffenden Statement war sie in eine illustrierte Zeitschrift vertieft gewesen, die sie ihrem Handgepäck entnommen hatte. Jetzt schlug sie das Heft zu und ließ es auf dem Klapptischchen liegen. – Die Quaerens wie die Schönbein wurden gleichermaßen von dem bunten Glanzbild der Titelseite gefesselt und blieben daran haften, weil sie nicht gleich begriffen, was es vorstellte. Es schien eine »Aussage« der modernen Kunst.

Als erster ging der Quaerens ein Licht auf, etwas später auch der Schönbein. Die Damen reagierten verschieden.

Während die Quaerens kurz auflachte, errötete die Schönbein bis tief in den Halsausschnitt hinein: das Bild war eine künstlerisch verfremdete, aber – hatte man einmal begriffen – höchst eindeutige Darstellung weiblicher und männlicher Geschlechtsteile in verzwickter Verschlingung. Raffinierter als ein schlichtes Pornobild, weil man die Bedeutung wie bei einem Vexierbild herausfinden mußte, was erst Spannung schuf und dann jäh und schockartig wirkte.

Mittlerweile war nicht zu übersehen, daß das Fräulein Sissy Nowak sich langweilte. Sie ließ einen kurzen Rundblick über alles Männliche gleiten, bekam einen Schmollmund und gähnte ausführlich, wobei sie den weit aufgerissenen Rosenmund andeutungsweise mit ein paar Fingerspitzen bedeckte, was eher wie eine Kußhand wirkte als das von der Sitte gebotene Bedecken der Mundhöhle, zumal man dabei auch deutlich sah, daß sie spitz zugeschliffene violette Kunstnägel trug.

Indessen hatten sich auch zwei junge mexikanische Herren neugierig umgesehen, und zwar ausschließlich unter den »Gringas«; das eigene Nest war offenbar trotz kreischender Buntheit des Gefieders tabu. Als die beiden die Nowak eräugten, bissen sie sofort an. Ihre Mienen bekamen etwas Pirschendes und leimten sich fest an der prospektiven Beute. Zügig wurde das Zeremoniell eingeleitet mit jenem zehrenden Hundeblick, in dem die subtile Mischung von Devotion und Abgefeimtheit eine teuflische Verführungspotenz entwickelt.

Das Fräulein Sissy überblickte sofort die Situation und nahm die Herausforderung stilvollendet an. Sie tat so, als hätte sie gar nichts wahrgenommen. Hob ihren geräumigen Beautykoffer auf den Schoß, begann konzentriert darin zu graben und förderte ein Cremedöschen daraus hervor, das sie öffnete, um sich ein paar Tupfer auf Stirn und Wangen zu applizieren, die sie langsam und sanft mit zärtelnder Sorgfalt einmassierte. Dieser Vorgang ließ nicht nur die Augen der beiden Wilderer hervortreten, sondern zog auch die Blicke solcher Herren an, die in naher Hut aufmerksamer

Gattinnen saßen. Für weibliche Augen, die das Zauberritual zufällig streiften, besaß es keine Bedeutung, es sei denn – wie für die Oberschwester – eine sittliche: »Man treibt in der Öffentlichkeit keine Kosmetik!«

Als die Nowak ihre Gesichtspflege abgeschlossen und rasch noch mit routinierter Geste die Lippenschminke aufgefrischt hatte, nahm sie – immer noch ohne einen direkten Blick auf das hochgespannte Waidmannspaar – nachdenklich eine Zigarette aus dem Etui, wobei sie einen Orientierungsblick nach rückwärts warf, wo sich hinter dem Vorhang das Raucherabteil befand. Sie erhob sich träge, was aber nicht einen gekonnten Spiralschwung des Gesäßes an der Entfaltung hinderte, der durch die Enge des Kleides schön zur Geltung kam. Wiegenden Schrittes ging sie auf den Vorhang zu, welcher das Raucherabteil abschloß, wobei sie einen ganz ungezielten Blick über die Schulter warf, abrupt stehenblieb und hastig in ihrem Täschchen kramte, offensichtlich nach einem Feuerzeug. Wie ein Mann, einander drängelnd und sich auf die Füße tretend, schossen die Exoten auf und setzten sich mit geblähten Nüstern dem Wildpret auf die Spur. Das Ensemble verschwand hinter dem Vorhang. Alsbald vernahm man hinter diesem das Kichern der Nowak und ein angeregtes Konversieren. Freilich konnte dabei nicht von einer Unterhaltung auf der Basis verbaler Verständigung die Rede sein, weil die Teilnehmer kein Idiom als das eigene beherrschten, allerdings durchsetzt mit jenen stereotypen Phrasen, die man in aller Welt in den Pflichtschulen als Englisch lernt.

Auch die Dorn hatte den Vorgang von Anfang an beobachtet, hälste nervös horchend, dann sprach sie mit ihrer lispelnden Schulmädchenstimme: »Wie die Vögel! Und sie hat alles inszeniert.« – »Haben Sie das auch gesehen?« lachte die Quaerens, »welche Instinktsicherheit! Beneidenswert. Ich glaub, ich hab das nie gekonnt.« Sie empfand ein wenig verspäteten Neid. Die Dorn aber ließ diese positive Betrachtungsweise nicht gelten und sagte: »Nichts als Weibchenrituale, Unterwerfungsposen in einer männerbeherrschten Welt.« Sie sagte das nicht etwa zornig, sondern im monotonen Aufsageton. – »Aber sie tut's offensichtlich gern«, konterte die Quaerens; »das Manöver ist doch von ihr ausgegangen!« – »Von klein auf anerzogen«, lehrte die Dorn mit heftigerem Hälschenrucken. »Williges Ausbeutungsgut für die Machos, für welche die Frau Freiwild ist.«

So die Lese- und Versammlungsfrüchte, welche Ditta Dorn hersagte wie eine brav gelernte Schullektion.

Hinter dem Vorhang vernahm man schrilles Kreischen und das männlich rauhe Gelächter der beiden Großkerle. Die jüngere Weiblichkeit im mexikanischen Sektor zog die Jalousien der Landessitte vor die Gesichter und tat, als nehme sie nichts wahr.

Nun aber war auch mit leichter Verspätung die Studienrätin aufmerksam geworden und blickte unruhig mit verwundertem Auge von der Quaerens zur Dorn und wieder zurück. Die Quaerens sagte gerade: »Es scheint, daß sie sich recht wohl fühlt in ihrer Rolle und sich keineswegs als leidendes Opfer vorkommt. Sie hat offenbar nichts einzuwenden gegen das Paschawesen. Wahrscheinlich gefällt ihr sogar die Pose des feschen Gauchs, der sie hofiert.«

»Sie fühlt sich wohl aus Unwissenheit. Sie fügt sich klaglos in das von den Männern diktierte Schema, ohne sich über das Demütigende ihrer Rolle bewußt zu werden; das typische Produkt einer Gesellschaft, welche die Frau zum Reizobjekt herabgewürdigt hat. Die heutige Frauengeneration allerdings macht einen Bewußtseinswandel mit und wehrt sich gegen den Mißbrauch durch den Mann«, kündete die Dorn. »Da sind wir doch einen Riesenschritt Ihrer Generation voraus!« – »Aber, verzeihen Sie, Fräulein«, mischte sich die Schönbein schüchtern ins Gespräch und gab aus dem Born ihrer Erfahrungen preis. »Ich glaube nicht, daß ich persönlich jemals als Reizobjekt mißbraucht wurde ... ohne daß ich mich hätte besonders wehren müssen.«

Die Dorn maß sie höhnisch, und man las leicht von ihrem Gesicht, was sie dachte. Aber die Studienrätin war nun einmal in Fahrt gekommen und fiel ins Schwärmerische: »Da war doch so viel Romantik und Empfindsamkeit dabei zu meiner Zeit! – Ach wissen Sie«, kicherte sie kokett, »unsereiner hat natürlich auch seine Erfahrungen gemacht, saß auf Parkbänkchen oder in der Natur, schwärmte, tauschte Gedichtbände aus und sprach; stundenlang sprach man und eröffnete sein Innerstes.« – Die Dorn hatte ihren relativ kleinen Mund durch Herabziehen eines Winkels zum Ausdruck abgrundtiefen Hohnes gestaltet und sprach mit Bravmädchenstimme die erstaunlichen Worte: »Alles Schwindel, Männerschwindel um die Hormone und die Genitalzonen herum, deren Erregung auf diesen Umwegen angeheizt und gleichzeitig verschleiert wird, damit die Unerfahrene nichts spannt. Mondschein geilt auf, und das süße Sehnen ist eine Erektion der Klitoris!« – Die Schönbein glotzte erst, dann errötete sie fleckig, während die Quaerens von einem Lachdrang heimgesucht wurde, der weniger vom Statement der Dorn herrührte als vom Kontrast der kleinen Stimme mit der harschen Rede des Fräuleins. Sie zwang sich also, zur anderen Seite zu schauen, wobei sie merkte, daß Herschel das Gespräch mit neugierigem Interesse verfolgte.

»Soweit sind wir ja endlich«, dozierte die Dorn, »daß auch wir Frauen ohne falsche Romantik unsere Sexualwünsche verwirklichen können, mit einem Partner, der gerade zur Verfügung steht und reizt. Auch ein Vorurteil, das auf die Knechtung der Frau zielt, es müsse sogenannte Liebe im Spiel sein, sonst empfinde die anständige Frau keinen Orgasmus.«

»Also ich für meine Person«, sprach die Studienrätin, hochrot angelaufen vom Mut der Überzeugung, »für mich ist jede vertrautere Beziehung zum anderen Geschlecht nur möglich auf der Basis wahrer Liebe ... es wäre mir niemals möglich oder nur wünschenswert gewesen, einen ... nun ja ... einen Nahkontakt ... also ich meine, was über das Platonische hinausgeht ... eine intime Beziehung aufzunehmen ohne lang herangereifte Liebe, wobei für mich auch der Kuß bereits zum Intimbereich gehört.«

Als die Schönbein sich, erschöpft von ihrer großen Konfession, zurücklehnte, sprach Ditta Dorn, die Studienrätin aus halbgeschlossenen Katzenaugen voll anblickend: »Haben Sie eigentlich jemals Sex gemacht? – Ich meine natürlich wirklichen, sachlichen Sex mit Vereinigung der Genitalzonen?«

Die Schönbein war jetzt blaß und ihr Mund messerschmal, ihr Blick hatte etwas Ziegenstörrisches. »Ihre Ausdrucksweise, Fräulein, verzeihen Sie einer alten Lehrkraft, aber sie verwundert mich, gelinde gesagt. Für unsereinen gibt es halt immer noch Dinge, über die man nicht spricht.« – »Eben«, antwortete schnippisch die Dorn, »wir Frauen haben keinen Unterleib, und es gibt auch keine Namen für das, was sich darin und daran befindet. Nicht so die Männer. Die haben für alles Bezeichnungen und kratzen sich noch daran. Die zärtlichsten und protzerischsten Ausdrücke haben sie dafür, für das unsere dagegen nur vulgäre, wie Fotze oder Möse.«

In diesem Augenblick wurde das interessante Gespräch zweier Vertreterinnen verschiedener Frauenbilder unterbrochen, weil das muntere Kleeblatt hinter dem Vorhang hervorquoll, heiteren und zufriedenen Angesichts. Die beiden Herren wechselten mit dem »Opfer« noch einen blinzelnden Blick des Einverständnisses. Das weibliche Mexiko versuchte die ungerührte Nowak mit einem vom Kopf bis Fuß streifenden Blick düsterer Verachtung auszulöschen. Diese aber begann schon, ihre wichtigsten Locken über Wickler zu drehen und hochzustecken. Auch andere Damen trugen bereits Lockenwickleraufbauten und waren dick eingesalbt, die Herren betreuten sich mit gelockerter Krawatte und Öffnung des obersten Hosenknopfes.

Die Dorn jedoch war, von ihrer Kampfrede offenbar befriedigt, jählings in Schlaf gesunken. Sie hatte sich auf ihrem Sitz in Embryohaltung zusammengerollt und einen Daumen im Mund, an dem sie leise sog.

»Aber Zigarillos mit langer Spitze rauchen«, sagte Herschel.

Als es nach und nach stiller wurde und ein Licht ums andere erlosch, fiel die Quaerens, weil sie noch nicht schlafen konnte, ins Sinnieren. Was sie beschäftigte, war der augenscheinliche Unterschied zwischen den mexikanischen Fluggästen und denen aus Europa. Es hätte, um ihn zu erkennen, nicht der Sprache bedurft.

Schon der Unterschied in der Kleidung. Die Europäer haben sich damit ganz an die aktuelle Situation angepaßt, der lange Flug, der Aufenthalt in klimatisch fremden Zonen. Die außergewöhnliche Situation eines Transatlantikfluges bewirkte auch eine gewisse Auflockerung oder mehr vielleicht ein Bestreben zu menschlichen Kontakten. Kaum einer, der nicht mit seinen Nachbarn schon ein paar Worte gewechselt, wenn nicht gar sich in eine Unterhaltung eingelassen hätte.

Anpassung löst für den Europäer offenbar die Scheu vor dem Fremden. Ganz anders die Gruppe der Mexikaner, die Vorboten dieser Fremde. Sie zeigen sich locker und leger in intim körperlichen Tätigkeiten, wie Säuglings- und Altenpflege oder Fragen der Kinderdisziplin. Ihre Kleidung – weit entfernt von Adaption ans Praktische – zielt auf eine fast ködernde Provokation: elegante Korrektheit bei den Herren und eine an Verwegenheit grenzende weibliche Herausforderung bei den Damen. – Aber die Gesichter sind jalousienverhängt, und die beiden Leichtfüße wissen sehr wohl, daß man sich nicht an ein alleinreisendes Mädchen der Ihren heranmacht, sondern sich dazu an eine »Gringa«

heftet. Die eigenen blinken und klingeln und grellen mit Leuchtfarben, aber hinter fest verschlossenen Türen.

»Andersartigkeiten eines Lebensstils«, sagte sich die Quaerens, »andere Sitten und Verhaltensformen, nichts weiter. Oder wirft da Tiefergehendes seine Schatten voraus?

Wir werden ihre Kirchen und Pyramiden sehen und in Museen ihre alten Götterbilder und wie sich das Lebensgewimmel tut in Straßen, Märkten und Geschäften. Werden wir etwas davon mitbekommen, wie sie zum Leben, zum Leiden, zum Tod stehen? Die eigentliche Frage, auf die ich aus bin, die mich in diese absurde Situation hineinmanövriert hat: Wie geht man ›anderswo‹ mit dem schlechthin Unlösbaren um, dem Leben und dem Sterben?« – Sie verfiel ins Grübeln. Dabei geriet sie in ein leichtes Dösen und erlag einer akustischen Halluzination. Sie glaubte, in einer Eisenbahn zu sitzen. Statt des gleichmäßigen Motorengedröhns des Flugzeugs vernahm ihr Ohr das monoton rhythmische Stampfen eines Räderwerks. Sie meinte am offenen Zugfenster zu stehen, Wind im Gesicht, während Bilder einer fremdartigen Landschaft vor ihren Traumaugen vorüberflogen.

Zeitschlepper und die Macht des Versteinerns

In Mexico City wurde der Großteil der Reisenden abgeholt, meist von Familienmitgliedern, bisweilen ganzen Sippen; es gab viel Gewimmel, Umarmen, Küsse. Nach diesem Großtrubel hatte sich die Riesenhalle geleert, und da in nächster Zeit weder ein größeres Flugzeug abflog noch erwartet wurde, war es mit einem Mal sehr still, fast ausgestorben.

Die Gruppe begab sich mit ihren Gepäckswägelchen auf den Riesenplatz vor dem Aeropuerto, in Erwartung des hoteleigenen Kleinbusses, der sie programmgemäß abholen und in das Hotel bringen sollte, wo ihre Zimmer reserviert waren. So stand es jedenfalls im Prospekt. Das weitere Areal vor dem Flughafen war jetzt nahezu leer und konnte weithin überblickt werden. Zum Überfluß hielt der Reiseleiter auch noch eine Tafel hoch, auf welcher der Name des Zielhotels aufgemalt war. Um diese Tafel hatte sich die Gruppe zusammengerudelt, instinktiv Halt suchend in der Fremde, die sie plötzlich fühlten, deren spezifischer Geruch ihnen in die Nasen stieg. Es war das leicht euphorische Prickeln der Höhe von 2240 Meter über dem Meer, gepaart mit dem scharfen Smog, der sich sofort in den Schleimhäuten der Nase und der Augen niederschlug. – Weit und breit war kein busähnliches Fahrzeug zu sehen, nur eine Reihe von Taxis, deren Chauffeure Zeitung lasen, dösten oder, die wartende Gesellschaft beäugend, miteinander tratschten.

Der Reiseleiter beeilte sich, den dichten Verkehr in der Stadt zu betonen, die kilometerlangen Staus zur Stoßzeit, jetzt bei Büroschluß. Man müsse darauf gefaßt sein, daß der sicherlich rechtzeitig abgefahrene Bus irgendwo in der Blechlawine stecke und sich dementsprechend etwas verspäten würde. Aber die Abmachung habe man schriftlich und vor der Abreise noch einmal telephonisch bestätigt und verbürgt. Man möge sich also nicht sorgen oder Ungeduld aufkommen lassen; es könne sich nur um Minuten handeln.

Man faßte sich in Gelassenheit, vermißte aber Sitzbänke, die leider nicht nur am freien Platz, sondern auch in der Eingangshalle fehlten. Das verstimmte leicht. Und je länger sich die Minuten hinzogen, umso stärker machte sich eine gewisse Unruhe breit. Zweifel an der Verläßlichkeit der Vereinbarung wurden geäußert. Routinierte Gruppenreisende in außerkontinentale Länder, wie das Ärztepaar, konnten mit einschlägigen Erfahrungen aufwarten, wo feste Abmachungen einfach nicht eingehalten worden waren. Skeptisch, aber gleichzeitig beruhigend äußerte sich Herschel. Er erwähnte, daß er die Kriegsjahre hierorts verbracht und somit einige Erfahrung gesammelt habe. »Es funktioniert nie etwas auf Anhieb, aber dann löst sich die Sache doch irgendwie auf.«

»Was meinst du dazu?« fragte die Cornellsche, ratlos aufblickend, den Römerkopf, der etwas abgegriffen wirkte. Er zwang sich zur Kinnstraffung, meinte aber nichts. Der Reiseleiter flog mit seiner Tafel hierhin und dorthin, bis ihm der nüchterne Herschel riet, doch im Hotel anzurufen, wann oder ob überhaupt der Bus abgefahren sei. – »Könnte es denn sein, daß er gar nicht abgefahren ist?« fragte erschrocken die Studienrätin und sah alle andern groß an. Der Reiseleiter, der begriffen hatte, daß Herschels Vorschlag eigentlich seine Sache gewesen wäre, beeilte sich zu sagen, daß er eben dabei gewesen sei, und begab sich zu einer Reihe Telephonzellen an der Außenwand des Flughafens. Mit hastigen Fingern wählte er die Nummer und atmete auf, als die vierte oder fünfte Zelle auch einen funktionierenden Apparat besaß und die Verbindung hergestellt war. Er sprach forsch in die Muschel und bekam eine lange Antwort, bei der sich sein Gesicht merklich verlängerte. Betreten kam er aus der Zelle und berichtete seinen gespannt horchenden Schutzbefohlenen, daß kein Bus abgefahren sei, weil der Chauffeur gerade eine Panne des Lifts behob; er sei für alle Mechanik im Etablissement zuständig. Aber nach Beendigung der Reparatur würde er sich sofort aufmachen. Die Gesellschaft solle sich doch indessen in das ausgezeichnete Flughafencafé begeben und in aller Bequemlichkeit eine Kleinigkeit konsumieren.

Man war – gelinde gesagt – empört. Was heißt das? Ein so anspruchsvolles Hotel, angeblich mehrere Sterne, unter uns gesagt: auch keineswegs billig, und hat keinen Ersatzchauffeur? Hinterläßt keine Nachricht mit Weisungen? Wie lang würde man noch im Café sitzen müssen, ohnedies vom strapaziösen Flug ermüdet und mit dem dringenden Bedürfnis, sich ein bißchen zu erfrischen und aus der verhockten Kleidung zu kommen? Wieder war es der landeserfahrene Herschel, der vorschlug, auf den Bus gar nicht erst lange zu warten, sondern sich ein paar Taxis zu nehmen und auf eigene Faust ins Hotel zu fahren; Taxis seien hier übrigens sehr billig. Gestärkt und innerlich aufgerichtet, gab der Reiseleiter diesen Vorschlag wieder als den seinen aus und begab sich, die Tafel jetzt unter dem Arm, festen Schrittes zur Reihe der Taxis, deren Chauffeure ihm schon erwartungsvoll entgegensahen, weil sie die Situation längst erkannt hatten. Sie nahmen sich auch mit Eifer sofort des Gepäcks an und schlichteten die Reisenden in vier Wagen. Den Fahrgästen sah man an, daß die Unregelmäßigkeit der Organisation bereits an ihnen nagte und im Hintergrund des Bewußtseins der Verdacht auf Scherereien bis Katastrophen aufschwelte, die auf sie zukamen.

Aber ehe diese Stimmung noch voll zur Entfaltung gekommen war, hatte man schon das Hotel erreicht, ein stattliches Gebäude im verjährten Prunk der Jahrhundertwende. Dienstfertig trugen die Taxichauffeure die Koffer in die

Rezeption, halfen den Damen aus den Wagen und zeigten sich mit einem bescheidenen Trinkgeld durchaus zufrieden.

Mit glatten, einladenden Gebärden trat ihnen der Empfangschef entgegen, begrüßte sie, ohne einen Schimmer der Verlegenheit, überschwenglich, und pries die reservierten Zimmer, die, um den Gästen Ruhe zu garantieren und ihnen Verkehrslärm zu ersparen, im vierten Stock lagen. Leider, leider sei die Reparatur des Liftes noch immer im Gange, und man werde sich zu Fuß hinaufbemühen müssen; bis zum Abendessen allerdings werde der Aufzug mit Sicherheit wieder betriebsfertig sein.

Es hob einstimmiges Klagen an. Der vierte Stock zu Fuß und mit dem schweren Gepäck, ob wenigstens Pagen zur Verfügung stünden? – Ach, das sei das geringste Problem, versicherte der gewandte Empfangschef lächelnd, begab sich zum Eingang und stieß einen schrillen Pfiff aus. Auf dieses Signal hin schossen augenblicklich aus dem Straßengewimmel ein paar kleine, zerlumpte Knaben mit frühreifen Galgengesichtern und großer Beflissenheit heran, bemächtigten sich, ohne der Aufforderung zu bedürfen, der voluminösen Gepäckstücke, stemmten sie sich mit routiniertem Schwung auf die mageren Schultern und liefen die Stockwerke wie die Gemsen hinauf. Dort warteten sie geduldig auf die noch ächzenden Reisenden, die unter der Last ihres Handgepäcks schwitzten, das sie um keinen Preis von sich lassen wollten. Die dienstbereiten Knaben wuchteten dann noch die Koffer auf die dafür vorgesehene Ablage, nahmen ein paar Pesos Trinkgeld in Empfang und stoben zufrieden davon.

Schon beim qualvollen Aufstieg hatte sich, je nach Atemreserve, die gespannte Erschöpfung der Reisenden auf dem Haupt Bäumls entladen, der schwor, dergleichen wäre noch nie vorgekommen, was man ihm höhnisch als glatte Ausrede vorwarf. Einige, die noch die Kraft dazu hatten, wie die Oberschwester, forderten offizielle Beschwerde und Ahndung von der Leitung des Hotels. Der Reiseleiter zog es vor, sich in geduckter Flinkfüßigkeit den Vorwürfen zu entziehen, indem er die Stockwerke wie eine huschende Maus nahm.

Die Touristen, die alle unter Reisemüdigkeit und Jetlag litten, maulten und suchten in den Zimmern und bei den Installationen nach Mißständen, die sich allerdings nicht fanden. Als sie sich erfrischt, etwas geruht und sich umgezogen hatten, fanden sie sich zur vereinbarten Zeit im Speisesaal zum Abendessen zusammen. – Der Aufzug funktionierte jetzt übrigens tadellos.

Natürlich kam man wieder auf den Organisationslapsus bei der Ankunft zu sprechen und beackerte ausführlich das Thema Pünktlichkeit und Verläßlichkeit in Terminfragen in diesem Lande. Wie zu erwarten, fand Frau Cäcilie Höchstlmeier am raschesten die passenden Worte und steigerte sich leicht zu einer lapidaren Verurteilung dieses Beispiels von Desorganisation. Die Frau Oberin verfügte über einen Schatz grausenerregender Vorfälle, die sich im Spitalsbetrieb infolge eines liederlichen Umgangs mit der Zeit ereignet hatten. »Bei dem gegenwärtigen Hochstand der technischen Medizin ist die peinlichste Einhaltung eines exakten Terminplanes unbedingte Voraussetzung. Schließlich sind wir heute nicht mehr auf dem Entwicklungsstand der Schamanen und Medizinmänner! Was sagst du, Alois?« Und zur Gesellschaft gewandt, sagte sie mit etwas gedämpfter Stimme: »Der Medizinalrat hat das gesamte Gesundheitswesen der Stadt St. Pölten zeitlich exakt durchorganisiert, und es funktioniert wie ein Uhrwerk!« Der Doktor bestätigte die Aussage und nickte ernst. »In einem Land, das auf Ordnung und Disziplin hält«, setzte die Oberschwester ihren Sermon fort, »beginnt die Erziehung zur Pünktlichkeit ja bereits beim Kleinkind mit Töpfchen- und Schlafenszeit. Ich scheue mich nicht, sie die Grundlagen der Zivilisation zu nennen. Ich vermute stark, daß man hier dieses Fundamentaltraining nur sehr lasch betreibt, wenn ich denke, was ich im Flugzeug beobachtet habe ...«

»Sie haben richtig beobachtet«, bestätigte Bäuml die Ausführungen der Höchstlmeier mit sichtlicher Häme; »hier nimmt man Kinder sogar in die Disko mit, und wenn sie müde sind, schlafen sie mitten im Trubel und Lärm. Ich persönlich finde diesen Umstand einer ausführlichen Diskussion wert. Weiß man doch längst, daß man mit einer zu strengen Erziehung zur Einhaltung von Zeitplänen in puncto Essen, Schlafen, Reinlichkeit Zwangsneurotiker heranzieht und die kreativen Kräfte erstickt.«

»Nun, ein bißchen mehr Willen zur Pünktlichkeit wäre beispielsweise im Schulbetrieb schon erstrebenswert«, mengte sich schüchtern die Studienrätin ins Gespräch. »Was sagen Sie, Herr Professor? Soviel man hört, lassen es ja auch die Studenten arg am Zeitplan mangeln, und damit sollen auch die überlangen Studienzeiten zusammenhängen?«

»Ich gebe Ihnen vollkommen recht«, sprach Cornell, »wir haben im akademischen Bereich viel Verdruß mit dem lässigen Umgang der jungen Leute in Terminfragen. – Aber! Ich möchte die andere Seite des Phänomens nicht unerwähnt lassen! – Bedenken die verehrten Herrschaften doch, um wieviel ideenfördernder und schöpferischer sich der Geist beim Wandeln durch Säulengänge in schöner Muße entfaltet haben mag als in der Einengung durch ein dicht programmiertes Vorlesungsverzeichnis. Nicht von ungefähr haben die Alten die Zeit im Bilde der anmutigen geflügelten Horen gesehen. Fließende Harmonie, wo man heute, aller Würde bar, einer Straßenbahn nachhetzen muß, um rechtzeitig irgendwo hinzukommen.«

»So erklären Sie sich also solidarisch mit dem Mann, der uns heute auf dem Flughafen versetzt hat?« ätzte die Oberschwester.

»Bin ich ein Chauffeur?« gab Cornell ebenso unlogisch wie anmaßend zur Antwort.

Eine überraschende Schützenhilfe – die er übrigens nicht schätzte, wie man ihm ansah – bekam er von Ditta Dorn, und zwar hinsichtlich des schöpferischen Gewinns durch die Muße und nicht programmierte Zeit. Ditta Dorn sprach sich ultimativ für konsequente Einübung von Praktiken aus, die das Bewußtsein in den Zustand der Zeitlosigkeit erheben. Eine »Seelenmassage« nannte sie Übungen in Yoga und Meditation und offenbarte, daß sie regelmäßig einschlägige Kurse besuche, mit außerordentlichem Gewinn für seelische Ausgeglichenheit. »Natürlich habe ich noch nicht die letzten Stufen der Loslösung erreicht. Aber ich arbeite an mir. Täglich arbeite ich an mir«, wiederholte sie und sog dabei heftig an ihrem Zigarillo, während sich die Finger der anderen Hand in die Stachelkette verkrallten, die sie am Halse trug.

Man sah ihr versonnen zu.

»Also ich«, fuhr unerwartet die Nowak heraus, »ich bin natürlich auch gegen den Streß und für möglichst viel Freizeit. Aber diese Freizeit im Türkensitz vertun und dabei in mich hineinhorchen, das macht mich echt nicht an. Ich buche immer irgendeinen Erlebnisurlaub. Verstehen Sie, mit einem flotten Programm für Freizeitgestaltung in der Gruppe. Womöglich von einem Animator organisiert. Übrigens durchaus fesche und witzige Menschen. Das Programm ist so dicht, daß man gar nicht die Möglichkeit hat, allein zu sitzen und sich zu langweilen.«

Während die Nowak neben dem eigentlichen Thema plapperte, schwiegen die anderen verlegen vor sich hin. Wieder war es die Oberschwester, welche die gespannte Situation zuerst in den Griff bekam und den Reiseleiter fragte, ob er sich auch mit genügend Nachdruck bei der Hotelleitung beschwert habe, damit dergleichen nicht wieder vorkäme. Bäuml bestätigte energische Vorsprache, bekannte allerdings etwas kleinlaut, daß man sich zwar sehr zuvorkommend und sogar bekümmert gezeigt habe wegen der Unzufriedenheit der Gäste, jedoch habe er, Bäuml, den Eindruck gehabt, daß man den eigentlichen Grund der Beschwerde nicht durchschaue. Er habe leider schon anläßlich früherer Reisen die Erfahrung machen müssen, daß dem Mexikaner das Organ für exakte Zeiteinteilung irgendwie fehle. Sicher handle es sich nicht um gewöhnliche Faulheit, Schlamperei oder Gleichgültigkeit. Jede notwendige Arbeit werde verläßlich erledigt, nur leider nicht immer zu dem gewünschten Zeitpunkt. – Er persönlich sehe allerdings in diesem Faktum nicht unbedingt ein Zeichen kulturellen Tiefstandes; im Gegenteil, als Mensch, der die hektische Entwicklung der westlichen Zivilisation höchst kritisch betrachte, erkenne er in diesem souveränen Verhältnis zur Zeitfessel den Beweis für gesunde Natürlichkeit dem Leben gegenüber.

Bei diesem kriegerischen Statement schaute der Bläßling Bäuml vertrotzt um sich und zwang sich, den starren Blikken seiner Schutzbefohlenen standzuhalten.

Da ergriff beschwichtigend Herr Herschel das Wort und gab Bäuml in dem Punkt recht, daß es sich bei dem leidigen Fall nicht um schnöde Nachlässigkeit der Hotelleitung gehandelt habe, sondern tatsächlich um die Unfähigkeit der Hiesigen, sich der westlichen Zeitauffassung anzupassen. »Sehen Sie«, sagte er, »ich habe jahrelang hier gelebt und auch gearbeitet, und ich weiß aus Erfahrung, wie man als Europäer unter diesem fremdartigen Zeitbegriff leidet. Das geht von schäumender Wut bis zur totalen Lähmung und Resignation. Irgendwann sieht man dann ein, daß man mit diesem Phänomen auskommen muß, und man beginnt, es zu analysieren. Was unsereinem als eine lässige Arbeitshaltung erscheint, ist in Wirklichkeit ein Unverhältnis zur mechanisch gemessenen Zeit. Dabei ist man hier besten Willens und voll Anpassungseifer. Der moderne, dem Fortschritt ergebene Mexikaner setzt alles daran, den Westen nachzuahmen. Leider gelingt es aber nur an der Oberfläche. Er bedient sich fleißig der Uhr und setzt genaue Termine, in der Realität aber empfindet er wie der Indio, der, um eine bestimmte Zeitdauer befragt, diese nicht in Stunden angibt, sondern – falls er Hutflechter ist – in Sombreros. Die Zeit ist für ihn kein Abstraktum, mit dem er hantieren kann. Sie ist etwas Materielles, ein Aktionsergebnis, zum Beispiel die Hüte.

Unser Chauffeur hätte uns sicher nicht auf dem Flughafen sitzenlassen, aber er war gerade mit der Liftreparatur beschäftigt, und zwei Handlungen können nicht gleichzeitig ausgeführt werden, sondern nur nacheinander. Unsere Unart, drei Telephone gleichzeitig zu bedienen und außerdem noch eine Konferenz abzuhalten, überfüllt die Zeit und stürzt uns in eine ungesunde Verwirrung. Wir haben uns zu Sklaven unserer eigenen Programmierung machen lassen. Allerdings muß ich einräumen, daß wir in unserer industriellen Welt nicht anders können, wenn wir alle Aufgaben lösen wollen, die sich stellen.« – »Dann verstehe ich nicht, wie in diesem Land mit einer solch legeren Zeitauffassung die Wirtschaft funktionieren kann!« – »Sie kann mit der westlicher Industriestaaten auch nicht konkurrieren, aber eigenartigerweise bricht sie nicht zusammen.«

»Und diese Unfähigkeit, wie Sie es nennen«, fragte die Quaerens, »wie erklären Sie sich das, woher kommt das?«

»Das kann ich Ihnen leider nicht sagen, ich kann nur ein einfaches, aber instruktives Beispiel geben. Nehmen Sie die sehr alltägliche Aufforderung ›vamonos‹, das heißt laßt uns gehen, auf wienerisch etwa ›gemma‹. Für unsereinen bedeutet das den unmittelbar bevorstehenden Aufbruch, und man greift zu Hut und Mantel. Hier bedeutet es lediglich eine zeitlich unverbindliche Absicht, und keiner denkt im entferntesten daran, sie auch stehenden Fußes auszuführen. Zeitangaben sind eine artige Konzession, ein höfliches Zugeständnis an fremde Sitten. So ist es durchaus üblich, eine Einladung etwa für acht Uhr auszusprechen. Kommt der

Geladene aber dann wirklich pünktlich, findet er den Gastgeber im Schlafrock oder nicht zu Hause, jedenfalls in größter Verlegenheit, und er ist im stillen geneigt, dem Gast Mangel an Taktgefühl vorzuwerfen.«

»Also ich«, sagte die Oberschwester mit unverhohlener Entrüstung, »ich könnte mit solch einer verluderten Zeitauffassung nicht existieren. Ich würde wahnsinnig. Da versinkt ja jede zivilisatorische Errungenschaft im nackten Chaos. Das ist dritte Welt auf Dschungelniveau!«

»Sie können aber alle nicht bestreiten«, schritt Bäuml zur Ehrenrettung, »daß Cortez hier eine hochentwickelte Kultur vorgefunden hat, in manchem sogar jener der Eroberer überlegen. Und vor allem, das kann ich Ihnen nicht verhehlen, gab es ein Kalenderwesen von erstaunlicher Präzision und Kompliziertheit. Es wurde von einer besonderen Priesterschaft dauernd überwacht und korrigiert. Genau gesagt gab es sogar drei Kalender, die auf eine hochsubtile Art in Übereinstimmung gebracht wurden. Man hielt jährlich Kongresse ab, in welchen man astronomische Erkenntnisse austauschte und diskutierte. Allerdings«, räumte Bäuml ein, »galten diese Bemühungen weniger der Astronomie im westlichen Sinn, also der Erforschung der Sternenbahnen zum Selbstzweck gewissermaßen, sondern der Astrologie. Auch hier war die Präzision unbedingte Voraussetzung, aber sie diente der exakten Vorhersage des Schicksals eines Neugeborenen, eines Stammes, einer Weltepoche.« – »Kein Wunder«, gab die Oberschwester einen ihrer Kommentare, »das mußte sie ja zu Fatalisten machen, überlässig in Fragen der Leistung und Karriere. Wozu sich bemühen, wenn ohnehin alles vorbestimmt ist.« – »Aber auch frei von Streß und Hektik«, schnappte Bäuml zurück und reichte einen Bildband herum, wo der berühmte Kalenderstein zu sehen war, die Darstellung der aztekischen Zeiteinteilung.

Da sie die komplizierten Zeitschemen nicht besonders interessierten, blätterte die Quaerens aus Neugier noch ein bißchen herum in diesem Buch. Dabei stieß sie auf die Wiedergabe eines Wandreliefs. Darunter stand, daß es sich nach Ansicht der Experten um eine Personifikation der Tagesfolge handle. Man sah lastentragende Männchen, deren jedes ein Bündel aufgehuckt hatte und es mit Hilfe eines Stirnriemens schleppte, wie die Sklaven Erzlasten aus den Minen trugen.

»Sehen Sie sich das an«, sagte sie und zeigte das Bild herum, »da ächzen eigens dafür ausersehene Numina unter der Tagesbürde der Zeit. Das bringt mich auf die von Herrn Professor Cornell erwähnten Horen, die Zeitdienerinnen unserer westlichen Mythologie, luftig und voll Anmut. Anstelle einer keuchenden Rückenlast tragen sie Flügel. Unser Zeitgefühl ist ein Strom, der uns einem Ende zurafft, wo er ins Meer der Ewigkeit mündet und des Vergessens. Da muß man etwas dagegen tun, sagt man sich beklommen. Carpe diem! Nütze das fließende Element. Punkte setzen, Strekken markieren, diesen leichtfertigen Lebensstrom mit Aktionen und Leistungen vollpumpen, damit er langsamer, gewichtiger, ja seriöser wird. – Ganz anders diese schwerfälligen Zeitschlepper der Indios. Mit geknickten Knien wandern sie ihren Weg, diktiert von der Schwere der Last. Weit entfernt von jeder Verführung zum Übermut, unbeirrbar und sehr nüchtern und ganz ohne Anmut. Sie lassen sich nicht durch die läppischen Spielereien mit Uhrengetakel und Sekundengenauigkeit aus dem schwerebedingten Rhythmus bringen. Die Zeit ist kein Flug oder Fluß, sie ist schweißtreibende Arbeitslast, handfeste Bürde ... Ich frage mich, ob das dem Leben nicht mehr Halt und Würde gibt als unser nervöses Getänzel, das so leicht zum atemlosen Gehetze wird.«

Unklar spürte die Quaerens, daß sie allmählich ins unkontrollierte Schwadronieren kam. Es bedurfte kaum mehr der Mahnung durch die unterdrückt gähnenden Reisegenossen. Sie selbst spürte die Müdigkeit in Hirn und Knochen und hatte gerade noch die Kraft zu einer kleinen Bosheit, gewissermaßen als Betthupferl: »Eigentlich ist es ja ganz gleich, ob man die Zeit als geflügelte Jungfrauen oder schwitzende Lastenträger sieht. Am Ende reißt sie für jeden von uns ab wie ein alter Film, und in der Stille hören wir den Countdown des Todes ticken.«

Mit unbehaglichen Gesichtern in sich hineinhorchend verstreuten sich die Reisenden in ihre jeweiligen Zimmer.

Noch im Bett ging ihr das ganze Phänomen im Kopf herum: »Ob einer sich die Zeit nun leichtfüßig fließend vorstellt oder geschleppt als gewichtige Last, das formt bestimmt den Lebensstil, wenn auch nicht das Grundmuster: das unaufhaltsame Vorübergehen bis zum Tod. Aber zweifellos! Hier in diesem Land läuft die Zeit auf einem anderen Schienenband als bei uns in Europa ... wir sitzen in einem anderen Coupé ...!«

Mit solchen vagen, sich verwirrenden Vorstellungen versank die Quaerens in einen bleiernen Schlummer.

Sie wußte nicht, wie lange sie geschlafen hatte, da weckte sie ein leises, aber hartnäckiges Pochen an der Tür. Schlafbefangen und wegen der Störung indigniert, kroch sie aus dem Bett und öffnete. Vor der Tür stand in einem langen kleingeblümten Nachthemd und mit zerzauster Frisur die Schönbein mit einem Blick, in welchem sich Ratlosigkeit mit Sensationsgier mischte.

Schlaflos im Bett sich wälzend, berichtete sie mit fliegender Stimme, habe sie deutlich vernommen, wie die ihr gegenüberliegende Tür vorsichtig geöffnet und dann leise versperrt wurde, worauf sich Gestöckel entfernte. Vom Einzug ins Hotel aber wisse sie, daß gegenüber die Nowak einquartiert war. Begreiflicherweise beunruhigt sei sie aufgesprungen und habe durch den Türspalt tatsächlich das Fräulein Sissy den Korridor entlangeilen sehen, und zwar in greller Ausgehaufmachung. Sofort sei ihr durch den Kopf geschossen, daß die junge Person in hirnloser Weise womöglich einen Bummel durch das Nachtleben der Stadt plane; der Sprache nicht mächtig noch sich der hiesigen Sitten bewußt: »Weiß man denn, wie man es hier auslegt, wenn eine junge Frauensperson zu so später Stunde ohne Begleitung in den Straßen flaniert?« fragte die Studienrätin sich selbst und die Quaerens. »Ich, die ich beruflich mit der heutigen Jugend zu tun habe, kenne deren Bedenkenlosigkeit in manchen Bereichen und mache mir ernste Sorgen. Sicher, die Nowak ist nicht ganz unerfahren, aber ein gewöhnliches Flittchen ist sie doch auch nicht. Man muß etwas unternehmen! Meinen Sie nicht, daß wir Älteren die Pflicht haben, etwas zu unternehmen? Deshalb habe ich mir die Freiheit genommen, bei Ihnen anzuklopfen!«

In der sicheren Erwartung, daß die Quaerens ihr hohes Verantwortungsgefühl schätze und teile, blickte sie die Schlaftrunkene erwartungsvoll an. Diese rieb sich mürrisch die Augen und empfand weder Sorge um das gefährdete Schaf noch Interesse daran, wo dieses weide. Mit fühlbarer Kälte riet sie der Schönbein, wenn schon jemandem, dann solle sie dem Reiseleiter ihre Befürchtungen vortragen. Schließlich sei er es, der für das Wohl der Reisegruppe zuständig wäre. Außerdem sei die Nowak großjährig und wirke keineswegs hilflos in jenen Bereichen, in die sie sich vermutlich begeben hätte.

Enttäuscht und etwas pikiert wandte sich die Schönbein ab, um den trockenen Rat der abweisenden Quaerens zu befolgen, und machte sich auf, nun ein paar Türen weiter den Reiseleiter durch zartes, aber intensives Klopfen aus den Federn zu reißen.

Die Quaerens begab sich murrend wieder ins Bett, war aber durch den Auftritt so wach geworden, daß sie ungewollt Zeugin des Gesprächs wurde, das draußen am Flur zwischen einem laut gähnenden Bäuml und einer aufgeregten Schönbein geführt wurde, deren hektischer Flüsterton an die Pfeiftöne huschender Nagetiere gemahnte. Dann hörte man noch, wie beide den Lift bestiegen und hinunterfuhren.

Als die Quaerens endlich wieder im Hinüberdämmern war, wurde sie abermals durch das nun schon bekannte schüchterne, aber unerbittliche Gepoche hochgerissen. Erst stellte sie sich tot, stand es aber dann wegen der monotonen Persistenz des Klopfgeräusches nervlich nicht durch, ging fluchend zur Tür und stand still wütend vor einer sichtlich aufgekratzten Schönbein im geblümten Nachthemd.

»Es wird Sie sicherlich interessieren«, stieß jene flüsternd heraus, von dieser Überzeugung so durchdrungen, daß sie den gereizten Ausdruck der Quaerens völlig übersah. »Also unten in der Rezeption hat der Nachtportier uns bestätigt, daß die Nowak – stellen Sie sich das vor – von zwei jungen Herren, Einheimischen übrigens, erwartet und im Auto weggeführt worden ist. Was sagen Sie? Hat man Worte? In der ersten Nacht! Was da alles passieren kann, nicht auszudenken. Und hinterläßt nicht einmal Nachricht, wo sie hingefahren ist. Mit wildfremden Männern, in einer fremden Stadt, ohne zureichende Sprachkenntnisse und mitten in der Nacht! Ich bin ganz durcheinander! Unter uns gesagt vermute ich ja, daß es die beiden sind, mit denen die Nowak schon im Flugzeug geflirtet hat. Persönlich bin ich mir sicher, daß sie sich dabei bereits verabredet haben. Was denken Sie darüber?«

Während dieses Skandalberichts versuchte die Studienrätin, auf einen ausgedehnten Sensationsplausch hoffend, sich hartnäckig ins Zimmer der Quaerens zu drängeln, die jedoch, die Absicht durchschauend, die Redelustige ebenso entschlossen mit dem Türflügel von der Zimmerschwelle schob. Die Schönbein ließ schließlich enttäuscht und zögernd ab, und die Quaerens, immer noch voll Verdacht auf eine neuerliche Heimsuchung, erhorchte noch einigermaßen beruhigt, wie die geblümte Frau Studienrat in ihr eigenes Zimmer schloff und absperrte. In ausgesuchten Wendungen vor sich hin schimpfend, fiel die Quaerens endlich in einen unruhigen Schlaf.

Als sie am nächsten Morgen das Frühstückszimmer betrat, fand sie die Gesellschaft schon von der nächtlichen Eskapade der Nowak unterrichtet und dabei, diese genüßlich breitzutreten.

Die Studienrätin fühlte sich im Mittelpunkt und gab erschöpfende Berichte über das Nachtgeschehen. So erfuhr die Quaerens auch, daß das Fräulein Sissy erst gegen fünf Uhr früh zurückgekehrt sei. Die Sorge habe der Schönbein den Schlaf geraubt, so daß sie jedes Geräusch vernommen habe. Nur um sich zu vergewissern und ihre strapazierten Nerven zu beruhigen, habe sie durch den Türspalt geäugt und sich dabei überzeugen können, in welch »unbeschreiblichem Zustand« die Person zurückgekommen sei: Ringe um die Augen, zerrauft und mit zerstörtem Make-up. »Einen Augenblick habe ich mir ernstlich überlegt, ob ich ihr meine Hilfe antragen soll, habe mich dann aber doch irgendwie gescheut. Sie verstehen! Die jungen Leute! Ich war mir der Reaktion des übernächtigen Fräuleins nicht sicher.« – »In einem unbeschreiblichen Zustand«, wiederholte glanzäugig die Oberschwester und ließ die Silben auf ihrer feuchten Lippe zergehen, »da muß sich ja allerhand getan haben ... eine wüste Nacht ... Na, da können wir ja in der Zukunft auf einiges gefaßt sein!« unkte sie wie eine seherisch erhellte Kröte.

Sie war gerade dabei, sich in Details zu ergehen, als die Nowak den Frühstücksraum betrat. Sie wirkte zwar verschlafen, schien sonst aber guter Dinge und merkte nichts von der prüfenden Beschau und dem betretenen Schweigen. In naiver Offenheit begann sie von ihrem Nachtausflug mit den beiden Herren, die sie im Flugzeug kennengelernt habe, zu erzählen.

»Kavaliere sind das hier, das kann ich Ihnen sagen!« Angenehme Erinnerungen spiegelten sich in ihrem schlichten Blaublick. »Klasse Burschen! Wir haben viel Spaas gehabt. Schampus haben sie bestellt und immer aufgepaßt, daß mein Glas auch voll ist, und ›otra vez, camarero, para la Señorita‹, verstehen Sie, das heißt ›noch einmal für das Fräulein, Ober!‹ Da lernt man ja spielend die Sprache. Die Stimmung war echt super! Richtige Tschentlmens die Herren. Natürlich haben sie sich gleich vorgestellt, in fließendem Englisch: ›Carlos end Juan is auer nem‹; und ich antwortete: ›Sissy is se mei‹ ... Also wirklich, und das Lokal, sag ich Ihnen, Spitze. Lichtorgel und alles, und die Band eine Wucht. Ich steh auf so was. Und beim Tanzen hat mich einer dem andern aus der Hand gerissen.«

Leider, leider habe es ein ärgerliches Intermezzo gegeben, berichtete das Fräulein Sissy, vollen Mundes mampfend. »Also, was sagen Sie? Wir sitzen und unterhalten uns gerade bei einem Drink, den ich nicht gekannt habe, ganz schön stark, und ich schon ein bißchen fett und die beiden Herren auch, da stöckelt plötzlich ein Frauenzimmer herein, aufgemascherlt wie nur, steuert geradewegs auf unsern Tisch zu und setzt sich unaufgefordert und ohne ein Wort zu uns. Ich schnall fast ab. Erst zieht sie mich mit einem höhnischen Blick fast aus, lacht kurz und verächtlich auf, und dann fixiert sie den Carlos. Sagt immer noch kein Wort, sondern fixiert den Carlos mit einem Blick, daß einem die Ganshaut kommt. Schwarz und ganz stumpf und ausdruckslos. Macht nicht die geringste Bewegung. Sitzt wie ein Stein, in die Handtasche auf ihrem Schoß verkrallt, und starrt immer nur den armen Kerl an, dem langsam die Schweißtropfen auf der Stirn stehen. Grün war der wie eine halbe Leiche. Das hat man sehen müssen. Legt die Serviette hin und drückt die kaum angerauchte Zigarette aus, alles mit zitternden Händen. Und da steht das Weibsbild mit den Rußaugen immer noch starrend auf und geht auf den Ausgang zu, und hinter ihr her, ohne ein Wort des Abschieds, stelzt der Carlos wie ein Zombie. Der glatte Horror, sag ich Ihnen, wie im Film. Erst hat es mir die Rede verschlagen, dann frag ich den Juan, was das bedeuten soll, und der sagt ganz cool ›su novia, fiancée, comprende‹, also so viel versteh ich auch. Dem Carlos seine Verlobte war das Frauenzimmer. Gut, sie war eben eifersüchtig, das ist ja ganz normal. Und ich hätt nichts daran gefunden, wenn sie einen Krach geschlagen hätt! Aber woher hat sie denn gewußt, wo wir sind? frag ich den Juan, und der sagt nur ›una amiga.‹ Da war mir alles klar. Der Blödmann von einem Carlos hat geprotzt, daß er eine Gringa aufgerissen hat, und das Miststück von einer Freundin hat nichts Eiligeres zu tun gehabt, als es der Braut zu stecken. Die hat dann alle Diskos abgegrast, bis sie uns gefunden und sich den Ihren zurückgeholt hat. Und der laßt sich das bieten und pariert wie ein Hunderl bei Fuß und noch dazu kasweiß ... Aber was mich dabei wirklich geschockt hat, war dieses wortlose Versteinern! Mein Gott, man kennt doch solche Situationen. Es kommt zum Streit, Beleidigungen und Gekreisch, höchstens ein paar Watschen, aber dann beruhigt man sich, und wenn man merkt, daß sich eh nix abspielt, freundet man sich an. Aber die Szene! ... Dummer Trampel. Und das Mannsbild, der reine Fetzen ... Ich glaub, wenn der Juan nicht dagewesen wär, hätt er mich glatt allein sitzen lassen, ohne zahlen. Gott sei Dank hat das Auto dem Juan gehört, und der hat mich ins Hotel zurückgebracht. Ich hab ja keine Ahnung gehabt, wo wir sind. Die Lust ist mir auch vergangen, und müd war ich eh schon, und ich sag: ›Ei will go hom nau‹ ...«

Nachdenken spiegelt sich auf der gerunzelten Stirne der Nowak. »Das muß man gesehen haben, kein Geheule, kein Geschrei, nur Versteinern!« Kopfschüttelnd widmete sich die junge Dame dem reichhaltigen Frühstück. Die Reisenden blickten einander mit satter Befriedigung an, nur die Cornell glaubte, eine globale Warnung vor Kontakten mit dem anderen Geschlecht in einem fremden Land ausstoßen zu müssen, sah aber dabei auffallenderweise nicht die Nowak an, sondern ihren Sohn, welcher der Erzählung mit großen Ohren gefolgt war, jetzt aber in sein Frühstück vertieft erschien. Die Studienrätin lieferte noch einen Beitrag aus ihrem geographisch-ethnologischen Wissensschatz und wies darauf hin, daß der mexikanische Mann ja weltweit als Macho bekannt sei, und man daher immer auf Brutalitäten gefaßt sein müsse, deshalb habe sie es auch in der Nacht für ihre Pflicht gehalten, Alarm zu schlagen.

Da mischte sich Herschel ins Gespräch, der sehr aufmerksam der Schilderung der Nowak gelauscht hatte. Er wischte sich den Mund mit der Serviette, legte behaglich die Hände auf den Bauch und sprach wieder einmal von seiner Erfahrung mit Land und Leuten.

»Wissen Sie, meine Herrschaften, das mit dem Macho ist so eine Sache. In Wirklichkeit schaffen hier die Frauen an. Sie haben das Heft in der Hand. Und zwar so sehr, daß den Männern nichts übrigbleibt, als sich zu dieser machistischen Pseudomännlichkeit aufzublähen mit Stöckelstiefeletten, genietetem Gürtel und überbreitem Hut. Und warum? Weil sie vom Zeitpunkt der Eheschließung an von ihren Gattinnen dieser fein gekelterten Tortur des Versteinerns ausgesetzt sind. Überall sonst in der Welt arbeitet die gekränkte Frauensperson mit Keifen, Kreischen, Weinkrämpfen und Ohnmachtsanfällen, die sie womöglich mit Selbstmorddrohungen würzt. Darauf sind wir Männer gefaßt und haben unsere Gegenmaßnahmen entwickelt: brüllen, aufstampfen, Hausrat zerstören, türenschlagend entweichen. Im niedrigen Milieu die schallende Ohrfeige, im intellektuellen die nervenzehrende ›Aussprache‹. Nur hier in Mexiko beherrscht die Frau – möglicherweise ein Indioerbe – perfekt die Kunst des Versteinerns, wie es das Fräulein Sissy sehr treffend beobachtet und geschildert hat. Die Mexikanerin versteht es, bei einem tatsächlichen oder vermeintlichen Sündenfall des Mannes sich stunden-, sogar tagelang in den Zustand vollkommener Stummheit und Bewegungslosigkeit zu versetzen und mit stumpf verhangenem, absolut ausdruckslosem Blick darin zu verharren, ohne jede verbale Äußerung, ohne die geringste Reaktion auf Beteuerungen, Schwüre, Drohungen und Beschimpfungen des Mannes. Das mache ihr einmal eine Europäerin oder Amerikanerin nach! Sie ist aus Holz oder Stein und bleibt es bis zur Totalerschöpfung und bedingungslosen Unterwerfung des Mannes. Die mexikanischen Ehemänner wissen um ihre Ohnmacht. Daher suchen sie so oft als möglich ihresgleichen auf, sitzen im Machokostüm gebündelt beim Tequila, tun groß und singen freche Zarzuelas über die Frauen. Dabei weiß jeder, was er zu Haus sitzen hat.«

Die Gesellschaft zeigte sich interessiert, und besonders die Männer gestanden beklommen ein, daß ihnen die Methode neu sei. Ditta Dorn hielt es für ihre Pflicht als Frau, für sicher vorauszusetzen, daß der mexikanische Mann trotz allem Verhaltensweisen der maskulinen Unterdrückung entwickelt habe und mißbrauche, die aber Herrn Herschel als Mann, der natürlich einseitig und parteiisch empfinde, entgangen seien oder von ihm absichtlich verschwiegen würden.

Um die Reisegesellschaft nach dem strapaziösen Flug noch einen Tag zu schonen, war nur eine kleine Stadtrundfahrt vorgesehen. Man brach von den Tischen auf, um sich noch ein bißchen zurechtzumachen.

Der Bus stand diesmal schon bereit, der Chauffeur, der gestern für eine kleine Zeitverwirrung gesorgt hatte, in frisch gebügelter Uniform mit keß aufgesetzter Schirmmütze, lächelte unter dem geölten Bausch des ansehnlichen Schnurrbarts, ohne den geringsten Schimmer eines schlechten Gewissens. Er hob die Damen mit routinierter Galanterie und einer jeweils persönlichen Note ins Auto. Auch die beiden jüngeren wurden mit Einsteighilfe bedacht, wofür er von der Nowak ein animiertes Lächeln einheimste, von Ditta Dorn einen stechenden Blick und völlige Versteifung der Gliedmaßen.

Mit einem Ächzen der Erleichterung ließ die Quaerens sich zur Siesta auf das Bett fallen. Die Zeitverschiebung durch den Flug und unmittelbar danach die gestörte Nachtruhe machten sich bemerkbar. Sie nahm nicht einmal ein Buch zur Hand, sondern döste mit geschlossenen Augen und überließ sich unkontrollierten Assoziationen.

Die Schilderung des Fräulein Nowak vom erstaunlichen Erstarren der Rivalin ... Herschels Kommentar zu dieser Form der Rache einer Eifersüchtigen und Beleidigten und die Wirkung auf den Sünder ... dann sprang der Bilderfluß unvermittelt über auf die schleppenden Zeitmännchen ... sie sah sie in der Bewegung innehalten und ihre Last von sich werfen – die Zeit verweigern durch die Verweigerung der Bewegung ... kam wieder auf versteinerte Gekränkte, die nicht tobten, sondern einfroren, wohl wissend und es rachsüchtig nützend, daß Bewegung zehrt, Stillhalten aber Kraft speichert und dem sich schwächenden Tobenden Überlegenheit entgegensetzt ... Bilder streiften sie von meditativ Versenkten und den ihnen zugeschriebenen übernatürlichen Fähigkeiten ... Schamanenzauber ... und wieder sah sie den von der Nowak geschilderten behexten Delinquenten, der von der stummen Versteinerung willenlos nachgezogen wurde ... das soll ihr eine Europäerin oder Amerikanerin nachmachen, die erschöpfen sich im Getobe, währenddessen erholt sich der Mann und plustert sich zum Gegenschlag.

Schließlich verwirrten sich die Gedanken der Quaerens vollends, und sie schlief ein mit dem Gefühl einer bestürzenden Andersartigkeit dieser Menschen in bezug auf so etwas selbstverständlich Erscheinendes wie die Zeit.

Das stoffliche Licht und die hilfsbedürftige Sonne

Als nächster Punkt des Sightseeingprogramms war der Besuch der Ruinenstadt Teotihuacán vorgesehen, ungefähr fünfzig Kilometer von Mexico City entfernt, in einem öden Hochtal gelegen.

Im hoteleigenen Kleinbus aufrecht mit dem Mikrophon stehend, unterrichtete Herr Bäuml während der Fahrt seine Gruppe über die näheren Bewandtnisse des Ortes.

Man erfuhr, daß die Stadt um 450 n. Chr. in Hochblüte gestanden sei und gegen 150.000 Einwohner beherbergt habe. Um 700 herum sei sie plötzlich geschrumpft und zur dörflichen Siedlung heruntergekommen, die auch rasch verfiel. Jetzt war es eine Totenstadt, zeigte aber neben Palastruinen und Gebäudefundamenten zwei fast vollständig erhaltene Stufenpyramiden, von denen die kleinere nach dem Mond, die größere nach der Sonne benannt war.

Herr Bäuml bemühte sich, seinen Anbefohlenen eine Vorstellung von der einstigen Belebtheit dieser Stadt zu vermitteln. Er beschrieb die Prunkprozessionen der Priesterschaft und der Kriegerkaste, Haupt und Schultern im schillernden Putz aus den Schmuckfedern bunter Vögel. Mit ihnen ließ er auch das fromme Volk sich vor der Pyramide scharen, über deren schmales Stufenband in feierlich gemessenem Schritt nur die Priester und die zum Opfer Erwählten emporstiegen zu dem kleinen Tempel auf der Plattform, vor welchem der Opferstein stand.

Zwar behaupten die Gelehrten, schmollte Bäuml, daß in Teotihuacán keine Menschenopfer dargebracht wurden, aber erstens sei das gar nicht so sicher, und zweitens könne jeder mit Hilfe seiner Einbildungskraft an diesem Modell den entscheidenden Vorgang, den er, Bäuml, noch schildern würde, in seiner ganzen Großartigkeit verstehen und erleben. Denn diese Pyramiden seien ja dem Zerstörungsrausch der Banden des Cortez entgangen, die im ehemaligen Tenochtitlán, der Hauptstadt der Azteken, wo heute Mexico City stünde, gegen 500 Heiligtümer dem Boden gleichgemacht hätten.

Bäuml ließ es sich nun angelegen sein, breit und detailliert das Opferritual zu schildern, das auf der Pyramidenplattform vollzogen worden sei.

Er schilderte, wie dem über den Opferstein Gespannten ein Obsidianmesser in den Brustkorb gestoßen und dann das noch pochende Herz mit bloßer Hand herausgerissen und der Sonne entgegengereckt wurde. Das Opfer diente nämlich der Stärkung dieses Gestirns. – Die Herrschaften sollten ihre Imagination spielen lassen, riet Bäuml, und sich die Ströme von frischem Blut vorstellen, das vom Opferstein gespritzt, in immer breiteren Bächen über die Terrassen und Stufen der Pyramide geflossen sei und das poröse Gestein durchtränkt habe vor den Augen der Menschenmenge, die Kopf an Kopf mit aufgewühlten Sinnen und in frommer Entrücktheit dem heiligen Geschehen folgte.

Die Quaerens verwunderte sich nicht wenig darüber, wie der schmalbrüstige Schmächtling Bäuml mit dem leicht verqueren Blaublick sich fruchtbar und offensichtlich angetan erwies bei der Beschreibung blutrünstiger Kultformen. Er konnte auch nicht genug zur wertungsfreien Vorurteilslosigkeit mahnen, pries die archaische Großartigkeit des Vorgangs und bekannte sich frei dazu, daß ein Mysterium ohne Menschenblut undenkbar wäre. Immer sei es, tönte er, ein Symptom beginnender Dekadenz gewesen, wenn in einer Kultur das Menschen- durch ein Tieropfer ersetzt wurde, man schließlich zum blutlosen Gemüse übergegangen sei oder gar zum psalmodierenden Lobgesang. Bäuml ließ auch starkes Mißfallen daran durchblicken, daß man im Christentum sich für die blaßleibige Oblate entschieden habe und dabei nur mehr blutig sprach.

Die zuhörende Gesellschaft nahm die Unterweisung schweigend auf. Um ja nicht in den Geruch der Engstirnigkeit zu kommen, ließ sie die interessierte Kühle und Objektivität des Gebildeten walten, und die schlichte Nowak, die als einzige fassungsloses Entsetzen äußerte, sah sich vergeblich nach Unterstützung um.

Die Schönbein machte mit fliegender Hand Notizen zur Belebung des Unterrichts an Allgemeinbildenden Höheren Schulen. Das medizinalrätliche Paar tauschte halblaut Bemerkungen über den praktischen Vorgang der Organherauslösung aus. Die beiden Herschels schwiegen und schauten so drein, wie einer dreinschaut, den nichts wundert, wenn es um ein Gemetzel geht. Der Hofrat Cornell, der – wenn auch auf ungleich höherem Niveau – die Ablehnung der Nowak teilte, sah vorläufig von einer Geißelung der blutigen Praktiken des Sonnenkultes ab, weil sein geschultes Auge erkannte, daß das rüttelnde und schaukelnde Auto auf der holprigen Landstraße nicht der Rahmen war, in welchem hohe Rhetorik sich eindrucksvoll entfalten ließe.

Eindeutig positiv animiert von den anschaulichen Ausführungen Herrn Bäumls war Ditta Dorn. Ihren stachelbewehrten Reiherhals vogelartig vorruckend, spitzmündig und fliehenden Kinns, meldete sie sich zu Wort, bekannte sich zu archaischer Lebensfülle, stellte aber die Frage, ob es nur Männer gewesen seien, die an der Unterstützung und Kräftigung der Sonne beteiligt gewesen seien. Bäuml, welcher der Frauenfrage positiv gegenüberstand, konnte die Dorn teilweise beruhigen. Allerdings nicht, was die Opferung, sondern was die Rolle nach dem Tod anbelangte. Der Überlieferung nach begleiteten die vom nächtlichen Unterwegsgang geschwächte Sonne auf ihrer Bahn die Geister der Männer, die im Krieg oder auf dem Opferstein ums Leben gekommen waren, bis zum Zenit. Dort jedoch ging das absteigende Gestirn in die Pflege von Frauen über, und zwar solcher, die im Kindbett gestorben waren, ein gleiches Feld der Ehre wie der Kampf und die Opferung.

Man könne daher, fügte Bäuml noch hinzu, gut verstehen, daß auch die zum Opfer Ausersehenen in freudigem Stolz den Gang zur Pyramide antraten, da sie ja zu jenen auserwählten Toten gehören würden, die es dem offensichtlich hilfebedürftigen Gestirn ermöglichten, seine für die Natur lebenswichtige Rolle und Aufgabe zu erfüllen.

Während der archaisch begeisterte Bäuml sich mit der mystischen Potenz des Ursprünglichen blähte und berauschte und die Schwachnervigkeit unserer Kulturzone als Degenerationserscheinung entlarvte, schwenkte der Bus von der Straße ab und holperte in wüstes Gelände. Ausgedörrte, mit Sprüngen übernetzte Erde, Steine und Staub waren zu sehen. Dazwischen, ruppig und lebenszäh, spitzdorniges Buschwerk und die lanzenbewehrte Agave. Am Rand des archäologisch erschlossenen Terrains fanden sich ein Parkplatz und ein paar windschiefe Buden, wo man scharfriechende Tacos, Tequila und Andenken verhökerte.

Schon von weitem hatte man am Horizont den schwarzrötlichen Steinberg der Sonnenpyramide aufwachsen sehen. Fünfundsechzig Meter hoch, wußte man indes. Obwohl der ehemals bemalten Beschichtung entkleidet, faszinierte den Beschauer auch das erdfarbene Bauwerk durch seine lastende Wuchtigkeit. Je näher man kam, umso bedrückender empfand man diese in vierfachen Terrassen aufgestockte, oben abgestumpfte Pyramide, die in ihrer stummen Schwergewichtigkeit wie eine dunkle Bedrohung war. Mehr Ungetüm als majestätische Architektur, blockte sie sich vor dem wolkenlosen, sehr blauen Himmel in der sandgelben Hochebene auf und ließ die Menschen, die darauf herumkrochen, wie Ameisen erscheinen. Ihr Reden und Rufen verschluckte der Stein.

Der Koloß stand inmitten der öden Landschaft wie eine starrende Abweisung. Er gab sich nicht der geilen Schaulust preis. Er verschloß sich gegen das glotzende Menschenpack, das ihn bestieg, betastete, abphotographierte. Er machte es zum wimmelnden Ungeziefer.

Bei seinem Anblick überrieselte es einen, aber es war nicht der feierliche Schauer, wie ihn eine gotische Kathedrale, eine ägyptische Pyramide oder ein griechischer Tempel erregt. Es war eine Art würgender Schrecken.

Die Quaerens mußte sich einen inneren Stoß geben, ehe sie die erste Stufe der steilen schmalen Treppe nahm, die zum Plateau führte, wo einstmals der Opferstein gestanden war. Allen voraus klomm wie eine Wildziege auf zähen Beinen die Studienrätin, photogeil. Langsamer, aber gleichmäßig im Tempo und sorgfältig auf den Atemrhythmus bedacht, folgte das ärztliche Paar. Alle anderen legten Rasten ein, beklagten sich über die Hitze und die unbequeme Höhe der Stufen. Frau Rosa Herschel war von Anfang an unter der schattigen Plache einer der Verkaufsbuden sitzen geblieben. Die Quaerens stieg nur zu etwa halber Höhe auf. Es war ihr nicht um Gipfelsturm zu tun. Sie versprach sich auch nichts vom Fernblick in diese eintönige Landschaft, und auf der Steinstufe, auf die sie sich niedergelassen hatte, konnte sie, was ihr im Augenblick wesentlich wichtiger war, ungestört ihren Eindrücken und Gedanken nachhängen, die sie in verwirrender Fülle bedrängten, seit ihr das massige Steinmal beim ersten Anblick jenen feinen, aber tiefgehenden Schreck zugefügt hatte.

Sie schaute und schaute und grübelte darüber und suchte zu begreifen, was sie sah und wie wildfremd und bedrükkend es war. Endlich glaubte sie, die Ursache zu erkennen. Dieses Erkennen ergab sich aber nicht allmählich, als Summe einzelner Eindrücke, die sich zum Resultat formten. Es überkam sie schockartig. – Es war das Licht.

Jetzt wurde ihr bewußt, daß dieses Licht sie schon in der

Hauptstadt unterschwellig irritiert hatte. Aber erst hier, in der leeren, ebenen Weite begriff sie, wie anders dieses Licht war als jedes ihr bekannte im Norden oder Süden Europas.

Diesem Licht hier fehlte die Eigenschaft der Luftigkeit, die körperlose Konsistenz. Es war Materie. Es war kein unstoffliches Medium, das die Dinge konturenlösend umschmiegte und Verbindungen schuf. Es schob sich, selbst kompakt, zwischen die kompakten Formen aus dichtem Stoff. Es verband nicht, sondern vereinzelte, separierte. Jeder Stein und Mauerrest, jede Staude, die Pyramide selbst und in der Ferne die Autos und die Buden waren kantenscharf isoliert, ohne sinnlich wahrnehmbare Beziehung zum benachbarten Gegenstand.

Die Quaerens empfand tiefes Unbehagen. Sie suchte es mit kühler Vernunft zu beschwichtigen. Sagte sich, daß es für das Phänomen bestimmt eine trockene meteorologische Erklärung gab.

Wahrscheinlich fehlten aus einem Grund, welcher dem Wetterkundigen durchaus vertraut war, der Luft hier oben in der trockenen Höhe gewisse Feinstoffe, welche anderswo die Atmosphäre ausmachen und Verbindlichkeiten vortäuschen, die es nicht wirklich gibt. Denn in der Realität steht ja jeder Körper tatsächlich für sich allein, und was Konturen aufzulösen und zu geselligem Verschmelzen zu bringen scheint, ist nichts als Illusion, ein trügerisches Spiel des luftigen Elements und seines Feuchtigkeitsgehalts.

Aber an diesen Trug war man gewöhnt, man war damit aufgewachsen. Die nüchterne Wahrheit über das einsame Sein der Dinge, der man sich hier gegenübersah, schuf Beklemmung und Atemnot. Die Quaerens fühlte sich eingeschlossen in dieses Licht wie eine Fliege in Bernstein. Ohne das tröstliche Fluidum, das in tausend Übergängen Festes und Flüchtiges zur Einheit bindet, haben die Gegenstände etwas Zufälliges, sinnlos in den Raum Geworfenes, wie Abstellgerümpel auf einem Dachboden.

Nun sah sie auch, daß der Himmel nicht die gewohnte durchsichtige Ferne mit der Ahnung unendlicher Weiten bot. Er war ein blau ausgeschlagenes Gewölbe, eine stofflich begrenzte Kuppel, die wie gefalzt an die Erde stieß.

Das Gefühl der Luftabschnürung machte ihr Herzklopfen. Dazu aber kam noch merkwürdigerweise ein tiefer Kummer. Ein hoffnungsleerer Kummer über die unauflösbare Einsamkeit der Dinge. Eine kosmische Verlassenheit, unpersönlich und unwiderruflich umso mehr, als es die Wahrheit über die Natur der Formen war. Ihr freundliches Zusammenleben und Verflochtensein war nur Chimäre.

Während sie noch verwirrt an diesem fremdartigen Kummer litt, vernahm sie – als dränge es aus den Erdrissen hervor – ein eigenartiges Tönen. Klang konnte man es nicht nennen, geschweige denn Musik, obwohl es, wie sie sich vernünftigerweise sagte, offenbar durch ein Instrument hervorgebracht wurde. Magere vier, fünf Töne, seltsam unbeleibt. Gewissermaßen das Skelett einer Melodie oder besser einer Tonfolge. Dünn, aber durchdringend lochte es die Stille, und man glaubte die nüchterne Stimme der Wüste, der Einsamkeit, der Trümmer dieser toten Stadt zu vernehmen.

Es zog sie von ihrem steinernen Sitz auf, und sie stieg hinunter, um nach der Herkunft des eigenartigen Phänomens zu forschen.

Es war ein zerlumpter, verwahrloster alter Mann, klein, zartknochig zäh. Ein Indio mit glatten schwarzen Haarsträhnen unter einem speckigen Hut. Eine scharf gekrümmte Nase über einem lippenlosen, zahnlos eingefallenen Mund. Da waren nur die Augen. Wimpernlose, gelbe, kleine, runde Augen von bestürzender Eindringlichkeit, obwohl sie weder Gefühl noch Interesse zeigten. Reptilienaugen mit dunklen Tränensäcken.

Er kauerte völlig bewegungslos, erdfarben im Schatten eines Mauerrestes und fingerte an einem kleinen tönernen Instrument, das sich bei näherem Hinblick als Schildkröte erwies, die in ein Mundstück auslief und im Rücken vier Löcher hatte, die, abwechselnd geschlossen und geöffnet, jene Töne hervorbrachten. Vermutlich ein ursprünglich indianisches Instrument, das jetzt, kommerziell hergestellt, den Touristen zum Kauf angeboten wurde. Der Mann wartete auf den Abtrieb der Gringoschar von der Pyramide und schlug sich indessen die Zeit mit Blasen tot. Es war kein Gefühl, schon gar nicht Sentimentalität in diesem »Musizieren«; sowenig wie im Pfeifen eines Vogels. Aber es ließ schwarze Melancholie aufquellen. Wenn Musik Klang gewordene Luft ist, dann war diese wie das Licht hier, stofflich nüchtern. Sie belebte nicht, sie gravierte die Einsamkeit und paßte zur Erscheinung ihres Erzeugers, zur absoluten Ausdruckslosigkeit seines Gesichts, das weder beabsichtigte Verschlossenheit oder gar Feindseligkeit ausdrückte, weder Sympathie noch Antipathie, sondern nur eine umfassende, fast kosmische Gleichgültigkeit.

Je länger und eindringlicher die Quaerens hinschaute, umso mehr bezweifelte sie die Sicherheit des Gesehenen. War es wirklich ein alter Indio, der da hockte? Es konnte genauso ein Kojote sein, spitznäsig, gelbäugig, mit räudigem Fell. Oder auch die Krüppelform eines ausgedörrten Dornbusches, in den sich Agavenblätter verkeilt hatten. Mensch, Tier oder Pflanze in unausgesprochener Wandelform.

Auch eine Machenschaft dieses eigenartigen Lichtes, das Verbindung und Verschmelzung ausschließt, Verwandlung aber erlaubt.

Was sie zu neuer Grübelei trieb, war aber, daß diesem seltsamen Formengetriebe ganz die Dimension der Unheimlichkeit oder Gespenstigkeit fehlte, wie wenn es Qualitäten einer luftigen, unstofflichen Atmosphäre wären. Dieses stoffliche Licht hatte die Potenz, Materie zu manipulieren in formenbrodelnder Transformation. Es ließ nicht etwas »erscheinen«. Es verwandelte.

Sie war froh, als sie das Stimmengewirr der absteigenden

Touristen hörte, die ihre Eindrücke beschwätzten, über die Hitze und die Strapaz des Abstiegs klagten, der mühsamer als der Aufstieg war. Das brachte auch den verwirrenden Bläser auf die Beine. Drahtig sprang er auf, grinste wie ein hautüberzogener Totenschädel und klettete sich devot feilschend an den Fremden fest, um seine Kröten anzubieten. Mit flinken Fingern pfiffelte er ihnen etwas vor, zeigte, wie das irdene Tierchen zu handhaben war, ließ sie es versuchen und lachte dabei mit weit offenem zahnlosem Maul, hielt sich sogar den Bauch vor Lachen, wenn einer sich besonders ungeschickt anstellte. Er war jetzt nichts als ein Hausierer, der sein Geschäft verstand. Erst als er nach reichlichem Absatz der Ware den Buden zuging, als er mit schnürendem Gang zwischen den Gebüschen abwechselnd verschwand und auftauchte, bekam der Mann wieder etwas von seiner ungewissen, beunruhigenden Wandelbarkeit zurück, die der Quaerens vorher schon so sehr zu denken gegeben hatte.

Aber jetzt war sie nicht mehr allein. Sie mischte sich unter die Reisegesellschaft, hörte dem Gerede zu und war dankbar, als der stets unterhaltungsbereite Herschel sie ansprach.

»Sie haben sich die ›Bellevue‹ geschenkt«, kicherte er, »recht haben Sie gehabt. Nichts als Wüste, Steine und zähes Stachelgewächs. Kein Einheimischer würde sich da hinaufschleppen.« – »Und warum haben *Sie* es getan?« fragte die Quaerens. – »Ach, wissen Sie, ich bin im Grund genommen ein unheilbarer Romantiker, wie wir Europäer es nun einmal sind, besonders die germanischer Herkunft! – Ja, schauen Sie nur, ich bin weiß Gott kein Germane, aber groß geworden bin ich unter ihnen, in meiner Jugend hatte ich es auch mit Eichendorff und Brentano in der Rocktasche oder auswendig im Kopf, und irgendwo zu Hause habe ich versteckt, was ich in pubertärer Wallung tränenselig selbst erzeugt habe. Zeigen Sie einem solchen irgendwo einen erhöhten Punkt, einen Weitblick, schon fängt er zu klettern an, auch wenn der Atem streikt und sich die Knie empören. Von oben wird dann die Gegend betrachtet, die Aussicht mit Ah und Oh bedacht. Und warum diese germanische Süchtigkeit nach Ferne und Panorama? Ich sag's Ihnen: Wir drängen der Natur ununterbrochen unser Innenleben auf. Wir können uns nicht bei uns behalten. Persönlich müssen wir uns einschmuggeln in die Landschaft und alles auf uns beziehen, unsere simplen Gefühle mit Hilfe von Horizont und Firmament ins Erhabene hinaufdeuteln.« – »Glauben Sie, daß alle unsere Reisegenossen so empfunden haben?« – »Natürlich haben sie sich nicht romantisch aufgebauscht. Die heutige Form der Identifizierung mit der Natur besteht darin, daß man sich mit ihr im Hintergrund photographieren läßt. Auch das erhöht viele innerlich. Sie glauben gar nicht, wie beschäftigt ich als Nichtphotograph war, sie in Einzel- und Gruppenbildern festzuhalten, um nachzuweisen, wie großartig sich jeder macht vor der Kulisse einer indianischen Totenstadt. Sogar die Nowak wollte von sich ein Bild zum Annadeln im Frisiersalon. Und den Cornell hätten Sie sehen sollen. Er posierte ohne Familie. Scheinbar tat er lässig, als wollte irgendwer unbedingt sein Bild, aber gesehen muß man haben, wie er sich komponiert hat, ernst und groß blickend en face, dann sinnend en profil. Ganz klassisch.«

»Sagen Sie mir, Herr Herschel, ganz im Vertrauen! Gibt es auch Unrat da oben?« – »Wie meinen?« – »Nun, ich meine, da wir schon von der Sucht, sich mit der Natur zu identifizieren, reden – man findet doch, jedenfalls bei uns zu Hause, an besonderen Aussichtspunkten auffallend häufig fäkalische Losung, und zwar aus menschlichem Gedärm. Ich stehe zu der Behauptung, daß dies keineswegs von Geringschätzung oder einem derben Spaß spricht oder gar mit Blasphemie zu tun hat, dagegen viel mit Romantik und mit dem erwähnten Einnisten des persönlichen Innenlebens in die Natur. Man signalisiert auf diese archaische Art die eigene Zugehörigkeit zu deren Majestät.« – »Da gebe ich

Ihnen recht. Und wenn ich es bedenke, dann fällt's mir nachträglich auf. Übrigens besonders in Frankreich sind die sogenannten Bellevuen kaum betretbar; vermutlich der Nationalcharakter, der zur Selbstdarstellung und ›gloire‹ neigt. – Aber um Ihre Frage zu beantworten! Da oben auf der Pyramide gibt es nichts dergleichen. Der europäische Tourist kommt meist im Rudel und kann sich nicht der einsamen Schau hingeben, und der Mexikaner hat für diese Art der Gefühlsakrobatik gar kein Organ. Er empfindet Natur ganz nüchtern. Universale Umwelt, in welcher er als ein winziges Rädchen ohne eigenen Willen mitkreist und alles nimmt, wie's kommt. Da gibt es keine Umhalsungen sentimentaler Art. Sein Bedürfnis nach Erhabenheit stillt er offenbar mit den zahllosen Denkmälern. Ist Ihnen das schon aufgefallen? Nahezu auf jeder Straßenkreuzung steht eins, und zwar in Übergröße. Meist die Götzen der Revolutionsepochen mit geschwungenem Säbel oder den Zeigefinger auf einem Papier. Am Sockel steht dann neben dem Namen immer das genaue Datum des Heldentages einer der vielen Rebellionen, die alle nach großartigem Anfangspomp irgendwie und irgendwo still versandet sind und zurückgelassen haben, was schon vorher da war, nur mit anderen Namen. Der typische Mexikaner tritt nicht mit der Natur in erhebende Zwiesprache, sondern mit einem einheimischen Heldengauch.«

Nach dieser aufschlußreichen Unterhaltung mußte Herschel sich seiner Rosa widmen, die – wie erwähnt – unter der schattenspendenden Plache vor einer der Buden sitzengeblieben war.

Hochzufrieden und mit ausgeknipsten Kameras bestieg die Gesellschaft den Bus und ließ sich müde auf die Sitze fallen.

Nach dem Abendessen wieder in ihrem Hotelzimmer, nahm die Quaerens sich ihr Buch über Mythologie der Azteken vor und las alles, was unter dem Stichwort Sonne zu finden war. Besonders fesselte sie die Geschichte von der Entstehung des Gestirns. »Das ist ja eine gräßliche Fretterei«, sagte sie und wurde sich gleichzeitig bewußt, daß dieser Ausdruck eigentlich zu leger war im Zusammenhang mit einer mythischen Überlieferung. Sie probierte es dann mit Ausdrücken wie Katastrophe, Desaster, Verhängnis, aber sie wollten gar nicht zu dem geschilderten Vorgang passen. Sie hatten zuviel von Pathos an sich, und gerade das Pathos war es, was diesen Sonnengeschichten vollständig fehlte. Es war eine Geschichte von nüchterner Plackerei, den schleppenden Zeitnumina nicht unähnlich. Für die Quaerens war es ein ganz neuer Aspekt, die Sonne, die bei allen Völkern als machtvolles Gestirn gilt, als so hilfsbedürftig zu sehen, so angewiesen auf die Unterstützung der Menschen, der toten und der lebendigen, wie es schon den Bemerkungen Bäumls zu entnehmen war. Und die Geschichte von der Entstehung des Gestirns bestätigte nur diese Bedürftigkeit.

So kannte sie aus den abendländischen Mythen die Fabel der Erschaffung der Sonne von einem Hochgott am Anfang der Welt, ehe noch Pflanzen und Tiere, vor allem ehe der Mensch geschaffen wird. Bei den Azteken wird das grundlegend anders erzählt. Da gab es schon Menschen, die sich durch eine zwielichtige Dämmerung tasteten und sich lange, nach stümperhaften Versuchen untergeordneter Götter, mit einem funselhaft glosenden Lichtgestirn begnügen mußten, das sogar bisweilen vom Himmel stürzte. Nach einem solchen Absturz beschlossen die Götter, mit diesem Mißstand ein Ende zu machen – übrigens ohne Beteiligung des Hochgottes, der sich um derlei nicht kümmerte –, und sie traten zu einer Großversammlung zusammen. Man war sich einig, daß nun endlich eine wirklich lichtspendende und weniger fallsüchtige Sonne hergehöre. Nach ihrer spezifischen Denkweise war dies aber nur möglich durch ein spektakuläres Selbstopfer eines der Ihren.

Sie kamen zu dem Schluß, daß einer von ihnen sich freiwillig selbst verbrennen müßte. Das Gestirn würde dann aus seinem verglühenden Herzen entstehen.

Als erster fand sich zu diesem heroischen Akt ein Gott bereit, der als notorischer Angeber bekannt war. Entsprechend großprotzig waren auch seine Vorbereitungen, die Opfergaben, mit denen er das Feuer entfachte. – Statt, wie es üblich war, Reisig, Dornen und sich selbst abgezapftes Blut zu spenden, warf er Gold, kostbare Federn und Korallen in die Flammen sowie Kopalharz für duftenden Weihrauch. Als es dann aber zum entscheidenden Sprung kam, verließ ihn leider plötzlich der Mut, und nach dreimalig vergeblichem Ansatz kniff er. Sein kostbares Feuer fiel sinnlos in sich zusammen und verlosch.

Die Götter waren verzweifelt und sahen sich nach einem anderen Opferbereiten um. Es meldete sich aber nur einer, den man in der Runde wenig achtete, weil er unansehnlich, schüchtern und obendrein mit einem grindigen Ausschlag behaftet war: Nanautzin mit Namen. Immerhin! Er wollte den Sprung wagen, und so sprachen die Götter zu ihm: »Es sei, du sollst der Lichtbringer sein, Räudiger!« Der Verkrätzte trat also zum Herd und nährte das Feuer mit Dingen von gewöhnlichster Beschaffenheit: dürres Schilfrohr, Heu, Agavendornen, anstelle des aromatischen Kopalharzes spendete er die Krusten seiner Schwären. Als das Feuer aber aufflammte, sprang er, ohne einen Augenblick zu zögern, mitten hinein. Und siehe! Während er langsam verkohlte, kam allmählich Morgendämmerung auf, und schließlich stieg in voller Leuchtkraft eine zwar grindgenährte, aber unglaublich strahlende Sonne am Himmel auf, wie man bisher noch keine gesehen hatte. – So besaß die Welt durch die wackere Opfertat des räudigen Nanautzin eine Sonne, welche Tag für Tag die Welt ausreichend erhellte.

Aber leider war auch dieses Gestirn anfällig, und man hatte seine Not mit ihm. Mit dieser Plage aber befaßten sich nicht mehr die Götter selbst; sie halsten sie den Menschen auf. Flüsterten sie den Priestern ins Ohr, was zu geschehen habe? Wie immer! Fortan trugen die Menschen die Verantwortung für das lebenserhaltende, aber heikle Gestirn, und sie hatten darauf zu achten, daß es regelmäßig über die Runden kam.

Alle Völker des Erdballs machten sich Gedanken darüber, was des Nachts mit der Sonne geschah und wie sie den Rundlauf bewältigte. In den abendländischen Sonnengeschichten prunkte das Gestirn tagsüber im goldenen Wagen mit feurigen Rossen oder in einer stillen, serenen Barke, nachts ruhte es auf duftigen Pfühlen, oftmals in weichen Armen. Die Sonne der Azteken dagegen mußte nächtens – was übrigens der Logik weit eher entsprach – die Unterwelt durchwandern, jedoch ohne göttliche Privilegien, sondern genauso mühselig und qualvoll, wie es den gewöhnlichen Verstorbenen auferlegt war. Was Wunder, daß diese Strapaz hernahm, und zwar so empfindlich, daß die Sonne vollkommen erschöpft und zum Skelett abgemagert morgens auftauchte und dringend der Unterstützung bedurfte, um ihren Tagesgang antreten und durchhalten zu können. Dabei halfen mit viel aufmunterndem Gerassel und Gepauke auserwählte Tote: Männer, die im Kampf oder auf dem Opferstein getötet worden waren, sowie Frauen, die das Kindbett hingerafft hatte. Die Lebenden aber brachten mehrmals des Tages Blumen dar, die mit ihrem eigenen Blut besprengt waren, das sie sich mit Hilfe von Agavendornen aus Ohren, Nasenflügeln und empfindlicheren Leibesstellen abmolken. Entscheidend aber konnte das Gestirn sich nur leiben und gestärkt werden durch das Blut der Herzen, die bei lebendigem Leib herausgerissen wurden. Die Menschen hatten durch Dauerkriege dafür zu sorgen, daß immer genügend Gefangene dafür vorhanden waren. Sie achteten bei diesen Scharmützeln sehr darauf, daß sie den Feind nicht töteten, sondern zu heiliger Verwendung aufbewahrten als

Kraftnahrung für die Sonne, von der es hieß: »sie hat schwer zu arbeiten«.

Nicht Verehrung und Devotion war also das Motiv für diese blutigen Opfer oder Bitte um irgendwelche Gnaden. Man erfüllte damit sachlich und zweckmäßig die nüchterne Pflicht, um den Gang des Kosmos aufrechtzuerhalten. Denn die Götter rührten dafür keinen Finger.

Als die Quaerens diese Geschichten mit wachem Interesse gelesen hatte, glaubte sie auf einmal zu begreifen, warum dem Licht in diesem Land die luzide Beschaffenheit fehlte, weil nämlich eine solch todesanfällige und blutsüchtige Sonne nur lastendes Licht absondern konnte. Natürlich war sie sich klar darüber, daß sie Ursache und Wirkung vertauschte. Weil das Licht hier so stofflich erschien, waren in der mythenbildenden Phantasie der Menschen diese beklemmenden Geschichten und Rituale entstanden, nicht umgekehrt. Aber im Mythos gilt nicht das Gesetz der Logik von Ursache und Wirkung. Der Mensch beobachtet und sucht eine Erklärung, aber nicht auf trockenem rationalem Weg, sondern in einer anschaulichen Geschichte. Beides Ansätze, die Wahrheit zu finden, die aber nur Annäherungen, keine Lösungen bieten.

Jetzt wurde der Quaerens auch klarer, was im Gespräch mit Herschel angedeutet war: der grundlegende Unterschied zwischen dem abendländischen und mexikanischen Verhältnis zur Natur.

Die atmosphärische Auflockerung des Naturbildes in unseren klimatischen Breiten erlaubt es, mit der Natur in gefühlsmäßige Beziehung zu treten. Es sind die schwebenden, transparenten Elemente, die erzeugen, was wir Stimmung nennen, die das Gefühl einer Einheit der Natur mit der individuellen Seele erwecken, Wechselschwingungen glückhafter oder trauriger Art. Wir projizieren unsere Seele in die Umwelt oder lassen sie durch die Umwelt einstimmen. Wir besitzen darin eine eigene Empfindlichkeit und Ansprechbarkeit. Wenn der Natur aber diese luftige Qualität abgeht und sie aus einem Puzzle voneinander abgrenzbarer Materie zu bestehen scheint, kann es zu einer solchen Verschmelzung nicht kommen. »In einem Land mit diesen Lichtverhältnissen«, sagte sich die Quaerens, »kann die Beziehung des Menschen zur Natur nur trocken sachlich sein. Die Umwelt ist ein Außen, bestimmbar nach Einzelformen, zu denen auch das Licht gehört. Sie kann kein Spiegelbild der Seele sein, der Gemütsverfassung. Besteht aber dieses Wechselverhältnis nicht, ist man auf sein fest konturiertes Ich beschränkt und damit alleingelassen, einsam und isoliert, anderseits aber auch nicht Stimmungslaunen ausgeliefert. Mag sein, daß diese Menschen einen festeren Charakter haben und es leichter ertragen können, daß die Götter sich nicht um sie kümmern, sondern daß sie selbst die Verantwortung dafür tragen, daß das Universum im Gleichgewicht bleibt, und zwar nicht durch Einsatz seelischer Qualitäten, sondern durch die nackte Lebensmaterie, das Blut.

In den Frühzeiten der Kultur zeigen die Götter immer Appetit auf Menschenblut, lebendiges Blut als Zeichen der totalen Hingabe und Unterwerfung.

Die Azteken aber opferten Menschenblut nicht, um die herrische Laune eines gierigen Gottes zufriedenzustellen. Man tat es für den Bestand des Universums und allen Lebens darin.

Es hatte nichts mit Verehrung oder Devotion zu tun. Es war eine nüchterne, rein sachliche Rechnung. Jenes Element, welches das Leben bedingt, das Licht, muß bei Kräften gehalten werden, um seine Aufgabe zu erfüllen; und Kraft ist Menschenblut. Die herausgerissenen Herzen sind keine Tribute an einen grausamen Gott. Sie sind Fütterungen, damit die notwendige Leistung erbracht werden kann. Fütterungen an die Sonne, wie man ein Zugtier füttert, damit es den Acker pflügt.

Nur so kann man sich die mehr als befremdliche Erscheinung erklären, daß ein hochkultiviertes Volk solche Blutrituale pflegte ohne Grausam- oder Gewalttätigkeit, sondern aus nüchterner, sachlicher Sorge um den Bestand einer sehr brüchigen Welt.«

Die Quaerens hatte gleichfalls eine tönerne Schildkröte erstanden, und nun fingerte sie probeweise ein bißchen darauf herum, ganz vorsichtig leise, um ihre Zimmernachbarn nicht zu stören. Nach ihrer Erfahrung in der Weite der Totenstadt hatten diese trockenen Töne ohnehin kaum einen Schallkreis. Umso mehr fuhr sie zusammen, als der erste, zögernd geblasene Ton einen vollen Pfiff ergab. Dieser Pfiff erschreckte sie wegen seiner Lautstärke, aber tiefer noch, weil er eine Erinnerung weckte, die sehr weit herkam und die seit Jahrzehnten geschlafen hatte. Es war ein Fernton aus der Kindheit. Er kam von der Lokomotive, die ganz früh am Morgen aus dem Türkenschanzparktunnel über die Brücke fuhr, die den Gersthofer Markt überspannte. Ein Güterzug der Franz-Josefs-Bahn. Dieser Pfiff war ein Klagelaut namenloser Einsamkeit. Er hob den Zug heraus aus jeder vertrauten Verbindung mit dem Park, dem Platz, ja den Schienen und ihrem Bestimmungsort. Ein paar Augenblicke zwischen Nacht und Tag für die Dauer eines rieselnden Schreckens schwebte dieser gewöhnliche Güterzug außerhalb seines Geleises, und das Rufzeichen unheilbarer Verlorenheit hing in der Luft, bis der Chor der Vogelstimmen einsetzte.

Häßliche Götter

Seit er mexikanischen Boden betreten hatte, vollzog sich mit Bäuml eine Wandlung, die kraß ins Auge fiel und die Reiseteilnehmer in Unruhe stürzte. Im Flugzeug noch ganz der eifrige Manager in gebügeltem Anzug und Krawatte, sorgfältig rasiert und mit nett gescheitelter Frisur und zuvorkommendem Benehmen, trat er nun plötzlich in ausgefransten Jeans und einem verknitterten, am Hals weit geöffneten Baumwollhemd auf, das im Ausschnitt auf spärlich behaarter Brust eine Kette mit symbolträchtigem Muschelanhänger zeigte, bei dem es sich, wie man einander zuflüsterte, um ein mexikanisches Männlichkeitssinnbild handelte. Er hatte sich nicht rasiert, sein Haar war zerzaust, und er ging ohne Socken in Riemensandalen. Zudem schwamm er in einer Aura aus Schweiß und Ungewaschenheit.

Diese auffallende Verwandlung hing offenbar mit einer ideologischen Überzeugung zusammen, die er demonstrativ zur Schau stellte. So hatte man auch eine betonte Ungezwungenheit des Benehmens zu verstehen, die sich beispielsweise in der Vernachlässigung der Hochsprache kundtat. Herr Bäuml bevorzugte plötzlich Dialekt, so wie einer ihn spricht, der nicht damit aufgewachsen ist; gewissermaßen ein Gegenbild davon, wie die Nowak sich um das Hochdeutsche bemühte. Er stellte einen Menschen dar, der bewußt Europa und die westlichen Zivilisationszwänge abgestreift hat. An einer störrischen Verkniffenheit des Mundes und einer rötlich unterlaufenen Starrheit des Blicks konnte man die Bereitschaft zum Zelotentum erkennen.

Verbal bestätigte er diese Stimmung durch eine röhrenförmige Hochpreisung alles dessen, was er als »gesunde Natürlichkeit« bezeichnete. Andeutungen zu dieser Glaubensrichtung hatte es von seiner Seite ja bereits gegeben, aber in gemäßigten Formen. Jetzt krähte er seine Überzeugungen mit der etwas gebrochenen Stimme eines Junghahns heraus, und sie liefen allesamt darauf hinaus, daß man alles, was der Europäer als Übelstand empfand, positiv zu beurteilen habe, angefangen von der Unpünktlichkeit der mexikanischen Volksseele über die kratertiefen Schlaglöcher in den Hauptstraßen und sogar bis zu einer von verlegenen Touristen angesprochenen Eigentümlichkeit des mexikanischen Toilettenwesens.

Es waren nämlich aus undurchsichtigen Gründen die Abflußöffnungen der Muscheln so klein, daß sie das verwendete Papier nicht ohne peinliche Stopfmaßnahmen einsogen. Kalt unterwies Bäuml die Angeekelten auf die in jedem WC befindlichen Kübel; dort hinein habe man das Papier zu werfen und nicht hinunterzuspülen. Es gebe da gar keinen Anlaß zum Ekel, im Gegenteil, die Maßnahme sei hochhygienisch, weil dadurch die Abwässer nicht vom wesensfremden, chemisch verseuchten Papier verschmutzt würden, sondern »natürlich« blieben. Grausen sei nur auf eine anerzogene Zimperei zurückzuführen, mit welcher man in der westlichen Zivilisation schon das Kleinkind traumatisiere. Hier setze sie sich nur bei jenen Kreaturen durch, die sich kriecherisch den verrotteten Industriestaaten anzupassen strebten. Sie ließen sich um teures Geld Klomuscheln aus den USA kommen und verpesteten damit den gesunden Faulschlamm des Kanalsystems.

Nachdem der deutlich aufgekratzte Reiseleiter das Frühstück mit diesen Erklärungen gewürzt hatte, brach man, wie im Programm vorgesehen, zum Besuch des berühmten anthropologischen Museums auf. Die Führung durch die Sammlungen übernahm Herr Bäuml selbst.

Nicht ohne Absicht, ließ er verlauten, werde man zuerst die profane Keramik besichtigen. Es sei dies wichtig, um von vornherein das Mißverständnis auszuschließen, daß es sich bei den sakralen Objekten, ihrer Eigenart wegen, um einen Tiefstand des handwerklichen Könnens und Kunstsinnes handle. Im Gegenteil, sie stellten vielmehr ein besonders hohes Niveau des Schaffens dar, an dem gemessen die säkulare Keramik fingerfertige Spielerei talentierter Handwerker sei.

Und talentiert waren sie gewesen! Die Figürchen, welche Menschen verschiedener Stämme und Rassen bei alltäglichen Beschäftigungen darstellten – darunter höchst anmutige Frauengestalten – wirkten auffallend lebendig und wirklichkeitsnah. Sie sprachen von einer hochentwickelten handwerklichen Geschicklichkeit, von scharfer Beobachtungsgabe und nicht zuletzt von viel Humor.

Nachdem man sich genügend verwundert und an manchem Stück ergötzt hatte, trieb Bäuml die Gruppe in einen Schauraum, in welchem sich Götterfiguren für den rituellen Gebrauch befanden, teils irden, teils steinern. Ein aztekisches Pantheon.

Symbole, welche diese Figuren in großer Anhäufung am Leib, besonders aber am Kopf trugen, wiesen auf Identität und Funktion hin. Von Miene und Gestalt her waren sie eher gleichartig; nicht einmal klar als männlich oder weiblich gekennzeichnet. Hatten die profanen Figuren in Gesichtszügen und Gestik erstaunliche Naturtreue und Individualität gezeigt, war den Götterdarstellungen ein – allerdings sehr stark ausgeprägtes – Merkmal gemeinsam: eine starre Unbewegtheit, die noch erhöht wurde durch eine merkwürdige Zusammenstauchung der Gestalt zum kurzen Quader, der mit all seinen emblematischen Aufbauten fast würfelförmig wirkte.

Einem gedrungenen Rumpf war halslos ein Kopf aufgesetzt, der mit der Überlast seines Putzes das Gesicht einzudrücken schien und oft Schulterbreite erreichte. Die Beine, eng aneinandergestellt, waren – im Verhältnis zum Rumpf – dick und verkürzt. Die Arme, eng an den Körper gepreßt, gingen in Hände über, die weder Gelenks- noch Fingerbewegung zeigten, oftmals auch nur ungegliederte Ausläufer der Arme waren. Der Leib war zwar umgürtet, aber ohne jede taillenhafte Einschnürung.

Tatsächlich! Hätte man nicht vorher die kunstfertigen, lebendig geformten Figürchen gesehen, man wäre geneigt gewesen, diese quadratische Steife einem geringen Kunstverstand zuzuschreiben, kruder Primitivität. So aber kam man nicht um die Überzeugung herum, daß Absicht vorliegen, daß diese Unform eine bestimmte Bedeutung, einen besonderen Sinn haben müsse.

Sobald es einem gelang, sich vorurteilsfrei dem Eindruck jener Figurinen hinzugeben, fühlte man, daß von dieser ungeschlachten Götzenwelt eine intensive Wirkung ausstrahlte: es war Kraft. Eine fast körperlich spürbare, hochgespannte Kraft saß in diesen gliederstarren Rümpfen. Sie wirkten nicht leblos; nur äußerte sich die Lebendigkeit nicht – wie wir es gewohnt sind – in Bewegung, sondern in einer Konzentration irgendwo in der Leibesmitte. Eine Gesammeltheit der Lebenskräfte, die sich nicht verzettelt, sondern zu einem hochgeladenen Kraftpunkt ballt. Zentrierte, nicht gelöste Kraft, wie die Bewegung sie vermittelt.

Mit wachem Interesse sah die Quaerens an einer Schrifttafel das Bildzeichen für Bewegung , eine streng symmetrisch in sich ruhende Figuration, die um ein Zentrum herum aufgebaut war. Sie erinnerte sich an das ägyptische Schriftzeichen für Bewegung: es war ein Hase; ein Tier, das man mit Laufen assoziiert, das gerade Gegenteil der starren Statik des aztekischen Zeichens, das ganz andere Anklänge auslöst.

Ganz besonders wurde diese gesammelte, in sich gebundene Kraft bei den zahlreichen Schlangendarstellungen deutlich, die einen der Hauptgötter verkörperten, Quetzalcoatl, die gefiederte Schlange. In aller Welt gilt als das charakteristische Merkmal dieses Reptils die schlängelnde Bewegungsform und die Fähigkeit zum blitzschnellen Zubiß. So werden Schlangen figural in fließenden Windungen dargestellt oder auf die Schwanzspitze gestützt mit steil aufgerecktem Körper und zustoßendem Kopf. Die Schlangen, die man hier sah, waren durchwegs voll eingerollt und zeigten höchstens ein züngelndes Maul auf der Kuppe ihrer pyramidalen Körperverschlingung: aufmerksame Bereitschaft, die sich jedoch noch nicht zur Bewegung entfaltet, sondern ihre Potenz in Reserve hält.

Unwillkürlich mußte die Quaerens an die versteinerte Rivalin der bestürzten Nowak in der Diskothek denken, die, ohne einen Finger zu rühren oder ein Wort zu verlieren, ihren Ausschwärmer willensgelähmt aus der Höhle der Verführung hinausgezogen hatte.

Mit ungewissen Gesichtern wanderte die Gesellschaft die Regale und Vitrinen entlang. Allen schwebten die vertrauten Götter- und Heiligenfiguren in ihren menschlichen Maßen und Bewegungen vor, an die sie gewöhnt waren. Selbst die Hindugötter wußten mit ihrer Vielgliedrigkeit anmutig umzugehen, sie sogar tänzerisch einzusetzen. Die ägyptischen Tierköpfe saßen auf schlanken, menschlichen Leibern. Ja selbst die Kentauren oder eine Hydra waren in ihrer Monstrosität wohlproportioniert und ließen ihre Kraft in Bewegung spielen. Man äußerte sich verwundert über das Fehlen des menschlichen Maßes und die klotzige Unform dieser Numina.

Da endlich fand es Bäuml hoch an der Zeit, aufklärend dazwischenzutreten, und zwar mit einem schwärmerisch verbissenen Blaublick, der die Quaerens sofort mißtrauisch machte. Bäuml erklärte nichts. Er pries. Er stellte das indianische Quadermännchen dem »feilen Schönheitskult« des Abendlandes entgegen, als die weit höhere und würdigere

Gottesauffassung. Er geißelte die griechische Götterwelt, brachte diese spielend mit den christlichen Heiligen unter einen Hut und bezeichnete alle schlankweg als glattfratzige Götzen.

Gar nicht genug konnte er den Apoll vom Belvedere oder die Venus kallipygos mit Häme überhäufen. *Sie* nannte er eine bessere Hetäre und *ihn* einen Schwengel vom Ballett. Die ausgebreiteten und spendenden Hände der Heiligen schürten im Gläubigen – laut Bäuml – feile Bittstellerei nach Almosengnaden. Von einem scheinernsten Herschel, den alles Bilderwesen im Heiligen ohnehin kalt ließ, auf die Venus von Willendorf hingewiesen, stockte der Reiseleiter nur kurz, ließ sie dann aber gnädig gelten, lobte sie sogar, obwohl sie eine Kreation der westlichen Welt war: durch die ausschließliche Hervorhebung der Fruchtbarkeitsaufgabe bei Vernachlässigung des Kopfes, Gesichts und beweglicher Gliedmaßen zeige sie immerhin numinose Kraft, ungeschmälert durch Schönheitshascherei. Eben ein Werk noch unverdorbener Frühzeit.

Schon während der Besichtigung konnte man an Cornells Zügen wachsende Verstimmung und Geringschätzung ablesen. Er ließ gedämpfte Murrtöne hören, und man sah seine Frau beschwichtigend auf ihn einreden. Nach Bäumls Statement jedoch hielt er es nicht mehr aus. Er tat die besorgte Gattin mit einer schnalzenden Handbewegung ab, stellte sich in Positur und laichte flüssig eine mit Sarkasmen durchsetzte Apologie der abendländischen Kunstauffassung ab, die der hier gebotenen Barbarei turmhoch überlegen sei. Mit geflügelter Lippe sprach er schön und viel von der Reife europäischer Gottesauffassung in der Form idealisch erhöhter Menschlichkeit: Das edle Haupt auf rankem Halse tragend, die Glieder in ausdrucksvoller Gestik gelöst. Sparsam nur war das passende Emblem an natürlicher Stelle angebracht, Kopfputz höchstens als den Leibesmaßen entsprechender Helm, wie jener der Pallas Athene, oder als maßvoll dimensionierter Strahlenkranz oder Heiligenschein. Cornell gab auch einen kurzen Abriß des Goldenen Schnitts, ließ jedoch auch Gestaltungen gotischer Heiligkeit mit ihrer expressionistischen Ausdruckskraft gelten sowie die ekstatische Sinnenfreude des Barock. Überall sei der Mensch das Maß, körperlich und seelisch. Diene doch die Darstellung des Heiligen der Ehre Gottes, und nach seinem Bilde, heißt es an feierlicher Stelle, sei der Mensch geschaffen. Von verkrampften Quadern sei nirgendwo die Rede. Er, Cornell, könne zwar begreifen, daß man im schwülen Morast des Dschungels die Götter als Dämonen anflehe sowie abbilde, aber das Volk der Azteken habe doch, wie man aus sicheren Quellen wisse, einen beachtlichen Kulturstand erreicht. Die Profankunst, die man anfangs gesehen habe, beweise auch, daß dieses Volk über ein beträchtliches Handwerkskönnen verfügt habe. So deute diese vertrackte, jedem Sinn für Schönheit spottende Auffassung des Göttlichen auf Vorstellungen und religiöse Denkformen hin, die im allerhöchsten Grad suspekt, ja widerlich seien. Wolle man diese Darstellungen, wenn schon nicht aufgrund der Schönheit, sondern aufgrund der Expressivität als Kunst ansprechen, als Formen, die dem geistigen Bild einer Gottheit adäquat seien, dann könne man sich nur entsetzen, von welch kranken, perversen Phantasien dieses Volk heimgesucht worden sei. »Regen Monstren zu Andacht und Verehrung an, vermitteln sie Vertrauen? Grausen und blanke Furcht muß diese Sterblichen geschüttelt haben, wenn sie vor ihren Götzen auf den Knien lagen!«

Während Cornell so eindrucksvoll sprach, beobachtete die Quaerens Herrn Bäuml, der gleich einem Terrier an gestraffter Leine vor Kläff- und Beißlust zitterte.

Als Cornell die Diskussion mit seinem Schlußwort für beendet hielt und die in Bann geschlagenen Zuhörer mit Siegerblick betrachtete, kläffte Bäuml los; von geordneter Rede konnte man nicht sprechen; das verhinderte der kaum gezähmte Impetus. Er stieß wenig schlüssige »Aussagen« hervor und machte durch simples Schimpfen alles Klassische herunter: »toter Alabaster«, »glatthäutige Ohnmacht«, »lähmender Zwang«, »Gerümpelboden der Geschichte«. Bäuml troff vor Hohn auf das »sogenannte Gute und Schöne«. Dagegen setzte er die lebensglühende, kraftstrotzende Ausdruckspotenz des Naturmenschen. Was erwarte man sich schon von vergipster Gnade oder dem Blitz in der Hand eines zwar löwenmähnigen, aber verhurten Zeus?

Da straffte Cornell noch einmal seine ins Beben geratene Kinnpartie, verlor die Contenance und geriet ebenfalls ins Keifen und Ehrabschneiden. Nannte die hier gezeigten Götter Nachtmahre, Alpträume, Ausgeburten einer kranken Phantasie; Götzenbankerte, die bekanntlich herausgerissene Herzen als Opfer forderten.

Nun vergaß Bäuml zur Gänze Stellung und Funktion, schmitzte dem Professor die Peitsche seiner Verachtung und Empörung ins Gesicht und sprach mit vor Erregung stotternder Stimme vom unerträglichen Hochmut der verrottenden westlichen Zivilisation, die ihren nahen Untergang in Schrecken durchaus verdiene, da sie – zahnlos und welk geworden – kein Organ mehr habe für die heilige Mystik des Blutrausches, der sogar die Opfer in feierliche Verzückung versetzt habe, wie Bäuml wußte und nach eigenen Angaben auch klar nachempfinden konnte.

Die beiden ließen jetzt an einen Hahnenkampf denken, wo sich rotsehende Vögel mit geschärften Krallen umflattern, auf nichts bedacht, als den Gegner zu verletzen, zu zerfetzen, tot zu sehen. Die Reisenden sprachen beschwichtigend auf die Streithähne ein.

Da wurde der Zank jählings unterbrochen. – Als nämlich Ditta Dorn mit dünner Kinderstimme sich voll zu den Ausführungen Herrn Bäumls bekannte und hervorhob, daß auch sie für ihre Person gegen die sogenannte Schönheit wäre, die nichts sei als schale, spätbürgerliche Banalität.

Um von diesem unfruchtbaren und sogar etwas peinlich gewordenen Streit abzulenken, stellte die Quaerens dem Reiseleiter die Frage nach der Bedeutung einer Figur, die man in mehrfachen Formen, entweder nur als Kopf oder mit gekreuzten Beinen sitzend, ausgestellt sah. Der Kopf war kahl und entbehrte ganz des üblichen symbolhaften Putzes. Die Augen waren entweder von Lidern halb bedeckt oder einfach Löcher, und der Mund klaffte und zeigte bisweilen in der Höhle eine Zunge oder sogar ein zweites Paar Lippen.

Hochangeregt durch diese Frage, vergaß Bäuml den Streit und erklärte, daß es sich hier nicht um einen Gott selbst handle, sondern um die Figur eines Priesters während des Begängnisses der Frühlingsfeier, die zu Ehren des Vegetationsgottes abgehalten werde. Im Verlauf dieses Kults werde einem Opfer die Haut in einem sauberen Stück abgezogen und vom zuständigen Priester zur Gänze übergestreift (daher auch die Öffnungen an Augen und Mund). Die frische Menschenhaut sei das poetische Symbol für das frühlingsfrische Kleid der Erde gewesen, und dieses außerordentlich heilige Fest hätte daher auch den Namen »Menschenschinden« getragen und der damit geehrte Gott Xipe Totec, »unser Herr, der Schinder«. All dies sei einer der wenigen erhaltenen Hymnen zu entnehmen.

Von der Schönbein darauf angesprochen, daß Frühlingsfeste anderswo mit vielleicht ausgelassenen Tänzen gefeiert würden, daß man sogar in manchen Zonen die Fruchtbarkeit der Erde direkter vorzulocken bestrebt war, indem sich Paare in aller Offenheit inmitten des Ackers ... »Sie wissen schon«, zögerte die Schönbein und schaute verlegen um sich, »ja, wie angedeutet, in plumper, für uns anstößigerweise naiver Aufforderung ... ein grob sexueller Wink für die Erde, sich zur Fruchtbarkeit zu bequemen ...« Dann verlor sie aus Befangenheit den Faden und schloß mit schreckgeweiteten Augen: »Aber dieses schauerliche Hautabziehen!

Dagegen hat ja das freizügige Paarungswesen vorderasiatischer Völkerschaften geradezu etwas Treuherziges. Wie soll der Mensch Primeln und Veilchen mit einer geschundenen Haut in gefühlsmäßige Verbindung bringen?«

Bäuml konnte es offenbar, wie man seinem Blick und seinen trotzig geschürzten Lippen ansah.

Die Quaerens hatte genug. Sie setzte sich unauffällig von der Gesellschaft ab, um sich ungestört von auflodernden Kunstdebatten der Betrachtung der Exponate widmen zu können. So wanderte sie grübelnd und schauend durch die Saalfluchten, die dank eines raffinierten Wechsels heller und dunkler Wandpartien sowie indirekter Lichtquellen in einem bewegten Halblicht lagen, das auch die weniger interessanten Objekte bedeutend erscheinen ließ und mit einer Aura von Geheimnis umgab.

Plötzlich spürte sie um die Zwerchfellgegend ein Ziehen; ein Sog war es fast, der sie festnagelte. Als sie – irgendeine körperliche Unpäßlichkeit fürchtend – schärfer in sich hineinhorchte, merkte sie eindeutig, daß dieser Sog von außen kam, und zwar von einer etwa zweieinhalb Meter hohen Steinplastik, die im Halbdunkel stand.

Trotz ihrer Größe und Massigkeit war sie auf den ersten Blick den zahlreichen Kleingötzen nicht unähnlich: geschlossene Stampfbeine, die Oberarme fest an den gestauchten Rumpf gepreßt, die Unterarme allerdings mit raubtierhaft gekrallten Händen vorgestreckt. Der obligate Kopfaufbau fehlte. Ja, sie fragte sich sogar, ob sie das breite, niedrige Gebilde, das direkt auf den Schultern aufsaß, als Kopf ansprechen konnte. Es hatte kein eigentliches Gesicht mit Mund und Nase, dafür aber zwei weit auseinanderstehende, kleine, runde, lidlose Augen, die starr auf den Beschauer gerichtet waren. Aber von einem gezielten Blick konnte auch wieder nicht die Rede sein. Diese Augen, über denen nur der schmale nackte Streif einer Stirne lag, hatten gleichzeitig etwas Gleichgültiges und doch Durchbohrendes.

Die Quaerens rief sich zur Ordnung, weil sie da Begriffe verband, die einander eigentlich ausschlossen. Aber es war trotzdem so: dieser Blick war leer und fixierte dennoch. Sie fühlte einen Schauer das Rückgrat entlanglaufen, und eine Gänsehaut stellte die Haare auf den Unterarmen auf.

Eine Tafel neben der Figur unterrichtete den Beschauer, daß es sich um Coatlicue, die Erdmutter, handle.

Sie schlug den Katalog auf, den sie sich in der Vorhalle gekauft hatte, und suchte im Index nach dieser Figur. Über die Bedeutung dieser Göttin und der Details der Darstellung in der kühl sachlichen Ausdrucksweise der archäologischen Wissenschaft informiert, betrachtete sie die Statue noch einmal genauer.

Krallenzehen, in den Boden geklammert, gingen in knöchellose Säulenbeine über, welche in einem Rock verschwanden, der aus sich windenden Schlangen geflochten war. Heißt ja auch das Wort Coatlicue »die mit dem Schlangenrock«. In der taillenlosen Rumpfmitte wurde dieser Rock durch einen Gürtel festgehalten, den ein Totenschädel beschnallte. Den hängebrüstigen Oberkörper bedeckte eine abgezogene Menschenhaut, welche die enge Beziehung der Erdmutter mit dem Vegetationsgott Xipe Totec, »unserem Herrn, dem Schinder«, demonstrierte. Hals und Brust schmückte ein kettenartiges Gehänge aus herausgerissenen Herzen und abgeschlagenen Händen.

Vom Katalog informiert, begriff die Quaerens nun auch die Bedeutung des »Kopfes«. Aus dem Hals leckten Blutströme. Ein Hinweis darauf, daß der Erdmutter in ihrer Nebenfunktion als Mondgöttin in bestimmten Phasen dieses Gestirns der Kopf abgeschlagen wurde. An seiner Stelle sind zwei einander zugekehrte Schlangenhäupter auf die Schultern gesetzt, deren Reptilienaugen einen anzuschauen scheinen, als wären sie das Augenpaar eines Kopfes. Von diesen beiden Augen aber geht das eigentlich Verstörende dieser Figur aus: die lähmende Faszination eines intensiven

Angestarrtwerdens durch etwas, das kein Blick ist, sondern je ein Auge zweier Einzelwesen. Ein Schauderbild. Mit umso größerem Befremden las die Quaerens im Katalog die emphatische Interpretation eines Kunstkritikers namens Justino Fernandez: »Alles an ihr pulsiert und lebt ... ist gleichzeitig Leben und Tod. Coatlicue ist die dynamisch kosmische Gewalt, die Leben spendet und sich aufrechterhält durch den Tod im Kampf der Gegensätze ... so hat die dramatische Schönheit Coatlicues letztlich eine kriegerische Bedeutung – Leben und Tod. Und deshalb ist sie erhaben, eine tragische und erschütternde Schönheit.«

Die Quaerens las diese Passage mehrmals, und sie wurde dabei sehr nachdenklich.

Während sie so grübelte, fing sie wieder der kalte Reptilien-»Blick« ein, und sie konnte nur schwer den Schauder unterdrücken, der sie mit einem nervösen Zittern unter der Haut anflog. Sowohl die nüchternen Sacherklärungen in ihrer rationalen Rüstigkeit wie die hymnische Interpretation des Herrn Fernandez wurden zermalmt von der Schwerblockigkeit des Götterbildes und seinem stummen Geheimnis, das Blutgeruch halluzinierte. Trotz aller Zerlegung in Einzelsymbole wuchs das Unwesen zusammen zu ungeheuerlicher Einheit und Lebendigkeit, zur Muttergöttin, die Tod und Leben ineinander war. »Aber ist es nicht wirklich so?« räumte die Quaerens widerwillig ein. »Hält es nicht geradeso die Natur? Die Erde macht sprießen und verwesen in emsig verschlungenem Ineinander. Nur das menschliche Gemüt kommt bei solch einer sachlichen Betrachtungsweise zu kurz und kann, dieser gnadenlosen Gesetzmäßigkeit ausgeliefert, nur standhalten, wenn es sich trockener Realitätsschau und völliger Illusionslosigkeit unterwirft.

Eines fehlt der mächtigen Aura dieser aztekischen Erdmutter ganz: Güte; das Mütterliche im Sinn von Geborgenheit. Auf diesem Schlangenschoß, unter blutigen Herzen und geschundener Haut möchte keiner Schutz und Trost suchen.

Wir Abendländer«, sinnierte die Quaerens, »sind im Begriff des Mütterlichen verwöhnt. Von der Isis bis zur Schutzmantelmadonna haben wir daraus alle tödlichen Aspekte ausgemerzt. Wir lassen an der göttlichen Mutter nur die lebenspendenden und -erhaltenden Gnaden gelten und haben uns eine Gottheit erdichtet, der wir schutzflehend auf den Schoß kriechen können. Im eigensten wehleidigen Interesse haben wir diesem Schoß die kosmische Wirklichkeit abgesprochen, in welcher Tod und Leben in wühlender Verwandlung nur Facetten eines Ganzen sind. Die dunkle Seite der Natur kaschieren wir, und wenn uns die Wahrheit einholt, fällt uns ein Tremor an.«

Dann floh sie.

Buchstäblich floh sie, ohne mehr nach links und rechts zu sehen, und entwich in mühsam unterdrückter Panik ins Freie, verstört von soviel Fremdheit. Draußen, vor dem Museumseingang, blieb sie eine Weile stehen, tief aufatmend, als wäre sie aus einem stickigen Bereich aufgetaucht. Langsam verebbte das Herzklopfen.

Erst als diese Zustände abgeflaut waren, nahm sie wahr, daß sich hier ein kleines Café befand, wo den müden Museumsbesuchern an weißlackierten Tischchen Erfrischungen angeboten wurden.

Die Nowak saß schon da mit einem halb gelangweilten, halb schmollenden Gesicht, vermutlich weil nichts Männliches in der Nähe war. So kam sie, als sie die Quaerens sah, an deren Tisch geschlendert, suchte offenbar Ansprache zum Totschlagen der Zeit und um ihre Eindrücke loszuwerden. Mit der Routiniertheit der Friseuse leitete sie ein Gespräch mit den altbewährten Anmerkungen über Wetter, Temperatur, Bekömmlichkeit der Kost und kleine Übelstände ein, wie es sich im Haarsalon gehört. Fast dankbar für diese triviale Ernüchterung ihres durch den Anblick der Erdgöttin irritierten Nervensystems, ließ sich die Quaerens bereitwillig auf die Unterhaltung ein, so daß die Nowak zutraulich wurde und schließlich mit ihren wirklichen Gefühlen hervorbrach. Sie teilte mit aufgerissenen Augen mit, daß sie die Besichtigung nicht nur wegen Anödung abgebrochen habe. Auf solche Veranstaltungen sei sie ja gefaßt gewesen, seit sie gesehen habe, daß es eine »akademische Reise« war, die sie im Versandkatalog gewonnen habe. Und sie wolle auch nicht, daß jemand hochnäsig bemerke: Na ja, was hat schon eine Friseurin hier zu suchen? Nein, sie sei durchaus bildungswillig. Aber das, was sie in diesem Museum zu sehen bekommen habe, das war denn doch ...

»Nein, sag ich, gnä' Frau, und noch einmal nein. Hab ich das notwendig? Und im Urlaub noch dazu? Richtig angegrault hat mich das alles. Schon die schwarzen Steinwände, die alles so dunkel machen, und dann noch die verwachsenen Figuren mit den bösen Gesichtern. Und das sollen denen ihre Heiligen gewesen sein? Also wenn man mich fragt! Ich bin ja grad keine fleißige Kirchengängerin. Nur so halt zu Ostern und zu Weihnachten und wenn man in der Klemme ist; Sie wissen schon! Da zünd ich auch einmal eine Kerze an vor einem Gnadenbild und sag ein Vaterunser und ein Gegrüßetseistdumaria. Aber die unsrigen Heiligen, die schauen einen doch freundlich an, so daß man sich um was bitten traut, und man hat das Gefühl, daß sie einen mögen. Aber seien Sie einmal ehrlich, könnten Sie vor so einem steifen Krüppel was herausbringen? So was von häßlich und abweisend. Unsere Heiligen sind schön gold und rot oder blau und beugen sich zu einem herunter mit ausgebreiteten Händen. Aber diese Spukfiguren da drinnen – haben Sie das gesehen –, die haben ja oft gar keine richtigen Hände! Oder geballte, krampfhaft an den Leib gepreßt, daß man gleich merkt, die wollen nichts hergeben. Jedenfalls nicht um ein Vaterunser und eine geweihte Kerze. Die wollen was Blutiges. Wie der Reiseleiter uns den ... ich hab vergessen, wie er heißt, angeblich einen Frühlingsgott, gezeigt hat, dem man eine abgezogene Haut bei lebendigem

Leib opfern muß, die dann der Priester noch sich selber überstreift, da hab ich mich fast übergeben müssen. Richtig irre ist so was.

Also mir war das zuviel. Sollen sie sagen: Der primitiven Person ist das eben alles zu hoch! Ich kann mich für viel interessieren, und unsere Damen im Salon sind oft sehr belesen, und unsereins hört so allerhand. In einem Frisiersalon kriegt man viel Gebildetes mit. Aber das! Nein. Das wird mich noch bis in die Nacht hinein verfolgen, und ich fürcht mich jetzt schon vor dem finstern Hotelzimmer, so allein. In jeder Ecke werd ich so eine Schreckschraube stehen sehen...«

Nun fanden sich allmählich auch die anderen Reiseteilnehmer ein. Erschöpft und fußlahm, wie einen Museen eben zu entlassen pflegen. Dankbar nahmen sie von der Existenz eines Kaffeehauses Kenntnis und ließen sich mit Seufzern der Erleichterung in die Sessel sinken. Man merkte ihnen auch eine gewisse Verwirrung an, ausgelöst durch die zahlreichen überraschenden, wenn nicht schockierenden Eindrücke, die auch einem routinierten Besucher exotischer Länder zusetzen konnten. Aber sie schwiegen. Wollte doch keiner sich vor den anderen durch das Bekenntnis seiner Bestürztheit eine Blöße leisten und an seiner wissenschaftlichen Vorurteilslosigkeit Zweifel aufkommen lassen.

Anders war das natürlich bei Cornell, der auf philosophisch-ästhetischer Grundlage gestritten hatte. Er trug immer noch eine abschätzige Miene zur Schau, und sein klassisches Profil vor der schwarzrötlichen Steinwand des Museums war die fleischgewordene Ablehnung alles dessen, was drin war.

Die Studienrätin bekam nichts von der gespannten Atmosphäre mit. Sie skribelte hingegeben in ihrem Notizbuch und hielt ihre Eindrücke fest, um alles möglichst genau und unmittelbar an die Schülerschaft weitergeben zu können. Höchstlmeier filmte mit grimmiger Miene (die aber nur Konzentration, nicht Verstimmung ausdrückte) über die Fassade hinwischend das Museum und dann die Reisegesellschaft, die er anwies, sich möglichst unbefangen zu geben, worauf jeder in seinem Photogesicht erstarrte.

An einem ein wenig von den anderen abgesetzten Tischchen hatten Bäuml und Ditta Dorn Platz genommen und schnatterten, die Köpfe eng zusammengesteckt, halblaut. Man erriet leicht, daß es um das eben Gesehene ging und ihre einhellige Begeisterung darüber, welche der Rest der Gruppe nicht teilte. Soviel man Gesprächsbrocken entnehmen konnte, mokierten sie sich über den Begriff des »Schönen«, wie Cornell ihn verstand, und streiften ihn dabei mit hämischen Blicken. Mit vorgerecktem Hals bekannte sich Ditta Dorn mit erhöhter Stimme zum Häßlichen und Unharmonischen und sprach ihm allein Ausdruckskraft und Lebenswahrheit zu. Unter dem lebhaften Beifall Bäumls begrüßte sie gewisse moderne Tendenzen in Kunst und Literatur, welche Grund zur Hoffnung gaben, daß junge, kreative Elemente sich endlich vom fad Gefälligen freimachten und sich der Wahrheit stellten, wobei sie auch mutig vom sogenannt Obszönen, ja Perversen nicht zurückschreckten. Bäuml stimmte ihr vollinhaltlich zu und brachte auch noch den Aspekt natürlicher Ursprünglichkeit – die gewisse Leute mit Primitivität verwechselten – ins Spiel. Er plädierte für eine radikale Rückkehr zu Natur und Einfachheit, nicht nur in der Kunst, sondern auch im Leben. Nur so sei die zivilisierte Welt vielleicht noch zu retten, obwohl sie das kaum wert sei.

Er riß sich bei diesen Erörterungen einen weiteren Knopf seines Knitterhemds auf, während die Dorn nervös an ihrem Stachelschmuck fingerte. – Längst hatten sie vergessen, ihre Stimmen zu dämpfen, und Cornell verfolgte scheelen Blicks die Unterhaltung und verkniff sich ein Eingreifen nur mühsam und um den Preis einer grün säuerlichen Gesichtsfarbe.

Die Quaerens benagte noch in sich gekehrt ihre beunruhigenden Gedanken angesichts der grausigen Erdmutter.

Herr Bäuml sucht die Kreativität der Slums

Nach dem anstrengenden Besuch des Museums war für den Nachmittag keine gemeinsame Unternehmung vorgesehen. Als man sich nach der Mittagsruhe zur Jause traf, überraschte Herr Bäuml die Gesellschaft mit der Mitteilung eines Vorhabens, das er jedoch allein auszuführen beabsichtigte und zu dem er sich jede Begleitung ausdrücklich verbat, und zwar mit Rücksicht auf die persönliche Sicherheit seiner Schutzbefohlenen. Es handle sich um eine wichtige Expedition zur Erforschung dieses Landes, an der jedoch die Reisenden im eigensten Interesse nur in sekundärer Form teilhaben könnten, nämlich aus Bäumls Bericht. Soweit die mit strengem Ernst vorgebrachte Einleitung, welche die Zuhörenden in sirrende Spannung versetzte. Dann – nach einer kurzen Pause – teilte Bäuml in betont trockener Sachlichkeit mit, daß er die Slums besuchen werde, die Barriadas, die verrufenen Elendsviertel der Stadt.

Die Herrschaften zeigten sich hoch besorgt. Man höre so viel über die entsetzlichen hygienischen Zustände, die dort herrschten, über eine Kriminalität und Gewalttätigkeiten, die sogar die Polizei von regelmäßigen Patrouillen abhielten. Jeder Bessergestellte und vor allem jeder Ausländer sei dringend davor gewarnt, diese Zonen zu betreten.

Bäuml gab offen zu, daß seine Absicht nicht ohne Risiko sei, und er fühle sich gerührt durch die Besorgtheit der Gruppe um seine Person, aber als Reiseführer glaube er ihnen einen Augenzeugenbericht über diese dunkle Seite des Landes schuldig zu sein. Außerdem sei es seine feste Überzeugung, daß er dort und nur dort das Volk und das eigenständige, von der westlichen Zivilisation nicht verfälschte Volkstum werde kennenlernen können. Er rechne natürlich mit dem Anblick tiefer Armut und Entbehrung, Schmutz und absolutem Mangel an Hygiene, er rechne auch mit der im Gefolge sozialen Notstands unvermeidlichen Kriminalität, aber es wäre ihm ein »wichtiges Anliegen«, sich selbst und dem westlichen Eigendünkel den Beweis zu erbringen, daß gerade das Fehlen der Zivilisation und ihrer angeblichen Segnungen im Betroffenen besondere Fähigkeiten entwickle beziehungsweise wiedererwecke, die auch dem sogenannten Primitiven zu eigen seien, der sich seine Überlebensstrategien selbst erarbeite und ohne die Krücken und Prothesen der Technik seine Existenz bestreite, sowohl körperlich als auch seelisch gesünder und, wie er fest glaube, glücklicher und vor allem kreativer als wir Opfer und Sklaven einer entnervenden Technik.

Die Reisenden waren nicht unbeeindruckt von diesem zündenden Vortrag Bäumls, der dabei seinen fanatisch glänzenden Schwärmerblick bekam. Jetzt bemerkte man auch erst, daß er den Knitterlook, den er seit dem Eintreffen im Exotischen trug, gegen eine noch abgerissenere Kostümierung ausgetauscht hatte, mit Rissen und Löchern. Er gab die Erklärung ab, daß dies eine Vorsichtsmaßnahme sei. In dieser legeren Aufmachung hoffe er, ganz unauffällig zu bleiben und sich, auch dank seiner Sprachkenntnisse, ungehindert unter die Slumbewohner mischen und mit ihnen plaudern und auf diese Weise Einblicke gewinnen zu können, die weit über das hinausgingen, was Polizei und Fürsorgewesen je in Erfahrung bringen mochten. Er werde natürlich auch viel photographieren (die Schönbein bat schon jetzt um Abzüge), habe aber auch einen Tonbandapparat bei sich, um Gespräche aufnehmen zu können sowie Musikalisches; er sei nämlich überzeugt, daß in diesen Randkulturen noch eigenständig musiziert werde, weil hier die künstliche Musikberieselung aus dem Radio fehle, die in der westlichen Zivilisation jedes häusliche Musizieren abgetötet habe.

Von vielen guten Ratschlägen begleitet und durch den eigenen Unternehmungsgeist beflügelt und überrascht, machte sich Bäuml auf zu seiner Erkundungsfahrt in die Unterwelt. Er mußte versprechen, vor dem Dunkelwerden wieder zurück zu sein.

Als die Touristen sich nach und nach gegen Abend nach ihren privaten Unternehmungen wieder im Hotel einfanden, war Bäuml noch nicht zurückgekehrt. Man wartete also mit dem Speisen auf ihn. Unwillensäußerungen wurden laut. Ein Reiseleiter habe sich in erster Linie um die ihm Anvertrauten zu kümmern. Eine Verantwortungslosigkeit gegenüber der Gruppe und auch gegen sich selbst! Bald aber hörte man Worte der Besorgnis. Was alles passiert sein könnte! Es werde bald finster. Womöglich habe er sich verirrt, wenn nicht Ärgeres. Ob man nicht die Polizei verständigen solle?

Man wandte sich an den Herrn in der Rezeption. Als man ihm den Fall dargelegt hatte, teilte er voll die Befürchtung der Touristen, schlug sogar die Hände über dem Kopf zusammen über den unfaßbaren Leichtsinn, hielt aber eine Zuziehung der Polizei für absolut sinnlos. Kein Polizist betrete nach Einbruch der Dunkelheit diese Gebiete.

Dann entsann er sich, wie er nachmittags Bäuml ein Taxi besorgt hatte, deren immer eine Reihe vor dem Hotel stand, eilte mit großer Beflissenheit hinaus auf den Gehsteig, überblickte die Autos und fand auch den Fahrer, den Bäuml engagiert hatte. Dieser erinnerte sich an den merkwürdigen Gringo und wußte auch noch die Stelle, wo er ihn abgesetzt hatte. So erfuhr man wenigstens, von wo aus Bäuml in das Gewirr der Slums eingedrungen war.

Als man noch eine Weile zugewartet hatte und es bereits stark zu dunkeln begann, fand man, daß etwas geschehen müßte. Diese starke Verspätung konnte nun nicht mehr mit gewöhnlicher Nachlässigkeit erklärt werden. Man riet hin und her, ohne Erfolg. Da war es der Kommerzialrat Herschel, der sich bereit fand, an den Ausgangspunkt von Bäumls Expedition zu fahren und sich dort umzusehen und umzufragen. Er berief sich darauf, daß er von seinem langjährigen Aufenthalt hierorts eine gewisse Erfahrung habe. Er kenne den Slang, der in diesen Gegenden gesprochen werde, und so einigermaßen die Sitten und Gebräuche und wie man die Leute zu nehmen habe.

Frau Rosa protestierte lautstark: »Wie kommst du dazu, dich mit Gesindel einzulassen, nur weil Bäuml sich einbildet ... außerdem wird es Unmengen Trinkgeld kosten ...« Herschel aber blieb bei seinem Entschluß, die anderen waren erleichtert und boten an, eventuelle Kosten zu ersetzen. So bestieg Herschel das gleiche Taxi, das Bäuml gefahren hatte, mit dem gleichen Ziel.

Nach knapp einer Stunde erschienen die beiden Herren. Herschel ruhig und in sich hineingrinsend, Bäuml leicht geduckt, sehr schmutzig und ohne Brille. Er murmelte etwas von »sich frisch machen«, was ein reiner Euphemismus war, und schoß in sein Zimmer.

Herschel beschwichtigte die Gesellschaft: Er habe nur ein bißchen herumfragen müssen. Bäuml sei natürlich trotz seiner Slumverkleidung sofort aufgefallen und beobachtet worden. Als die Leute merkten, daß Herschel ihren Dialekt beherrschte, und von einem bescheidenen Trinkgeld geschmiert waren, wurde ihm der richtige Weg gewiesen, und er hatte den Reiseleiter unschwer gefunden, der ohne Brille und ohne sich mit seinem Berlitz-Spanisch verständigen zu können, ein wenig die Orientierung verloren hatte. Mehr ließ Herschel nicht verlauten.

Als Bäuml nach einer gründlichen Reinigung und Kleiderwechsel mit einer Ersatzbrille wieder erschien, setzte man sich allseits erleichtert zum Essen. Der erst noch ein wenig kleinlaut wirkende Reiseleiter stärkte sich sichtbar – auch seelisch – an der Mahlzeit und entschuldigte erst sein Zuspätkommen mit dem unglückseligen Verlust der Brille ... »Ausgerutscht, wissen Sie, Sie haben ja keine Ahnung von dem Kot auf den Gassen, die außerdem noch voll Schlaglöchern sind, die nie ausgebessert werden! ... Leider, leider, Frau Studienrätin! Die Photoausbeute war einmalig, aber der Apparat ist abhanden gekommen, offenbar am Riemen von der Schulter geglitten in dem Gedränge, das dort herrscht ... total überfüllt, das ganze Viertel, unsereiner macht sich ja keine Vorstellung ... nein, auch keine akustischen Aufnahmen. Leider, leider haben auch vor diesen Zonen Geschäftsgier und Industrie nicht haltgemacht. Aus jeder Hütte tönt Radiomusik, und Jugendliche tanzen zu Walkman-Inspirationen ... aber trotzdem. Die Großfamilie, das enge Zusammenleben, die vielfältigen Kontakte zwischen den Menschen und zwischen Mensch und Tier, ein kolossaler sozialer Impetus! Hier kann kein Kleinkind Neurosen wegen gefühlsmäßiger Frustration entwickeln, entbehrt niemals gleichaltrige Genossen und hat volle Freiheit im kreativen Spielen ... auch ist das Kind völlig integriert ins Leben der Erwachsenen, keine verklemmten Heimlichtuereien, die nur ungesunde Phantasien erzeugen ...« – So ging es dahin mit Bäuml, nachdem er sich gestärkt und auch noch einen Tequila eingeflößt hatte. Sein Schwärmerblick, der bei der Ankunft etwas getrübt erschienen war, klärte sich, und die betroffenen Zuhörer wurden zu ihrer Bestürzung konfrontiert mit einem nahezu paradiesischen Lebenszustand und mußten bedauern, daß sie selbst und ihre Kinder nicht in den Slums von Mexiko waren aufgezogen worden.

Als man sich, von all den Aufregungen und Strapazen des Tages müde, anschickte, zu Bett zu gehen, bedeutete Herschel der Quaerens mit gekrümmtem Zeigefinger, ihm noch in eine Sitzecke zu folgen, wo er ihr unter dem strengsten Siegel der Verschwiegenheit anvertraute, was Bäuml ihm im Taxi im ersten Schock nach der Rettung unter dem strengsten Siegel der Verschwiegenheit anvertraut hatte.

Kurzgefaßt ergab sich folgende Geschichte: Bäuml hatte sich, forsch die Warnungen seines Taxifahrers in den Wind schlagend, an einer Stelle absetzen lassen, wo eine in unregelmäßigen Serpentinen verlaufende Gasse einen ziemlich steilen Hügel hinanstieg, auf dessen Hang breit gelagert in einer wirren Unübersichtlichkeit Hütten und Keuschen hockten zwischen Schlamm, Staub, hartgebackenem Lehm, dürrem spärlichem Staudenwerk und viel Mist und Müll. Eigentlich konnte man gar nicht von einer Gasse reden, es sei eher ein breites Geschlängel zwischen willkürlich hingebauten Kaluppen, meist nur aus einem Raum bestehend. Vier Pfähle, die einfach Baumstämmchen von etwa zehn Zentimeter Dicke waren, die Äste abgeschlagen, sonst völlig unbearbeitet. Die Wände bestanden aus Palmwedeln, flachgeschlagenen Blechkanistern, Stücken von alter Teerpappe und Wellblech. Darin ein primitiver Kochherd ohne richtigen Abzug, zerrissene Hängematten, sonst als Möbel verwendete Kisten. Auffallend häufig jedoch in der Mitte, gewissermaßen als Hausaltar, auf einem standfesten Postament ein ansehnlicher Farbfernseher, der unaufhörlich auf größtmöglicher Lautstärke lief. Davor auf dem Boden hockend eine zusammengedrängte Schar fasziniert Glotzender. Herschel wußte, daß unverantwortliche Geschäftshaie gerade den Slumbewohnern diese Apparate mit scheinbar günstigen Krediten aufschwatzten, Ausschußware meist. Dann ziehen sie dem leichtsinnigen und dummen Volk den letzten Peso aus der Tasche, und die Leute kommen nie aus den Schulden heraus. Bäuml aber hatte weniger diese Seite des Mißbrauchs interessiert als die Korruption der natürlichen Kreativität des naiven Menschen durch das Massenangebot der Medien. Er hatte auch diesen Mißstand photographisch festgehalten, sich aber mit der Kamera vorwiegend dem bunten Leben der Straße gewidmet, dem Gewimmel der zahlreichen Kinderscharen jeden Alters, die sich gemeinsam mit schakalähnlichen Hunden, mageren Katzen mit Raubtierblicken, räudigen Ziegen und federarmem Hühnerwerk um die Buden herum auf dem Boden wälzten; ein wimmelndes Leben, in einer schwadenden Wolke von Staub, Herdrauch und unbeschreiblichem Gestank. Es verhielt sich nämlich so, daß auch die Abtritte auf das einfachste gestaltet waren und unter den Türen, falls vorhanden, ohne lange Umwege Rinnsale hervorsickerten und sich einen Weg den Hang hinunter bahnten, sich mit anderen vereinigten und schließlich in einem breiten Wassergraben, der sich am Fuß des Hügels quer hinzog, sammelten; ein ansehnlicher, träg dahinfließender Bach, an dessen Ufern Kinder spielten, Wäsche geschwemmt und auch Trink- und Kochwasser geschöpft wurde.

Bäuml, wenn auch optisch und akustisch irritiert, so doch weltanschaulich befriedigt, wanderte, die Kamera am Auge, immer tiefer in das bunte Areal, warf auch neugierige Blicke ins Innere der Keuschen und beantwortete Zurufe, die er nicht verstand, mit dem völkerverbindenden, allem Humanen verständlichen Lächeln, wie er bei Lorenz und Eibl-Eibesfeld gelesen hatte. Er fühlte sich ausgesprochen wohl und war der Meinung, durch seine Aufmachung und seine Freundlichkeitsbezeigung von den Leuten als ihresgleichen angenommen worden zu sein. Tatsächlich hatte man ihn vom ersten Haus an als »Gringo« erkannt, abgeschätzt und gerade wegen der abgerissenen Kleidung als verdächtig eingestuft. Sein Vordringen wurde rasch signalisiert, und man beobachtete jeden Schritt, den er tat, jeden Blick, den er warf, mit genauem Argwohn. Die einen hielten ihn für einen besonders skrupellosen Geldeintreiber, die anderen für einen verkleideten Polizisten.

Da Bäuml in seiner Hochstimmung rasch vordrang, gelangte er bald ins hochgelegene Zentrum der Hüttenräude, wo sich ein einigermaßen abgeflachter freier Platz befand. Auf diesem jedoch stand ein Wohnwagen in ziemlich abgenütztem Zustand, abgekoppelt von einem Kleinlaster in geradezu schrottfähigem Zustand. Bäuml beschaute und photographierte dieses Fahrzeug, dessen mechanische Gebrechen mit Draht und Bindfäden kompensiert waren, so daß es fast schon wieder ein Gegenstand der Natur war, und es befriedigte ihn die Erkenntnis der primitiven technischen Geschicklichkeit des Völkchens.

Während er das Auto umschlich, stehend und aus der Hocke Aufnahmen machte, beobachteten ihn aufmerksam eine Reihe Männer jeder Altersgruppe, die vor der geschlossenen Tür des Wohnwagens Schlange standen. Bäuml widmete sich nun diesem. In ungelenken Lettern aufgemalt stand auf beiden Breitseiten zu lesen: »Casita Soledad«. Neben der Tür saß auf einer Kiste eine ältere Weibsperson von außergewöhnlicher Leibesfülle und nahm von jedem Eintretenden ein paar Pesoscheine entgegen, die sie nach genauer Prüfung in eine Tasche steckte. Sodann verschwand der Betreffende nach einem Wink der Gewährung im Inneren des Wohnwagens, um nach knapp zehn Minuten – Bäuml kontrollierte es auf seiner Uhr – wieder herauszukommen, worauf sich der gleiche Vorgang mit dem nächsten in der Reihe abspielte. Überschritt der Besucher die Zeit, wurde von den Schlangestehenden zornig oder spottend geschrien und an die Tür gepumpert. Die Alte schlug mit dem Stiel eines Besens, den sie neben sich stehen hatte, ein paarmal hart auf die verhängte Fensterluke. Von Zeit zu Zeit erhob sie sich auch, sich auf eben diesem Besenstiel hochstemmend, und umkreiste den Wohnwagen, um mit Hilfe des Besens und der geballten Faust Kindertrauben von den Wagenwänden abzufegen, die an irgendwelchen Ritzen oder Löchern klebten. Lachend und spottend rannten sie ein Stückchen weg, um kurz darauf wieder ihre Schauplätze einzunehmen.

Bäuml hatte – laut Herschel – erst an einen interessanten Volksbrauch gedacht, zu dem nur Männer zugelassen wurden, und hatte auch schon erwogen, sich einzureihen. Er grub auch historisches Wissen aus und erinnerte sich der früheren Gewohnheit, auf Jahrmärkten Monstrositäten auszustellen. Es muß eine gute Weile gedauert haben, während er gaffend stand, bis ihm die wahre Bedeutung des Etablissements aufgegangen war, denn mittlerweile hatte sich eine argwöhnische Stimmung in der Schlange aufgeheizt. Man dachte weder an Sightseeing noch an Spannerwesen, sondern ganz real an einen schnöden Eingriff der Exekutive in Form eines Geheimpolizisten, der den Nichtangriffspakt zwischen Policia und Barriada durchbrach.

Als erste schritt die kassierende Alte zur Tat. Ungeachtet ihres beachtlichen Leibesgewichts schoß sie wie eine angestochene Tarantel von ihrer Kiste auf und riß dem tief verstörten Bäuml mit einer blitzschnellen Bewegung die Brille von der Nase, schleuderte sie zu Boden und zertrat sie. Gleichzeitig bemächtigte sich einer der Männer fast behutsam des Photoapparats und verschwand damit.

Die Tat lief stumm ab, dann aber erhob sich ein kreischendes Hohn- und Haßgeschrei, von der Schar der Kleinen schrill untermalt, und Kinder, umherlungernde Jugendliche und auch ein paar Männer, denen sich neugierige Frauen aus den Hütten anschlossen, setzten sich in Bewegung und verfolgten wie eine heulende Meute den schwer geschockten Bäuml, der gleich beim ersten Anzeichen der Feindseligkeiten wie ein gejagter Hirsch davonflog.

Zwar hatte er dadurch einen Vorsprung, während er bergabwärts schoß, wurde aber stark durch seine Kurzsichtigkeit und die zunehmende Dunkelheit gestört und war kaum fähig, rechtzeitig all den Hindernissen auszuweichen, die sich ihm absichtlich oder unabsichtlich entgegenstellten. So kamen ihm aufkreischende Hühner zwischen die fliegenden Beine, plärrende Kleinkinder und kläffende Hunde, die er aus dem Tiefschlaf gerissen hatte, dem sie sich mitten auf dem Weg hingegeben hatten. Die Verfolger jedoch versahen sich alsbald mit Wurfgeschossen jeder Art, die sie im Vorüberrasen aufrafften, welche weniger gefährlich als eklig waren; jegliche Art von Kot, Mist und Dreck, der, zielsicher geschleudert, dem Geängstigten vom Nacken ins Hemd rann. Endlich schienen sich seine zähe Verzweiflung und seine angstbeflügelte Behendigkeit zu lohnen, schon sah er einen Ausgang durch das Hüttengewirr, da überquerte langsam und behaglich grunzend mit tückischem Blick eine trächtige Sau die Gasse. Bäuml konnte nicht mehr rechtzeitig bremsen, flog über das empört aufquiekende Tier und schlug längelang in ein besonders saftiges Moraststück der Gasse.

In diesem Augenblick kam von der anderen Seite her gemächlich Herschel herangelatscht und überblickte die Situation. Er ließ Bäuml sich selbst aus dem Dreck erheben und widmete sich den verdutzten Verfolgern. Er fing mit ihnen in ihrem ortseigenen Slang ein Gespräch an, ließ sich erzählen, machte sich mit ihnen über den Gringo lustig und klärte sie über dessen Harmlosigkeit auf. Geschickt lenkte er sie in eine der reichlich gestreuten Barbuden und regalierte sie mit einer Flasche Tequila, wobei sie sich endgültig beruhigten. Dann sah er nach Bäuml, der vom Scheitel bis zur Sohle beschmutzt und halbblind zitternd, draußen vor der Tür wartete, und schob ihn in ein Taxi, das glücklicherweise gerade vorbeifuhr. Der Fahrer brach in Schimpfreden wegen des Gestankes des Fahrgasts aus und verlangte den doppelten Tarif, von dem ihm Herschel aber noch etliches abzuhandeln wußte.

Hochanimiert suchten Herschel und die Quaerens ihre Zimmer auf. Sie wegen der Geschichte, die sie außerordentlich belustigte, und er, weil er sie angebracht hatte – unter dem Siegel strengster Verschwiegenheit.

Stampftänze und das Celluloid-Jesulein

Beim Frühstück am nächsten Morgen wurde auffallend wenig geredet. Bäumls Abenteuer kannten ja nur Herschel und die Quaerens. Jeder schien noch an seinen Eindrücken vom Museum zu kauen.

Da brach schüchtern und mit vielen Entschuldigungen über ihre vermutliche Naivität die Schönbein das Schweigen: »Verzeihen Sie bitte meine wahrscheinlich törichte Frage! Aber sie verfolgt mich, seit ich im Museum diese hochinteressanten Göttergestalten gesehen habe. Herr Bäuml hat ihre Haltung und ihren Ausdruck ja überaus einleuchtend interpretiert als Konzentration der Kraft, die sich nicht in eitlen Gesten und Bewegungen ausgibt. Aber als nicht mehr junge Person, die sich durch ihren Umgang mit der Jugend doch auch eine gewisse Menschenkenntnis angeeignet hat, denke ich auch an all die Leute, die auf diese Götter angewiesen waren. Und da kann ich kaum ein lebhaftes Erbarmen unterdrücken. Zuwendung ist es doch, die der Mensch braucht in allen Lebenslagen. Auch meine aufsässigsten Schüler brauchen liebreiche Teilnahme! Wir bedürfen dieser Haltung von den Mitmenschen und noch mehr von göttlicher Seite. Diese indianischen Götterfiguren aber strahlen nichts von diesem freundlichen Erbarmen aus, das bei uns in Haltung und Miene die einfachste Heiligenfigur zeigt. Genau das Gegenteil. Diese Ballung der Kraft im eigenen Inneren mag bewundernswert erscheinen, aber sie schließt eben den Ausdruck einer Zuwendung zu einer bittstelligen Seele aus, scheucht eine solche geradezu weg. Eine geballte Faust spendet nichts. Und wenn ich an die Figur der

Erdmutter denke, dann habe ich wahrhaftig nichts Mütterliches daran wahrnehmen können, sondern es hat mich nur gegruselt.«

Nach dieser für die Schönbein ungewohnt langen Ergießung herrschte ungewisses Schweigen. Man steckte die Nasen in die Teller.

»Wie haben diese armen Menschen es mit solchen Göttern ausgehalten?« setzte sie noch hinzu, und die Quaerens dachte, daß sie eigentlich dasselbe wie die simpel denkende Nowak gesagt hatte, nur in gebildeteren Worten. Es machte ihr auch das eigene Unbehagen klarer. Der offensichtliche Spendegeiz dieser Numina, die jede Beziehung zu menschlicher Not abschnürten und alle göttliche Wirkungskraft in sich selbst speicherten! Die schlichte Gutmütigkeit der Schönbeinschen Lehrerseele hatte es erkannt, hatte die Verlassenheit der Menschen begriffen, welche solche Götzen anbeteten.

Bäuml, der sich an diesem Vormittag im Museum keinen Zwang angelegt und seine Ansicht über das Schöne freiweg ausgesprochen hatte und für seine Meinung in die Schranken getreten war, fühlte sich jetzt stark genug, um gnädig gestimmt zu sein und seine gedrückten Schafe aufzurichten. So unterrichtete er sie darüber, daß dem Volk der Azteken für die schwachherzigen Bedürfnisse eine Gottheit zur Verfügung gestanden sei, Tonantzin, »das Mütterchen«, an die man sich mit menschlich schlichten Sorgen flehend wenden konnte. Allerdings, flocht Bäuml ein, habe es sich um ein im Volk zwar beliebtes, aber innerhalb der Göttergemeinschaft nicht sehr angesehenes Numen gehandelt. Wenn man ihn, Bäuml, frage, eher eine Spätschöpfung aus einer dekadenten Periode. Sie habe auch keinerlei Geschichten; man wisse nur, daß sie zuständig für die Hebammen und Kräuterkundigen gewesen war, sowie daß sie am 12. Dezember gefeiert wurde, und zwar vor einem kleinen Heiligtum, das am Tepeyac-Hügel, unweit der Stadt, gestanden war.

Zu allerdings großer, vor allem breiter Bedeutung sei sie gelangt, als sich die katholische Kirche mit dem ihr eigenen Geschick dieser Gestalt annahm und auf diesem Weg die Mutter Gottes in das Bewußtsein der zu Bekehrenden einschmuggelte. Es wurde die vielbemühte Legende vom Hirtenknaben verbreitet, der seine Ziegen auf jenem besagten Hügel geweidet und dem sich die Heilige – natürlich als Maria – gezeigt habe mit dem Auftrag, man möge ihr hier, genau an dieser Stelle, eine Kirche bauen. So war die Gestalt der Madonna von Guadalupe entstanden in der jetzt noch gültigen und als Votivbild sehr verbreiteten Form einer bronzefarbenen, von einer Mandorla umgebenen, händefaltenden Gestalt, der man erst eine Kapelle und dann wegen des großen Zulaufs zu ihrem Dezemberfest eine Basilika erbaut hatte.

Nun, sagte Bäuml, füge es sich so günstig, daß morgen der 12. Dezember sei, und da er, Bäuml, auch schon bei früheren Reisegruppen erlebt habe, daß der Besuch des Museums und die Bekanntschaft mit den ernsthaften Seiten der aztekischen Religion Unbehagen, ja nicht selten Schockwirkungen hervorriefen, habe er sich entschlossen, das Madonnenfest ins Schauprogrammm aufzunehmen. Man werde daher am nächsten Tag zur Basilika fahren und das lebhafte Treiben der Wallerzüge beobachten können, die sich zur Verehrung derer von Guadalupe einfinden würden.

Bäuml verhieß dies wie eine persönliche Gunst mit einem feingezügelten Lächeln der Geringschätzung. Er rang es sich gewissermaßen als Konzession an die europäische Schwachnervigkeit in Hinsicht auf religiöse Bräuche ab.

So begab sich also am nächsten Tag die gesamte Reisegruppe zur Basilika der Madonna von Guadalupe, im Nordosten der Stadt. Auf den Straßen, die zum Heiligtum führten, konnte der Bus wegen der Woge motorisierter wie fußwandernder Pilger nur mehr im Schritt fahren. Alles strömte aus den entlegensten Teilen Mexikos dem Riesenplatz vor der Kathedrale zu, um den heiligen Tag der populärsten Göttin des Landes feierlich zu begehen, den 12. Dezember.

Schon beim Näherkommen und dann vollends beim Aussteigen aus dem Bus stürzte die Brandung eines betäubenden Tosens über die Touristen her, und sie mußten darauf achten, nicht vom Menschengestrudel errafft und von der Gruppe abgetrieben zu werden.

Wimmelnd und lärmend entfaltete sich auf dem Areal vor der Kirchenfassade eine befremdende Mischung von frommer Inbrunst, bunter Folklore und Kirtagswesen, hochanimiert von dröhnender Musik und reichlichem Alkoholgenuß. Überall sah man Gruppen von Indios, die sich im vollen stammeseigenen Federpomp zu schrill monotonen Rhythmen uralten Stampftänzen hingaben, die man schwer als eine passende Verehrungsform der sanften Mutter Gottes Maria ansehen konnte, sondern mit denen sie vermutlich bereits die vorchristliche Tonantzin geehrt hatten. Und noch besser stand diese Form festlicher Ausschweifung der Coatlicue an, der Blutrünstigen im Schlangenrock.

Diese Darbietungen musikalischer, tänzerischer, aber auch mimischer Natur (man führte Szenen aus Mythen auf, deren Bedeutung längst vergessen ist), versetzten sowohl die Ausführenden als auch die Zuschauer in rhythmische Ekstase, wobei die Art der Instrumente mitspielte: mit Häuten bespanntes Schlagwerk verschiedenster Form und allerlei Rasseln und Pfeifen, deren aufpeitschende Töne in Hysterie versetzten.

Die Erregung wurde noch gesteigert von bunt sich in Kaskaden entfaltendem Feuerwerk, das zischend und krachend aufflog.

An den Rändern des geräumigen Platzes hatte sich ein dichter, lautstarker Budenbetrieb breitgemacht mit Blumen für die Heilige, Schleckereien und Devotionalien sowie Schnellbratereien, wo Enchiladas, Tortillas und Tacos im Fett brutzelten. Eine schwere Geruchsschwade hing über dem Menschengedränge, zusammengesetzt aus Angebranntem, Schweiß und Weihrauch, Kerzenwachs und überfüllten Aborten.

Man mußte es sich immer wieder ins Gedächtnis rufen, daß es sich um eine Feier der Gottesmutter handelte, die der Europäer von alters her als Hüterin des göttlichen Kindes zu sehen gewohnt ist, dessen zarte Beschaffenheit man mit Schlafliedern und Engelschören ehrte und nicht mit Rasseln und Pauken zu beinewerfendem Tanz.

Als die Quaerens eine einschlägige Bemerkung zu Herschel machte, wies dieser darauf hin, daß weder die Tonantzin noch die Madonna von Guadalupe, nicht einmal die ganz im europäischen Muster gestaltete Marienstatue in der Basilika ein Kind im Arm trage. Es fehle also in der Vorstellung der Einheimischen das uns vertraute Szenario der Geburt und Krippe im Stall von Bethlehem mit dem Jesusknaben, den Hirten und weise Könige willkommen hießen in stiller, dem zarten Wiegenkind angepaßter Verehrung.

»Das ist wahr«, grübelte die Quaerens, »dieser kriegerische Lärmaufwand im paradiesvogelartigen Federprunk ist nicht dem kleinen Jesus zugedacht, sondern – ohne daß die Feiernden es vermutlich wissen – dem wehrhaften Sohn der Erdmutter, die wir im Museum scheu gemustert haben in ihrer majestätischen Gräßlichkeit. Sie erinnern sich?« – »Wie könnte ich die Entsetzliche vergessen haben! – Es ist mir nur neu, daß es auch mit ihr eine Niederkunft gegeben hat?« – »Jawohl, das hat es. Ich hab's aus meinem Mythologiebuch. Gleich nach dem Heimkommen hab ich nachgeschlagen. Eine beklemmende Geschichte, wollen Sie sie wissen?« – »Erzählen Sie!«

»Nach uralter aztekischer Überlieferung fegte die Heilige gerade mit einem Besen die Plattform eines Tempelberges. Da schwankte vom Himmel ein Bällchen von Daunenfedern herab. Ohne ihre rüstige Tätigkeit zu unterbrechen, fing Coatlicue es auf und steckte es sich unter die Röcke.

Alsbald aber fühlte sie sich schwanger.

Als ihre Söhne, deren sie vierhundert besaß, und die Schwester ihren heiklen Zustand bemerkten und Unzucht witterten, ergriff sie rasender Zorn, und, aufgehetzt von jener Tante, beschlossen sie, die Mutter gleichzeitig mit der anstößigen Leibesfrucht zu töten. Letztere aber, vom Himmel her geheimnisvoll gezeugt, war schon als Ungeborenes hochgewitzt. Der Knabe erhorchte aus dem Bauch her die schlimme Kabale. Und als die Meuchler im Anrücken waren, sprang er in voller Rüstung aus dem Leibe der Mutter. Die Tante, die Hauptinitiatorin und Anführerin des Überfalls, köpfte er gleich. Die vierhundert Halbbrüder aber jagte er mehrmals um den Tempelberg, wobei er den Großteil hinmetzelte.

Dieses ›göttliche Kind‹, Huitzilopochtli, das niemals von seiner Mutter auf dem Schoß gehalten, gesäugt und in Schlaf gewiegt worden war, sich sogar selbst geboren und abgenabelt hatte, wurde zum Hauptgott der Azteken, liebte den Krieg und nährte sich von Hekatomben herausgerissener Herzen, weil er in einer seiner Erscheinungsformen auch die Sonne war.«

»Das ist ja eine bluttriefende Geschichte und hat mit dem lieblichen Ensemble der Maria mit ihrem göttlichen Kind wirklich nichts gemein, außer der geheimnisvollen Befruchtung von oben. Interessant, wenn man sich klarmacht, daß die tief katholischen Mexikaner ihre Madonna von Guadalupe, die in allen Ecken hängt, mit einer Festivität verehren, die in keiner Weise dem kleinen Jesus, sondern ganz dem heiligen Rabauken auf den Leib geschrieben ist, welcher der alten Coatlicue selbständig aus dem Bauch sprang.«

»Sagen Sie«, fragte nach längerem Grübeln die Quaerens Herschel, »wird hier in Mexiko eigentlich Weihnachten gefeiert?« – »Natürlich! Und wie! Navidad, ganz nach europäischem Muster mit Christbaum und Geschenken.« – »Ich frage, weil mich der Umstand nicht losläßt, daß hier im Zentrum der Marienverehrung der spezifische Kult des heiligen Kindes fehlt; die Beziehung Mutter und Kind ist doch ein wichtiger Aspekt der Schutzgöttin und ein besonders mit Gefühlen beladener Aspekt: der Gott als hegebedürftiges Brustkind, unter den ärmlichsten Verhältnissen im mistigen Stall geboren und dann auf der Flucht. Der Gott in seiner Schwäche. Ich glaube, der Stall von Bethlehem gehört zu den meistdargestellten Szenen aus dem Neuen Testament.« – »Ihr habt ja auch das königliche Kind«, sagte boshaft Herschel, »in Seide und Damast steif berockt auf dem Schoß einer ebenso herausgeputzten Mutter, wie es bekrönt über säuerlichen Gesichtszügen die Menge segnet, souverän und fest eingesessen bereits in seiner Rolle!« – »Ja, das schon, aber richtig populär ist die Erscheinungsform des nackten oder gewindelten Säuglings, blaß und mager, der sich erst allmählich durch die Jahrhunderte zur rosigen Pausbäckigkeit eines vulgären Säuglings entwickelt hat, dessen Besonderheit nur mehr die Aureole andeutet. Noch heute vielfach verschachert als Gipsjesulein für diverse Hausaltäre und Weihnachtskrippen. Eine Geschichte und ein Bildmuster, das sich zweitausend Jahre gehalten hat, angebetet von friedliebenden Menschen, wie Hirten und Weisen, und als musikalische Untermalung Engelschöre. Und hier die schlägernden und pfeifenden Beinschleudereien und der Federprunk! Ich denke an den aktionstüchtigen Huitzilopochtli, den die Mutter wahrhaftig nicht kosen, wärmen und gängeln mußte.« – »Da haben Sie recht. Je mehr ich daran denke, umso wahrscheinlicher wird mir auch die Vermutung, daß dem Mexikaner der heikle Reiz der Mischung von Gotteskindschaft und äußerster menschlicher Schwäche und Hilfsbedürftigkeit fremd ist. Ich kenne ja nicht den Text dieser Verehrungsriten hier auf dem Platz, wenn es überhaupt einen Text gibt, aber allein die Optik und Akustik sind alles andere als ein Wiegengesang.«

»Aber sie haben doch Weihnachten, wie Sie sagten, und die Geschichte vom Stall wird sicher auch hier im Religionsunterricht der Volksschulen gelehrt.« – »Seien Sie ganz beruhigt, sie haben auch das ›Jesulein‹, aber, wie soll ich sagen, es hat sich nicht eingewurzelt wie etwa der Gekreuzigte. Die Schindung und blutige Folter ist auf Urbilder gestoßen, an die man anknüpfen konnte. Der Gott in seiner zarten Schwäche als Wiegenkind nicht. Er hat kein ausgetretenes Geleise vorgefunden, und daher findet er sich zwar in Religion und Kirche, aber nicht in einer gewachsenen Form im Gemüt des Volkes. Sie würden sich übrigens wundern, in *welcher* oftmals!« – »Was meinen Sie?« – »Nun, ganz modern gedacht, bestürzend modern und unbelastet von jeder Vergangenheit.« – »Sie haben etwas im Hinterhalt?« – »Was sagen Sie dazu, wenn ich Ihnen erzähle, daß es in vielen Kirchen gläserne Schreine gibt, übrigens meist Stiftungen von dankbaren Verehrern, in denen ein Jesulein zu sehen ist.« – »Wächsern oder in Gips?« – »Keineswegs wächsern oder in Gips. Sondern aus strapazfähigem Celluloid!« – »Aus Celluloid? Hat sich die hiesige Devotionalienindustrie auf Celluloid umgestellt?« – »Es stammt nicht aus einer Devotionalienhandlung. Dieses heilige Kind ist in einem Spielzeugladen erworben worden – als Babypuppe.« – »Frotzeln Sie mich nicht!« – »Ich frotzle nicht in solchen Sachen. Ich hab es mehrmals gesehen mit eigenen Augen.« – »Gewindeltes Celluloid?« – »Nein. Der Stifter läßt sich nicht lumpen. Diese Schreinsäuglinge sind solid eingestrickt und eingehäkelt in vollständige Babyausrüstungen vom Häubchen bis zu den Patscherln.« – »Und man betet davor?« – »Nicht nur das! Der fromme Betrieb ist von größter Lebendigkeit. Man kann das an den Votivgeschenken ablesen, die gespendet werden.« – »Geheilte Glieder und Darstellungen von der Klemme, aus welcher diese Babypuppe geholfen hat?« – »Nein, durchaus zeit- und stilgerecht. Beispielsweise Matchbox-Autos.« – »Und das läßt die Kirche zu?« – »Soll sie einen durchaus lebendigen Kult, eine lebendige Frömmigkeit unterdrücken aus Gründen des Geschmacks? Das wäre bei uns möglich, sogar wahrscheinlich, weil bei uns die Frömmigkeit eben nicht mehr lebendig ist, sondern ein Gemisch aus Wehleidigkeit und Ästhetik und Vergangenheitskult. Dahinter eine vage Angst vor einem sorgfältig verschleierten Tod und seinen eventuellen Folgen.«

Als die Quaerens nach der Rückkehr im Hotelzimmer die Eindrücke – auch Herschels illustrative Mitteilung – bedachte und das lärmende, stampfende und feuersprühende Verehrungsritual der heiligen Mutter vor ihrem längst versunkenen und aus einer vollkommen anderen Welt ersetzten Heiligtum mit allen Sinnen sich vergegenwärtigte, gab sie sich nicht der billigen Vorstellung hin, daß dem Durchschnittsmexikaner seine aztekischen Vorfahren ihr Lebensgefühl ins Blut flüsterten. »Vielleicht«, dachte sie, »vernimmt er bisweilen das ferne Echo eines solchen Geflüsters, ohne zu wissen, was er hört. Er horcht nicht eigens darauf, hört darüber hinweg, wie wir alle hinweghören über den Großteil dessen, was aus den Kellertiefen des Bewußtseins empordringt als eine halberstickte Betriebsamkeit, das Rascheln des Rattengeziefers der Vergangenheit, der unermüdlichen Nager des Gewesenen. Lauter ist das Gelärm der Gegenwart, und beruhigend seicht wie eine Uferbrandung mit ihrem eitlen Getöse.«

Es wurde ihr plötzlich scharf bewußt, wie sehr sie selbst, heimisch in einer bestimmten Vergangenheit, verstrickt war in einem zähen Netz von Wahrnehmungs- und Gefühlsverknotungen, an die sie so gewöhnt war, daß sie sie nicht mehr als Fesseln empfand. Ein Netz, das nicht aus rationalen Gründen und Folgerungen gewoben war, sondern aus eng verknüpften Bildsequenzen und Assoziationen. Als ihr dies mit einem Mal klar wurde, überkam sie der Drang, sich versuchsweise zu distanzieren. Sie war bereit, sich in eine Zone einzulassen, wo man die Grundformen des Lebens in anderen Bildern sah.

Die vergitterte Seele

Zwischen dem Aufenthalt in Mexico City, der vor allem der Besichtigung der Frühzeit des Landes gewidmet war, und Veracruz, wo Einblicke in das Alltagsleben des modernen Mexikaners geboten werden sollten, wurde ein Ausflug ins nördliche Hochland eingeschoben. Man wollte dort zwei kleine Städte besichtigen, die den frühen spanischen Kolonialstil in authentischer Form zeigten; sie standen unter Denkmalschutz: San Miguel de Allende und Guanajuato.

Die mehrstündige Busfahrt dahin sollte den Reisenden außerdem erlauben, einen Eindruck von der Landschaft zu gewinnen. Dörfer, Bauernwirtschaften und größere Ranchos, vor allem aber weite Strecken unberührten Terrains, meist Steppen mit Kakteen und Busch- und Baumgruppen, eine Flora, wie sie bei diesem Klima in etwa 2000 Meter Seehöhe gedeiht.

Da man nicht mehr in die Hauptstadt zurückzukehren gedachte, sondern nach der Besichtigung der beiden historischen Städtchen unmittelbar nach Veracruz wollte, hatte man einen Reisebus gemietet, der genügend Platz für das gesamte Gepäck und bequemes, nicht zu beengtes Sitzen bot. Es war geplant, in San Miguel zu übernachten, am nächsten Tag Guanajuato zu besuchen und von dort vom nächsten Flughafen in Queretaro direkt nach Veracruz zu reisen. Ein Lokalflug, der einen in etwa einer Stunde über die Kette der Sierra madre del Sur an den Golf von Mexiko brachte.

Es war zwar geplant, wegen der mehrstündigen Fahrt früh aufzubrechen, dann aber zogen sich die Formalitäten im Hotel hin, weil trotz rechtzeitiger Vorankündigung nichts vorbereitet war. Auch der Mietbus verspätete sich. Man nahm ein zweites Frühstück ein und war dann gegen Mittag zur Abreise bereit. Die Gesellschaft nahm den Mißstand relativ ruhig hin. Man hatte sich in der kurzen Zeit schon eine gewisse Gelassenheit diesen Besonderheiten des mexikanischen Lebens gegenüber angeeignet.

Wegen der ungewöhnlichen Ausdehnung des Stadtgebiets dauerte es mehr als eine Stunde, bis man dessen Grenzen erreicht hatte. Endlos zogen sich die Vororte hin, halb dörflichen, halb städtischen Charakters. Gesichtslos und von ungepflegtem Äußerem. Ein eher trostloser, sogar deprimierender Anblick.

Trotzdem sah die Quaerens aufmerksam zum Fenster hinaus. Es war da ihre wesenseigene Neugier im Spiel, aber außerdem hielt sie es für die Pflicht eines Reisenden, sich nicht auf das Schöne und Interessante zu beschränken, das man in einem fremden Land zu sehen und präsentiert bekommt. Viel tiefer, meinte sie, könne man in das Wesen des Fremden eindringen, wenn man das Alltägliche zu erfassen strebte, mochte es immerhin unschön, langweilig, ja sogar abstoßend sein.

Und es lohnte sich! – Sie wurde gewissermaßen fündig, wenn ihr die Bedeutung des beobachteten Phänomens auch zunächst völlig rätselhaft blieb.

In diesen peripheren Zonen der Stadt gab es nicht wie in der amerikanisch orientierten City Großgeschäfte im Stil der Supermärkte. Kleine, oft winzige Läden sorgten für den täglichen Bedarf der Leute in der nächsten Nachbarschaft. Was der Quaerens dabei auffiel und sie bald in steigendem Maß befremdete, war der Umstand, daß der Zugang zum Verkaufsraum, in welchem sich die Theke befand und die Waren auslagen, oft mit einem Eisengitter verschlossen war, und zwar während des Verkaufs, am hellichten Tage. Der Austausch von Ware und Bezahlung vollzog sich zwischen den eisernen Stäben. Handelte es sich um größere Stücke, wurde ein ins Gitter eingelassenes Fensterchen geöffnet, das nach dem Empfang sofort wieder verschlossen wurde.

Unwillkürlich kamen ihr beim Anblick dieses Geschäftsgebarens gewisse Westernfilme in den Sinn, wo staubaufwirbelnde Banditenhorden schießend und plündernd durch eine Pioniersiedlung fegten, so daß eiserne Gitter durchaus sinnvoll und angebracht waren. Hier aber schien es sich um Kundschaft aus dem Viertel zu handeln, die ihre täglichen Einkäufe in diesen Greißlereien machte und einander persönlich kannte. An jeder dieser gitterbewehrten Ladenöffnungen hing eine kleine Menschentraube wie ein surrendes Wespennest am Balken und schnatterte angeregt miteinander und mit dem Kaufmann.

Verblüfft von den auffallenden Sicherungsmaßnahmen fragte die Quaerens den hinter ihr sitzenden Bäuml, ob hier in diesen Vororten die Kriminalität so verbreitet wäre, daß der Besitzer eines Kleinladens, dessen Kasse vermutlich wenig hergab, seine Habe sogar untertags so massiv schützen müßte. Seines Wissens, sagte Bäuml, gebe es Überfälle in Mexiko nicht häufiger als anderswo, sicher seltener als in bestimmten Teilen von New York oder Chicago. Genaue Statistiken seien ihm leider nicht bekannt.

Diese Antwort befriedigte die Neugier der Quaerens nicht, sondern steigerte sie eher, und sie wandte sich an ihren Vordermann Herschel, der an der Seite seiner Gattin Rosa sitzend vor sich hin döste.

»Haben Sie gesehen«, riß sie ihn aus dem Halbschlummer; »da verschanzen sich die Greißler am hellichten Tag hinter Eisengittern!« – »Ja, und?« fragte er gähnend. – »Wo bleibt da der direkte Kontakt mit der Kundschaft, der gerade im Kleinhandel so wichtig sein soll? – Abgesehen davon, daß eine solche Veranstaltung für diese doch verstimmend, ja kränkend sein muß. Will man als prospektiver Räuber gelten? Ich sehe noch ab davon, daß sich der praktische Vorgang vom Austausch der Ware mit dem Geld höchst unbequem gestaltet.« – »Ich kenne diese Gepflogenheit«, gab Herschel zur Antwort; »sie war in früheren Jahren, wo es noch mehr solcher Kleinläden gab, sogar noch verbreiteter. Die Leute sind gewöhnt daran und denken sich nichts dabei.« – »Man hat das Gefühl, sie hängen zu viel am Fernseher und fühlen sich in Westernfilme hinein, wo ein Ladenbesitzer sein geladenes Schießeisen gleich neben der Kasse hat, eines Banditenüberfalls gewärtig!« – »Möglich! Jedenfalls sind solche Streifen beliebt. Man hat viel Verständnis für diese Art von Sicherheitsmaßnahmen und findet sie ganz natürlich. Keiner ist deshalb beleidigt. Es entspricht ja der allgemeinen Mentalität. Mißtrauen ist eine Nationaleigenschaft der Mexikaner. Ist Ihnen nicht aufgefallen, daß fast alle Fenster vergittert sind?« – »Wenn es stimmt, was Bäuml sagt, daß Eigentumsdelikte hier nicht häufiger vorkommen als im Durchschnitt aller Länder, dann muß doch hinter diesem extremen Mißtrauen etwas anderes stecken als die Furcht vor dem feindseligen Eindringen mit räuberischer Absicht?« – »Ach, in diesem Land zählen rationale Gründe noch weniger als anderswo, Sie werden es schon noch erfahren.« – Nach dieser Feststellung aus dem Schatz seiner Erfahrung tunkte Herschel wieder weg.

Man hatte allmählich die Stadt und ihre Ausläufer hinter sich gebracht und fuhr nun durch offenes Land. Dabei durchquerte man dann und wann eine Ortschaft oder kleinere Stadt. Auch hier meist ebenerdige Häuser, die an der Hauptstraße lagen. Da und dort das einstöckige Haus eines Wohlhabenden. Diese Gebäude hatten dann Fenster mit vorgewölbten Gittern und an der Vorderfront ein schmales Ziergärtchen mit einer in Gips gegossenen Balustrade in barocker Form, die der Fassade den Pseudoprunk altspanischen Palazzostils verlieh.

Nach und nach ging es der Quaerens auf, daß es mit den

Fassaden überhaupt etwas eigenes auf sich hatte. Am deutlichsten war das an Häusern zu sehen, die sich noch im Baustadium befanden beziehungsweise angefangen und nicht fertiggestellt waren, sei es, daß dem Bauherrn die Mittel oder die Lust ausgegangen waren. Es gab deren etliche. So sah man häufig Torsos von Häusern, die bereits von Wind und Wetter angefressen waren und ruinös wirkten. Das Befremdliche daran aber war, daß sich an diesen Hausfragmenten eine Bauweise erkennen ließ, die ihr fremdartig und auch unzweckmäßig erschien. Europäer sind es gewohnt, daß bei einem Neubau erst einmal vom Fundament her vier Wände hochgezogen werden. Hier aber errichtete man zunächst, höchstens von Schrägbalken gestützt, eine vollständige Fassadenfront mit den für Fenster und Tür vorgesehenen Ausnehmungen, die groteskerweise sogar oft mit Rahmen versehen, eingeglast und vergittert waren. Besonders die Türen waren sorgfältig fertiggestellt mit Beschlägen, Schnalle und Schloß. Hinter dieser Vorderfront befand sich dann nichts als Baugrund, vielleicht ein paar Mauerteile oder auch eine vollständige Wellblechhütte, angelehnt an die fertige Front, in der die Bauherrn hausten.

Das alles suggerierte die Vermutung, daß für den Einheimischen bei dem Begriff »Haus« die Fassade im Vordergrund stand, und zwar eine sorgsam mit Fenstergittern und versperrbarer Tür gesicherte Fassade, die das Eindringen von außen in einen noch imaginären Raum verwehrte. Sicher denkt jedes Lebewesen im Zusammenhang mit Haus an Sicherheit, Geborgenheit, Abwehr von Gefahr, die von außen erwartet wird. Aber überall spielt bei diesem menschlichen Sicherheitsbedürfnis der rundum geschlossene Raum die Hauptrolle. »Innerhalb meiner vier Wände«, sagt man, wenn man die eigene Integrität betonen will. Auch hier besteht das Haus aus diesen vier Wänden, aber wenn es sich im Bau befindet, scheint es andere Prioritäten zu geben. Da wachsen nicht die umschließenden Wände auf, da wird zunächst eine Vorderfront hingestellt und mit allem Zubehör versehen. Da gibt es eine verschlossene Tür, ehe noch etwas zu verschließen ist.

Das wirkt auf den Fremden verwirrend, ja absurd, schrullenhaft, und hat etwas von der unrationalen Bildhaftigkeit eines Traumes. Hatte das mit einem neurotischen Symptom zu tun, das ein ganzes Volk gefangenhält, fragte sich ratlos die Quaerens, und es fielen ihr die vergitterten Kleingreißlereien ein.

Man war jetzt in eine Region gelangt, wo es nur noch selten eine Ansiedlung gab. Menschenleere, weithin gebreitete Steppe, hauptsächlich mit Kakteen bewachsen, dazwischen vereinzelt Buschwerk und Baumgruppen. Dann und wann stieß man auf größere oder kleinere Herden von Kühen, Schafen oder Ziegen, die offenbar zu alleinstehenden Gehöften fern der Straße gehörten oder auch zu ansehnlichen Ranchos mit weitläufigen Gebäuden, zuweilen parkähnlich gestalteten Vorhöfen hinter weißgekalkten, im hiesigen Stil girlandenähnlich geschwungenen Mauern, die sich an ein hochbogiges Eingangstor schlossen, das mit einem oft kunstvoll geschmiedeten Tor versperrt war.

Es gab aber auch verwahrloste, manchmal eindeutig verlassene Ranchos, und es gab – die Quaerens sah es mit gesteigerter Wachheit – Tore, die allein standen, mit oder ohne Gitter. Daß es nicht immer die Reste verlassener Güter waren, sondern die Male begonnener und abgebrochener Vorhaben, diesen Verdacht legte der Umstand nahe, daß im Steppenboden jede Spur eines wenigstens einstmals gebahnten und wieder verwachsenen Weges fehlte, auch jede Andeutung einer umhegenden Mauer oder die Ruinen verlassener Gebäude. Wäre ein Anwesen aufgegeben und den Einflüssen von Regen, Wind und ausdörrender Hitze überlassen worden, hätte auch der hohe, freistehende Torbogen das Schicksal des Verfalls geteilt. So ragte er, seltsam verloren und doch zeichenhaft, aus der Wildnis und verschloß und sicherte ein imaginäres Stück Land, das nie kultiviert worden war.

Die Quaerens glaubte nun, einen Konnex der auf dieser Fahrt beobachteten Erscheinungen zu erkennen: die verschlossene Tür; seien es die vergitterten Läden, die isolierten Fassaden nicht fertiggebauter Häuser oder die Torbögen nicht existenter Landgüter. Symbole eines Sicherungsbedürfnisses, das nicht, wie es einem Europäer ins Gefühl eingewurzelt ist, die Geborgenheit zwischen Wänden verleiht, sondern die verschlossene Tür.

Schützende Wände haben eine Realität, eine Tür hat Zeichenwert, ähnlich einem Traumsymbol. Eine Tür, die man hinter sich verschließt, hat etwas Verwehrendes. Sie verhindert den Eintritt, den Zudrang.

Die Quaerens mußte an Fluchtträume denken, auch an Schamträume, wo eine fehlende oder offenstehende Tür einen angstvoll oder peinlich dem Einblick aussetzt in einem Zustand oder bei einer Tätigkeit, die man nicht der Öffentlichkeit preisgeben möchte.

Am späten Nachmittag gelangten sie nach San Miguel de Allende, eine Kleinstadt, die aber zwei große Kathedralen besitzt. Sie zieht sich in West-Ost-Richtung über eine ziemlich steile Berglehne in eine Niederung hin in etwa 2000 Meter Seehöhe. Die Ortschaft steht unter Denkmalschutz und bietet den Anblick einer spanischen Ansiedlung aus dem 16. Jahrhundert. Keine modernen Bauten oder stilwidrige Renovierungen unterbrechen das einheitliche Bild. Sogar das holprige Kopfsteinpflaster ist erhalten.

Diese Stille und die gesunde Luft der Höhe waren der Grund, warum hier – wie Bäuml berichtete – eine beträchtliche Zahl von Amerikanern ihre Pensionsjahre verbrachten. Nicht der Florida-Typ in Bermudashorts, mit bunten Hütchen und lautem Wesen, der durch das pubertäre Verhalten von Boyscouts seine Jugendlichkeit beweisen will. Es waren stille ältere Leute, die sich der eher langsamen Lebensart des Landes angepaßt hatten, sich völlig unauffällig kleideten und benahmen und dem Lebensrhythmus einer mexikanischen Stadt folgten, lediglich mit der Ausnahme, daß sie in bestimmten Gaststätten verkehrten, die von Landsleuten betrieben wurden und die gewohnten Speisen führten.

Nachdem die Gesellschaft sich im vorgesehenen Hotel einquartiert und etwas erfrischt hatte, schlug der Reiseleiter einen kleinen selbständigen Rundgang vor. Er selbst habe noch einiges an Organisatorischem zu erledigen. Aber bei der Anlage der wenig ausgedehnten Stadt, deren wichtigste Gassen sich um die beiden Kathedralen und den dazwischen liegenden Park zentrierten, sei ein Verirren nahezu unmöglich. Die meisten folgten dieser Aufforderung, um sich nach dem langen Sitzen im Bus die Füße zu vertreten, und machten sich einzeln oder in Gruppen zur Erkundung auf. Auch die Quaerens schlenderte im Alleingang durch Gassen und Gäßchen, wie es sich ergab, betrachtete die weißgekalkten Häuser mit den hölzernen Balkonen und Toren, die mit messingenen Türklopfern und Klingelzügen versehen waren, die Löwenköpfe, Fische und sonstiges Getier darstellten. Die Mauern, welche die Gärten umschlossen, waren überwachsen mit üppigen Bougainvilleen in allen Schattierungen zwischen Rosa und Violett. Sie waren schön anzusehen und hatten alle etwas Zurückgezogenes, gegen die Außenwelt Verschlossenes an sich.

Nach einem ausgiebigen Rundgang etwas fußmarode, vor allem wegen des besonders großköpfigen Pflasters, setzte die Quaerens sich auf eine Parkbank mit dem Blick auf die sehr belebte Straße, um die Leute vorüberspazieren zu sehen. Autoverkehr gab es wenig. Dann und wann holperte ein Eselskarren vorbei.

Da erblickte sie Herschel, der im Wiegeschritt in seinen bequem ausgetretenen Schuhen, die Hände am Rücken verschränkt, mit hochgezogenen Brauen unter seiner Baskenmütze des Weges kam. Er hatte sie eräugt, schwenkte ab und bat, Platz nehmen zu dürfen. Sie rückte zur Seite. Bedrängt von der Vielfalt der Eindrücke des Tages, war ihr ein Gespräch mit dem Landeserfahrenen nur willkommen.

»Sie sitzen und schauen?« fing er an. – »Ja, ich sitze, aber es läßt mir keine Ruh... können Sie mir sagen, wieso man zweifelsfrei und nur auf einen flüchtigen Blick hin dieses Menschengewimmel einteilen kann in Einheimische und Fremde?... Natürlich sind da die angelsächsischen und auf der anderen Seite indianisch-spanischen Züge – aber sehen Sie dort den Herrn im Anzug, mit Krawatte und Brille und der Aktentasche, er könnte genauso in den Straßen von Manhattan nach der Arbeit nach Hause gehen. Oder dort den jungen Mann mit den strähnigen schwarzen Haaren, dem Stirnband und dem Poncho über den Schultern. Niemandem fiele es ein, ihn für einen Indio oder auch nur eine mexikanische Mischung zu halten. Worin liegt eigentlich dieses zwingende Unterscheidungsmerkmal?«

»Sie haben schon recht. Und retrospektiv, wenn ich in meiner Erinnerung bohre, muß ich feststellen, daß ich eigentlich nie im Zweifel war, ob ich es mit einem Einheimischen oder einem Ausländer zu tun hatte, noch ehe ich etwaige Schlüsse aus der Sprache hätte ziehen können.«

»Es kann auch nicht an der Hautfarbe liegen und am Schnitt des Gesichts. Da gibt es alle Schattierungen zwischen Weiß und Dunkelbraun und alle Züge zwischen verwaschen und markant, scharf und rundlich. Die Kleidung ist international, höchstens bei den Frauen ein wenig papageienhafter als anderswo, aber dieses Provokante paßt wieder gar nicht zum Ausdruck. Schauen Sie sich das junge Mädchen an, das schmuckbehangen und hochstöckelig daherkommt mit einem völlig unbewegten, fast finsteren Gesicht, das von möglichen Gaffern kaum Kenntnis nimmt. Dabei hat sie sich aber ausstaffiert aufs Begafftwerden. Mir ist das schon im Flugzeug aufgefallen. Dieser Widerspruch von körperlicher Verlockung und innerer Abwehr. Es kommt mir so vor, als hätten sie alle – Männer und Frauen, Junge und Alte – unter der Oberfläche des aktuell bedingten Mienenspiels eine Art Jalousie vor dem Gesicht, die sagt: bis hierher und nicht weiter. Eine Larve, etwas, das den Einblick ins Innere verwehrt.«

»Da könnten Sie recht haben! Und so bleibt es auch, wenn man mit einem schon gut bekannt ist, sich sogar für befreundet hält. Einerseits ist man hier viel rascher als anderswo der ›caro amigo‹, dem man den Arm um die Schulter legt. Aber das bedeutet noch lange nicht besondere Sympathie und schon gar nicht Vertrautheit oder, Gott behüt, Intimität. Europäer und Amerikaner mißverstehen das oft und lassen sich dann zu einem Verhalten hinreißen, das zumindest als taktlos gilt.«

»Zum Beispiel?«

»Zutraulichkeit, Offenherzigkeit, Verbrüderung! Wenn einer aus sich herausgeht, wird das hier als Schwäche ausgelegt, und wenn man einen anderen zur Offenheit nötigt, ist das geradezu ein feindseliger Akt, die Verletzung einer Sphäre, die unberührbar ist.«

»So ist die Maske oder Jalousie eine Manifestation des Argwohns? Eine Schutzvorrichtung gegen das Eindringen ins Innere?«

»Ja, gegen ein Eindringen, das nicht als Teilnahme empfunden wird, sondern als Aggression, als Verletzung und Entblößung. Verschlossen sein heißt Bewahren der Ehre, Abwehr einer Schande.«

»Dabei scheinen mir die Mexikaner in körperlicher Hinsicht viel weniger zimperlich zu sein als unsereiner. Erinnern Sie sich an den Flug? Die elegante Dame, die ohne irgendwelche Verhüllungsmaßnahmen ihr Kind gestillt hat, oder die Art, wie man mit den Alten umging. Auch Liebespaare verhalten sich hier ziemlich freizügig auf offener Straße.«

»Da haben Sie schon recht. Aber das ist alles ›außen‹, körperlich. In diesen Dingen sind sie weit weniger prüde als wir. Nur was die Aufdeckung des Inneren, der Gefühle betrifft, sind sie so spröde. Gefühle zeigen ist für sie eine Art Exhibitionismus und das Eindringen in die Gefühle eine Vergewaltigung. Sicher, sie brüllen, weinen, schimpfen, fluchen heftiger, küssen, fallen einander um die Hälse, legen theaterreife Szenen hin, wenn sie sich für ein paar Stunden verabschieden. Aber das legt nicht die wahren Gefühle bloß, das sind Bräuche und Reaktionen auf banale Fakten.«

»Wissen Sie, was mir dazu einfällt? Es ist keine logische Folgerung, sondern, sagen wir, eine optische Assoziation.«

»Nur zu! Tun Sie sich keinen Zwang an!«

»Erinnern Sie sich an unser Gespräch im Bus über die vergitterten Greißler?«

»Ja, jetzt, wo Sie es sagen, erinnere ich mich. Einbruchshysteriker würde ich meinen! Aber wo wollen Sie hinaus?«

»Glauben Sie, daß in Mexiko alle Greißler Paranoiker sind, die unter der Wahnvorstellung leiden, daß sich ein Überfall auf ihre mageren Kassen lohnt?«

»Der Einwand hat etwas für sich.«

»Haben Sie während der Fahrt die im Bau befindlichen Häuser gesehen, von denen nichts fertig war als eine voll armierte Fassade?« – »Flüchtig hab ich es angemerkt. Offenbar Leute, die sich in ihren Mitteln verkalkuliert haben.« – »Und die hohen Torbogen mitten in der Landschaft und daneben und dahinter nichts als Kaktuswildnis?« – »Wahrscheinlich ein ähnlicher Fall.« – »Und was ist das Gemeinsame daran?« – »Gitter, verschlossene Fassaden, Torbogen ... lassen Sie mich nachdenken! ... der Begriff Zugang, genauer verschlossener Zugang ... und jetzt bemühen Sie Freud und wollen es symbolisch gesehen haben?« – »Wie denn wollen Sie dieses dem Fremden auffallende Phänomen deuten? Mit einer rationalen Auslegung werden Sie sich schwer tun. Anderseits ist es kaum glaubhaft, daß alle Mexikaner

Neurotiker sind.« – »Sie denken an die Jalousien vor den Gesichtern.« – »Ja, das tu ich. Das Haus, die Außenwände, sind nur die körperliche Hülle, unwichtig und robust. Der Blick, das Gesicht ist die Tür. Wenn ich jemandem keinen Zutritt ins Innere erlaube, schließe ich die Tür. Eine verschließbare Tür ist somit das Wichtigste beim Hausbau. – Sie haben doch lange hier gelebt! Wie ist das mit persönlichen Kontakten zu den Einheimischen?« – »Sie haben mich jetzt nachdenklich gemacht. Irgend etwas ist dran an Ihrem Assoziationsgespinst. Was die Kontaktaufnahme betrifft! Ich hab es schon gesagt. Dem Unerfahrenen erscheint sie hier viel leichter als in irgendeinem Land Europas. Aber nur an der Außenseite. Sehr bald stößt man an die Tür, um im Bild zu bleiben. Und dabei geht's gar nicht sosehr um den Fremden. Einer, der sein Inneres öffnet, gilt auch unter den eigenen Leuten nicht viel. Sich öffnen ist eine Schmach, etwas Peinliches. – Wenn man bei uns einen Menschen ›offen‹ nennt, ist das ein positives Urteil. Bei den Amerikanern, die gern übertreiben, geht das so weit, daß es als Beleidigung empfunden wird, wenn einer die Tür hinter sich zumacht, und in der Erziehung ist ihre größte Sorge, ihr Kind könnte nicht beliebt sein, wobei beliebt der Zugängliche, Offene ist, unbeliebt der grüblerische Einzelgänger. Aber abgesehen von diesen Auswüchsen haben wir auch in Europa in bezug auf die Außenwelt etwas Werbendes, wir suchen Nahkontakte. Unsere Türen sind sperrangelweit offen, und wir grämen uns, wenn niemand hereinkommt. Hier sind die Türen der Seele verrammelt gegen Zudrang und Einblick.«

»Könnte es sein, daß dies mit der Conquista zu tun hat? Schließlich war das nicht eine gewöhnliche Eroberung mit Herrscherwechsel, sondern man hat systematisch alles zerstört, was dem seelischen Bereich zugehört: Tempel, Opfer, Götterstatuen, Literatur. Könnte gut sein, daß sich ein solches Volk dann verschließt, um zumindest passiv zu bewahren, was noch an Eigenem übriggeblieben ist. Kommt dazu die spanische Neigung zu Ehrsucht und Zurückhaltung und deren Schutz durch das formalistische Zeremoniell.«

»Sicher hat es auch damit zu tun, aber vergessen Sie nicht, daß man auch von nordamerikanischen Indianern erzählt, es gelte als Schande, selbst bei den größten Schmerzen Gefühle zu zeigen. Und auch die alten Azteken waren groß in asketischen Selbstquälereien. So wäre also die Ehre gleichzusetzen mit undurchdringlicher Verschlossenheit, und von der Fähigkeit dazu hängt das Selbstwertgefühl ab. – Bei uns von der sozialen Leistung, in unserer Epoche neurotisiert zur Leistungshektik.«

»Das paßt auch irgendwie mit den Göttern zusammen.«

»Sie kommen wieder auf Ihre geliebte Mythologie.«

»Ist das so abwegig? Geht doch beides auf die Art zurück, wie eine Menschengemeinschaft, ein Volk meinetwegen, mit dem Leben zurechtkommt. Überlebensstrategien. Wir haben aktive Götter, die handeln und sich mit uns abgeben. Die hiesigen Götter – erinnern Sie sich ans Museum? – sind in sich selbst geballte Kraftzentren. Sie gehen nicht aus sich heraus. Sie ›öffnen‹ sich auch nicht den Menschen. Sind auf göttlicher Ebene nicht ›sozial‹, weder Vertraulichkeiten noch Gnadenspende sind am Platz. Auch untereinander weiß ich nichts von Nahbeziehungen, wie sie den Olymp beherrschten und die heilige Familie. Auch der jüdische Abba hält sich nicht ganz fern von Engeln und Menschen.«

»Von allzu großer sozialer Zutunlichkeit sind die Mexikaner allerdings frei. Da fahren sie auf ganz anderen Geleisen. Und wenn manche Dummköpfe das westliche Prinzip annehmen, endet es meist kläglich und lächerlich. Denken Sie an den Umgang mit der Zeit. Es sind das keine Sitten und Gewohnheiten, die man ändern und lernen kann, es sind tief im Wesen verwurzelte, weither überkommene Einstellungen zum Leben.«

»Und woher kommt unser Leistungstick? Ich denke von

den Römern. Die Griechen haben noch einen Schuster als Mentor ihrer patrizischen Jugend hingenommen. In Rom wäre das nicht mehr möglich gewesen. Da hat Cato noch durchgesetzt, daß alle griechischen Philosophen des Landes verwiesen wurden, damit ihre jungen Leute ungestört den Cursus honoris durchliefen, der ein sozialer Aufstieg mit praktischen Erfolgen war. Und die Bergpredigt mit ihrer Preisung der Armen und Verfolgten hat keine hundert Jahre Geltung gehabt. Die Institution der Kirche ist römischen Mustern gefolgt. Geblieben ist das große Gericht am Ende der Tage, wo die Leistungen geprüft werden. Gedacht waren die moralischen, aber mit der Entgötterung des Lebens und mit Hilfe Calvins hat sich die Bewährung ins Weltliche verlagert. Leistung und Erfolg im Beruf, im sozialen Ansehen. Und die Mexikaner? Gute Katholiken und Nachahmer alles Amerikanischen, das im Grund puritanisch ist?« – »Das ist die Außenseite. Hinter der Jalousie liegen die Gewichte anders. Da hat man's weder mit der Leistung noch mit dem sozialen Status. Da hat man es mit der Ehre eines Menschen, der sein Inneres zu verbergen und zu bewahren weiß. Ihr Christentum hat keine Wurzeln.«

»Und wie kommen sie mit der Einsamkeit zurecht, die daraus resultiert?« – »Das weiß ich nicht. Jedenfalls haben sie Ventile. Die vielen Fiestas, wo es mindestens so zugeht wie vor der Basilika von Guadalupe mit Tanzen, Trommeln, Trance und Alkohol, da fallen für die Dauer des Festes die Gitterstäbe, da finden Verbrüderungen statt, die manchmal in der tiefsten Intimität enden, im Mord.« – »Tatsächlich?« – »Lesen Sie Polizeiprotokolle nach Festtagen, und schauen Sie sich das schwer bewaffnete Polizeiaufgebot während der Veranstaltungen an.«

So saßen sie auf dem Parkbänkchen, vom Hundertsten ins Tausendste gekommen, und schwiegen leicht erschöpft.

Herschel sah die Quaerens von der Seite an und sagte plötzlich grinsend: »Frau Doktor phil. Julia Quaerens,

Schriftstellerin«, und musterte sie mit einem leicht boshaften Lächeln erwartungsvoll. Sie zuckte zusammen, starrte ihm ins Gesicht und fragte: »Woher wissen Sie das? Ich hab mich mit voller Absicht in der Liste als Pensionistin eingetragen und wurde auch als solche verlesen am Flughafen.« – »Ich hab Sie mir ausgerechnet!« sagte Herschel leichthin; »es war gar nicht so schwer! Wissen Sie, als Kaufmann und auch als Jude habe ich eine gewisse Übung darin, herauszubekommen, mit wem ich es zu tun habe. Und gerade die bescheidene ›Pensionistin‹ in der Reihe der großen Titel hat mich neugierig gemacht. Der Doktorhut steht ja im Paß verzeichnet und war aus dem Häuflein Pässe, die der Reiseleiter in jeder Rezeption herzeigen muß, leicht so beiläufig herauszufingern, und ein Blick hat genügt.« – »Das trau ich Ihnen ohne weiteres zu. Aber in meinem Paß steht nichts von Schriftstellerei.« – »Nun, das ist es eben, was ich mir ausgerechnet habe!« – »Und wie? wenn ich fragen darf, wobei ich nicht unterdrücken kann, daß ich ein solches Vorgehen für indiskret und eigentlich unerlaubt halte.« – »Also! Was ich schon am Flughafen registriert habe, war die Art, wie Sie sich – im Gegensatz zu den anderen – nicht in Pose geworfen, sondern mit höchst ›indiskreter‹ Neugier um sich geschaut haben, unseren Reisegefährten gerade ins Gesicht. Die Person ist in einer geradezu selbstvergessenen Weise neugierig, stellte ich fest. Dann im Flugzeug fiel mir auf, daß sie – ohne sich selbst ins Spiel zu bringen – die Vorgänge und die Reden der Mitreisenden mit ungenierter, aber persönlich distanzierter Eindringlichkeit beobachtet haben, ganz anders als beispielsweise die Oberschwester, die, auch von höchster Neugier, sich selbst immer in vollster und unüberhörbarer Teilnahme mitten ins Geschehen setzte. Bis daher erkannte ich nur mich selbst und meine eigenen Intentionen: das Bestreben, meine Umgebung möglichst genau zu erkennen, ohne mich einzumischen.« – »Das macht aber noch keinen Schriftsteller!« – »Ganz richtig. Das macht allenfalls einen gewitzten Kaufmann, der die Kundschaft abschätzen muß. – Aber dann kamen die Pyramidenschau und unsere Unterhaltung über die Bellevuen im allgemeinen und im besonderen und die leichtfüßige Art, wie Sie von einer eher trivialen Beobachtung auf das Naturverhältnis der Mexikaner und der Europäer gerieten. Es kamen das Museum und der Celluloidheiland. In jedem dieser Fälle sah ich Sie flinkfingrig Verbindungsnetze spinnen, die den Verdacht an eine nicht gerade vom Biedersinn der Logik diktierte Denkweise nahelegten, eine Denkweise, deren Verhältnis zur schlichten, rational gebändigten Wahrheitstreue eher locker ist und deren Geist etwas – Sie verzeihen – Filouhaftes zu eigen ist. Verbindet man dann mit dieser moralischen Grundstruktur ein ernstes Streben nach einem formal solid gedrechselten Ausdruck, dann ergibt sich ein Mensch, der – ob aktiv oder passiv – zur Schriftstellerei neigt, womit ich meine: jemand, den das Wesen der Erscheinungen fesselt und der sie eher mit den Sinnen als dem Verstand zu ergründen sucht, weil er zu wehleidig ist, sich ins Prokrustesbett der abstrakten Logik klemmen zu lassen. Die Ergebnisse dieses moralisch ein wenig zweifelhaften Unternehmens hebt er dann durch schreibende Formulierung in die Wirklichkeit. Die einzige Disziplinierung, zu der er sich bequemt. Nicht zu unterschätzen, meine ich, denn der Zwang zum sprachlichen Ausdruck hat seine strengen Gesetze und piesackt den damit Befaßten vermutlich nicht wenig, hält ihn scharf an der Kandare. Wenn ich mir herausgenommen habe, in diesen ernsten Zusammenhängen das Wort ›filouhaft‹ zu gebrauchen, so ist das nicht im Sinne von leicht- und frohsinniger Wesensart gemeint, sondern bezieht sich allein auf Methodisches. Solche Leute wirken eher wie jemand, der sich dauernd schwertut auf eine heikle Art und unter dem Druck einer permanenten Plage steht: dem Nagezahn der selbstauferlegten Verpflichtung zur genauen Form.«

Als die Quaerens verbissen schwieg und vor sich auf den Kiesweg starrte, konnte Herschel es nicht mehr aushalten und lechzte nach Anerkennung seiner Analyse: »Nun, wie hab ich Sie mir ausgerechnet?« – »Der Teufel soll Sie holen! Ich bin zwar beeindruckt, aber gleichzeitig beunruhigt. Warum, glauben Sie, hab ich mein Metier verschwiegen? Aus Bescheidenheit vielleicht? Keineswegs. Ich bin eitel genug. Aber ich hasse die Standardfragen, mit welchen die Leute das Phänomen ›Kunstübung‹ zu ergründen versuchen: ›Wie ist das eigentlich, wenn man schreibt, wie, wo und wann überkommt einen die Intuition? Arbeiten Sie Nächte hindurch unter einem inneren Diktat? Haben Sie Notizbuch und Bleistift auf dem Nachtkästchen, um Erleuchtungen, die Ihnen im Traum kommen, festzuhalten?‹ – Nun ich hatte mit dreizehn, vierzehn eine solche Periode, habe sie aber schon damals rasch aufgegeben, weil sich die nächtlichen Genieeinfälle bei Tageslicht jedesmal als peinlich banal entpuppten. Ich halte auch nichts von Intuition, sondern eher von Dauergrübeln und hartnäckigem Bohren.«

»Und hier und jetzt ist für Sie Mexiko ein solches Bohrloch?«

»Daß es gerade Mexiko ist, hat sich eher zufällig ergeben. Es könnte genauso China oder Indien sein, ein Land jedenfalls, das nicht von der abendländischen Kultur und Lebensweise geprägt ist.«

»Kultur- und zivilisationsmüde?«

»Nicht im heute üblichen Sinn. Ich möchte nicht auf einen anderen Zug umsteigen, mich nur ein wenig im Gelände umsehen nach anderen Schienen; sehen, wie sich andere in anderen Zonen der Welt mit der Machete ihrer Ratlosigkeit, Traurigkeit und Angst einen Weg durch den Dschungel bahnen. Dabei entstehen ja die wunderlichsten Lebensstrategien, wobei ich auch den Umgang mit einem spirituellen Überbau nicht ausnehme. Aber man hat sich ans Eigene so gewöhnt, daß man vergißt, daß man nicht auf einem einzig

›richtigen‹ Weg ist, sondern daß alles eine verzweifelte Spekulation ist. Nicht nur unser Weg, sondern alle Wege. Keiner kommt zum Ziel und löst die Grundfragen des Daseins: Warum nehme ich die Plage auf mich, wer hat sie mir verordnet, wo will es hinaus mit dem Leben und dem Tod ... ja«, sagte sie nach dieser langen Rede, der Herschel, ohne sie zu unterbrechen, aufmerksam gelauscht hatte; »deshalb sitze ich da auf einem Parkbänkchen am Hauptplatz von San Miguel de Allende und bemühe mich, mit Ihrer Hilfe, beispielsweise zu ergründen, warum ein Haus für unsereinen vier Wände sind und für die Hiesigen eine Fassade. Ein Mensch von praxisorientierter Biederkeit würde eine solche Frage mit säuerlichem Gesicht wegschnippen wie ein lästiges Insekt, das nicht nutzbringend zu verwerten ist. Mich fasziniert es, und das ist vielleicht das Wesen meiner von Ihnen dankenswert angesprochenen geistigen Filouhaftigkeit.«

Noch während sie sprachen, hatten sie flüchtig die Schönbein vorübereilen gesehen mit Kamera und geräumiger Handtasche und einem Gesicht, das Eifer und eine Art euphorischer Hast ausdrückte. »Die hat's auch erwischt«, bemerkte Herschel; »solche Reisen in der sicheren Hut einer straffen Organisation sind gar nicht so harmlos, wie sie ausschauen. Irgendwie wird jeder, ohne es zu merken, aus seinem Geleise gerissen, wie Sie sagen, und kommt ein wenig ins Trudeln.«

Die liebenswerten Kinder

Die Reiseteilnehmer hatten die Spätnachmittagsstunden je nach eigenem Ermessen verbracht, die meisten im Spaziergang durch die Gassen des Städtchens San Miguel mit seinem altspanischen Flair, dessen Anblick man sich nur deshalb nicht im ungehinderten Schauen hingeben konnte, weil man zu sehr darauf achten mußte, sich nicht zu verknöcheln, denn so wie die Häuser stand, wie schon erwähnt, auch das Straßenpflaster unter Denkmalschutz, und das bestand aus bis zu kopfgroßen Steinen. Die Trottoirs reichten in der Breite höchstens für eine Person, aber es bestand wenig Gefahr, von vorbeirasenden Autos mitgerissen zu werden, weil diese, eben wegen des historischen Pflasters, nur im Schritt fahren konnten.

Über dieses Phänomen sprachen die im Hotel bereits Eingetroffenen, und schließlich empfand man auch schon genügend Appetit, um sich zum Abendessen zu begeben. Da merkte jemand, daß die Frau Studienrat Schönbein noch nicht anwesend war. Man wartete also noch eine Weile, vermutete, sie habe sich durch ihre Photoleidenschaft verspätet oder sitze selbstvergessen bei der Niederschrift ihrer »Live«-Eindrücke. Man machte sich keine Sorgen. Verirren konnte man sich hier kaum. Die Stadt war klein, und jede Gasse führte über kurz oder lang ins Zentrum, wo sich auch das Hotel befand.

Da flog plötzlich die Tür auf, und herein stürzte eine ziemlich abgegriffen wirkende Schönbein mit verstörtem Gesicht und warf sich erschöpft in einen der Klubsessel. Eine fleckige Röte bis in den Halsausschnitt und ein wirrer

Blick sprachen von einem Erlebnis von traumatischem Gewicht.

Erst als sie gewissermaßen seelisch zu Atem gekommen war, erfuhr die gespannte Gesellschaft, was der unseligen Studienrätin auf ihrem Erkundungsgang widerfahren war.

Den Photoapparat im Anschlag und entzückt von der Fülle reizvoller Motive, die das Städtchen bot, war die Schönbein in eine schmale Seitengasse geraten, bis sie auf eine hohe Mauer stieß. Ein gewölbter Torbogen führte in einen dunklen Gang, an dessen Ende man aber wieder ins Freie zu gelangen schien, und zwar auf einen großen, sonnenbeschienenen Platz. Neugierig hatte sich die Schönbein vorgewittert und schließlich erkannt, daß es sich um eine im Augenblick menschenleere Stierkampfarena handelte, ein geräumiger runder Sandplatz, um den sich amphitheatralisch die Sitzreihen erhoben. Natürlich war es, entsprechend der Ausmaße der Stadt, eine kleinere Anlage. Trotzdem war die Schönbein gefesselt, stellte sich das brüllende Menschengedränge und das blutige Geschehen vor, machte einige Aufnahmen und zog ihren Notizblock hervor, um ihre Eindrücke zu erzieherischen Zwecken schriftlich niederzulegen. Dazu setzte sie sich auf eine Bank in der ersten Reihe. Im Areal trieben sich ein paar Buben mit einem Fußball herum, so versunken in das Spiel, daß sie die Besucherin gar nicht wahrzunehmen schienen. Sie störten auch nicht ihre Konzentration, da sie ohne viel Geschrei und Gelärme ihrer Beschäftigung nachgingen. Die Studienrätin konnte sich also ganz ihren Eindrucksschilderungen widmen und vergaß dabei ihre Umgebung.

Als sie schließlich das Büchlein zuklappte und aufsah, bemerkte sie erst, daß die Knaben – der jüngste mochte sechs, der älteste zwölf Jahre zählen – das Spiel abgebrochen hatten, im Halbkreis um sie herumstanden und ihr zusahen, jede ihrer Bewegungen aufmerksam verfolgend, aber höflich und ohne Zudringlichkeit.

Wie immer von ihrer Sympathie mit der Jugend angeregt, hatte sie ein paar belanglose Äußerungen getan, die unabhängig vom Idiom dem Sinne nach überall verstanden werden, wie etwa »Na ihr da! Was gibt's denn?« und dem Jüngsten die Wange getätschelt. Die Knaben hatten sie weiterhin stumm und ernst und ohne die Distanz der Höflichkeit zu überschreiten betrachtet. Als sie jedoch nach einer Prüfung der Uhr erkannte, daß es an der Zeit wäre, ins Hotel zu gehen, und sich erheben wollte, drückte der Älteste sie sanft, aber mit einem gewissen Nachdruck, mit seiner wohlgeformten, wenn auch etwas schmutzigen Hand auf der Schulter wieder auf ihren Sitz.

Sie wollen irgend etwas von mir, hatte die Schönbein sich gedacht, vermutlich ein paar Pesos, den Kleidern nach handelte es sich ja eher um ärmliche Kinder. Sie kramte also nach Kleingeld in der Tasche. Inzwischen waren die Knaben – fünf, sechs sind es gewesen – näher gerückt und umstanden sie wie eine dichte Mauer. Der Kleinste hatte ihr zutraulich die Hand aufs Knie gelegt, was sie als rührend empfand. Mit dem Zeigefinger des anderen Händchens aber wies er auf das Medaillon, das sie stets am Halse trug. Ein Familienerbstück. Es enthielt eine Miniatur ihrer Großmutter.

Wie sie, die Schönbein, Kinder kannte, begriff sie sofort, daß ihm dergleichen neu war und er es näher besichtigen wollte. Sie nahm also Kette samt Anhänger ab und reichte sie dem Kleinen zur näheren Betrachtung. Er griff mit einer gewissen zögernden Ehrfurcht danach, so daß sie sicher war, daß er nichts beschädigen würde, zeigte ihm den Klappmechanismus und das Bild darin. »Mi abuela«, sagte sie, und er nickte mit einem verstehenden Blick.

Während dieser Vorgänge löste ein Älterer mit zarten, aber durchaus sachgemäßen Bewegungen die Uhr von ihrem Handgelenk, legte sie ans Ohr und lächelte, als er sie ticken hörte. »Arme Kinder«, dachte die Studienrätin sich,

»so etwas bekommen sie nie aus der Nähe zu sehen, diese Dinge sind ihnen ganz neu!«

Da hatte der Älteste – immer noch schweigend – plötzlich ein Messer in der Hand und ließ es aufschnellen. Sie erschrak tödlich, als er ihr ganz nahe kam und sie im Abstand von kaum zehn Zentimetern sein Gesicht vor sich sah. Flach, schmaläugig und verschlossen, aber – wie sie erleichtert anmerkte – ohne jeden gewalttätigen oder mörderischen Ausdruck, sondern nur gleichmütige, konzentrierte Aufmerksamkeit. Mit zwei auffallend achtsamen, jedoch routiniert geführten Schnitten löste er die Riemen von Handtasche und Photoapparat und nahm sie an sich, ehe sie sich zu einem Ton des Protests aufraffen konnte. Als sie sich schließlich gefaßt hatte und aufsprang, stob die Knabenschar auf ein leises, aber scharfes Kommando des Ältesten im aufwirbelnden Staub der Arena davon. Uhr, Medaillon, Kamera und Handtasche hatten sie mit sich genommen.

Dies erzählte fliegend, von Zwangsschlucken unterbrochen, die Schönbein dem sensationslüsternen Publikum der Reisegefährten.

Erst als sie die Geschichte beendet hatte, gab sie ihrer nervösen Zerrüttung nach und wurde von einem krampfartigen Schluchzen mit schniefender Nase geschüttelt, wofür man ihr ein Taschentuch reichte, denn das ihre hatte sie ja mit der Handtasche eingebüßt. Dazwischen wurden immer wieder Wortfetzen hörbar wie »so liebe Buben«, »dabei kenne ich mich doch mit der Jugend aus«, »eine alte Lehrkraft wie ich«.

Die Gesellschaft betrachtete schweigend die Beraubte, Abgeräumte. Die Oberschwester setzte zu einer Abhandlung über das grundsätzliche Mißtrauen an, das in »solchen Ländern« gegenüber allen Eingeborenen angebracht wäre, und daß ihr und dem Medizinalrat solches nicht hätte zustoßen können, »gelt, Alois?« Dieser nickte versonnen, bot aber in unerwarteter Liebenswürdigkeit, welche die Quaerens für eine Art Abschlagszahlung an den Himmel ansah, der Schönbein für die Dauer des Aufenthaltes einen seiner einfacheren Photoapparate leihweise an. Der Reiseleiter, der sich unklar schuldig fühlte, bemerkte nachdrücklich, wie oft er empfohlen habe, Schmuckgegenstände und das größere Geld im Hotelsafe zu verwahren. Die Schönbein bedankte sich sehr warm bei Höchstlmeier für sein freundliches Angebot. Ohne Photographieren hätte ja die Reise ihren Sinn verloren. Sonst habe sich – abgesehen von dem Medaillon – der Schaden in Grenzen gehalten. In der Handtasche seien nur leicht zu ersetzende Kleinigkeiten gewesen, den Paß habe Bäuml in Verwahrung, und gottlob habe sie ihr unersetzliches Notizbuch in die Jackentasche gesteckt gehabt. – »Aber diese Kinder! Darüber komme ich nicht hinweg! Bei meiner Liebe, meinem Verständnis, meinem tiefen Interesse und meiner langjährigen Erfahrung mit der Jugend aller Länder und Erdzonen. Braune, nur mäßig zerlumpte, Fußball spielende Buben! Keine ausgebildeten Taschendiebe, die sich eigens im Getrubel von Ausländern herumdrücken. Wie konnten sie wissen, daß ich komme? Haben einfach gespielt auf dem freien Platz, und während des Spiels erst mußte ihnen der Gedanke gekommen sein ... und dann die bewußte Strategie, das Einkreisen, und der Jüngste, denken Sie, ein Kind von fünf, sechs Jahren, eräugt meinen Anhänger, weiß offenbar, daß es ein Wertstück ist, und veranlaßt mich spielerisch, es ihm zum Anschauen zu überlassen.«

»Eine unglaubliche Verderbtheit«, sagte die Oberschwester, »schon in den Kleinsten, man kann sich nicht genug vorsehen!«

»Sehen Sie, Frau Oberschwester, das ist es ja«, sagte die Studienrätin, die sich einigermaßen gefaßt hatte und jetzt nur mehr aufstoßweise schluchzte; »Verderbtheit würde ich nicht sagen! Sie waren ja so höflich und ganz behutsam, wie sie mich abgeräumt haben. Bei Räuberei denkt man an Wegreißen, Verletzen, brutalen Überfall. Aber selbst der mit dem Klappmesser hat darauf geachtet, daß ich nicht mit der Klinge in Berührung käme ... es waren trotz allem gute Kinder, sogar gut erzogene Kinder, möchte ich sagen, obwohl sich das vielleicht sinnwidrig anhört, aber wenn ich an die rüde Art denke, die unsere Kinder in der Schule manchmal zeigen ... ja, ich muß es betonen, wenn Sie vielleicht auch im stillen sagen, die verschrobene Gans ... gute Kinder, die sich eben etwas aneigneten, was sie, unter uns gesagt, wahrscheinlich bitter brauchten, so wie sie aussahen ...« – »Aber haben Sie denn keinen Verdacht geschöpft, wie sie Ihnen so plötzlich nähergerückt sind und der eine Ihnen die Uhr abnahm?« fragte fassungslos die Cornell. »Also ich, wenn ich im Ausland bin, presse immer meine Handtasche fest an den Leib!« – »Sie werden sich wundern, das tu ich auch, in Italien zum Beispiel oder selbst in Wien in der U-Bahn, aber hier ist das ganz anders, ich weiß selbst nicht, wieso. Anderswo haben gefährliche Jugendliche auch schon so verdächtige Gesichter, etwas Brutales oder Gaunerisches im Ausdruck, aber diese Buben – wie soll ich Ihnen das klarmachen? Selbst als ich alles begriffen hatte, und sie wegrannten mit ihrer Beute, und ich mit leeren Händen dagestanden bin, kam ich mir eigentlich nicht wie das Opfer eines Verbrechens vor!« Die schmächtige Brust der Schönbein kam wieder in leichtes Schüttern, und man erwartete einen neuen Anfall von Weinkrampf, mußte dann aber mit Befremden erkennen, daß es sich um unterdrücktes Lachen handelte. Die Medizinalrätlichen dachten, ein hysterischer Anfall bahne sich an. Die Frau Studienrat stieß glucksende Geräusche aus, die nur von einem Kichern stammen konnten, und stammelte dazwischen: »Wissen Sie, ich bin mir nicht beraubt vorgekommen, obwohl mir natürlich um das Medaillon leid ist, sondern eher hineingelegt, gefoppt. Ja, einem Schabernack aufgesessen, sie haben mich auf den Arm genommen, die Lausbuben! Gelinkt, würden meine Schüler sagen!« Die Schönbein brach jetzt in ein nervöses Gelächter aus, das sie nicht mehr beherrschen konnte, und wurde von der Oberschwester am Arm genommen und in ihr Zimmer geführt. Noch vom Gang her erscholl das Schönbeinsche Gelächter. Die Reisenden blieben durchwegs ernst und schüttelten die Köpfe.

Nach dem Abendessen lehnte die Quaerens sich noch ans offene Fenster und blickte in die mondhelle Gasse, in der man Schritte auf dem Kopfsteinpflaster hörte, aber nur Schatten wahrnahm.

»Sonderbar«, dachte sie, »wie anders hier die gewohnten Klischees sind. Das räuberisch durchaus gewiefte Kind hat kein Galgengesicht, sondern benimmt sich artig und rücksichtsvoll. Betreibt sein Gewerbe nicht wie ein Verbrechen, sondern eher – wie hat die Schönbein nur gesagt? – ja, als Fopperei und Schabernack. Gut und böse sind nicht so klare, eindeutige Unterscheidungen wie bei uns zu Haus, wo man keinen Augenblick zweifelt und ein eben total Ausgeplünderter nicht in einen Lachkrampf fiele.«

Da die Quaerens es aber eben einmal mit der Mythologie hatte, erinnerte sie sich prompt an die Geschichte mit Quetzalcoatl und Tezcatlipoca, die ihr immer absurd erschienen war, die sie aber plötzlich zu verstehen glaubte.

In jeder Göttergeschichte der Welt stellt das Böse dem Guten nach und führt es in Versuchung, immer aber siegt schließlich das Gute und widersteht der gleisnerischen Zumutung. Nicht so bei den Azteken. Quetzalcoatl, die Federschlange, ist der »gute Gott« par excellence und führt ein mustergültiges Leben in Tugend, Meditation und schmerzhafter Askese mit Fasten und der bekannten Quälerei mit Agavendornen, um den daran übrigens völlig uninteressierten Hochgott zu ehren. Sein Bruder Tezcatlipoca dagegen, ein genauer Kenner weltlicher Praktik, Zauberer, Schwindler und Verleiter der Menschen zur Sünde, setzt es sich in den Kopf, den frommen Bruder mit seiner Kunst der Verführung zu umgarnen. Es gelingt ihm auch, dem in diesen Dingen ganz Unerfahrenen einen gewaltigen Pulquerausch anzuzüchten; bei den Azteken neben der Unzucht eine der schwersten Sünden. Gleiches tut er bei einer heiligmäßig lebenden Frau. Und nun bringt er die beiden in ihrer aufgelockerten Verfassung zusammen, und prompt geschieht, was der Weltläufige vorausgesehen hat. Alle Grundgesetze der sittlichen Unbeflecktheit mißachtend, lassen die beiden Frommen alle Scham und Zucht fahren und wohnen einander bei. Als Quetzalcoatl aus der Vernebelung des Rausches aufgetaucht war und in erbarmungsloser Nüchternheit sah, was geschehen war, befiel ihn namenloses Entsetzen, und er zog in tiefster Zerknirschung radikale Konsequenzen. Für sein unsühnbares Vergehen kam für ihn nur die Selbstauslöschung in Frage. Er richtete sich unter Beachtung aller gebotenen Riten einen Scheiterhaufen auf, sprang ins Feuer und verbrannte. – Daß er im weiteren Verlauf der Geschichte geläutert aus der Asche stieg und fortan am Himmel als Morgenstern aufging, hat nichts mehr mit Tezcatlipocas Umtrieben zu tun. Auf seine Rechnung geht nur die peinliche Seelenblamage des tugendhaften Gottes.

»Wenn wir Abendländer diese Geschichte hören«, sinnierte sie, »fallen wir aus tief eingefurchten Denk- und Gefühlsbahnen heraus. Wohl hat auch in unseren Geschichten Satan immer Lust, fromme Seelen zur Sünde zu verleiten, die aber erliegen nie, und er zieht ab mit eingezogenem Schwanz. So nehmen wir mit Verwirrung und Verstimmung eine Göttergeschichte zur Kenntnis, wo der Gute das Opfer des Bösen wird und noch dazu nicht einmal im Rahmen einer todernsten Tragödie, sondern einer simplen Burleske, einer ordinären Suff- und Bettgeschichte. Der Böse schafft nicht Szenarien von finsterer Theatralik, sondern ist ein findiger Scharlatan, ein Fopper und Frotzler. So klagt auch ein Dichter voll Resignation: ›Du treibst dein Spiel mit den Menschen, Tezcatlipoca. Schlag mich lieber gleich tot. Ein Possenreißer bist du.‹

Seltsam«, dachte die Quaerens. »Wie richtig hat das die schlichte Schönbein empfunden! Sagt man nach einer Beraubung bei uns zu Hause: Auf den Arm haben sie mich genommen, die Lausbuben? Gelinkt! Hier aber ist das absurd Erscheinende durchaus passend. Und, unter uns gesagt, unser Schwarz-weiß-Konzept, ist es so stimmig? Entsprechen ein relativ Gutes und relativ Böses nicht mehr der Realität? Ist das lapidare Gut-Böse-Konzept nicht das Resultat eines tief eingewurzelten Hangs zur idealistischen Illusion, in welcher der Abendländer und seine Kultur befangen sind? Selbst die stocknüchterne, verläßlich phantasiefreie Höchstlmeier plustert sich über das absolut Schlechte auf und redet von ›unglaublicher Verderbtheit‹ bei kleinen Kindern. Selbst sie in ihrem platten Banausentum und Materialismus entbehrt ganz des Sinnes für die sachlich trockene Realität, wo das absolut Gute und Böse körperlose Ideen ohne Wirklichkeitsgewicht sind.

Es scheint so«, sagte sich die Quaerens nicht ohne Beklommenheit, »als wäre die Verflochtenheit des einzelnen in die Wurzelsträhnen seiner angeborenen und anerzogenen Kultur und Lebensform stärker als Anlage und Charakter. – Und so wird sogar eine Cäcilie Höchstlmeier ein Geschöpf des hochillusionären Idealismus des abendländischen Weltkonzepts.«

Totenpanoptikum, jugendfrei

Am nächsten Morgen brach man nach Guanajuato auf; eine in einem Bergtal gelegene Stadt, wo in altspanischen Zeiten Gold und Silber gefördert worden waren. Altspanisch waren auch die Anlage und der Baustil der Stadt, ähnlich wie in San Miguel: enge winkelige Gäßchen und Plätze mit Kopfsteinpflaster, eine nach maurischen Vorbildern erbaute Universität, die Kirche Nuestra Señora mit einem Marienbild auf silbernem Sockel, die Philipp II. 1557 der Stadt als Schutzheilige gestiftet hat. Unter weiteren Sehenswürdigkeiten natürlich auch ein Regionalmuseum, das man am Ende des Rundgangs besichtigen wollte.

Während man, vom langen Gehen über das anstrengende Kopfsteinpflaster müde, in einem Restaurant eine Kleinigkeit zu sich nahm, ließ sich ganz beiläufig Bäuml hören: auf dem Plan stünde nun noch der Besuch des Museums. Zweit- und drittrangige Stücke übrigens, von denen man bereits im anthropologischen Museum in Mexico City weit wertvollere Exemplare gesehen habe. Er, Bäuml, habe da noch einen anderen Vorschlag, wenn auch, wie er gerne zugebe, etwas makabrer Art und nicht jedermanns Sache, daher auch nur ein Vorschlag, keineswegs eine Nötigung; die Alternative sei immerhin das recht ordentlich gehaltene Provinzmuseum.

Die Gesellschaft horchte auf.

Nach einer kleinen, die Neugier steigernden Pause fuhr Bäuml fort: Infolge der besonderen Bodenbeschaffenheit dieses Landstrichs erführen die Leichen nach der Bestattung eine Art natürliche Mumifizierung; ein chemisch-geologisch interessantes Faktum, das auch wissenschaftlich bereits analysiert und aufgeklärt sei. Praktisch aber habe der Umstand zur Folge, daß der Friedhof, da nichts verwese, unter schwerem Platzmangel leide. Um dem abzuhelfen, exhumiere man Kadaver, um deren Gräber sich niemand mehr kümmere, und staple sie in Katakomben. Da aber das Phänomen an sich interessant sei, und besonders Einheimische – mehr noch als Touristen – große Teilnahme zeigten, habe man eindrucksvolle Beispiele aus dem Zeitraum von zweihundert Jahren zur Beschau aufgestellt und für die Besichtigung freigegeben, ein in der Welt angeblich einzigartiges Schauhaus, ein Eindruck, den man sich, wenn man schon einmal am Ort sei, nicht entgehen lassen sollte.

Er, Bäuml, sei sich durchaus bewußt, daß diese Kadaverbesichtigung manchem Geschmack widerstrebe, daher habe er für die Variante des Museumsbesuchs gesorgt. Man möge sich, bitte, entscheiden.

Weit von sich wies ohne langes Überlegen Cornell, seine Familie autoritär mit einschließend, die Leichenschau als Barbarismus und unerträgliche Geschmacklosigkeit. Ihm schlossen sich die Herschels an; er, weil er dieses anrüchige Museum schon einmal gesehen hatte, Frau Rosa aus nicht näher erklärter Entrüstung: »Was soll ich mir verrottete Kadaver anschauen!« Die Nowak lehnte ab aus frei eingestandener Angst vor der Grausigkeit des Gebotenen.

Bereit, sich dem Makabren zu stellen, zeigten sich, wissenschaftliches Interesse betonend, die Medizinalrätlichen, die es ihrer Profession schuldig zu sein glaubten, zu demonstrieren, daß den Arzt nichts Menschliches, tot oder lebendig, aus seiner kühlen Gelassenheit reißen könne. Mehr von ernstem Pflichtgefühl als vom Geschmack getrieben, entschied sich die Schönbein samt Photoapparat und Notizbuch für die Totenschau, weil sie glaubte, ihren Schülern nichts unterschlagen zu dürfen, was das Land bot. Rasch und bestimmt entschloß sich auch Ditta Dorn, vermutlich ihrem masochistisch getönten Appetit auf das Häßliche nachgebend, den sie als avantgardistisch bezeichnet wissen wollte. Schließlich lief auch die Quaerens mit, zwar mit einem schwebenden Gefühl in der Zwerchfellgegend, aber dennoch außerstande, ihre Neugier zu bezähmen.

So begaben sich die Sensibleren ins Stadtmuseum, die Hartgesottenen aber machten sich unter Führung Bäumls in Richtung Friedhof auf. Im Foyer, das in jenen Teil der Katakomben führte, welcher der Schau gewidmet war, stand schon eine Menge Einheimischer aus allen Teilen Mexikos, und zwar, was die Quaerens verwundert anmerkte, familienweise, das heißt mit Kindern aller Altersstufen. Man wartete auf den Kustos, der mit würdiger Verspätung erschien. Der erste Eindruck, den die Quaerens hatte, war, daß sich dieser betagte Mann nicht wesentlich von seinem Schaugut unterscheiden konnte, so wie manchmal nach langem Zusammenleben Hunde und ihre Herren in Miene und Haltung einander zu gleichen beginnen. Man kann oft bei Führern von kleineren Sammlungen eher ausgefallener Objekte dieses Phänomen beobachten: eine Art historischen Grind, der sich mit feierlichem, etwas verächtlichem Gehaben gegenüber dem gaffenden Publikum paart, das mit dem Gebotenen nicht entfernt auf dem vertrauten Fuße steht wie der Pfleger der Sammlung selbst.

Das Männchen hatte etwas starr Vertrocknetes, Verwittertes, ja Hinfälliges an sich, wobei dieser letztere Eindruck aber sofort revidiert werden mußte, als er die Stimme erhob. Wohl hatte diese etwas heiser im Diskant Raspelndes, war aber trotzdem von einer durchdringenden Penetranz mit einem Anklang an die ausgeleierte Stimmkraft und Intonation eines Marktschreiers. Das machte sich sonderbar im Zusammenhang mit der pikanten Art des Schauguts. Aber nur anfangs. Im Verlauf der Führung begriff man dann bald, daß dieser Kustos zu den Naturwundern, die er zeigte, ein ganz besonderes Verhältnis hatte und damit Stimmung und Interesse des mexikanischen Hauptpublikums durchaus entgegenkam.

Als Einleitung streifte er nur kurz das naturwissenschaftlich fesselnde Phänomen der Selbstmumifizierung und erläuterte es an einer Reihe von Kadavern, die aufrecht an die Wand gelehnt waren; ausgedörrte Leichname aller Größen und Altersstufen, die noch verrottete Teile der Bekleidung trugen, in denen sie eingesargt worden waren, denen die Grabeserde aber im Gegensatz zu ihrer Fleischlichkeit arg zugesetzt hatte. Letztere war, allerdings in Form einer pergamenttrockenen Haut, durchwegs vorhanden und überzog lückenlos das Gebein. Auch Haare waren zu sehen über Gesichtern mit eingetrockneten Augen und klaffenden lippenlosen Mundlöchern, die ein Gebiß zeigten, das durch die Rückschrumpfung des Zahnfleisches auffallend verlängert war. – Kein schöner Anblick, aber man gewöhnte sich bald daran und begann sogar schon Überdruß zu empfinden. Hier aber wurde die dramatische Kunst des Kastellans sichtbar. Zunächst wurde die erlahmende Aufmerksamkeit gesteigert durch eine Gruppenschau von weiblichen Kadavern, die in verschiedenen Phasen der Schwangerschaft gezeigt wurden, daneben auch Embryos und allerhand Fehl- und Frühgeburten, die an Spinnen gemahnten.

Nun aber schloß sich der Höhepunkt der Sammlung an. Exemplare, die eines unnatürlichen oder gewaltsamen Todes gestorben waren. An diesen konnte der Kustos erst so recht seine intime Vertrautheit mit den Objekten erweisen, indem er detailliert und mit Hinweis auf besondere Merkmale die Todesart der Verblichenen erläuterte. Hier entwickelten übrigens die anwesenden Mexikaner konzentriertes Interesse und bestürmten den geschmeichelten Führer mit vielerlei Fragen. Sie erwiesen sich zu Quaerens' Verwunderung so unbefangen gegenüber den Toten, daß sie bisweilen vor dem Makabren auch unverhohlene Heiterkeit zeigten.

Der Kustos verbat sich das auch keineswegs. Er erzählte im Marktschreierton grausige Geschichten zum Hinscheiden der Schaustücke, hinderte die Kinder zwar am unzarten Betasten, aber nicht an der hautnahen Beschau. Die Quaerens meinte bald, sich auf einem Jahrmarkt zu befinden, wo in bestimmten Buden Monstren und Mißgestalten gezeigt wurden, zu deren Betrachtung ein Ausrufer einlud.

So konnte man beispielsweise Erstochene sehen, auf denen ein grausiger Riß schräg über den Brustkorb oder die Gurgel wahrnehmbar war. Den Erhängten erkannte man klar an dem schiefen Knick des Hauptes; an der krassen Verschiebung der Halswirbelknochen erriet man unschwer, daß dem Betroffenen der Hals umgedreht worden war. Nicht zu reden von Schädeln mit Schußlöchern oder dem klaffenden Spalt von einer kraftvoll geschwungenen Axt.

Das Juwel der Sammlung aber hatte sich der theaterbewußte Kustos bis zum Schluß aufgehoben. Es war der Kadaver einer Frau, wie man an den Haaren erkennen konnte, der hochgebäumt am Boden lag, mit angehobenen Armen und krallenden Fingern.

Mit einem schmalen Lächeln zwischen persönlichem Stolz und grundsätzlicher Geringschätzung der Gaffenden forderte der Führer das Publikum auf, die Todesart dieser Hingeschiedenen zu erraten. Bald aber winkte er den kläglichen Deutungsversuchen ab und eröffnete, daß es sich in diesem hochinteressanten Fall um eine versehentlich lebendig Begrabene handle, die beim Erwachen im Sarge noch ohnmächtige Versuche unternommen habe, sich aus der Grube zu kratzen. Dabei habe sie der Tod, sei es durch Erstickung oder durch einen Schreckschlag, übermannt, und im Krampf der verzweifelten Anstrengung sei dann die Totenstarre eingetreten.

Lange und eingehend wurde dieses einmalige Schaustück besichtigt und kommentiert, befremdenderweise aber auch belacht und bewitzelt. Der Führer stand schweigend dabei mit gesättigtem Stolz, als gehöre das Schaustück ihm, ja, als habe er gewisse Verdienste an dieser delikaten, dramatisch dargestellten Todesart.

Während der ganzen Führung verhielt sich die Reisegruppe still, abgesehen von leise ausgetauschten fachlichen Bemerkungen der Höchstlmeiers und von der Schönbein, die mit ihrem Photoapparat zwischen den Schauobjekten herumkroch, um sie aus geeigneter Position in ihre Kamera zu bekommen. Man sah aber dabei ihrem Gesicht an, daß sie nicht aus Lust, sondern aus Pflichtbewußtsein handelte.

Als man wieder aus dem Schaurigen ans Sonnenlicht trat, bemerkte die Quaerens erst, daß sich auf dem Platz Buden befanden, wo allerhand Einschlägiges zu erwerben war. Vor allem Ansichtskarten, die dem Beschauer allgemeine Eindrücke der still besetzten Räume boten, aber auch anschauliche Einzelbilder, zur Versendung an Verwandte und Freunde mit herzlichen Grüßen. Bei näherer Hinsicht aber nahm die Quaerens auch Zuckerwerk wahr, um das sich die Kinder rissen, dessen ungewöhnliche Form sie zunächst nicht zu deuten vermochte, bis sie plötzlich mit einem Stich im Zwerchfell begriff, daß es sich um die süße Nachgestaltung der Mumien handelte. Als sie die Kinder der Museumsbesucher daran lutschen sah, hob sich ihr der Magen, und, wie sie erkannte, nicht nur durch physischen, sondern auch durch eine Art psychischen Ekel, wie man ihn bei dem Verstoß gegen ein Tabu empfindet. Die anderen Mitglieder der Gruppe mochten ähnlich fühlen. Umso größer war ihre Bestürzung, als man bei der Sammlung der Teilnehmer Ditta Dorn vermißte und sie nach kurzem Suchen fand, in der ihr eigenen, etwas provokanten Pose an die Holzwand eines der Marktstände gelehnt, aber nicht etwa ihr übliches Zigarillo im Munde, sondern einen fahlfarbenen Leichenschlecker. Sie sog und lutschte daran mit einer Art lüsternen Gier, wobei sie vor den andern dies perverse Tun unmißverständlich demonstrierte. Die Gruppe war schockiert über diesen Anblick, der wider jeden Geschmack rebellierte, und glotzte angewidert, bis plötzlich die Schönbein mit grünlichem Gesicht langschrittig hinter die Buden strebte, wo sie sich diskret, aber ausgiebig übergab. Die Höchstlmeiers eilten ihr zu etwaiger Hilfeleistung nach, die Quaerens und Bäuml würgten mit fahlen Gesichtern den Drang zurück, es der Schönbein gleichzutun.

Ditta Dorn beobachtete glitzernden Auges den Effekt ihres Bekenntnisses zur weltanschaulich fundierten Tabuverletzung und ihrer persönlichen Freiheit vom Abscheu gegen das Eklige.

Als sich die Schönbein einigermaßen gefaßt hatte, nachdem ihr die Oberschwester zur vollständigen Entleerung des Magens geraten und ihr dabei den Kopf gehalten hatte, machte man sich, immer noch schweigsam, zum Treffpunkt mit den anderen auf, wofür ein bestimmtes Restaurant vereinbart worden war.

Dort saßen schon die Feinbenervten. Cornell ließ in gewählter Prosa das »Provinzmuseum« im allgemeinen und im besonderen gelten und lobte die Gesinnung, von welcher das Zusammentragen und Pflegen solcher Sammlungen getragen werde, die höchstenfalls Sekundärwert haben. Dazwischen stopften er und die anderen sich mit dem gratis vor der eigentlichen Mahlzeit gebotenen Gebäck voll, mit welcher sie auf die Besucher der Leichenschau gewartet hatten.

Diese allerdings zeigten wenig Appetit.

An den Nebentischen konnte man Einheimische beobachten, die, obwohl man sie unter den Kadaverbeschauern gesichtet hatte, sich mit einem gesunden Hunger über die Mahlzeit hermachten, das Gesehene eingehend beredend, während die Kinder zwischen den Tischen »Leichen« spielten, und zwar mit besonderer Bevorzugung der Gehenkten und Erwürgten; auch schwangere Frauen wurden in sehr natürlicher Haltung dargestellt, sowohl von Mädchen als auch von Knaben.

Herschel hatte schon gewartet und sich einen Platz neben der Quaerens verschafft. »No, wie war's?« – Die Quaerens schwieg zunächst, dann schoß sie mit der Mitteilung heraus: »Die Dorn hat sich einen Leichenlutscher einverleibt!« – »Ah«, sagte Herschel mit hochgezogenen Brauen und einem wissenden Blick auf die Dorn, die nun statt des Schleckers wieder ihren Zigarettenspitz zwischen den Lippen führte; »sie hat's also sich und den anderen zeigen müssen!« – »Ja, uns hat sie es jedenfalls gezeigt und sogar besorgt, wenn ich so sagen darf, denn die zartsinnige Schönbein hat sich prompt übergeben, und ich hätte mich fast angeschlossen. Aber sich selbst gezeigt? Das möcht ich gern wissen, ob es sie selbst was gekostet hat.« – »Ich möchte das gar nicht ausschließen. Allerdings muß ihr das Schocken der anderen größere Befriedigung verschafft haben.« – »Was sie dazu treiben mag, immer wieder zu demonstrieren, wie sie den Geschmack und die Gewohnheiten der Bourgeois verachtet?!« – »Ein Psychoanalytiker würde sagen: in der Pubertät hängengeblieben. Grundsätzlicher Widerspruch zum Geltenden, Renommiersucht und Angeberei, die aufmuckende Ohnmacht aus einer Position der Schwäche heraus.« – »Wahrscheinlich haben Sie recht. Aber die Dorn ist ja ein Sonderfall. Andere Dinge haben mich viel nachhaltiger beschäftigt und beschäftigen mich immer noch.« – »Die Kadaver?« – »Nein, die waren nur gewöhnlich grausig. Es war die Art, wie die Einheimischen darauf reagiert haben.« – »Ganz nüchtern? würde ich sagen.« – »Ja, verblüffend nüchtern und sachlich, besonders wenn man es – abgesehen von der neurotischen Dorn – mit den Leuten unserer Reisegruppe vergleicht. Die Medizinalrätlichen mußten natürlich ihre professionelle Unerschütterlichkeit betonen und tauschten fachliche Bemerkungen aus. Die Schönbein sprang aus Pflichtbewußtsein über ihren Schatten und schloff zwischen den Schauobjekten herum, um sie in geeigneter Position in die

Kamera zu bekommen, Bäuml sonderte trockenes Fachwissen ab. – Aber wir alle – ich eingeschlossen – hatten, eigentlich schon beim Eintritt in die Schauräume, die Friedhofspose eingenommen.« – »Friedhofspose?« – »Na eben das Gesicht und die Haltung, die man bei uns unbewußt und von selbst annimmt, wenn man in Kontakt mit dem Tod gerät. Auf Friedhöfen, bei Begräbnissen, sogar in Bestattungsinstituten. Wir treten dem Tod mit heruntergezogenen Mundwinkeln und gesenkten Lidern gegenüber, gehen gewissermaßen auf Zehenspitzen mit gefalteten Händen und leicht gebückt und unterhalten uns nur flüsternd. Damit bringen wir alles, was des Todes ist, in eine bedenkliche Nachbarschaft mit dem Heiligen; man schanzt ihm eine geistliche Bedeutung zu, die ihm seinem Wesen nach gar nicht gebührt, wenn man die unappetitliche und entwürdigende Art bedenkt, wie er mit dem Kadaver umgeht, mit Verwesen, Verrotten, Verstinken dessen, was angeblich einmal Ebenbild Gottes war. – Zunächst versuchen wir ihn überhaupt aus dem Bewußtsein zu streichen, dann durch feierlichen Blumenschmuck und Gartenkunst zu idyllisieren, und wenn das nicht mehr ausreicht und man vor dem nackten Faktum steht, setzen wir das Kirchengesicht auf und gestehen ihm dadurch einen Platz unter dem Sakralen zu, was ich für einen feilen Versuch halte, uns bei seiner Schrecklichkeit durch aufgebauschte Ehrfurchtsbezeigung einzuschmeicheln.

Aber was ich eigentlich sagen möchte: die Mexikaner haben rein gar nichts von dieser uns so geläufigen Haltung gezeigt. Sie waren stocknüchtern und sachlich und gingen mit den heiklen Schauobjekten um, als wenn es antike Tonscherben gewesen wären. Sie werden es kaum glauben, aber sie haben sogar noch Witze gemacht über den einen oder anderen Anblick und erlauben es jetzt ihren Kindern, die makabren Szenen nachzuspielen, wie wenn sie im Kino gewesen wären. – Dabei hat es, ich muß das betonen, keineswegs wie Blasphemie gewirkt, wie etwa die Demonstration der Dorn mit dem Schlecker.«

»Ja, da muß ich Ihnen recht geben. Sie sollten einmal einer Allerseelenfiesta beiwohnen. Das Fest wird ausführlich begangen mit viel Aufwand, aber keineswegs ernst und feierlich, sondern mit Fraß, Suff, Tanz, Gelärme und Feuerwerk. In eigenen Buden werden einschlägige Scherzartikel verkauft. Beispielsweise kleine Guckschachteln, in denen bekleidete Skelettchen einer trivialen Beschäftigung nachgehen. Oder aber filigran gefertigte Zuckertödlein, besonders von Kindern sehr begehrt, die sie dann vom Kopf bis zu den Füßen oder umgekehrt abknabbern oder auch erst der Gliedmaßen entledigen, wie ein böses Kind ein Insekt zerlegt. Sie tun es jedoch keineswegs mit dem lüsternen Ausdruck der Dorn, sondern stocknüchtern, wie eben Kinder auch schokoladene Osterhasen essen. Und auch außerhalb dieses eigens dem Tod gewidmeten Festes können Sie in Geschäften, Marktständen oder Schenken in irgendeiner Ecke an der Wand einen Totenschädel finden, der oft mit einem Hut mit ausschweifender Krempe ausstaffiert ist, zuweilen auch eine Zigarre oder Rose flott zwischen dem fleischlosen Gebiß stecken hat.«

»Wenn in unseren Zonen ein erstsemestriger Mediziner sich einen Beinschädel auf den Schreibtisch stellt, ist das so gut wie immer Angeberei und Protz mit einer Coolness, mit der es nicht weit her ist. Im Seziersaal werden gerade diese Typen grün und kämpfen gegen ihr Frühstück im Magen an – ein Dornkomplex!«

»Ja, das ist richtig, aber es gilt nicht für hier, nicht für das eigentümliche Verhältnis des Mexikaners zum Tod. Er verhält sich dem Grausobjekt gegenüber nicht ehrfurchtsvoll, um es in seiner Eitelkeit zu korrumpieren und gut zu stimmen, damit es nicht allzu gewalttätig mit ihm umgehe. Er mißbraucht es auch nicht zu angenehmem Gruseln oder pubertären Überlegenheitsdemonstrationen. Er spottet und witzelt. Wie soll ich sagen! Er benimmt sich wie ein Caballero in einem von vornherein verlorenen Zweikampf, der dem überlegenen Feind Spottworte ins Gesicht schleudert. – Wissen Sie, wie man hier einen Totenschädel nennt? – Calavera! Das heißt an sich Hohlkopf, eine Knochenhülse ohne Gehirn und Verstand, aber dann heißt es auch Leichtfuß und Liederjan, Windbeutel, Schlawiner. Der Tod wird als einer verschrieen, der nicht ernst zu nehmen ist. Der Tod, der im ganzen Abend- und – soweit ich weiß – auch im Morgenland geradezu das Paradigma von allen Spielarten zwischen fürchterlich und feierlich ist; man sagt nicht von ungefähr ›todernst‹: Hier macht man ihn zum Witz.« – »Ist das Todesverachtung aus Mut oder Überlegenheit?« – »Ich glaube, es ist nicht der Ausdruck des wirklichen Verhältnisses zu Tod und Sterben. Da sind die Mexikaner genauso wie alle Menschen, gleich welcher Rassenzugehörigkeit. Sie hängen am Leben wie jedes organische Geschöpf. Es ist nur ihre Strategie, mit der sie den unabwendbaren Schrecken der Vernichtung zu bekämpfen suchen. Wir machen es mit Devotion und Ehrfurchtsbezeigung, sie tun es mit burschikosem Sarkasmus. Wir überhöhen ihn bis zur Selbstauslöschung. Sie demütigen ihn und treiben Schindluder mit dem großen Grausen; machen es gewöhnlich.« – »Nachdem Sie sich ohnehin schon so viel von mir ausgerechnet haben, kann ich Ihnen ja auch noch sagen, was es war, das mich hierhergetrieben hat nach Mexiko. – Den letzten Anstoß hat der Anblick eines mexikanischen Wandteppichs gegeben, auf dem eine Marktszene dargestellt war, auf welcher alle Personen bekleidete Skelette waren. Nicht etwa ein Totentanz mit feierlich erhobenem Mahnfinger. Ein ganz gewöhnlicher Gemüsemarkt, fast ein Symbol der Alltäglichkeit... Eingefallen ist mir gar nichts dabei, nur eines ist mir sehr deutlich bewußt geworden: Es gibt auch andere Formen, über den Tod zu denken als die unsere, die vom fackellöschenden Genius über den Sensenmann bis zur chemischen Formel für Fäulnis geht, die kaum einer kennt und die so abstrakt und reinlich ist, daß einen auch nicht mehr ein Hauch von Verwesungsgeruch anweht.«

Die Nowak hatte sich zwar sehr entschieden gegen den Besuch des Kadaverpanoptikums ausgesprochen, weil es ihr zu »gruselig« erschienen war, und es daher vorgezogen, sich in einem weiteren Museum zu langweilen, nichtsdestotrotz zeigte sie jetzt als einzige von denen, welche die Attraktion ausgefallener Leichenbesichtigung von sich gewiesen hatten, eine geradezu lüsterne Neugier darauf und verlangte von den Besuchern genaue Schilderungen.

Anlaß gab das Spiel der Kinder, das sie sich deuten ließ, wobei sie eine bestimmte Darstellung besonders beeindruckte, die auch von den dazugehörigen Erwachsenen, die das Urbild gesehen hatten, mit viel Beifall bedacht wurde.

Es war ein auffallend zartgliedriges Mädchen mit tiefschwarzen ernsten Augen und zwei mausschwanzähnlichen Zöpfchen, die ihm vom straff frisierten Kopf abstanden. Es trug ein rosafarbenes, volantbesetztes, gestärktes Spitzenkleid, Lackschuhe und weiße Söckchen und gab in dieser Aufmachung auf dem Boden liegend eine geradezu unheimlich naturgetreue Darstellung der lebendig Begrabenen, wie sie sich aus ihrer verfrühten Ruhestatt zu krallen bemühte. Die andern Kinder hockten um sie herum und kargten nicht mit Rufen der Anerkennung und Kritik.

Als man der Nowak Sinn und Geschichte der Darstellung erklärte, stieß sie erst mit aufgerissenen Augen einen spitzen Schrei aus, wobei sie sich mit der rotbenägelten Hand an den geöffneten Mund fuhr, dann aber wurde ihr Blick gierig, und sie erzählte eine ganze Reihe solcher Fälle, die sie zu Hause oder im Frisiersalon gehört hatte; detailgenau, sie sparte keine grausige Variante aus.

Zwar hatte sie die direkte Konfrontation gescheut und vermieden, aber die fratschelnde Behandlung des Themas verschaffte ihr offensichtlich angenehme Gruselschauer, so etwa, wie ein friedfertiger Mensch mit Vorliebe brutale Kriminalgeschichten liest, aber nur mit dem allergrößten Widerwillen in eine verwickelt werden wollte.

Sie empörte sich auch lautstark darüber, daß Eltern ihre Kinder solchen Eindrücken ausgesetzt hatten und ihnen jetzt noch erlaubten, ihren Spaß damit zu treiben ohne jede Scheu und gebotene Ehrfurcht. Nachher beobachtete die Quaerens, die hinter den beiden ging, wie die Nowak der abweisenden Dorn dringlich in den Ohren lag, sie in deren Zimmer schlafen zu lassen, weil sie sich allein im Finstern heute »vor die Gschpenster« fürchten werde.

Der Mond ist ein irdener Topf

Am späten Nachmittag brachte der Bus die Reisegesellschaft nach Queretaro, eine Stadt, die außer einem Flughafen nichts Interessantes zu bieten hat. Man stieg daher auch unmittelbar vom Auto in ein Linienflugzeug um, mit dem Ziel Veracruz, wo der zweite Programmpunkt in Angriff genommen werden sollte: direkte Kontakte mit dem Alltagsleben in Mexiko.

Als man gegen Abend landete, umfing einen, nach einem Höhenunterschied von 2000 Metern, die feuchte, subtropische Wärme der Golfregion. Zur allgemeinen Erleichterung stand diesmal das Fahrzeug schon bereit, das die Gesellschaft in die Stadt und ins vorgebuchte Hotel bringen sollte. Neben dem Auto stand ein junger Mann zum Empfang bereit, der sich gewissermaßen als Subreiseleiter zu erkennen gab, zuständig für die Einführung der Touristen in das hiesige Alltagsleben und seine für den Europäer interessanten Aspekte. Er stellte sich als Señor Rodrigo Lopez de Gonzales vor, Student für Computerwissenschaft im Prüfungsstadium. Er war etliche Jahre jünger als der Studiosus Bäuml, wirkte aber durch den Ernst und die Adrettheit seiner Erscheinung wesentlich reifer. Mit Wohlgefallen und einer gewissen Erleichterung nahmen die Reisenden den gepflegten Habitus des Don Rodrigo wahr: streng gescheiteltes und gebürstetes rabenschwarzes Haar, schneeweißes, tadellos gebügeltes Hemd mit dezentem Schlips und über glänzend polierten Schuhen haarscharfe Bügelfalten der Hose. Umso mehr fiel jetzt die sich immer bedenklicher entwickelnde Verwahrlosung Herrn Bäumls auf, die dessen völlig falsch gelenkte

Einstellung zum »natürlichen« Lebensstil der dritten Welt demonstrieren sollte. Man verglich nun dessen nicht ganz saubere Zehen in abgewetzten Sandalen nachdenklich mit den Schuhen des Señor Lopez, deren Glanz kein Stäubchen trübte. Und unwillkürlich wandte sich das Vertrauen der Gesellschaft vom zerrauften Bäuml dem gepflegten und ernst beflissenen Señor Lopez de Gonzales zu, der übrigens fließend Englisch und sogar einigermaßen Deutsch sprach. Gern ließen sich die Damen von ihm mit distanzierter Bemühtheit ins Auto helfen. Seine ziemlich dunkle Hautfarbe und Schnitt wie Ausdruck seines Gesichts ließen übrigens auf einen beträchtlichen Anteil an Indioblut schließen.

Auf einer gut ausgebauten Straße fuhr man vom außerhalb gelegenen Flughafen auf die Stadt zu. Veracruz, eine Gründung des Cortez, dessen Flotte unweit des heutigen Stadtgebiets gelandet war, präsentiert sich jetzt als ein nicht sehr lebhafter Hafen mit einem altspanischen Kern in der Nähe des Hafengebiets.

Leider erwies es sich dann im Hotel, daß es wieder zu einer Unregelmäßigkeit gekommen war, an der nicht die Reiseleitung, sondern die Hausverwaltung die Schuld trug. Es fehlte ein Einzelzimmer. Überaus zuvorkommend, wenn auch gänzlich unbestürzt, versprach die Hotelleitung, sofort in nächster Nähe ein Ersatzquartier zu beschaffen. Bald stellte sich aber heraus, daß jetzt, in der Weihnachtszeit, des günstigen Klimas wegen, sich nicht nur ausländische Touristen, sondern auch einheimische Urlauber aus Mexico City in der Stadt befanden und die besseren Etablissements ausgebucht waren. Nach vielem Herumtelephonieren fand sich jedoch eine Unterkunft in einem zum Hotelbetrieb umfunktionierten Kloster, einem historischen Bau aus der Kolonialzeit im Zentrum der Stadt, kaum zehn Minuten vom Stammhotel entfernt und zu Fuß erreichbar. So konnte der Bewohner der Dependance leicht seine Mahlzeiten mit der Gruppe in diesem einnehmen, zumal das Kloster keine

Küche führte, sondern nur Unterkunftsmöglichkeiten bot. Fragte sich nur, wer sich freiwillig für das getrennte Logis bereit erklären würde.

Nun wäre es eigentlich korrekt gewesen, wenn sich einer der jüngeren Teilnehmer zu dieser Unbequemlichkeit entschlossen hätte. Bäuml beteuerte, daß er in seiner Funktion als Reiseleiter jederzeit greifbar sein müsse, Herr Lopez wohnte in der Stadt bei seiner Familie, die Nowak bekannte, es grusle sie in einem alten Kloster, und Ditta Dorn stellte sich taub und blies exakte Rauchringe. Der junge Cornell aber wurde vom Blick seiner Mutter niedergehalten, Courtoisie zu zeigen. Sie wollte ihn unter den Augen haben.

Gleich als die Quaerens gehört hatte, daß es sich bei jenem Ersatzhotel um ein altspanisches Monasterium handle, begann in ihr etwas zu ticken, und noch ehe die Schönbein Opfergesinnung zeigen konnte, erklärte sie sich zur Übersiedlung bereit. Alle atmeten im stillen auf, und Señor Lopez übernahm es, sie hinzuführen und dem dortigen Personal zu sorgfältiger Betreuung zu empfehlen.

Das Kloster erwies sich als ein weitläufiger einstöckiger Bau, dessen harmonische Architektur über die starke Vernachlässigung in Bewurf und Anstrich hinwegsehen ließ. Das Zimmer, im ersten Stock befindlich, erreichte man über die Treppe, Lift war keiner vorhanden, aber Herr Lopez trug rüstig geschultert den Koffer. Die Stiege führte auf eine hölzerne Galerie, die rund um einen ansehnlichen Patio lief, der unten von Arkadengängen umzirkt war. In seiner Mitte stand ein bemooster, nur spärlich plätschernder Steinbrunnen. Die Proportionen waren schön und ausgewogen, was man trotz der Überwucherung durch einen üppigen, von keiner Schere behelligten Pflanzenwuchs erkennen konnte. Das sproß und wand und rankte und schlang sich auf Boden, Mauern und Säulen bis hinauf zur Galerie. Ein sattgrüner Irrgarten, in dessen Laub unwahrscheinlich große gelbe und rote Blüten sprossen.

Don Rodrigo erinnerte die Quaerens noch daran, daß sie die Mahlzeiten mit den anderen Reiseteilnehmern im ursprünglichen Hotel einnehmen müsse, und vergewisserte sich sorgsam, ob sie den Weg dahin auch finde, sonst würde er sie selbstverständlich persönlich abholen. Sie versicherte, daß sie durchaus allein zurechtkommen werde, und verabschiedete sich von ihm, der mit einer grazilen kleinen Verbeugung rücklings aus der Tür ging.

Nun nahm die Quaerens ihr Zimmer erst recht in Augenschein. Es hatte einen grünlichen, an vielen Stellen durch Risse und Blasen beschädigten Anstrich; vom hohen Plafond baumelte eine Glühbirne ohne Schirm. Der Aspekt war nicht gerade heimelig, aber die hygienischen Installationen funktionierten befriedigend. Die Meublage war karg und betagt, jedoch das Bett passabel und sauber. Für ein paar Tage genügte diese Behausung durchaus ihren Ansprüchen.

Als sie sich anschickte, zum Abendessen das Stammlokal aufzusuchen, war es Nacht. Die Dunkelheit war, wie es in diesen Zonen geschieht, ohne das Zwischenstadium einer Dämmerung ganz unvermittelt hereingebrochen. – Als sie auf die Galerie hinaustrat, hielt sie der Anblick des Innenhofes fest. Sie lehnte sich an das morsch knarrende Geländer und schaute eine Weile in die Finsternis hinunter. Dann nahm sie die Treppe, die in die Halle führte, von der eine kleine Tür in den Patio ging. Dort strich sie langsam durch die Arkaden, über Steinplatten, zwischen denen kniehoch das Unkraut emporschoß und sie an den Waden streifte. Es roch intensiv nach Katzen und nach Mäusen. – Schließlich arbeitete sie sich durch dichtes, zum Teil stachliges Gestrüpp zur Mitte des Gevierts vor, wo der Brunnen stand. Neben dessen schadhaftem Gemäuer wuchs breitstämmig ein knorriger Laubbaum, dessen tief angesetzte Krone ihn breit überwölbte. Unwillkürlich kam ihr das Lied vom »Lindenbaum« in den Sinn. »Am Brunnen vor dem Tore.« Aber nicht etwa als Anklang, sondern als Widerspruch. Denn das

Urmotiv Brunnen und Baum beschwor hier ganz andere Gefühle herauf als die von zu Hause her gewohnten. Unter diesem niedrigen, kompakten Blätterdach, das in seiner dunklen Dichte den Strom des Wassers zu ersticken schien, konnte man keine »Ruhe finden« oder »süße Träume« träumen. Wohl suggerierte auch dieses Ensemble Schlaf, aber nicht den gliederlösenden Schlummer, sondern einen schweren Zauberschlaf. Diese Laubkrone schützte und behütete nicht, sondern lastete wie ein Alpdruck. Die feuchtwarme, widerstandslos weiche Luft, der ein leiser Fäulnisgeruch anhaftete, und das unbeirrbare dünne Rieseln aus dem Brunnenrohr ließen die Pulse langsamer schlagen, betäubten leicht, und die Quaerens driftete in eine schlaftrunkene Benommenheit, gegen die anzukämpfen sie sich bemühte.

Die dicken Klostermauern schirmten den Hof völlig gegen den Straßenlärm ab. Es herrschte absolute Stille, die nur durch das stete dünne Gerinnsel des Brunnens unterbrochen war. Lautloser Flachflug der Fledermäuse durchzuckte diese körperhafte Stille, Vampyrzähnchen nagten am Tuch der Finsternis.

Der Vollmond stand am Himmel, aber er schien nicht. Das spärliche Licht, welches auf das Gemäuer und das Vegetationsgewucher fiel, kam aus der offenen Tür zur Halle. Der Mond war eine stumpf-rötliche Scheibe ohne Ausstrahlung. Die Quaerens dachte an das Indiowort, das sie irgendwo gelesen hatte, der Mond sei ein »irdener Topf von tiefer Röte«. Eher Gefäß als Lichtträger.

Dieses Gestirn hatte nichts von den vagen, flirrenden, konturenlösenden Lichtspielen unseres abendländischen Mondes. Kein »Füllest wieder Busch und Tal still mit Nebelglanz«; auch das Kinderlied vom guten Mond und seinen Schafen war hier ganz fehl am Platz, ja unpassend bis zum Absurden. Der Mond, oder besser La luna, die Mondin, war hier in diesen Zonen kein freundliches Gestirn. Die Quaerens mußte an die Geschichte vom abgeschlagenen

Haupt der Mondgöttin denken, aus deren klaffendem Hals die Blutströme leckten.

»Auch bei uns ist das Mondlicht nicht ganz geheuer«, sagte sie sich; »es verschiebt die nüchterne Realität zum geisterhaft Halbwirklichen. Elfentanz und Feenzauber mit schwimmenden Konturen. Körperlos diaphan stellt es die Dinge in Frage, schürt Zweifel an der Gewißheit der Form und bringt die Wirklichkeit in Schwebe. Doch dieser irdene Topf läßt keine Träume aufkommen. Darin brodelt sehr kompakt die Hexensuppe mit den fragwürdigen Ingredienzien, unter denen das Blut nicht fehlt. Dieser Mond läßt nichts ›scheinen‹ im Doppelsinn des Wortes. Es gehen Machenschaften von ihm aus; hexische Machenschaft und körperhafte Verwandlung.«

Es war augenscheinlich, daß das streng gegliederte Areal mit den Arkaden und dem Brunnen im Zentrum nicht deshalb vom wesensfremden Pflanzendschungel überwuchert wurde, weil man es zu wenig pflegte, stutzte und jätete. Der Dschungel war viel früher dagewesen als die Struktur. Die Architektur war künstlich hineingeschlagen worden, und jetzt fand der Platz allmählich wieder seine wahre, ursprüngliche Gestalt, seine eigentliche Wirklichkeit, wo Leben und Bewegung zäh sich winden, gleiten, knäueln zwischen Riesenblumen, die von Farben strotzen, die nicht einmal die Finsternis zu löschen vermochte.

Und das beharrliche Rinnen des Wasserstrahls flüsterte darüber eine Zauberformel der Beschwörung.

Im Speisesaal des Hotels fand die Quaerens die Gesellschaft schon vollzählig versammelt. Da man nicht müde war, sondern – vielleicht infolge des Höhenwechsels – sogar etwas aufgekratzt, wollte man noch nicht zu Bett gehen, sondern etwas unternehmen. Gern wurde die Anregung des Herrn Lopez angenommen, der einen Besuch der »Portales« empfahl. Dort spiele sich der städtische Corso ab, und man könne sich ein gutes Gesamtbild des Menschenschlages und Alltagslebens beschaffen. Am späten Abend treibe sich dort die halbe Stadt herum.

Eifersüchtig darauf bedacht, seine Funktion nicht ganz an den adretten und wohlerzogenen Don Rodrigo abzugeben, flocht Bäuml eine historische Belehrung ein. – Die Portales seien eine der ältesten Anlagen der Stadt. Ein längliches Rechteck, mit der Schmalseite dem alten Hafen zugewandt. Umrahmt von Gebäuden im altspanischen Stil – darunter auch die Kathedrale –, wobei der untere Teil von einem Arkadengang eingenommen sei, wo sich dicht an dicht kleine Lokale mit Sitzgelegenheiten im Freien befänden, in denen Erfrischungen ausgeschenkt würden. Das Innere des großen Platzes nehme eine gepflegte Parkanlage mit Springbrunnen ein. Die breiten gekiesten Wege seien gesäumt von gußeisernen Bänken, die im typisch mexikanischen Stil barocke Spitzenmuster imitierten.

Als man eintraf, war die Anlage bereits so voll von Menschen, daß man nur mühsam einen Platz unter den Arkaden ergattern konnte. An zwei zusammengeschobenen Tischen ließ man sich schließlich eng aneinandergedrängt nieder. Vorbei schob sich zähflüssig der Corso.

Kaum saß man, wurde man von Händlern umwimmelt, die vor allem Folkloristisches anboten. Unter ihnen befanden sich auch zum Teil sehr kleine Kinder, die mit Kaugummis und Erdnüssen einen eigenen Trödel trieben. Es fiel jedoch sofort auf, daß es hier – im Gegensatz zu anderen südlichen Ländern – kein schrilles Werbegeschrei gab, keine Bettelei und klebriges An-den-Leib-Rücken. Eine kurze verneinende Geste genügte, und die Handelnden gingen weiter, ohne jedes zudringliche Geflehe oder gar Geschimpfe.

Bettler sah man nur vereinzelt. Sie ambulierten nicht, sondern saßen an eine Hauswand gelehnt auf nacktem Boden und hielten, ohne die Miene zu verziehen oder auch nur die

Blickrichtung zu ändern, einen Arm mit gekrümmter Hand stundenlang in der gleichen Gebärde wie einen verdorrten Ast.

Lästig waren nur die Mariachikapellen, die sich mit ihren streichenden und zupfenden Instrumenten als »typische« Mexikaner verkleidet vor den Touristen aufbauten und ihnen mit ihren eher mißtönenden, harten Rhythmen die Ohren füllten, so daß ein Gespräch unmöglich war. Von ihnen mußte man sich loskaufen. Sie erhoben Tribut.

Über den Köpfen der wandelnden Menge starrten Sträuße von Luftballons einer Sorte, die man in Europa nur selten sieht. Sie waren nicht durchsichtig luftig, sondern hatten stanniolartige grellfarbige Bälge und suggerierten nicht die Vorstellung der Himmelsflüchtigkeit, die einem zarthäutigen gasgefüllten Luftballon den eigenartigen Reiz gibt, der Wahlmöglichkeit zwischen Festhalten und Fliegenlassen und Verschwindensehen in hoher Unendlichkeit. Diese Ballons hier waren auf steifem Draht befestigt, und es kamen einem dabei keine luftigen Experimente in den Sinn.

Da man einmal hier war und – wie erwähnt – aufgekratzt und abenteuerlustig gestimmt, ließ man sich auf den Genuß des Nationalgetränks ein, den Tequila, einen hochprozentigen Schnaps aus den Blättern der Agave. Dazu wird eine sogenannte Sangria gereicht, ein Gemisch aus Paradeissaft, Pfeffer und Chili, zu dem man kleine grüne gesalzene Zitronen lutscht.

Señor Lopez unterwies, unterbrochen von Herrn Bäuml, die lüsternen Touristen im Genuß dieser Getränkekombination. Beide Herren warnten auch. Mit Recht, wie die neugierige Quaerens merkte, die einen kräftigen Schluck nahm wie bei einem Gin oder Whiskey, worauf sie erschreckt merkte, daß der Geist der Agave nach anfänglicher Harmlosigkeit plötzlich einen jähen Überraschungsangriff auf das Sprach- und Nervenzentrum startete, der den Verblüfften peinlicherweise mit einer gestörten Koordination zurückließ. Dieses tückische, mehr zur Feindseligkeit als zur Heiterkeit anregende Getränk berauschte sofort und ungewöhnlich stark.

Man merkte es alsbald an den spitzen Kirrlauten, welche die sonst so schüchterne Schönbein ausstieß, sowie an der Fahrigkeit ihrer eifrig notierenden Hand. Man merkte es auch an den immer provokanteren, glanzäugigen Blicken, welche die Nowak der vorbeiflanierenden Männerwelt zuwarf. Die Dorn investierte viel Energie in den Anschein, daß sie an Schärfstes gewöhnt sei. Sie enthielt sich jeder verbalen wie mimischen Schmerzensäußerung und nahm die lodernde Gurgel als Form der Selbstquälerei. Professor Cornell nippte nur, um Abscheu ausdrücken zu können, nippte aber gleich wieder. Dem Sohn war von der Mutter in einem unterdrückt geführten Keifstreit der Genuß des Nationalgetränkes untersagt worden, und zwar mit Unterstützung der Oberschwester. Höchstlmeier selbst süffelte vorsichtig und grimmigen Gesichts und hatte bereits einen glasigen Blick. »Der Medizinalrat trinkt aus wissenschaftlichen Gründen im Selbstversuch«, ließ die Gattin flüsternd die Runde wissen, die den Genannten mit achtungsvoller Verlegenheit anstarrte, weil sich unter seinem Schnauzer in der Ecke, aus der er spürzelte, Blasen und Laute unbestimmbaren Inhalts bildeten, die einen gehemmten Mitteilungsdrang ahnen ließen.

Eigenartigerweise enthielten sich schwerst Betrunkene, die man gar nicht selten durch die Menge torkeln sah, jedes frohsinnigen Gegröles oder Randals. Mit dem Gesicht eines Taubstummen trieb einer an ihnen vorüber und fiel dann plötzlich stocksteif auf das Pflaster, was aber niemanden anfocht, man wich einfach aus. »Lassen Sie nur«, beruhigte Herr Lopez das berufsbewußt aufspringende Ärztepaar, »die bleiben liegen, wo sie sind, bis morgen früh und schlafen ihren Rausch aus. Nicht einmal die Polizei schaut hin.« – »Nein, keineswegs!« sagte er, als ihn die Studienrätin fragte, ob die Trunkenheit nicht mit der sozialen Not zusammenhinge, von der man so viel höre in Europa; »das sind auch keineswegs Elendssäufer. Manchmal aber überkommt es einen, ob arm oder reich, und er betrinkt sich exzessiv bis zur Bewußtlosigkeit im vollen Sinn des Wortes.«

Señor Lopez schilderte, wie er sich anläßlich eines Studienaufenthalts in den Vereinigten Staaten gewundert habe, zu sehen, daß dort – und, wie er gehört habe, auch in Europa – der Alkoholrausch als etwas Lustiges aufgefaßt würde. Man belächle oder belache sogar das Torkeln und Stammeln eines Betrunkenen, und dieser schäme sich nicht, sondern singe und gröle und zeige sich gelöster Laune. Gedichte und Lieder priesen die Trunkenheit.

»Hier ist das ganz anders«, versicherte Don Rodrigo; »hier schaut man eher weg, und der Berauschte selbst ist finster, in sich gekehrt oder aggressiv. Schließlich wird er still. Er sucht auch nicht mit gelöster Zunge die Gesellschaft, sondern viel eher die dunkle Bewußtlosigkeit.« – Ob er einen Grund dafür angeben könne, fragte die ihrerseits gelockerte Schönbein. – »Möglicherweise ein Indioerbe«, gab Lopez Auskunft. »Bei den Azteken wurde die Trunkenheit in der Schwere des Vergehens der Unzucht gleichgesetzt und vor Gericht unter Umständen strenger bestraft als Totschlag. Die dafür zuständigen Götter hatten nichts von dionysischen Zügen an sich und heiterer Beschwingtheit. Sie unterstanden einer Hauptgöttin namens Tlazoteotl, was soviel wie »Dreckfresserin« heißt. Diese besaß eine eigene Priesterschaft, wo der Gestrauchelte nach einer gründlichen Beichte Verzeihung erlangen konnte, aber nur ein einziges Mal in seinem Leben. Im Wiederholungsfall blieb er verdammt.«

Interessant sei es vielleicht auch noch, fügte Lopez hinzu, daß diese Suff- und Unzuchtsnumina der Mondgöttin nahestünden, deren Rund- und Sichelform sie in Ohren und Nase trügen.

War es eine boshafte Machenschaft dieser Rauschgötter

oder gar der Dreckfresserin selbst, daß die Quaerens, welche – allerdings aus Unerfahrenheit – dem Tequila zu rasch zugesprochen hatte, die Vorbeiflanierenden nicht als Einzelindividuen wahrnahm, sondern als einen einheitlichen Strom wallender Formungen und Farbflecken, sei es von den grellen Fähnchen der Frauen, sei es von den roten und orangenen Luftballonen, die wie auf Drähte aufgestachelte Monde wirkten.

Dabei fesselte sie besonders, daß die Menge trotz Geschnatter, Gelächter und Gestikulation eine Art Einheitsausdruck hatte beziehungsweise über den vielen individuellen Gesichtern ein Allgemeingesicht hervortrat, das eigentliche: tiefernste, verschlossene Starrheit. Sie mußte wieder an die vergitterten Türen denken.

Da entdeckte jemand einen Ständer, an welchem Ansichtskarten feilgeboten wurden, und sofort kam jedem zu Bewußtsein, daß es an der Zeit war, einer Menge Leute Grüße aus dem Exotischen zukommen zu lassen, insbesondere der engsten Familie, also der Brut. Eigenartigerweise schienen sie den Glauben zu hegen, daß diese sich um die Elterlein in der Fremde sorgte.

Es war ganz natürlich, daß im Gefolge dieser schriftlichen Versicherungen des Wohlbefindens das Gespräch auf die Nachkommenschaft kam. Da es sich ja, dem Alter der Eltern entsprechend, um Erwachsene handelte, wurde man über deren soziale Position unterrichtet.

Wie üblich kam der Introitus von der Maultasche. Sie gab bekannt, daß der Sohn, ganz in der Fußspur der Eltern, die medizinische Laufbahn eingeschlagen habe, sehr begabt, ja begnadet für diesen hohen Beruf. »Ich als Schwester sehe das natürlich noch deutlicher als der Vater. Er wird einmal ein brillanter Arzt sein und die lange Studienzeit, an der der Medizinalrat gern mäkelt – jawohl Alois, du mäkelst viel! –, die lange Studienzeit spricht ja nur für die Gewissenhaftigkeit des Sohnes. Und überhaupt« (sie ließ sich nicht stoppen, obwohl andere schon mit gleichartigen Eröffnungen aufwarten wollten), »in unserer Familie sind der Idealismus und der Drang zum Helfen von den Eltern auf die Kinder übergegangen. Die Tochter nämlich hat sich der Dritten-Welt-Hilfe verschrieben und lebt – fragen Sie mich nicht, in welchen kargen Verhältnissen – in Afrika, im schwärzesten Afrika.« – Was genau sie dort tat, erfuhr man nicht, weil der Blick des medizinalen Paares sich im Vagen verlor, und die bewegliche Lippe plötzlich stillstand und etwas herunterhing.

Durch die unerwartete Stille faßte Frau Cornell Mut und gab zu wissen, daß ihr jüngerer Sohn – der Mitgekommene – ebenfalls studiere: Spezialfach Münzkunde, in der Richtung des Vaters –, hingegen der andere, »der ist ja auch im Metier geblieben, allerdings in der kreativen Form« (dabei warf sie dem Gatten einen Ziegenblick zu) »...nein, weder als Maler noch Bildhauer, er sieht die Zukunft der Kunst in der Herstellung von Objekten ... ja, ziemlich große Objekte ... wir haben ihm ein eigenes Atelier gemietet ... mit dem Verkauf ist es ja, eben der Größe wegen, nicht so leicht, auch Galerien müssen da manchmal passen, obwohl sie es lebhaft bedauern ... Die Erfolge seiner Kreationen in der avantgardistischen Szene sind eklatant.«

Der alte Cornell trommelte mit den Fingern auf die Tischplatte und hatte, ohne es zu merken, seine Kinnpartie nicht ganz im Griff, während Cornell junior ein steinernes Gesicht machte.

Nun fühlte sich Frau Rosa gedrängt, sich zu offenbaren und einen gewissen Ronny zu rühmen, der im Geschäft des Vaters kühne Modernisierungen vornehme, glänzende Neuerungsideen habe, »er macht«, sagte sie mit einem spitzen Blick auf den plötzlich brummigen Herschel, »aus dem Laden mittels großzügiger Kredite und Spekulationen was wirklich Großes! Ist doch wahr, Otto, wir haben klein angefangen, und jetzt floriert das Geschäft, aber du gehst halt immer auf Nummer Sicher. Der Ronny dagegen sagt, da kann man viel mehr draus machen, man muß nur hineinstecken ...« – »Und herausnehmen«, knurrte der Alte in sich hinein. – »Immer mußt du nörgeln, wenn's um den Ronny geht, er hat eben jugendlichen Schwung und den weiteren Horizont.« – »Vor allem, wenn's um seine eigenen Ansprüche geht.« – »Du gönnst ihm nur rein gar nichts, soll er Groschen zusammenscharren, wie wir es jahrelang getan haben? Soll er's doch besser haben als wir ...«

Ein ganzes Paket Ansichtskarten hatte die Studienrätin geschrieben und mit launigen Grüßen bedeckt. Jetzt schichtete sie den Stapel und erklärte: »An jede meiner Klassen muß ich extra schreiben und natürlich auch den Kollegen. Aber besonders meinen Buben. Sie denken sich gar nicht, wie die drauf lauern und eifersüchtig sind. Ich kenn ja meine Gesellschaft. Auch wenn sie spröd oder spöttisch tun, hängen sie ja doch an mir wie die Kletten. Man darf sich ja durch Äußerlichkeiten nicht verunsichern lassen, als alte Lehrkraft.«

Die Nowak bemalte ebenfalls einige Karten mit großer Kinderschrift, aber umso schwungvollerer Signatur. Sie waren an Freunde und Freundinnen gerichtet sowie an den ganzen Frisiersalon, an letzteren mit einer Ansicht des Museums, damit die Kundschaft erfahre, auf welch gebildeter Reise sich die »Fräuln Sissy« bewege. Kurz ventilierte sie sogar den Gedanken, diese Karte mit Elisabeth zu unterschreiben, verwarf ihn aber wieder.

Die Dorn schrieb nichts, sondern musterte die anderen mit leicht heruntergezogenem Mundwinkel und hälste vogelartig.

In seltener Übereinstimmung begannen die Karten mit dem Satz: »Wir sitzen unter den Arkaden eines zauberhaften altspanischen Patio vor einem Glas Tequila ...«

Als die Quaerens in ihre Behausung zurückgekehrt war, hockte im Patio finsterblockig die Nacht. Der Mond war nicht mehr zu sehen. »Hockt zusammen mit den Rauschgötzen und der ›Dreckfresserin‹«, fiel ihr ein; es beschäftigte sie sehr die Nähe des Mondes zu den wenig geachteten Niederungen des Daseins, während er bei uns, ob als Gott oder Göttin, etwas Serenes hat. Ein wenig zwielichtig konnte er die Dinge schon machen, die in seinem Licht lagen, aber er beziehungsweise sie war doch frei von jedem irdischen Schmutz.

Sie durchquerte die Halle und stieg in den Stock hinauf, ein paar Minuten verharrte sie noch auf den morsch knarrenden Dielenbrettern der Galerie und sah sich fest in der eigenartig bewegten Finsternis des Patio und horchte auf das stete Gerinnsel des verstopften Brunnens.

Noch immer in Gedanken versunken, zog sie sich aus, löschte das Licht und kroch zwischen die klammen Leintücher. Eine große Zerschlagenheit lähmte ihre Glieder. Vermutlich der jähe Klimawechsel, sagte sie sich, und versuchte Schlaf zu finden. In der großen Stille kam ihr ein neues Geräusch zu Bewußtsein. Das flüsternde Gekecker der Geckos, die sich jetzt auf die Jagd machten, nach Insekten züngelten und haschten, mit ihren lautlosen Haftfüßchen über die Zimmerwände wieselnd. In ihren durchsichtigen kleinen Körpern sah man das Pulsen der Eingeweide durch die Haut, wenn ein vorüberfahrendes Auto einen Lichtschein über die Mauer warf. Manchmal saßen sie wie festgewachsen an einem Ort. Dann schossen sie unvermittelt an eine andere Stelle, kreuzten einander, ohne sich gegenseitig zur Kenntnis zu nehmen. Nur das kleine Keckern, das etwas von Hohngelächter hatte.

Immer wenn ein Lichtstrahl von außen die grünlich gestrichene, abblätternde Wand ihrem Bett gegenüber streifte, nahm sie die beiden kreisrunden, in einer Geraden stehenden nassen Flecken wahr, die sie für die Zeichen eines Rohrbruchs hielt. Sie nahm sich vor, anderntags in der Rezeption die Beobachtung zu melden.

Einmal fuhr sie noch auf, als sie schon am Einschlafen gewesen war, weil sie sich eingebildet hatte, von der Straße her das Rattern einer Eisenbahn zu vernehmen, die ohne Schienen über das Pflaster fuhr. Dann erinnerte sie sich, daß ihr Herr Lopez einen Waggon der alten Veracruzaner Straßenbahn gezeigt hatte, die Kinder und Touristen zu Besichtigungsfahrten durch die Stadt führte; ähnlich der Liliputbahn im Wiener Prater.

Dschungel im Mercado

Es lief in der Stadt ein Flüstergerücht über Fälle von Cholera in den Slums von Mexico City. Die Seuche wütete schon seit längerer Zeit in Peru und war über den Kamm der Anden gekrochen. Zwei, drei Fälle seien auch in Veracruz festgestellt worden und sogleich in Quarantäne gekommen, ohne viel Aufhebens davon zu machen. Alle notwendigen Maßnahmen seien getroffen. Behörden und Zeitungen bagatellisierten den Fall. Es wurde lediglich vor dem Genuß von Salat und ungewaschenem Obst gewarnt. Über irgendwelche Schleichwege war die Nachricht auch den Touristen zu Ohren gekommen, obwohl das Hotelpersonal eisern schwieg. Umso insistenter drang man in Bäuml, der alles Herrn Lopez zuschob. Dieser beruhigte auf seine ernste, adrette Art die Aufgestörten mit der Mitteilung, daß es jedes Jahr ein paar Erkrankungsfälle gebe, was aber nie zur Epidemie ausarte, sondern isoliert bliebe.

So gelang es dem geschickten Don Rodrigo, die aufflackernde Panik zu ersticken und mit dem Versprechen, sich kraft seiner Beziehungen zu den einschlägigen behördlichen Kanälen auf dem laufenden zu halten, die Geschreckten zu beruhigen. Desungehindert wurden die Medizinalrätlichen mit Fragen über Frühsymptome und Prophylaxe bestürmt. Die entsprechende Unterweisung wurde reichlich erteilt; vom Doktor selbst wortkarg, umso ausführlicher dagegen von seiner Gattin, die in feister Wichtigkeit mit hochstrapazierter Maultasche von Tisch zu Tisch eilte. Sie sprach von einem reiswasserähnlichen Stuhlgang als Anfangserscheinung, sodann träten typische Blaufärbung und Kreislaufkollaps des Befallenen ein.

Man fühlte sich in guter Hut und somit stark genug, um im Rahmen des Programmpunktes »Alltagsleben« einen Bummel durch die Stadt zu machen. Der ursprünglich geplante Abstecher auf den »Mercado«, das Marktareal, wurde allerdings mit Rücksicht auf das dort herrschende Menschengewühle fallengelassen, und man beschränkte sich auf die Geschäftsstraßen und eine Auslagenschau.

Die Quaerens, welche die Läden nicht sonderlich interessierten, setzte sich bei geeigneter Gelegenheit ab, um trotz Warnung den Markt aufzusuchen und dort herumzustreifen. Sie hatte eine Vorliebe für Märkte.

Der hiesige Mercado dehnte sich über ein paar Häuserblocks aus, deren Straßen von Ständen gesäumt waren, wo Gemüse, Obst sowie kleinere Gebrauchsgegenstände feilgeboten wurden. In der Mitte aber befand sich ein riesiges einstöckiges Gebäude. Auf jeder Seite führte ein geräumiger Stiegenaufgang ins obere Stockwerk.

Dieser Oberstock war den Fisch-, Fleisch- und Geflügelhändlern vorbehalten und mit Blutrinnen versehen, die von Abflußlöchern unterbrochen wurden.

Alle nur denkbaren Meerestiere gab es da, tranchiert oder noch zuckend mit brechenden Augen, Katzenhaie, die Dämonenfratze der Teufelsrochen, stählernen Fischglanz in allen Größen bis zur Fingerlänge, Krabben und Krevetten und die edle Languste in ihrem prächtigen Orangerosa. Natürlich auch Muscheln von der Auster mit ihrer Felsstruktur über die getigerte Pilgermuschel bis zur tangbewachsenen Miesmuschel.

Über den Fleischbänken hingen ganze Tierhälften, von denen die bezeichneten Stücke abgeschnitten wurden. Fischblut rann in schmalen Rinnen des Bodens zusammen mit Rinderblut, und es mischte sich der Geruch des Meeres mit dem der Erde, eine Art Universalgeruch des Schlachtens.

Nicht bedrückend. Der Geruch entfachte vielmehr etwas wie Lebensgier, wie die Quaerens bei sich anmerkte.

Besonders drängte sich das Volk der Hausfrauen bei den Geflügelständen. Das Huhn schien hier ein beliebtes, auch wohlfeiles Nahrungsmittel zu sein. Die Käuferinnen, ungeachtet des Standes, dem sie angehörten, wühlten und betasteten vollhändig die feilgebotene Ware und befühlten ohne Scheu und falsche Scham – auch mit feinberingten, nägelgepflegten Fingern – den After des Geflügels, der nach hiesiger Überzeugung alles über die Zärte und das Alter des Tieres aussagte. Kontroversen entspannen sich, man verlor sich in Details, denen die Quaerens wegen der geringen Sprachkenntnisse nicht so folgen konnte, wie sie es gewünscht hätte. Immerhin fesselte sie die Beobachtung, daß die Vorgänge ohne Geschrei und in einem tiefen Ernst abgewickelt wurden, ohne das marktschreierische Anpreisen und Locken eines italienischen oder die schlagfertigen Spottduelle eines französischen Marktes. Nachdem die Quaerens ihre Neugier auf den animalischen Bereich gesättigt hatte, stieg sie die breite Stiege hinunter und tauchte in das Gewühl dessen ein, was die Erde hergab an Pflanzlichem und Körnigem. Hier waren Früchte und Gemüse aufgetürmt, darunter vieles, das ihr unbekannt war. Die Verkäufer waren häufig Knaben von zehn, zwölf Jahren, die rasch, gewandt und sachkundig arbeiteten, während im Hintergrund des Standes eine schwerleibige Frauensperson älteren Jahrgangs saß und flinken Auges den Betrieb überwachte, sich bisweilen mit einer Nachbarin gleicher Funktion unterhielt, die ebenfalls ihr Pferdchen an der Theke hatte.

Auch hier, wo eine Menge von Menschen, mit denen man in dauernder Tuch- und Körperfühlung stand, in den schmalen Gängen zwischen den Ständen hin und her wogte, schien niemand nervös oder gereizt. Sowohl Händler wie Käufer zeigten sich gelassen.

Hier roch es freilich ganz anders als im oberen Stockwerk. Man nahm den frischen Duft des Grünen wahr, das süße Aroma der Früchte, überlagert vom intensiven Geruch der Gewürze, die nicht fertig abgepackt, sondern jeweils nach Wunschgewicht in gedrehten Papiertüten verkauft wurden.

Hier war es auch, wo die Quaerens eine schmale Koje entdeckte mit Regalen voll verstöpselten Gläsern jeder Größe, vom winzigen Parfumfläschchen bis zum bauchigen Gurkenglas. Darin befand sich, teils in farbloser, teils in gelböliger Flüssigkeit schwebend, allerlei Pflanzliches, Krautiges und Blumiges, aber auch sonst Organisches, das schwer zu bestimmen war. Darunter – die Quaerens sah es zwischen Neugier und Schauder – schwamm in einem größeren Gefäß kopfunter ein Kolibri in goldfarbener Flüssigkeit, toten Auges und mit verkrampften Krallen.

Verwaltet wurde dieser Laden von einem geschrumpften alten Mann mit Drahtbrille, der hinter einer Feinwaage stand. Eine Art Parfumeur und Kräuterkundiger.

Die Quaerens konnte es sich nicht versagen, in holprigem Idiom Fragen zu stellen, und der Mann gab gerne Auskunft. Er schien sich über das Interesse der Fremden sogar zu freuen und war sichtbar stolz auf sein seltenes Gewerbe. Er gab zu wissen, daß er einerseits Wohlgerüche erzeuge, sich damit zu betupfen und den Nasen angenehm zu machen. Anderseits aber produziere er mit Hilfe besonderer, nur ihm bekannter Ingredienzien Heilendes; etwa bei Kopfschmerzen über die Schläfen zu streichen oder auch innere Organe durch tinkturgetränkte Kompressen zu beeinflussen. Was den Kolibri anlange, zöge er aus seiner schwimmenden Leiche ein kostbares Wässerchen, das gut sei gegen Traurigkeit und Melancholie. Er sei auch imstande, allerlei Essenzen herzustellen – wenn auch bisweilen aus eklen Dingen –, welche die seelische Befindlichkeit entscheidend zu beeinflussen vermöchten. Nicht genug jedoch konnte er betonen, daß seine Kunst auf reinem Wissen beruhe und absolut nichts mit Scharlatanerie und Zauberei zu tun habe, die hierzulande nur zu eifrig betrieben und auch beansprucht würden. Er streifte bei dieser Versicherung mit scheelem Seitenblick seinen Budennachbarn, einen schweren Mann in Bermudashorts und Hawaiihemd, das schulterlange Haar mit einem Stirnband festgehalten und Hals und Arme reich behängt mit Talismanen aller Art und Muschel- sowie Knochenketten. Er saß vor seiner mit Kräuterbüscheln und Fläschchen angefüllten Bude an einem Tischchen und spielte mit einem anderen Marktnachbarn Karten.

Die Quaerens hätte dem kleinen Spindelmännchen noch lange zuhören können, aber sie fühlte sich von all den Gerüchen schon etwas verworren im Kopf und überfüllt wie nach einer zu üppigen Mahlzeit. So schlenderte sie weiter, schauend, schmeckend, grübelnd. Dabei erst fiel es ihr auf, daß nahezu jeder Stand seine oft ziemlich pompös gestaltete heilige Ecke hatte. Meist war es ein Standardbild derer von Guadalupe, aber auch die lichtblaue Gipsversion mit oder ohne Krone war verbreitet, zuweilen von einem rotsamtenen Baldachin überdacht und von einem Öllicht beleuchtet, nicht selten von einem der hier hochbeliebten Bogen aus bunten Glühbirnchen, die abwechselnd aufleuchten. Häufig sah man in ihrer unmittelbaren Nachbarschaft ein kleines Gerippchen aus Plastik hängen oder auch einen echten Totenschädel, der aus leeren Augenhöhlen und mit bleckendem Gebiß das Marktgetriebe fixierte.

Erst als sie ein paarmal ausgeglitten und fast zu Fall gekommen wäre, richtete die Quaerens ihren Blick genauer auf den Betonboden, auf den sie trat. Da bot sich ihren Augen eine Erscheinung, die man bei oberflächlicher Betrachtung als Zeichen mangelhafter Reinlichkeit, als von vielen Füßen eingetrampelten Gemüseabfall hätte deuten können. Es war ein schwarzgrünlicher Belag von schlüpfriger Konsistenz. Die zahlreichen Reinigungsfrauen jedoch, die mitten im Käufergewühl mit Lauge und harten Scheuerbesen tätig waren, sprachen gegen den Verdacht, es handle sich um alten Unrat. Es war vielmehr eine Art Unrat, der jeder ätzenden Lauge trotzte; also keine gewöhnliche Markträude.

Dieser zähe, widerstandsfähige Belag hier im Mercado stank auch nicht. Er strömte ein fast zartes Odeur von natürlicher Pflanzenfäulnis aus, das keinerlei Ekel erregte. Naturhaft. Eine Art Schweiß des Bodens.

Er befand sich auf den Gängen zwischen den Ständen, aber ebenso, wenn auch dünner, auf den hölzernen oder metallenen Haltestangen, auf den Plachen und den Waagen. Nicht jedoch auf der ausgelegten Ware, als bestünde zwischen der konsumierbaren Form des Naturprodukts und diesem eigenartigen Belag eine stille Übereinkunft, sich voneinander getrennt zu halten. Die Ware wirkte so sauber und frisch wie ein junges Kraut, das aus einer Schicht fauliger Blätter sprießt.

»Keine Markträude«, berichtigte sich die Quaerens, »ein Markthumus eher. Eine ganz natürliche Phase der dauernden Verwandlung des Frischen ins Verweste, das schon während der Verrottung wieder den Keim des neuen Wachstums in sich trägt. Erst die westliche Zivilisation hat der Natur und ihren Wandlungsphasen Wertetiketten angehängt und dabei – wie im Leben auch – die Todesphase weggeätzt. Sie läßt nur die flüchtige Periode der Konsumierbarkeit gelten und betrachtet die anderen Stadien mit Argwohn und Ekel. Und so verliert sie allmählich mehr und mehr den Überblick und das Gefühl für die Gesamtnatur. Und gerade wo sie das Universum bis in seine letzten Falten zu verstehen und zu beherrschen meint, steht sie ihm hilfloser und mit größeren Ängsten gegenüber als je zuvor.«

Dann kam ihr noch der Einfall, man sollte eigentlich aus reiner Neugier diesen »Belag« einer chemischen Analyse unterziehen. Sie konnte sich vorstellen, daß man dabei auf einen eigenen Wirkstoff stoßen könnte, ein Agens der Verwandlung, welches dann möglicherweise der eigentliche Animator des Lebens wäre. »Etwas aus der Küche oder dem ›irdenen Mondtopf‹ der Erdmutter Coatlicue, die man in unseren Zonen ja auch auf die Funktion des Hervorbringens und Hegens beschränkt und dabei das Verschlingen und Verdauen unterschlägen hat.«

Als die Quaerens nach ihrem anregenden Schaugang durch den Mercado in den Gesellschaftsraum des Hotels trat, spürte sie gleich eine gewisse aufgescheuchte Animiertheit, die einen pikanten Unterton hatte. Letzteres ließ darauf schließen, daß es sich nicht um eine Katastrophe handelte, sondern um einen Skandal.

Die Damen waren zusammengerückt und hatten einander viel zu sagen. Auf den Gesichtern lag der Ausdruck gekitzelter Schadenfreude. Zum erstenmal auf dieser Reise sah man die Nowak und die Dorn kichernd miteinander tuscheln.

Soweit es der Raum erlaubte, hatte sich der Hofrat von dieser gackernden Zusammenrottung entfernt und stellte in seinem Lehnstuhl das Bild eines Menschen dar, der so vertieft war in eine Geistesarbeit, daß er um sich herum nichts sieht und nichts hört. Zu diesem Zweck hielt er ein Buch in der Hand samt Notizblock und Bleistift, jedoch sah man ihn weder schreiben noch umblättern. Gattin und Sohn waren nirgends zu sehen.

Die Quaerens warf einen fragenden Blick auf den sichtlich aufgeräumten Herschel, der sie heranwinkte (Frau Rosa saß im Kreise der Geplusterten). Von Herschel erfuhr sie die Ursache der Erregung und den Vorfall, der gehechelt wurde. Es ging um den Sohn Cornell.

Der Junge hatte sich von der Gesellschaft abgesetzt, sei es, daß er im Gedränge der Straße den Anschluß an die Gruppe verloren hatte, sei es mit Vorbedacht, um sich der Aufsicht der Mutter zu entziehen. Darüber wurde im Augenblick lebhaft diskutiert.

Gegenwärtig hütete er das Bett wegen einer heftigen Magenverstimmung, die er sich durch den Genuß eines Taco zugezogen hatte, ein scharf gewürztes Fleischhaschee, in eine Tortilla gewickelt, vor deren Gassengenuß sowohl Bäuml wie Lopez eindringlich gewarnt hatten, weil das Fleisch sich oftmals in einem Zustand fortgeschrittener Verdorbenheit befand, was man wegen der starken Würze aber nicht merkte.

Der junge Cornell hatte eingestanden, daß er in einer der Bars, die auf dem Mercado zwischen die Stände gestreut seien, aus plötzlichem Heißhunger einen solchen Taco zu sich genommen habe, was von schneidendem Grimmen und schließlichem Erbrechen gefolgt war.

Die bestürzte Mutter – es hieß, sie sei völlig aus der Fassung – hatte natürlich stehenden Fußes die Medizinalrätlichen zur Konsultation gebeten, die der Aufforderung dankenswerterweise umgehend Folge geleistet hatten. Dem jungen Cornell wurde sofortige Bettruhe mit Thermophor auf dem Bauch verordnet, und es wurden entgiftende sowohl wie abführende Medikamente gereicht, die das Ärztepaar selbstverständlich in der Reiseapotheke hatte.

Als die Quaerens diesen Teil der Geschichte von Herschel vernahm, trat ihr plötzlich eines dieser Erinnerungsbilder vor Augen, die, weil man sich auf anderes konzentriert, zwar wahrgenommen, aber nicht bewußt perzipiert werden. Sie sah jetzt den jungen Cornell auf einem langbeinigen Barhocker vor einem Glas Tequila sitzen und einen Taco mampfen und erinnerte sich an eine flüchtige Verwunderung über sein unbehütetes Tun.

Die Oberschwester schoß zwischen dem Cornell-Zimmer und dem Salon hin und her wie eine hochstelzende Tarantel, prall von ihrer doppelten Unentbehrlichkeit als Pflegerin sowie als Überbringerin neuer Details. Der Zustand des Jünglings bessere sich auf die Medikation des Medizinalrats zusehends, und er habe in einer merkwürdig aufsässigen Art berichtet, daß ihm während seiner Übelkeit, die ihn in eine abliegende Ecke voll von Kartons und Gemüsekistchen getrieben hatte, eine sehr freundliche junge Frau Beistand geleistet habe.

Jetzt erst fiel der Quaerens ein, daß sich auf ihrem Erinnerungsbild als prominentes Teilstück ein netzbestrumpftes Knie befand, das den Oberschenkel des jungen Cornell berührte, während dicht daneben ein paar kräftige Männer vulgären Aussehens, jeder ein Glas Tequila in den schweren Pratzen, lauthals lachten und die Szene mit ausdrucksstarken Phrasen begleiteten, die die Quaerens leider nicht verstanden hatte.

Die Gesellschaft der Damen hechelte nun die neue Information gründlich durch, steigerte sich zu kühnen Vermutungen über die Natur der »freundlichen jungen Frau« und ihres Beistandes und setzte die ganze Szene vor die düstere Kulisse der Choleragerüchte.

Herschel, dem die Quaerens ihr Erinnerungsbild schilderte, zeigte sich nicht verwundert. Freilich sei der Mercado voll von Huren, die mit den Transportarbeitern gute Geschäfte machten, die nach der Schwerarbeit gern ein oder mehrere Gläser Tequila zu sich nahmen und auch zu größerem Vergnügen Lust hätten. Eine solche werde sich des schüchternen Gringo angenommen haben, in welcher Absicht immer. Als sie seinen Zustand erkannte, erwies sie sich mit größter Selbstverständlichkeit als Samariterin. Die Markthuren seien einfach und gutmütig, wußte Herschel.

Nach längerer Zeit kam wieder eine neuigkeitsschwangere Oberschwester in den Salon und warf sich erschöpft in einen Clubsessel. Alles spannte gierig die Ohren.

Sie, als erfahrene Frau und Schwester, habe sofort, nachdem von einer »freundlichen jungen Frau, die sich annahm«, die Rede war, eine gründliche Untersuchung von des jungen Cornell Rock- und Hosentaschen angeordnet. Es hatte aber nichts gefehlt. Der Zustand des Patienten bessere sich zusehends, gleichzeitig aber werde er, ganz im Gegenteil zu seinem sonstigen Benehmen, frech zu seiner Mutter und sogar zu ihr, der Oberschwester. Er mucke auf gegen den Verdacht, den man mit der Untersuchung seiner Sachen aussprach, und rühme mit unziemlicher Schärfe die uneigennützige Güte der jungen, attraktiven – er gebrauchte tatsächlich das Wort »attraktiv« – Frauensperson, die sich nicht geekelt habe, ihm beim Vomieren den Kopf zu halten.

»Was sagen Sie nun?« – die Höchstlmeier sah glänzenden Auges um sich und wurde durchaus befriedigt durch die Ausrufe der Damen, die mit Sensationslust gesättigt waren. »Den Kopf gehalten!« wiederholte jede für sich und schmatzte die Worte geradezu.

Die Oberschwester sonnte sich eine Weile, setzte dann aber von neuem an: »Das, was Sie meinen, ist aber nur ein Aspekt des anstößigen Vorgangs. Unsereiner ist gewohnt, weiter zu denken!« Man horchte auf.

»Stellen Sie sich einmal vor, was Kopfhalten in der Realität bedeutet in diesem Zusammenhang!« – Die Damen blickten ratlos und neugierig. »Nun, für mich als Schwester von altem Schrot und Korn, welche die Dinge rein sachlich zu sehen gewohnt ist, bedeutet Kopfhalten nur nebenbei eine gutgemeinte Hilfeleistung, deren therapeutischer Sinn übrigens völlig irrelevant ist. Kopfhalten, meine Damen, das ist Berührung, Körperkontakt mit den Händen im Gesicht des anderen. Und nun stellen Sie sich einmal vor, was sich an den Händen einer solchen Person – wir sind uns ja klar, um was für eine Person es sich gehandelt hat – an Viren, Bazillen und sonstigen schmutzigen Erregern befindet. Noch dazu heute in der Ära des Aids, ich rede gar nicht von Syphilis und Gonorrhöe, aber ich denke an die nur ungenau gemeldeten Fälle von Cholera und in welchen Milieus sie aufzutreten pflegt.« – Sie lehnte sich befriedigt zurück, während die Damen mit schreckgeweiteten Augen die Finger an die Lippen hoben und die Reizworte halblaut vor sich hin sagten.

In diesem Augenblick ging die Tür auf, und umflattert von einer gescheuchten Hennen-Mutter trat ein noch etwas blasser, aber stolz gestraffter junger Cornell ein, dessen schlichte Miene einen deutlichen Ausdruck von trotziger Unverschämtheit trug.

»Wir wohnen eben einem Initiationsritus bei«, sagte Herschel leise zur Quaerens. »Ein scheuer Knabe ist zum Mann geworden, weil ihm beim Kotzen eine Hure den Kopf gehalten hat und seine Umgebung den Fall zu einer unzüchtigen und lebensgefährlichen Sache hochstilisiert hat.«

Aus dem Orbit gefahren und »malas corrientes«

Am folgenden Tag beim Frühstück hatte sich der pikante Fall des jungen Cornell bis in alle Details totgesprochen.

Von der Familie war nur ein sehr schweigsamer Vater zugegen, der allein an einem Tisch saß. Der Sohn, flüsterte man einander zu, nehme im Zimmer ein Diätfrühstück ein, wobei ihm die Mutter Gesellschaft leiste. Eine Vorsichtsmaßnahme nur. Der Patient selbst fühle sich nach eigener Aussage kerngesund und meckere und raunze, sei auch, so die Höchstlmeier, die eine Frühvisite abgestattet hatte, ziemlich pampig gegen die Mutter.

Als man auf das Thema Vorsorge einging und auf die Verdachtsmomente anspielte, die gestern durch den unerwarteten Eintritt des jungen Cornell nicht richtig durchgesprochen werden konnten, waren die Damen sich einig darüber, daß man den Fall nicht so ohne weiteres versanden lassen dürfe, daß vielmehr klärende und vorbeugende Maßnahmen ins Auge zu fassen seien. Der Medizinalrat zog Herrn Lopez heran zu Erkundigungen um einschlägige Ärzte oder Laboratorien. Señor Lopez zählte in seiner entgegenkommenden Art eine ganze Reihe ihm bekannter Institutionen auf, betonte aber auch, daß er in der Lage sei, eine ausgezeichnete Bruja zu empfehlen, die sich in ihrem Gewerbe in den besten Kreisen eines exzellenten Rufes erfreue. Von weither kämen Ratsuchende nur ihretwegen nach Veracruz. »Wie bitte?« – »Ach so, Bruja heißt ›witch‹, oder wie ist nur das deutsche Wort dafür? Ja, Hexe.«

Herr Lopez konnte gar nicht verstehen, wieso sich die Mienen plötzlich verschlossen und ihn scheele Blicke streiften, bis Herschel eingriff und zu beiderseitigem Verständnis erklärte, daß die Hexe oder Bruja beziehungsweise Brujo, der Hexer, hierzulande in allen Bildungsschichten dem Arzt gleichgestellt, wenn nicht vorgezogen werde. Jedermann habe seine Bruja wie seinen Zahnarzt und suche sie bei körperlichen wie bei seelischen Beschwerden auf ... Aberglaube? – Nun ja, die Grenzen seien hier nicht so scharf gezogen wie bei uns. Natürlich gebe es die billige Hexe, die besonders den unerfahrenen Touristen ein Hokuspokus vormache, um ihnen, ihre Sensationssucht ausnützend, Geld aus der Tasche zu ziehen. Aber anderseits gebe es durchaus zu respektierende Kennerinnen der Kräuter und sonstiger Naturheilmittel, vor allem Kennerinnen auch der menschlichen Seele, die ihr Handwerk sehr ernst nähmen und auf unbestrittene Erfolge hinweisen könnten ... gut, sicher spiele da auch der Glaube des Hilfesuchenden eine Rolle, aber sei das nicht auch bei unseren Ärzten der Fall?

Bei dieser Behauptung Herschels raffte sich der Medizinalrat zornig zusammen, geriet aber durch die jähe Empörung, die sich an Gesichtsröte und -verzerrung ablesen ließ, in Konflikt mit seinem Spürzelphänomen, in dem er sich verhedderte, so daß die Raffung ohne praktische Folgen blieb. Dafür sprang die Gattin ein und artikulierte sehr nachdrücklich die Meinung der Höchstlmeiers zum Hexenwesen im Vergleich mit der ärztlichen Wissenschaft.

Der zunächst etwas verdutzte Don Rodrigo entschuldigte seinen folgenschweren Lapsus mit dem Hinweis darauf, daß er seine Rolle hier als Führer durch das mexikanische Alltagsleben verstehe, und dazu gehöre auch – wie immer die Herrschaften persönlich dazu stünden – die Hexe. Schließlich leite sich das Hexenwesen bruchlos vom indianischen Schamanentum ab, dem einer der wichtigsten Götter des aztekischen Pantheons vorstehe, Tezcatlipoca, der Urzauberer, der »mit dem rauchenden Spiegel«, in welchem er als einziger der Götter die wahrhaftige Wirklichkeit aller Dinge sehe.

»Falls sich einer oder der andere der Herrschaften – aus rein völkerkundlichem Interesse natürlich – unterrichten will, empfehle ich Ihnen einen Besuch bei unserer Familienbruja, Calle Allende 13, ein Gäßchen in Marktnähe, nicht zu verfehlen beziehungsweise bei jedem Verkehrspolizisten zu erfragen.«

Die Gesellschaft gab sich ostentativ reserviert. Der schwache Versuch Bäumls, unvoreingenommene Haltung zum kreativen Volksglauben anzuraten, stieß auf eine Mauer mißbilligenden Schweigens. Nur die Nowak zeigte lebhaftes Interesse und notierte sich sorgfältig die Anschrift. Nach kurzer Überlegung ließ sich allerdings die Oberschwester hören: »Was meinst du, Alois, sollten wir der Quacksalberin nicht einmal genauer auf die Finger schauen? Wer weiß, was die da zusammenbraut! Könnte ja auch wirklich Schädliches darunter sein!« – »Wenn du meinst«, brummte Höchstlmeier unentschlossen. Und dabei blieb es.

Umso erstaunter und zunächst ungläubig war die Quaerens, als ihr Herschel ins Ohr flüsterte: »Heut nachmittag werden sie alle, die hier sitzen, zur Bruja gehen ... Sie glauben mir nicht? Um was wetten wir? ... Ums Rechthaben? Gut, die Wette gilt. Ich behalte gern recht ... Wie wir es feststellen wollen? Nun, es ist sicher irgendein Lokal dort. Wir brauchen uns nur hineinzusetzen und vom Fenster aus den Hauseingang beobachten. Wollen wir?«

Die Quaerens, neugierig wie sie war, wollte natürlich, und sie verabredeten sich für den späteren Nachmittag, da bis etwa vier Uhr das Geschäftsleben in dieser Stadt soviel wie schlief.

Um diese Zeit ungefähr machten sich die beiden auf die Suche nach einem geeigneten Beobachtungspunkt, den sie auch bald fanden, denn hier in Marktnähe gab es in jedem zweiten, dritten Haus ein kleines Lokal oder eine Bar. Herschel präzisierte noch einmal die Wettbedingungen: Alle Reiseteilnehmer, ausgenommen den jungen Cornell, der von der Mutter unter Arrest gehalten wurde, und seine Frau Rosa, die für dergleichen aus verwickelten Gründen ihrer Herkunft nicht anfällig sei. Die Quaerens war einverstanden. Sie setzte vor allem auf den alten Cornell, auf die dergleichen verachtende Dorn und auf sich selbst.

Sie saßen schon eine ganze Weile an einem Fensterplatz mit ausgezeichnetem Blick auf die andere Straßenseite und die Haustür der Hexenbehausung. Nichts tat sich. »Nun, was ist«, hänselte die Quaerens den völlig gelassenen Herschel, der in buddhahafter Ruhe dasaß.

Und siehe, da stöckelte schon die Nowak heran, herausgeputzt zwar, aber in eher dezenter Art, die Blondmähne in einem dunklen Tuch, wie beim Kirchenbesuch.

»Von der war es vorauszusehen«, meinte die Quaerens. – »Warten wir ab«, sagte ungerührt Herschel, und: »Da schauen Sie, wer da kommt!« – Wie eine huschende Maus wieselte die Studienrätin heran, sah sich verschreckt um und schloff dann durch einen engen Spalt durch die Haustür.

»Die muß das natürlich tun, um ihre Knaben mit Lebensnähe zu versehen! Peinlich wird's allerdings sein, wenn sie auf die Nowak trifft!« – »Sie wird nicht auf sie treffen. Da gibt es mehrere Eingänge und Ausweichräume wie beim Psychoanalytiker oder in einem besseren Puff. Das Gewerbe hält auf Diskretion.«

Nach einer Weile sah man die Nowak mit einem hochbefriedigten Ausdruck und einem neuen Halsschmuck geziert herauskommen, der grellrot auf ihrem freizügigen Dekolleté baumelte.

»Aha, sie hat ihr ein Amulett aufgeschwatzt ... was es ist? Ein hufeisenförmiger, mit roter Seide umwickelter Rahmen und darin allerhand Bildchen auf Pappe geklebt: die von Guadalupe, andere Heilige, natürlich auch Totenköpfchen. Schauen Sie sich den Gesichtsausdruck der Nowak an, schafsmäßige Seligkeit. Die hat ihr wahrscheinlich für jeden Finger einen Mann versprochen und ihr dadurch reichlich Geld aus der Tasche gezogen.« – »Also doch reiner Schwindel!« – »Nicht unbedingt. Es kommt auf den Besucher an.«

»Ach, da kommt ja die Frau Studienrat! Sehen Sie, die Schönbein ... zerrupfter als gewöhnlich, aber mit eifrigen Lippen. Sie scheint das Erlebnis flüsternd für ihre Notizen zu memorieren!«

»Und da, schauen Sie nach rechts! Sie haben ihre Drohung tatsächlich wahrgemacht und rücken an, den Hokuspokus zu entlarven.«

Es näherte sich aufrecht und stämmigen Ganges mit zielbewußtem Ausdruck in den strengen Mienen das Ehepaar Höchstlmeier. Er bewehrt mit seiner Kamera-Rüstung.

»Da wird ihnen die Bruja einen dicken Strich durch die Rechnung machen!« sagte Herschel. – »Ist Photographieren nicht erlaubt?« – »Nicht, wenn die Person halbwegs seriös ist. Kann man das Übersinnliche photographieren? Für eine Hexe ist jedes Photo ein Betrug und verletzt ihre professionelle Ehre.«

Es dauerte auffallend kurz, bis man das Paar wieder auf die Straße kommen sah, grimmig und grünsäuerlich prall wie behaarte Stachelbeeren.

»Schau sich einer das an«, sagte anerkennend Herschel; »die hat sie offenbar gar nicht erst angenommen. Spricht für die Hexe. Mit einem Blick durchschaut und ein resoluter Hinauswurf! Alle Achtung. Würden Sie sich trauen, Frau Oberschwester Cäcilie persönlich hinauszuwerfen? Ich nicht!«

Aber wer kam nun heran, gertenschlank im Stachellook, mit der Hausmauer fast verschmolzen, Trotz im Gesicht? Ditta Dorn! Mit ihr dauerte es. Die Voyeure wurden schon ungeduldig, tauschten Vermutungen aus. »Das ist offenbar eine richtige Sitzung, wie sich's gehört«, sagte Herschel nicht ohne Hochachtung, »die ist ihr's wert! Ich gäb was drum, zuzuhören!« Endlich war es soweit. Mit irgendwie unkoordinierten Bewegungen ihrer langen Gliedmaßen und unnatürlich geweiteten Augen, in ihrer ganzen Erscheinung gesträubt, stolperte Ditta Dorn über die Türstufen und machte sich, ohne auf möglicherweise ertappende Bekannte zu achten, Richtung Hotel davon. Sie trieb mehr, als sie ging.

»Die war wirklich in der hexischen Mangel. Das arme Mädel. Was hat sie ihr nur vorgezaubert? Nichts Gutes offenbar. Wahrscheinlich hat sie sie an irgendeinem Gebräu schnüffeln lassen und sie auf einen kleinen Horrortrip geschickt ... nein, das liegt nicht an der Essenz, das liegt am Charakter.«

»Wer fehlt eigentlich noch? Langsam denk ich an die Möglichkeit, die Wette zu verlieren!« – »Der Reiseleiter und Herr Hofrat Professor Doktor Cornell.« – »Der Cornell ist sich zu fein dazu!« – »Abwarten! Sieh da, da kommt ja unser Bäuml im ethnologisch bewußten Knitterlook. Ob er der Hexe zu verstehen geben will, daß er ganz auf seiten des Urtümlichen steht?«

Bäuml blieb eine Weile. Als er wiederkam, trug er eine Unzahl von Kräuterwerk bei sich. Auch etwas in einem Plastiksäckchen. »Essenzen«, wußte Herschel. »Dem hat sie alles Grünzeug anhängen können, das sie im Haus hat. Ein leichter Fall, und ganz schön lukrativ.«

Mittlerweile war es Abend geworden, die Straßenlaternen leuchteten auf. Die Finsternis brach abrupt herein. Und in ihr sich bergend nahte Cornell, die römischen Züge von einer wehen Schwäche benagt. Ehe er eintrat, arbeitete er hastig an der Männlichkeit seines zum Zittern neigenden Unterkiefers und straffte sich auf.

»Gewonnen«, rief Herschel und klopfte sich auf den Schenkel. Dann warteten sie voll Neugier. »Der redet sich ein, daß es sich bei ihm um ein Forschungsunternehmen im Rahmen der altmexikanischen Kultur handelt.« – »Aber wie er ausschaut und sich gibt, hat er Angst.« – »Was ein echter Wissenschaftler ist, rechnet mit Gefahr und Unbill.« –

»Schauen Sie, es dürfte ihm nicht erspart geblieben sein!« rief Herschel.

Cornell verließ mit ungewohnter Hast das Haus. Er stob geradezu, Lippen zusammengepreßt zum Strich, Kinn vorgereckt. Aber über diesem forschen Gehabe – an den Augen sah man es – blakten und flackerten Unruhe, Unsicherheit und Furcht. Auch eine Art bestürzter Ungläubigkeit.

»Was ist ihm geschehen?« fragte die Quaerens. – »Offenbar hat das Luder es verstanden, an seiner Fassade zu ätzen. Die Zauberer hier sind meist ausgezeichnete Menschenkenner. Die hat ihn vermutlich mit dem ersten Blick durchschaut.« – »Als Popanz entlarvt? ihm seine kaschierte Schwäche und Anfälligkeit kalt auf den Kopf zugesagt? Wie verträgt sich das mit dem Geschäft?« – »Die Besseren verstoßen manchmal dagegen. Wenn etwas sie ärgert oder ihnen verächtlich erscheint, dann sagen sie einfach die Wahrheit, auch wenn nichts dabei für sie herausspringt und der Klient türenschlagend den Bau verläßt, wie der Cornell das getan haben mag.«

Die Quaerens saß schweigend und sah vor sich auf den Tisch. Setzte zur Rede an, verkniff sich's wieder.

»No, sagen Sie schon«, munterte Herschel sie grinsend auf. »Sie wollen auch hinein? Los dann! Sie fehlen mir ohnehin noch zu meiner Wette!«

Die Quaerens war so von Neugier zerfressen, daß sie auf Einwände und Beteuerungen verzichtete und sich aufmachte über die Straße.

Es dauerte eine gute Weile, bis sie wiederkam, sich mit einem ungewissen Gesicht Herschel gegenübersetzte und etwas überlaut nach einem Tequila verlangte. »Den brauch ich jetzt wirklich!« sagte sie hastig, so als wäre sie innerlich aus dem Atem gekommen.

»Also sagen Sie schon, womit hat sie Sie eingeseift?«

Die Quaerens überhörte die Frage und begann mit einer Schilderung.

»Wir sind in der Küche gesessen.« – »Ja, und?« – »Nichts von rundem Tisch und schimmernder Schusterkugel. Keine verstaubten Tapisserien vor den Fenstern, fetzig gerafft, kein Rabe, keine schwarze Katze. Eine Küche, mit modernen, schäbigen Kunststoffmöbeln. Vom Plafond hängen alle möglichen Kräuterbüschel, frisch und getrocknet. Auf dem Herd ein Topf, in dem etwas brodelt. Auf der Küchenkredenz stehen, mehr beiläufig als in bestimmter Ordnung, die Accessoires.« – »Was?« – »Na, das Werkzeug! Der obligate Totenschädel, der hier ja nichts Besonderes ist, auch die Guadalupe sowie das gipserne Paar Jesus und Maria in Rosa und Lichtblau. Daneben aber auch, offenbar irgendeiner Vollständigkeit halber, ein fettleibiger Buddha. Dazwischen Indianisches, Masken und Federn und Fläschchen voll verschiedenen, undefinierbaren Inhalts. Unter all dem Kram aber auch etwas, wovor es mich kalt überlaufen hat.« – »Was?« – »Der gekreuzigte Kopf einer Ratte ... ein Kreuz, aus einem langen und einem kürzeren Knochen zusammengebunden, und an der Überschneidungsstelle ein schlecht präparierter Rattenkopf, mit etwas Stumpfem geköpft. Die Augen nicht durch gläserne ersetzt, sondern geschrumpft. Schwarzes unter halb geschlossenen welken Lidern. Schauderhaft. Und zwischen all dem wieselt sie herum, die Bruja, rührt ein bißchen im Topf, schiebt Dinge hin und her und kümmert sich augenscheinlich so wenig um einen, daß es wie Absicht wirkt. Dabei fühlte ich mich beobachtet. – Wie sie aussah? Nun, sie paßte ganz in eine Küche. Eine kleine, feiste Person mittleren Alters, das glatte Indianerhaar hinten zu einem Zopf geflochten. Ein geblümtes Kleid, darüber eine Küchenschürze. Endlich setzt sie sich mir gegenüber hin, und ich seh ihre Augen. Ein träger Blick, leicht schräg in einem flachen, breiten Gesicht, wie man sie oft hier sieht. Im Marktgetrubel würde ich sie nicht wiedererkennen. Aber als sie mir dann plötzlich starr in die Augen sah, fühlte ich ein Geriesel das Rückgrat entlang. Plötzlich waren diese schrägen, in Fett gebetteten Augen ganz rund. Wimpern- und lidlos rund, hatten sie etwas von Schlangen- oder Eidechsenaugen ... Es kann natürlich auch Täuschung gewesen sein aus dem gespannten gegenseitigen Fixieren ... Wie lang wir einander so angestarrt haben, weiß ich nicht. Mir ist es wie eine Ewigkeit erschienen ... Nein, gefragt hat sie mich nichts. Auch kein Handlinienlesen, keine Tarotkarten, kein Kaffeesatz. Sie hieß mich nur aufstehen und neben den Herd treten. Dann fuhr sie mir mit einem in die Brühe getauchten langen Kräuterwedel den ganzen Körper hinauf und hinunter, auch über die Haare und übers Gesicht. Dabei gab sie eigenartigerweise ächzende Grunzlaute von sich, als arbeite sie körperlich schwer. Plötzlich aber hielt sie abrupt inne, hob ihre Unterarme, schaute sie an und dann mit einem argwöhnischen Blick auf mich, und ich sah mit einer gewissen Beklommenheit, daß die Haare auf ihren nackten Armen steil hochstanden, wie bei einer gesträubten Katze. Sie sah mich starr an, zornig und anklagend, fast leicht verstört, als hätte ich diese merkwürdige Irritation verschuldet. Dann faßte sie sich und schob das Kräuterbüschel kurzerhand in den brennenden Herd, wo es verzischte. Mich sah sie von der Seite her zweifelnd an, teils scheu, teils neugierig, und ließ eine Tirade los, von der ich immerhin verstand, ich sei ›aus meinem Orbit‹ ausgefahren ... ja, Orbit sagte sie, sie gebrauchte das Wort im Sinn irgendeiner planetarischen Entgleisung, die sie mir auf den Kopf zusagte, und daß sie mit mir nichts zu tun haben wolle. Sie vermied auch mit Vorbedacht jede körperliche Berührung, nahm auch kein Geld an und hielt mir nur die Türe auf, winkte mit dem Kopf, ich solle verschwinden.«

Herschel war ernst geworden. »Irgend etwas haben sie an sich, diese Brujas. Sie schauen wie gewöhnliche Hausfrauen aus – jedenfalls die echten; nur die falschen mascherln sich auf, so wie die Touristen sich eine Hexe vorstellen – die echten verzichten darauf. Sie leben auch ganz normal mit

Mann und Kindern. Aber sie haben zweifellos irgend etwas an sich. Vielleicht ist es eine erhöhte Sensibilität für das, was in einem anderen Menschen vorgeht? Gewöhnlich werden sie schon als halbe Kinder in die Lehre genommen, sei es von der eigenen Mutter, die dasselbe Gewerbe ausübt, oder von einer anderen Bruja, die dem Kind eine Begabung für die Profession ansieht. Bloßer Aberglaube ist es nicht, was hier die Leute ›ihre‹ Bruja halten läßt, so wie in Amerika jeder ›seinen‹ Analytiker hat ... Aber sagen Sie,« fragte Herschel nach einer Weile, »ich will ja nicht taktlos sein und in Sie dringen! Aber hat es mit dem Orbit, der der Hexe die Haare sträubte, nicht etwas auf sich? Ich erinnere mich an eine diesbezügliche Andeutung ihrerseits auf dem Parkbänkchen in San Miguel. War da nicht die Rede von einer Absicht, aus dem ›Geleise‹, glaub ich, sagten Sie, auszuspringen?«

Die Quaerens bestätigte es. »Ja, da erinnern Sie sich schon richtig. Und eigentlich habe ich schon die ganze Zeit den Verdacht, daß ich damit ein bißchen zu weit gegangen bin.«

Im Hotel fanden sie die Gesellschaft schon versammelt. Die Medizinalrätlichen hatten sich entschuldigen lassen, sie seien leicht indisponiert und nähmen ihre Mahlzeit auf dem Zimmer. Die übrigen Reisenden wirkten ein bißchen still an diesem Abend. Nur die Nowak berichtete laut und ausführlich von ihrem Hexenbesuch. Besonders grausig sei es ihr erschienen, daß die Bruja unter gemurmelten Beschwörungen ein rohes Ei in siedendes Wasser geworfen, herausgenommen und aufgeschlagen habe, worauf zu ihrem, Sissys, angegraultem Entsetzen eine Spinne mit behaarten Beinen herausgekrochen sei, halbtot natürlich und nur schleppend. Die Bruja habe diese Spinne, ehe sie sie in den Abfallkübel warf, kurz und eingehend untersucht und ihr daraufhin die nächste und weitere Zukunft prophezeit. Eine angenehme übrigens, die sie das schwarze Spinnenvieh habe vergessen lassen. Sie glaube übrigens fest an solche Sachen.

Da niemand an den Details ihrer Zukunft interessiert war, wandte sich die Nowak mit mehr Appetit als die anderen ihrer Mahlzeit zu. Der Reiseleiter ließ sich noch ganz allgemein darüber aus, daß Menschen, die »noch in Hautnähe mit der Natur lebten«, wohl zu Leistungen imstande seien, die für uns Überzivilisierte wie Scharlatanerie aussähen. Weil niemand auf das Thema einging, schwieg auch er, und man brach allseits in die Zimmer auf.

Im Kloster angelangt, ging die Quaerens nach der notwendigsten Toilette zu Bett. Sie wetzte sich in den klammen Bettüchern zurecht und versuchte sich an Schlaf. Letzteren fand sie sowenig, wie sie fähig war, ein Buch in die Hand zu nehmen und sich durch eine anspruchslose Lektüre in den Schlummer zu wiegen. Sie gelangte lediglich in jene Form des Pseudoschlafs, wo sich Traumbilder in die reale Situation und deren deutliches Bewußtsein einschleichen. Diese Form des Ruhens ermüdet mehr, als daß es erfrischt. Sie war sich klar bewußt, daß sie in einem Hotelbett in einem adaptierten Monasterium lag, im Sichtfeld – von vorüberfahrenden Autos fallweise angeblakt – eine grünlich gestrichene, ziemlich abgeblätterte Zimmerwand. Sie war sich auch der beiden kreisrunden nassen Flecken bewußt, die sie, besonders weil sie in einer exakten Geraden standen, für Lecks in einer querlaufenden Rohrleitung gehalten und auch schon in der Rezeption gemeldet hatte.

In der Stille meinte sie sogar das leise Rieseln all der Blasen, Risse und Abblätterungen im Verputz zu vernehmen. Sie nahm auch die Geckos wahr, die zischelnd und keckernd scheinbar planlos im Zickzack über Mauer und Plafond schossen.

Allmählich aber schienen die Tiere sich, wie einem magischen Befehl gehorchend, die Köpfe nach innen gerichtet, zu einem Halbkreis über den beiden Feuchtflecken zu ordnen; erst zuckend und schwänzelnd, dann erstarrten sie.

Die Quaerens saß jetzt aufrecht im Bett beziehungsweise glaubte dank eines dieser Halbträume, die sich in der wirklichen Umgebung zur wirklichen Zeit abspielen, aufrecht im Bett des Hotelzimmers zu sitzen. Dabei sah sie wie gebannt auf eine Form, die sich in unendlicher Langsamkeit aus der Wand vorzuwölben und dann zu schieben begann. Es war ein ungefüges längliches Ding, etwa mannshoch und quaderhaft, an dessen oberem Ende die beiden nassen Flecken saßen, die in dieser Anordnung an Augen denken ließen. Augen in einem Kopf, der einem stumpfhälsigen Gebilde glich, dessen Kontur von der Mandorla der Geckos umgeben war. Es saß einem rundschultrigen Rumpf auf, der die Form eines ungegliederten Kubus hatte. Auffallend war die strenge Symmetrie dieser Unform, die umso deutlicher wurde, je weiter das Gebilde sich aus der Wand schob; nicht stet, sondern in winzigen Rucken, die ein wenig an die Zuckbewegungen und das plötzliche Wiedererstarren der Geckos erinnerten.

Nicht nur durch die Anordnung, die an eine wenn auch monströse menschliche Figuration denken ließ, wirkten die beiden Feuchtmale wie ein Augenpaar, überwölbt von einer breiten, aber sehr schmalen Stirn und dem Haarkranz der Echsenschwänze. Es war ganz eindeutig ein Blick. Aber nicht der Blick menschlicher Augen. Vielmehr das kreisrunde, lidlose Auge eines Reptils, das seine Beute fixiert und damit lähmt.

Die Quaerens war das Opfer eines bleigliedrigen Bannes, zwischen Wachheit und Traum hin und her pendelnd. Neigte sich die Bewußtheitsschwelle mehr der Wachheit zu, sah sie an der schadhaften Wand die Feuchtigkeitsmale aussickernden Wassers, das möglicherweise die Tiere anzog. Tauchte sie ab in den Halbschlaf, erlag sie der Faszination eines Blicks, der sich gerade auf sie richtete, aber durch sie hindurchzugehen schien.

Nur das deutlich hörbare Rieseln des Verputzes und das

Aufspringen neuer Risse waren ein unleugbarer Beweis dafür, daß die Wand tatsächlich ins Gehen gekommen war.

Im Raum war ein leiser Fäulnisgeruch, ähnlich dem des Belags im Mercado. Kein Gestank, nicht einmal ein Übelgeruch des Verdorbenseins. Es war der Geruch der Verwandlung von einer Lebensphase in die andere, die auch wieder nicht endgültig war; wo es zwischen Verwesen und Keimen keine scharfen Grenzen gibt. Eine allumfassende, gestaltenwandelnde Unabwendbarkeit.

Die Quaerens beobachtete den Vorgang mit einem stillen, hochgespannten Grauen, das jedes einzelne Glied lähmte und auch die Gedanken an der Entwicklung hemmte. Aber sie dachte nicht an Flucht. Sie hätte auch jetzt nicht sagen können, ob sie nun hellwach war, oder ob sie der Täuschung eines besonders lebhaften Traumes erlag. Eigenartigerweise empfand sie das Geschehen aber nicht als persönliche Bedrohung. Es bemächtigte sich ihrer eine Art zitternder Gelassenheit. Nicht daß sie getrost gewesen wäre; das ist ein abendländischer Begriff. Sie fügte sich einfach. Sie fügte sich, wie man sich einem Naturereignis fügt, dem man nichts entgegenzusetzen hat. Man weiß nur, daß es nicht auf einen selbst gemünzt ist.

Da hatte sich nun Coatlicue, die Erdmutter im Schlangenrock, schwerfüßig aus dem finsteren Vegetationsgewucher des Patio aufgemacht und drängte sich mit den aus dem Hals aufzüngelnden Blutschlangen und dem starren Blick aus den zwei Natternhäuptern durch die brüchige Klosterwand, und die Geckos erwiesen ihr Verehrung.

Jetzt wußte die Quaerens erst mit unabweisbarer Sicherheit, die sie schaudern machte, daß sie ihr Geleise verlassen, aus ihrer angeborenen Planetenbahn herausgestolpert war. Das Geheimnis einer wildfremden Route hatte sie eingefangen.

Die Bruja hatte es ihr angesehen, und es stellten sich ihr die Haare auf vor Beklommenheit über die Fremdartigkeit dieser Erscheinung.

Am nächsten Morgen saßen die Höchstlmeiers zwar wieder unten im Speisesaal beim Frühstück, wirkten aber in sich gekehrt, was man zumindest von Frau Cäcilie nicht gewohnt war.

»Nun, Frau Oberschwester«, bohrte der neugierige Herschel, der etwas witterte, »waren Sie und der Herr Gemahl gestern bei der Bruja? Sie hatten doch die Absicht, ihr ein bißchen auf die Finger und in ihre Fläschchen zu sehen? Es würde mich und sicher auch die Herrschaften interessieren, welchen Eindruck das zwielichtige Winkelgetriebe auf die Wissenschaft gemacht hat?«

Die Oberschwester drückte noch ein bißchen herum, dann aber kam sie bald wie gewohnt ins flüssige Erzählen, und zwar mit einem deutlich heraushörbaren Unterton einer noch nicht überwundenen Empörung. Man konnte förmlich sehen, wie sich die Maultasche langsam füllte und dann aufbrach, während der Medizinalrat den Hals noch tiefer zwischen seine runden, lodenumspannten Schultern zog.

»Elende, primitivste Scharlatanerie das Ganze! Was haben Sie denn erwartet? Vorgehen müßte man gegen dieses Schandgewerbe von Staats wegen. Daß sich die Ärzteschaft das bieten läßt, ist uns ein Rätsel. Wir haben lange darüber gesprochen, nicht, Alois? Der Medizinalrat hat gemeint, man müßte hier von der Fakultät aus eine Kampagne starten. Unbegreiflich, daß sich die Medizin diese Schmutzkonkurrenz bieten läßt, die außerdem noch sicher gesundheitsgefährdend ist!«

Nach diesem mit auffallendem Impetus vorgebrachten Ausbruch schwieg die Entrüstete, schon um wieder zu Atem zu kommen. Höchstlmeier wiegelte mit halblaut Gespürzeltem ab, mit einem irgendwie unruhigen Seitenblick: »Sei still, Cilli, es lohnt sich doch gar nicht!« Aber der Karren der Frau Oberschwester war nun einmal ins Rollen gekommen und ließ sich nicht mehr aufhalten. Auch drang die ganze Gesellschaft auf sie ein, begierig auf fachmännische

Eindrücke. Schließlich fiel das Ärztepaar nicht so leicht auf ein paar billige Tricks hinein wie das leichtgläubige und nicht übermäßig helle Fräulein Nowak, das bisher als einzige berichtet hatte.

So setzte sich die Oberschwester in Positur und begann mit ihrem Bericht.

»Also wir finden die Adresse, gehen ein dunkles schmutziges Stiegenhaus einen Stock hoch, klopfen an die einzige Tür – natürlich kein Namensschild – und kommen unmittelbar in eine Küche ... ja, Küche! Am Herd steht ein großer Topf, in dem etwas siedet, und auf einer Kredenz eine Menge Fläschchen und Papiersäckchen. Ich streife mit dem Zeigefinger innen im Topfrand; ein Ring, schwärzlich und fettig. Das Frauenzimmer schweigt und beobachtet mich dabei mit starren Mausaugen, die Hände auf dem Bauch gefaltet. Der Medizinalrat dringt natürlich sofort zu den Flaschen vor, zieht einen Stoppel heraus und schnuppert daran. Das Weib nimmt ihm die Flasche, ohne ein Wort zu sagen, aus der Hand und stellt sie zurück, dann zeigt sie uns mit geradezu herrischen Gesten an, uns nebeneinander hinzustellen, kein ›Bitte, die Herrschaften‹ oder dergleichen, sondern rüder Befehl, rückt uns noch zurecht mit groben, schwieligen Händen, und bevor wir noch wissen, was das soll, streift sie uns mit nassen Kräuterbüscheln vom Kopf über den ganzen Leib hinunter, erst mich, dann den Rat. Wir lassen es geschehen, weil wir nicht darauf gefaßt waren und sie das so rasch und geschäftsmäßig tut, daß wir uns gar nicht erst sträuben können. Und wie sie fertig ist – also hat man Worte! –, legt sie ganz langsam das Grünzeug zur Seite und starrt uns dabei an. Abwechselnd starrt sie jeden von uns an mit ihrem schwarzen Ratzenblick unter gerunzelter Stirn und murmelt in einem ratternden Tempo etwas vor sich hin, wovon wir immer nur so was wie ›malas corrientes‹ verstehen. Nun, soviel können wir auch Spanisch, und außerdem haben wir noch in unserm Taschenlexikon nachgeschlagen. ›Üble Ströme‹ heißt das. Eine Frechheit! Als gingen von uns üble Ströme aus wie ein schlechter Geruch! Und dann wird sie plötzlich lebendig und schiebt und stößt uns aus der Küche hinaus, schiebt und stößt uns, roh und brutal und ohne Gruß, hastig, als wolle sie uns nur ja schnell draußen haben, aber die Hand hält sie auf und verlangt – sage und schreibe – zehn Dollar von uns für ihr Hokuspokus. Ich hab ihr fünf gegeben, und sie hat sich schließlich damit begnügt, wobei sie die ganze Zeit etwas geredet hat, was sich angehört hat, als sei es etwas Gemeines, Ordinäres. Dann schlägt sie mit Krach die Tür hinter uns zu. Verstehen Sie das? – Alles Schwindel natürlich. Es war ihr nicht recht, daß sich da plötzlich Fachleute in ihrer Hexenküche umsahen. Klar, man hätte ja etwas Illegales finden können unter ihren Panschereien, Gift oder so. Und deshalb auch die angeblichen ›malas corrientes‹, ist ja sonnenklar, und man braucht sich gar nichts dabei zu denken ... nicht, Alois?«

»Was meinen Sie mit ›sich etwas dabei denken‹«, fragte die Quaerens, weil es sie stach, die deutlich unterdrückte und überspielte Unruhe aus den beiden Felsen der Selbstgewißheit zu locken.

»Etwas denken? Nun begreiflicherweise denkt man sich etwas bei so einem Vorfall, überhaupt als Mensch der realen Wissenschaft. Malas corrientes! Wahrscheinlich hat sie das absichtlich von sich gegeben aus Bosheit und um uns zu beunruhigen ... was ihr natürlich nicht gelungen ist, das ist doch klar, so ein Hexenluder ... kann doch unsereinen nicht aus dem Gleichgewicht bringen, die Medizin ist doch seit Jahrhunderten weit hinaus über Säfte und Ströme und derlei Humbug, heut wird alles bis auf den Milliliter gemessen, durchleuchtet und ausgerechnet, da gibt's keine selbstgebrauten Essenzen und Kräutermischungen und schon gar keine unsichtbaren Körperströme ... nicht, Alois? – Der Medizinalrat hat sich so aufgeregt, klar, als Mann der Wissenschaft! Da muß man ja verzweifeln, daß heute, am Ende des zwanzigsten Jahrhunderts, noch solche Scharlatane herumwerken … Jedenfalls werden wir uns in Wien beide gründlich durchuntersuchen lassen, Sie verstehen? Nicht weil wir auch nur den geringsten Verdacht hätten … aber in unserem Alter sollte man sich ja auf alle Fälle in bestimmten Abständen komplett durchuntersuchen lassen, eine reine Frage der vorbeugenden Hygiene, damit man's schwarz auf weiß hat … schicken sollte man ihr den Befund, dem unverschämten Frauenzimmer, aber der Trampel kann ja wahrscheinlich nicht einmal lesen … Malas corrientes!«

Da mischte sich höflich und seiner Pflicht getreu, die Erscheinungen des mexikanischen Alltagslebens zu erläutern, Herr Lopez ins Gespräch. Die verehrten Vertreter der westlichen Medizin möchten bedenken, daß man hier, in einem zivilisatorisch nicht so hoch entwickelten Lande, Körperliches und Seelisches nicht so scharf zu trennen vermöge, wie dies in Europa oder Amerika üblich sei. Im verworrenen Bewußtsein des einfachen Volkes gingen diese Bereiche noch ungenau ineinander über, und der Mensch werde universal gesehen, nicht als sauber wissenschaftlich definierte Dreiheit Geist, Seele, Leib, sondern als unordentliche, chaotische Einheit. »Infolgedessen bedeuten die ›malas corrientes‹ jener aus ebendiesen Niederungen des Volkes stammenden Bruja nicht eine eindeutige, wenn natürlich auch überaus primitive Diagnose Ihres körperlichen Zustandes, so wie sie ihn eben zu spüren glaubte, sondern sie kann sich geradeso auf Seelisches bezogen haben.«

Wenn Lopez seine Erklärung – was die Quaerens im stillen bezweifelte – als Beschwichtigung gemeint hatte, so war das ein krasser Fehlgriff.

»Sie meinen also«, fuhr die Oberschwester gereizt auf, »die Person wollte andeuten, daß von unserer Persönlichkeit üble Ströme ausgingen? Das ist doch noch eine größere Impertinenz … wo wir beide die geborenen und eingefleischten Heiler und Helfer sind und, wie abertausend Fälle beweisen, auf leidende Menschen einen außerordentlich wohltuenden Einfluß ausüben. Unsere Kartei spricht Bände, und darin ist ganz St. Pölten und die nähere, ja, und auch weitere Umgebung enthalten, von überall her strömt man in die Ordination des Medizinalrats – um einmal von meiner persönlichen Mitwirkung abzusehen ... ist es nicht so, Alois?«

Dieser griesgramte schon die ganze Zeit in sich hinein, jetzt aber fuhr er plötzlich auf, drehte sich mit einem bösen Blick seiner kleinen Blauaugen der Gattin zu und spürzelte die verblüffenden Worte hervor: »Also du! Du hast ja nie Ruh gegeben, hast immer an mir herumgekrittelt und gemäkelt. Nie hat man sich frei gehenlassen dürfen. Dauernd das Genörgel und Gestichel: tu dies, Alois, tu das ...«

Die Gesellschaft richtete sich strack auf und spannte das Ohr, boshaft entzückt über den gerade bei diesem gefestigten Paar aufbrodelnden Zank. Frau Cäcilie wäre nicht sie selbst gewesen, wenn sie die jähe Überrumpelung nicht rasch überwunden hätte. Und so schleuderte sie mit wendiger Lippe dem aufmuckenden Gemahl entgegen: »Also, dann hast du die Stirn, die malas corrientes mir zu unterschieben, und beschuldigst mich schamlos der ewigen Mäkelei? Sicher hab ich gemäkelt! Hätt ich dir nicht den Marsch geblasen, was wär aus dir geworden? Ein Landarzt, der sich behaglich im Bier ertränkt! Deine ganze Stellung als hochangesehener Medizinalrat und was für Ehrenpositionen du sonst noch einnimmst in St. Pölten, das sind die Verdienste *meiner* Mäkeleien ...« – »Ich pfeif«, schnob zur interessierten Bestürzung aller der Medizinalrat, »ich pfeif auf die Positionen, die mich alle nicht zum richtigen Behagen kommen lassen, sondern von Termin zu Termin hetzen. Ich möcht im Liegestuhl sitzen mit einem Krügerl Bier, wenn die leidigen Patienten endlich draußen sind, oder im Wirtshaus beim Schnapsen, und zwar mit gewöhnlichen Leuten, nicht mit der Hautevolee hochgestochene Konversation machen.

Nur du hast mich hineingetrieben mit deinem Ehrgeiz, deiner Streberei und deinem sirrenden Mundwerk. Wie eine Schmeißfliege bist du einem in den Ohren gelegen. Das war's, was die Hexe gespürt hat! Du brauchst ja nur im Zimmer zu stehen – und jeder spürt's. Du schwitzt sie ja aus allen Poren, die malas corrientes!«

Die Oberschwester war teigig bleich geworden in ihrem dicken Gesicht und schoß Verachtung: »Ein Niemand warst du, grad mit Ach und Krach Doktor geworden, wie ich dich, selber noch ein blutjunges Ding, aufgelesen hab, ja aufgelesen. Selber hast du ja nichts dazu getan. Sogar dazu warst du von dir aus nicht fähig. Am weißen Kragen vom Spitalskittel hab ich dich gepackt und dir die Kandare angelegt und was aus dir gemacht, und jetzt nach gut dreißig Jahren kommst du mir so ...!« – Sie verzog das Gesicht wie ein Kind knapp vor dem Losplärren, und er, dessen unvermuteter Kampfgeist wie ein ausgelassener Luftballon zusammenschloff, verkroch sich in seinen viereckigen roten Bart, daß man nur mehr die randlose Brille sah.

»Ich glaube, wir sind alle etwas übermüdet und aufgekratzt nach diesen anstrengenden Tagen«, konnte Herschel beschwichtigen, weil er sein Vergnügen gehabt hatte. »Zuviel des Neuen ist auf uns hereingebrochen. Da kann es leicht zu Mißverständnissen kommen, das hat gar nichts zu bedeuten.«

»Es tut mir schrecklich leid«, sagte Lopez, »daß meine Erklärungsversuche solch eine Krise ausgelöst haben, glauben Sie mir, verehrte Herrschaften, ich sprach in rein erläuternder Absicht, jede Anspielung lag mir fern ... aber wenn ich mir erlauben darf anzumerken – ich begleitete ja jetzt schon mehrere Gesellschaften aus Europa oder Amerika durch unser mexikanisches Alltagsleben – und immer wieder mache ich die Beobachtung, daß der Kontakt mit dem, was für *uns* Alltag ist und wobei wir ganz nüchtern empfinden, auf den Besucher aus dem Westen eine erstaunliche, ja bestürzende Wirkung hat. Etwas Auflösendes, eine Art, wenn es erlaubt ist, das so zu sagen, Haltverlust ... natürlich nur in ganz kleinen Dingen. Aber immerhin! So, als würde der Gast aus der zivilisierten Welt hier bei uns vorübergehend aus der Bahn geworfen und verlöre seine eigene Spur ... Ich hoffe, Sie nehmen mir die Anmerkung nicht übel. Wahrscheinlich würde es unsereinem genauso gehen, wenn wir in Ihre Breiten kämen.«

Medizinalrats hatten den Raum bereits verlassen. Sie steckengerade voran, er geduckt hinterher. Niemand wollte wissen, was für ein Nachspiel noch im Zimmer folgen würde.

»Malas corrientes«, flüsterte die Schönbein mit zitternder Unterlippe und sah sich hilfeheischend um.

Weihnachts-Disko und ein verhängnisschwangerer Tango

Weihnachten stand nah bevor. In Veracruz sommerliches Wetter. Die Reisegesellschaft hatte sich vorgenommen, den Heiligen Abend im kleinen Kreis bei einem opulenten Mahl zu feiern; einige wollten die Mitternachtsmette nicht versäumen und erkundigten sich bei Bäuml über die hiesigen Gebräuche und Möglichkeiten. Als sie gerade im Gespräch darüber beim Frühstück saßen, gesellte sich ein feierlicher Herr Lopez zu ihnen und sprach im Namen seiner Familie eine förmliche Einladung an die ganze Gruppe aus: Es würde ihnen eine große Ehre sein, sie alle empfangen zu dürfen und das Fest mit ihnen zu verbringen ... nein, nein keineswegs, zu Santa Navidad ströme die gesamte Sippe zusammen, an die dreißig Personen, und natürlich mit ihren engsten Freunden, da spielten die paar Gäste aus Europa keine Rolle, auch die Reisegesellschaft vom vorigen Jahr sei geladen gewesen und habe sich sehr angetan gezeigt ... außerdem verheiße ja das Programm Kontakte mit dem alltäglichen Leben Mexikos, und wo könne man das enger vollziehen als bei einem Familienfest wie Weihnachten. »... keine Störung, wo denken Sie hin! Keine Mehrarbeit oder Schereien. Bei einer Fiesta geht es bei uns locker zu, da tut und läßt jeder, was ihm paßt!«

Die Leute sahen einander zweifelnd an, die Studienrätin redete etwas vom stillen, intimen Charakter des Festes im Schoß der Familie. Aber Herr Bäuml ließ durchblicken, daß eine Ablehnung als empfindliche Beleidigung aufgenommen würde. »Diese Leute hier sind sehr gastfreundlich und frei von der europäischen Zwangsjacke des Perfektionismus, die jede Einladung für die Hausfrau zum Alptraum werden läßt. Vieles wird einfach improvisiert. Weihnachten ist hier kein besinnliches Fest, sondern mehr eine Fiesta, fröhlich, turbulent, mit Tanz, Musik und Feuerwerk.« Man könne hier Mexiko sehen, »wie es leibt und lebt«, drückte er sich etwas klischeehaft aus. Wegen der Geschenke solle man sich keine Sorgen machen, sondern sich einfach bereit erklären, für die Getränke aufzukommen. Eine kleine Kollekte, man werde sich nicht lumpen lassen. Er, Bäuml, würde im Einvernehmen und mit Hilfe Herrn Lopez' für die Beschaffung sorgen in sach- und mengengerechter Auswahl.

Er dürfe also den Seinen mitteilen, daß die Gesellschaft zugesagt habe? fragte Lopez. Bäuml nahm im Namen aller die freundliche Einladung an. Don Rodrigo dankte in aller Form und in gewählten Worten als Sprachrohr der Sippe. Nach einigen verbalen Kratzfüßen voreinander machten sich die beiden Reiseleiter zum Einkauf der Getränke auf; Spirituosen sowie Alkoholfreies.

So fuhr die gesamte Gesellschaft am Heiligen Abend in mehreren Taxis zur angegebenen Adresse; eine Straße in den äußeren Bezirken von Veracruz mit den typischen ebenerdigen oder höchstens eingeschossigen Häusern, wo sich das Leben teils in den gedeckten Räumen, teils im Patio abspielte.

Hauseingänge und Fenster waren überall mit Gewinden und Buketts aus Kreppapier geschmückt, anstelle der uns gewohnten Tannenzweige, was in seiner grellen Buntheit eher an Fasching denken ließ als an die Geburt des Herrn im ärmlichen Stall von Bethlehem. Aus jedem Haus dröhnte Festlärm, von lauter und stark rhythmischer Musik untermalt.

Überall langten laut hupend Clangenossen und Gäste in vollbepackten Autos an; etliche, die von weit her kamen, hatten auf dem Autodach Matratzen als Liegestatt für die Nacht angeschnallt.

Nach dem Aussteigen aus den Taxis drängte sich die Reisegesellschaft instinktiv wie eine Herde Schafe zusammen. Da aber schoß schon Don Rodrigo in Hemdsärmeln und mit einer Küchenschürze über dem blütenweißen Hemd aus der Eingangspforte, leicht illuminiert bereits, aber durchaus in der Lage zur würdigen Entfaltung der gebotenen Etikette.

Der Patron der Sippe, Señor Lopez senior, ein schwerer Mann mit großem Schnauzbart und rötlichen Augen, hieß die Gäste in umständlicher Feierlichkeit willkommen. Auch Frau Lopez kam aus der Küche, wischte sich die Hände an der Schürze ab, die sie über einem schwarzen Glanzkleid trug, und begrüßte die Gesellschaft mit einem bleckenden Lächeln, welches das ganze Gebiß freilegte, aber nicht in die Augen stieg. Die Quaerens wußte bereits, daß dies zur Landessitte gehörte und nicht als Zeichen kalter Gesinnung zu deuten war.

Auch die übrigen Anwesenden fanden sich zur Begrüßung ein, die Herren mit kräftigem Händeschütteln, die Damen mit Handkuß und Kratzfuß. Sie traten den Gästen aus Europa übrigens ohne jede sichtbare Neugier und völlig unbefangen entgegen. Es fehlte ganz das glotzende Gaffen, das in unseren Zonen beim Anblick des Fremden unvermeidlich ist.

Als die Männer die Kisten mit Bier, Schnaps, Wein, Cola und giftfarbenen Erfrischungsgetränken hereinschleppten, wurde allseits geklatscht und geschnalzt bis hinunter zu den zahlreichen Kleinkindern, die auf dem Boden herumkrochen und krähend in die Beifallskundgebungen einfielen.

Gewissermaßen als Abschluß und Höhepunkt der offiziellen Vorstellung und Begrüßung führte man die Gäste aus der Fremde in einen weiträumigen Salon, wo die Ahnin der Sippe wie ein Zentralgestirn in einem Polsterstuhl thronte. Es war eine zähe Uralte, das geschrumpfte Gesicht mit einem spinnwebenartigen Faltennetz überzogen. Dazu allerdings tiefschwarz gefärbtes Haar, dessen Schütterkeit durch eine drahtartige Toupierung, starr von Kunstglanz, kaschiert war. Mund und Augen waren überstark geschminkt. Ein vollständiges, makellos weißes Gebiß fletschte aus den geschrumpften Lippen. Großglitzerndes bimmelte reichlich um Hals und Ohren und blitzte von den arthritischen Fingern. Mit wimpernlosen schwarzen Knopfaugen musterte sie die Gäste. Ihr starker, faltengeschürzter Mund zeigte eingeknöchert einen erbarmungslosen, ganz unverhohlenen Sarkasmus, der nichts mit der aktuellen Situation zu tun hatte, sondern eingewachsene Lebenserfahrung ausdrückte. Man flüsterte sich ehrfurchtsvoll zu, daß die geputzte Matriarchin im achtundneunzigsten Lebensjahr stünde. Jeder Gast trat mit einer artigen Verbeugung vor sie hin und wurde mit einer fledermausleichten trockenen Berührung der schwerberingten Hand bedacht.

Eindeutig war sie die unbestrittene Domina und außerdem das Schaustück der Sippe. Jeden Augenblick trat irgendein Enkel, Neffe, Sohn an sie heran und erkundigte sich, laut ins großlappige Ohr der hohen Greisin schreiend, nach etwaigen Wünschen, die er dann in fliegender Eile erfüllte. Nicht selten handelte es sich um einen Tequila. Das Denkmal schien über eine gebeizte Kehle zu verfügen. Der hochanimierte Bäuml genoß dieses archaische Matriarchat und umbuhlte ebenfalls die Alte, die sich ihm gegenüber aber harthörig gab.

Nach diesem Vorstellungszeremoniell setzte jeder wieder seine unterbrochene Tätigkeit fort. Niemand kümmerte sich besonders um die Gäste. Sie waren, wie es sich gehörte, aufgenommen worden, und man erwartete, daß sie sich nun selbst einfügen würden, je nach Lust und Bedarf.

Die Oberschwester war geneigt, dies als Unhöflichkeit aufzufassen und zu kritisieren, die Schönbein dagegen nannte es naive Unbefangenheit und schoß beflissen durch das Gewimmel, unaufhörlich knipsend, oft in Hockstellung, etwa vor der Ehrengreisin, die sich sofort in Positur setzte. Frau Rosa hatte sich von ihrem Mann einen Schemel zum Hochlegen der Füße beschaffen lassen, und der Medizinalrat hatte ein Tischchen ergattert und kneipte sich da in aller Stille mit ein paar Bierdosen fest. Seine Gattin inspizierte indessen die Küche nach hygienischen Unzulänglichkeiten, auf welche sie Frau Cornell aus seitlicher Maultasche aufmerksam machte. Ditta Dorn hatte sich separiert und suchte ihre überhebliche Befangenheit mit besonders kunstvollen Rauchringen zu kaschieren, die sie aus langer Spitze ausstieß. Sie trug ein betont einfaches schwarzes Kleid mit einer der von ihr selbst kreierten auffallenden Stachelkollektionen samt Gürtel, was unwillkürlich an asketische Praktiken erinnerte, worauf hinzuweisen Herschel nicht unterdrücken konnte. Der Hofrat Cornell stand ganz als Hofrat an der Wand und betrachtete den munteren Trubel mit kaum verhohlener Dünkelhaftigkeit. Völlig im Kreis der Einheimischen war nur die Nowak aufgegangen. Sie saß mitten in einem Haufen Jugendlicher, die sich um ein Lärmgerät drängten und über einzulegende Kassetten stritten. – Übrigens nichts Weihnachtliches, sondern ausschließlich Beat und Rock.

Erst nach geraumer Zeit fiel der Quaerens auf, daß in einer Ecke des Salons so etwas wie ein Christbaum stand. Eine Christbaumimitation eigentlich, denn die Zweige waren aus Plastik, die Lichter ein Netz grellbunter Glühlampen, die verschiedenfarbig aufblakten, wie bei einer Lichtorgel, und ein psychedelisches Farbmuster über Wände und Gesichter warfen. Behängt war der »Baum« mit Disney nachempfundenen Weihnachtssymbolen von aufdringlicher Putzigkeit. Die Kunsttanne verbreitete perfekte Diskostimmung, und das schien auch ihre Funktion zu sein. Ein paar Augenblicke empfand die Quaerens eine fast schmerzhafte Sehnsucht nach Tannen- und Wachsgeruch, ließ aber nicht zu, daß sich diese Stimmung entwickelte, sondern hielt sich an die Beobachtung.

Nach einer mit viel Geschrei, Gelächter und Ah und Oh abgewickelten Geschenkverteilung, in welcher das Ablesen des Weihnachtsevangeliums oder auch nur das Absingen eines »Stille Nacht, Heilige Nacht« ein peinlicher Stilbruch gewesen wäre, schritt man rüstig zum Festmahl.

In der Mitte des Salons wurde aus Holzböcken und langen Brettern eine Riesentafel aufgebaut, die man mit Leintüchern bedeckte. Alles, was irgendwie zum Sitzen dienen konnte, vom Polsterstuhl bis zur Bierkiste, wurde herangeschleppt. Ebenso zusammengewürfelt waren natürlich Geschirr und Besteck. Wer besaß schon Garnituren für vierzig, fünfzig Leute. Jeder begriff das, nur die Oberschwester war es sich schuldig, Pikiertes über europäische, insbesondere St. Pöltener Tischkultur abzusondern.

Nun bedeckte sich allmählich die große Lattenplatte des Tisches mit einer Unzahl von Schüsseln, Terrinen und Näpfen, in denen sich Fleisch, Geflügel, Reis, Mais und Bohnen befanden und außerdem zwei Sorten von Saucen, in giftigem Rot die eine, in ebensolchem Grün die andere. Zuletzt aber schleppte Herr Lopez, von der Mutter dirigiert, zu allgemeinem Gejauchze und Zungenschnalzen ein riesiges Blechlavoir heran, in welchem sich das althergebrachte Festgericht befand, das schon seit Tagen leise geköchelt hatte: eine Art dicker Suppe, angereichert und gewürzt mit einer Unzahl von Ingredienzien. Sie roch nach Fisch, ausgekochten Knochen und sehr scharf.

Gierig schöpften sich alle Sippenglieder diesen Eintopf in ihre Teller, animiert noch durch die Hausfrau, die zu reichlichem Genuß aufforderte; Nachschub sei noch in der Küche.

Dann trank man einander zu zum fröhlichen Navidad, und man hörte nur mehr Schlürfen und Schmatzen und Löffelkratzen, das immerhin einen genügend hohen Geräuschpegel ergab, so daß nur die zunächst Sitzenden den zitternden Wehruf der Studienrätin vernahmen, die begierig auf alles ethnologisch Typische (zur Belebung des Unterrichts) einen vollen Löffel der heiligen Suppe eingeschoben und hinuntergeschluckt hatte und jetzt mit glasig hervortretenden Augen um sich sah, würgend und kutzend, während sie mit erstickter Stimme mitteilte, daß sie von der Einfuhr- bis zur Ausfuhröffnung des Leibes in Lohe stand.

Die anderen Reisenden hatten, von einem gesunden Mißtrauen geleitet, erst gekostet, und dieses Nippen hatte bereits genügt, sie zu belehren. Glücklicherweise konnte jeder ungesehen unter dem Wirrwarr, das um die Tafel herrschte, seinen Napf irgendwo anders hinschieben oder unter den Tisch leeren. Es gab ohnehin Steinboden, kein Teppich wurde verätzt. Alle blickten scheel auf den lachenden Herschel, der die Delikatesse gekannt, aber aus Bosheit nicht davor gewarnt hatte. Die Uralte schlug sich voll damit, ohne die Miene zu verziehen. Die Kinder mampften es wie Haferbrei, und die Säuglinge zullten gierig an Chilischoten.

Die Stimmung konnte man jetzt feurig nennen, fast orgiastisch, wobei aber das Orgienhafte sich ausschließlich auf Völlerei und Trunkenheit bezog. Keineswegs auf Auflockerung der Sittsamkeit. Die Jugend scherzte miteinander, aber es kam weder zu verbalen noch manuellen Entgleisungen, was lediglich die Nowak zu bedauern schien.

Als der größte Appetit befriedigt war, rückte man die Tafel und alle Sitzgelegenheiten an die Wand und drehte auf zum Tanz. Wortwörtlich: man drehte auf. Denn es stellte sich heraus, daß die Musik bis jetzt nur eine Art Untermalung war im Vergleich zu dem, was die Apparatur auf vollen Touren an rhythmisch stampfendem und schrillendem Getöse und Gedonner hergab.

Salsa wurde aufgespielt, ein hochbeliebter, typisch mexikanischer Tanz kubanischer Herkunft, der darin bestand, daß der Tänzer monotone Rüttel- und Schlenkerbewegungen ausführte, die alle Glieder erfaßten und den gesamten Körper von oben bis unten heftig durchbeutelten. Die Tanzenden gerieten dabei mit zurückgeworfenem Kopf und geschlossenen Augen in eine Art Trance.

Schwer verständlich war, daß man zwar in Paaren tanzte, einander zugewandt, aber ohne einander zu berühren oder auch nur anzusehen, geschweige miteinander zu sprechen. Das machte, daß der einzelne besonders isoliert erschien und vom nächsten abgeschlossen, gewissermaßen in einer in sich gestülpten Ekstase.

Der Rhythmus hatte etwas monoton Hackendes, es gab keine Andeutung von Melodie, nur ein verschlungenes Lärmchaos. Nichts von Harmonie war in dieser »Musik« und Bewegung. Auch keinerlei sexueller Reiz. Das Ganze wirkte nicht wie ein Vergnügen, sondern eher wie ein anstrengendes, schweißtreibendes Ritual.

Es tanzten alle. Ungeachtet des Alters. Die Kinder strampelten zwischen den Beinen der Erwachsenen mit, ohne daß sich diese gestört fühlten. Die Älteren und sogar die Alten gaben sich ebenfalls dieser seltsamen Leibesübung hin, die dann wegen der fehlenden Gelenkigkeit oft nur ein zittriges Hampeln war. Aber niemand machte sich Gedanken darüber, wie er aussah, was für einen Eindruck er machte. Offensichtlich fehlte völlig der Anspruch auf Anmut.

Einer ihrer Urenkel forderte mit artiger Förmlichkeit auch die Hochgreisin auf und half ihr aus dem Stuhl. Auch sie tanzte. Tanzte Salsa mit dem Ausdruck festgefrorenen Hohns in den verrunzelten Zügen unter dem schwarzen, mit Lack aufgesteiften Toupet. Ihre Form des Tanzes bestand in einem angedeuteten Werfen der dünnen, in den Gelenken eingerosteten Gliedmaßen, als schüttle man eine Schachtel Zündhölzer. Als sie nach wenigen Minuten wieder zu ihrem Stuhl gebracht wurde, sichtlich befriedigt, beklatschte man sie frenetisch. Sie dankte mit einem gnädigen Kopfnicken.

Natürlich forderte man – meist gegen deren Protest – auch die Gäste zum Tanz auf. Freiwillig und mit Verve hatte sich nur das Fräulein Sissy in das anstrengende Spektakel gestürzt und sich sofort in die spezifischen Bewegungsformen eingelebt. Nur der Umstand, daß der Tänzer sich in keiner Weise flirtend um sie bemühte, obwohl sie all ihre Strategien einsetzte, wollte ihr nicht in den Kopf. Sie hatte einen schmollenden Zug im Gesicht.

Herr Professor Cornell wurde, als er eben einen Vortrag über die Barbarei dieses Tanzes hielt, von einer schwarzlockigen Schönen auf die Tanzfläche gerissen, und es war interessant zu sehen – die Quaerens konnte ihm eine gewisse Hochachtung nicht versagen –, wie er es verstand, sogar in dieser peinlichen Lage mit nur angedeutetem Gelenkespiel professorale Würde zu bewahren und wie eine Rezitation seiner selbst zu wirken.

Dagegen hatte die Oberschwester all ihre Krittelsucht über Bord geworfen und brachte, von einem feschen Fünfziger aufgefordert, geradezu entfesselt und kirrend ihre Prallheiten in Schlenkerbewegung, was ausgesprochen obszön wirkte.

Auch die Schönbein arbeitete sich ab und legte eine Art Gymnastik der frühen dreißiger Jahre aufs Parkett, hochrot bis in den Halsausschnitt hinein.

Gutgelaunt fand sich Herschel ins Unvermeidliche und plattete in seinem bequemen Schuhwerk dahin, vor sich eine füllige Weibsperson, an der alles wogte, was wogen kann. Er fiel allerdings keineswegs in Trance, sondern sah sich mit flinken Augen um.

Der Quaerens war es bisher durch dauernden Platzwechsel gelungen, nicht ins Getriebe gezogen zu werden. Wie eine gesträubte Katze schlich sie die Wände entlang, schaute nur und versuchte herauszubekommen, warum der Anblick, der zweifellos seine komischen Aspekte hatte, sie keineswegs zum Lachen reizte. Sie stellte beklommen fest, daß er mit Urwaldgedröhne, Stampfen und Trommeln etwas Bedrohliches hatte. Obwohl keiner den anderen berührte, wirkte er wie ein laszives Ritual, wie ein sakrales Begängnis im stickigen Busch, das irgendwann blutig enden mußte.

Da erblickte sie den spielenden Knaben.

Ein etwa Fünf- bis Sechsjähriger betätigte ein Spielzeug, das er offenbar als Weihnachtsgeschenk erhalten hatte. Es war dies aber, aus grellfarbigem Plastik hergestellt, ein durch Augenbinde und rotes Kopftuch als Pirat verkleidetes Skelett, das, sobald man einen Hebel bewegte, hampelnd und gliederwerfend ein blutig bemaltes Entermesser schwang. Der Bub war so versunken in die Faszination dieses Spielzeugs, daß er gar nicht wahrnahm, wenn jemand über ihn stolperte.

Als man schließlich des Tanzens müde war, schritt man zum Höhepunkt des Festes – wie Herschel der Quaerens ins Ohr flüsterte –, dem Knallen und Krachen, dem großen Feuerwerk, womit man, wie zu hören war, in manchen Nachbarhäusern schon begonnen hatte.

Jeder männliche Festgast hatte sich mit einer Unmenge diesbezüglichen Materials versehen, wie es in den Vorweihnachtstagen überall neben dem Christbaumschmuck zum Verkauf angeboten worden war.

Langsam begriff die Quaerens, daß das »Gloria in excelsis Deo« hierzulande nicht von Engelschören intoniert und von einem Schweifstern beleuchtet wurde, sondern von berstenden Feuerkugeln und Funkenregen.

Die Männer und Knaben drängten hinaus in den Patio, um die entsprechenden Vorbereitungen zu treffen. Frauen und Kinder nahmen Aufstellung im Hof, um nichts von dem Schaugepränge zu versäumen. Die Uralte trug man samt Lehnstuhl hinaus, damit sie an prominenter Stelle am Spektakel teilnehmen könne. Dazu setzte sie sich auch die Brille auf, die sie sonst aus Eitelkeit versteckt hielt, und nahm das Gebiß heraus und steckte es in die Tasche. Letzteres geschah der erhöhten Konzentrationsfähigkeit halber oder um sich beim Hochknall nicht in die Zunge zu beißen.

Die männliche Jugend tat groß und erfahren und protzte geräuschvoll mit Spezialwissen um das Feuerwerkswesen.

In einigem Abstand von der geballten Menge lehnte der junge Cornell, Hände in den Hosentaschen, an der Hauswand und sah zu, die Züge geprägt von einer still abschätzigen Überlegenheit. In dieser Haltung beobachtete er die ersten Versuche, nach einigen kläglichen Krepierern, die im Hof umher und den kreischenden Frauen unter die Röcke fuhren, auch einige recht brave und befriedigende Resultate mit kaskadenhaft sich entfaltenden schwefelgelben, knallroten und giftgrünen Funkenbuketts.

Als er eine Weile prüfend der Vorstellung zugesehen hatte, trat er zur eifrig tätigen und diskutierenden Schar, besah sich die Hantierungen, griff da und dort korrigierend ein, und bald wurde ihm von den staunenden Jungen der beste Platz am Vorbereitungstischchen eingeräumt.

Es verhielt sich so, daß Johannes Cornell als Knabe vernünftig-lehrhafte Chemie- und Elektrokästen besessen und brav alle im Heftchen beschriebenen Experimente durchexerziert hatte. Dabei schien er auch auf die Möglichkeit des Sprengens und Knallens gestoßen zu sein und sich in heimlicher Sehnsucht verzehrt zu haben, weil dergleichen im Hause Cornell natürlich strikt untersagt war. Das Wissen um diese Möglichkeit und das Verfahren schien sich jedoch in seinem Gehirn festgebissen zu haben, vielleicht eine Symbiose eingegangen zu sein mit anderen Freiheitswünschen. Kurz, die Mutter sah erweiterten Auges, wie ihr Herzblatt an jenem kleinen Tischchen saß, umringt von den schwarzen Köpfen der männlichen Familienmitglieder, mit kundigen Fingern etwas zusammenmischte und mit einer Lunte verband.

Gespannte Erwartung spiegelte sich auf den Mienen der

Sprengaficionados. Johannes Cornell hatte – wie sich später herausstellte – eine Wette abgeschlossen, daß seine gebastelte Bombe einen Rohrstumpf aus dickem Beton, der sich im Hofe fand, spielend sprengen könne. Man bezweifelte das, erwog, diskutierte den Fall und schloß Wetten ab.

Absolute Stille trat ein, als Johannes Cornell seinen Sprengkörper im Rohr plazierte und über die obere Öffnung noch eine schwere Steinplatte legte. Die Gesellschaft wurde um Abstand gebeten, Kinder weggezerrt. Verständigte Nachbarn hingen am Torgitter. Cornell gab sich ungewohnt souverän und erteilte knappe Befehle, die unverzüglich ausgeführt wurden. Er zündete die Lunte mit Feuerzeugen, die ihm von allen Seiten devot gereicht wurden. Es herrschte eine Hochspannung, die sich an sich selbst hätte entzünden können. Und dann hatten alle das Gefühl, es zerreiße ihnen den Kopf, und der ganze Körper schnelle aus seinen Gelenken. Erst hob sich, unerträglich langsam, der Deckstein und glitt seitlich ab. Dann sah man, daß sich in der Rohrwand ein Riß bildete. Erst haarfein, dann verbreiterte er sich ständig, und schließlich zerfiel die Rohrmasse in drei Trümmer. Ohne Lärm, still ergeben, als habe sie sich höherer Anordnung gefügt. Gerade diese Ruhe des Geschehens nach dem infernalischen Introitus machte den Vorgang so eindrucksvoll.

Nach einer feierlichen Schweigeminute brach donnernder Applaus aus. Der Sohn wurde umhalst, männlich auf die Wangen geküßt, auf die Schultern geschlagen und schließlich hochgerafft und im Triumph um den Hof getragen. Dabei drückte man ihm eine Tequilaflasche in die Hand, der er mit einem trotzigen Blick auf die Mutter lebhaft zusprach. Die Verstörte erschöpfte sich in ungehörten Ermahnungen – »Trink nicht zuviel, Hannes.« Er zuckte nur die Achseln und nahm zufleiß einen langen Schluck und strahlte dabei aufsässiges Glück aus.

»Merkwürdig«, sagte später die Quaerens zu Herschel auf dem Heimweg, »merkwürdig diese Leidenschaft zu lärmender Vergnügung gerade am Heiligen Abend. Wir haben ja auch unseren Silvesterrummel und Faschingsgetöse, aber nichts deutet darauf hin, daß dergleichen auf die Christnacht übergreifen könnte. Selbst dann nicht, wenn jede religiöse Disziplin und Ehrfurcht fehlt und keiner an den Anlaß denkt, die Geburt des göttlichen Kindes. – Ich muß an die Celluloidjesulein denken!«

»Ja, die Mexikaner halten sich zwar für hochkatholisch, aber das ist nur eine dünne Membran über archaischen Ritualen, von deren Herkunft sie allerdings nichts mehr wissen...«

»Aber im Leib haben sie es, im Geschmack und in den Nerven. Der stille Stern von Bethlehem ist Anknüpfung genug an die aztekische Geschichte von der Entstehung der Sterne, wo ein Mensch oder Gott freiwillig ins Feuer springt und wie ein Feuerwerk zum Himmel auffährt, wo dann ein neuer Stern steht. Ist doch die Sonne so entstanden nach alten Berichten.«

»So hätte diese Leidenschaft für Feuerwerken einen sakralen Hintergrund?«

»Haben Sie sich die Gesichter angeschaut? Beim Cornellsohn war es ein spannendes technisches Problem. Für die Mexikaner hatte es was von scheuer Feierlichkeit trotz allem Geschrei. Untergründig sicherlich nur. Ins Bewußtsein dringt nur die Freude an Krach und Blitz. Sicher ähnlich wie bei uns in dumpfen Alpentälern das Böllerschießen und Perchtengeraufe, für die Einheimischen eine Hetz und für den Fremdenverkehr lukrativ. Wer weiß schon noch was vom Ursprung.«

»So hätte sich hier der sternenbildende Mythos in die ›Stille Nacht, Heilige Nacht‹ verirrt?«

»Ich glaube nicht, daß er sich verirrt hat«, sagte die Quaerens nachdenklich; »ich glaube, daß die ›Stille Nacht‹

mit den Schlafliedern der Engel und Hirten hier niemals angekommen ist ... deshalb kann man Jesus als eingestrickte Babypuppe anbeten.«

Man hatte in sakraler Ausschweifung geschwelgt, die Munition war großteils verschossen, und man drängte wieder ins Haus. Nur ein ganz Alter blieb im Patio zurück und ließ ein paar harmlose Reste krepieren, wobei er bei jedem funkensprühenden Knall in hoher Freude aufgackerte.

Mitternacht war längst vorüber. Nach der aufpeitschenden Gemütsbewegung versorgten sich die Festgäste entweder mit Eß- und Trinkbarem oder zogen sich zu einem kurzen Rekreationsschlummer auf Couchs, Betten oder Matratzen zurück, auf denen kreuz und quer schlafende Kinder herumlagen. Aber schon bald fand man sich wieder zum Tanzen bereit, und die Brechzange der Musik bohrte sich in die Ohren.

Ditta Dorn hatte fast den ganzen Abend auf einem zurückgezogenen Platz, an die Wand gelehnt, verbracht. Auf bleich dämonisch geschminkt, rauchte sie aus überlanger Spitze ein Zigarillo nach dem anderen. Zum Tanz war sie höchstens von einem betrunkenen Alten aufgefordert worden, der nichts mehr wahrnahm. Die Jungen hatten sie zwar ausgiebig angestarrt und beredet, aber keiner traute sich an ihre provokante Abweisung heran.

Umso verblüffter waren alle, als sie in einem Moment der Stimmungsflaute und relativen Stille plötzlich mit rauchiger, aber gleichwohl kleinmädchenhafter Stimme einen Tango forderte. Bestürzt kramte man in dem Kassettenhaufen, fand auch ein entsprechendes Tonband und legte es ein. Die Männer blickten einander verlegen an, welcher von ihnen wohl genug Courage hätte, die kühle Gringa aufzufordern. Diese jedoch enthob sie der Entscheidung.

Ditta Dorn schritt geradewegs auf einen Jüngling zu, welcher der Quaerens schon durch seine Gesichtsbildung und

Attitüde aufgefallen war. Dunkelhäutig und drahtig, trug er einen stark pomadisierten Helm glatten Indianerhaares über der niedrigen Stirn. Unter pechschwarzen, zusammengekniffenen Augen und einer scharfen Nase hatte er einen schmalen langen Mund, um den ein Zug von Grausamkeit lag. In seiner Erscheinung paarte sich das verschlossene Gesicht des Indios mit der torerohaften Theatralik des Spaniers.

Das Tonband lief. Aber sei es, daß dieser Tanz der Gesellschaft weniger behagte, sei es aus Befremden über das überaus direkte Auftreten und Handeln der stark aus dem Rahmen fallenden Fremden, das Paar blieb allein auf der Tanzfläche, und man sah gespannt zu wie bei einer Vorstellung.

Was man zu sehen bekam, war nun kein monotones Rütteln und Schütteln in Halbtrance, jeder für sich allein. Der Tango ist mehr als andere Tanzformen auf die Beziehung der beiden Tänzer zueinander eingestellt, auf die Beziehung der Geschlechter. Und zwar nicht hingebungsvoll, wie etwa der Walzer, sondern auf der Basis einer sinnlichen Grausamkeit. Ein feierliches Balzritual. Eine intensive Provokation, wobei enge Annäherung jählings wechselt mit scharfer Distanzierung, brutale Gesten der Unterwerfung mit verachtungsvoller Entziehung. Der Tango ist weniger ein Tanz als eine Pantomime. Ernst, streng, fast rigid in der Abweisung und gleichzeitig unverhüllte Herausforderung. Ein feindseliges, ja brutales Werben, das nicht auf Hingabe, sondern auf Unterjochung zielt.

Die beiden machten das ausgesprochen gut. Sie steigerten sich hinein. Die Figuren wurden immer markanter; man könnte sagen schamloser. Das Paar umgab eine Aura kalt glühender Sinnlichkeit, die durch die strenge Etikette dieses Tanzes faszinierte, ja bestürzte. Rituelle Erotik, der das Moment der Zärtlichkeit vollkommen fehlte.

Die Dorn mit ihrem Katzengesicht und der glatt anliegenden Ponyfrisur hatte ganz schmale Augen und zeigte im halb geöffneten Mund eine Reihe spitzer kleiner Zähne. Ihr Partner hatte in Ausdruck und Bewegung etwas Raubtierhaftes. Er bleckte in einer erstarrten, völlig humorlos grinsenden Maske sein weißes Gebiß bis zum Zahnfleisch. Sie lächelten nicht. Sie zeigten einander die Zähne wie fletschende Tiere. Lust, die gleichzeitig Qual war, was die Lust wieder steigerte.

Stumm gespannt erlagen die Zuschauer der Faszination dieser Darbietung, die etwas Laszives, Perverses hatte. Die Quaerens hatte das prickelnde Gefühl, daß hier etwas auf einen brisanten Punkt zutrieb, daß etwas fällig war. Immer weniger konnte sie sich das Natürliche vorstellen: das normale Auseinandergehen nach Ende des Tonbands.

Und während sie sich dieses Ende noch vorzustellen versuchte, geschah etwas ganz Unerwartetes. Ein Spaß, eine Hetz. Und als das war es auch gedacht, nur daß es ganz und gar nicht harmlos war und sich nicht zu fröhlichem Gelächter eignete.

Ein junger Bursch mit weichem Gelock, vollen Lippen und einem Ansatz zur Beleibtheit, der Spaßvogel der Gruppe, hatte in einer Ecke, die nicht von den Tänzern, wohl aber vom Publikum eingesehen werden konnte, angefangen, seinerseits Tango zu tanzen, und zwar eine genaue Nachahmung der Dorn; eine stupend treffende Nachahmung ohne jede parodistische Übertreibung. Es genügte die perfekte Imitation, und er machte das so gekonnt, daß man der Illusion erlag, sein kleiner feister Körper dehne sich zur dünnen Länge der Tänzerin. Es war dies von umwerfender Komik, gleichzeitig aber wahrhaft infernalisch. Eine Komik, bei der man mit dem Lachreiz eine Gänsehaut bekommt.

Die beiden Tänzer waren so vertieft in ihr nervenaufpeitschendes Spiel, daß sie nichts merkten. Auch dann noch nicht, als schon leises Kichern aufkam, unterdrücktes Gelächter, das allmählich zu einer Brandungswelle anschwoll und schließlich zerbarst in ein hemmungsloses Gewieher.

Man bog und wand und wälzte sich in einem Gelächter, das mehr Krampf und Zwang in sich barg als Lustigkeit.

Der Torero faßte sich zuerst, brach ab und gesellte sich zu den andern, laut mitlachend, so als wäre das Ganze von seiner Seite nur Spaß gewesen. Die Dorn stand einen Augenblick allein im Freiraum. Sehr blaß und großäugig, die schmalen Füße inmitten einer Tanzbewegung erstarrt, leicht einwärts gerichtet, was ihr etwas merkwürdig Hilfloses gab. Dann raffte sie sich zusammen und verließ leicht vornübergebeugt rasch den Raum.

Als sich die Leute wieder gefaßt hatten, sah man auf die Uhr. Es war drei Uhr morgens. Allgemeiner Aufbruch. Die Gruppe sammelte sich. Es fehlte die Dorn. Nachbarn aber hatten eine ausländische Dame gesehen, die ein Taxi anhielt. Im Hotel bestätigte der Portier ihre Ankunft. Sie sei gleich in ihr Zimmer hinaufgegangen. Vor dem Aufzug wartend, beredete man noch den fatalen Tango. Die Schönbein blickte ratlos von einem zum andern. Der Oberschwester hatte es offenbar den professionellen Jargon verschlagen, und sie gebrauchte ein ureingesessenes Dialektwort: »ausgschamt«. Umso kultivierter zeigte sich Cornell, und er zitierte: »Der Tango riecht nach Leben und schmeckt nach Tod.« – »Armes Mädel«, sagte Herschel etwas rätselhaft, und die Nowak gab gähnenden Mundes die ebenso dunkle wie banale Weisheit von sich: »Auf die Art wird die Funsen nie zu an Mann kommen.«

Der Dschungel kaut am Abendland

Für diesen Tag war ein Tagesausflug ans Meer geplant, und zwar ein Badeausflug, Ende Dezember eine prickelnde Sensation.

Beim Frühstück informierte Señor Lopez unter Anwendung vieler Höflichkeitsfloskeln, hierzulande herrsche die Sitte, daß reifere Damen sich nicht im Trikot präsentierten, sondern im Wasser und am Strande Kleider trügen, die über die Knie reichten. An den vorwiegend von Touristen besuchten Badeufern gelte diese einheimische Gepflogenheit zwar aus Rücksichten des Fremdenverkehrs nicht, aber er, Lopez, wolle die Gesellschaft – und er rechne mit deren Einverständnis – an eine vom Trubel abgelegene Bucht führen, die nur wenigen Einheimischen bekannt sei und daher kaum frequentiert würde, so daß man weitgehend ungestört und unter sich bliebe. Der Platz sei auch landschaftlich bemerkenswert und wesentlich ruhiger als die überfüllten Strände in Stadtnähe.

Als er sah, wie der Nowak die Kinnpartie herunterfiel, beeilte er sich hinzuzufügen: die Jugend könne sich selbstverständlich ohne weiteres im Bikini zeigen, die Empfehlung des dezenten Badekleides gelte ausschließlich Damen, die über die erste Jugend hinaus seien.

Alle diese eilten in ihre Zimmer, um unter ihren Kleidungsstücken allenfalls Passendes herauszusuchen, und es gab unter ihnen viel Gelächter und Gekicher und heitere Aufregung. Die Quaerens begrüßte den klugen Brauch, weil sie der Ansicht war, daß der Anblick überreifer Frauen in Badeanzügen ohnehin unschön, meistens sogar ziemlich peinlich war. So entschloß sie sich, wie die meisten, zu einer Bluse und einem leichten, weiten Baumwollrock.

Man fuhr mit dem hoteleigenen Bus. Einige junge Leute, die man vom Weihnachtsabend her kannte, hatten sich – natürlich erst nachdem Don Rodrigo das Einverständnis der Gesellschaft eingeholt hatte – der Lustfahrt in eigenen Autos angeschlossen.

Nach einer knappen Stunde Fahrt bogen die Wagen von der Hauptstraße ab und fuhren über einen schmalen, von üppigem Buschwerk eingeengten Holperweg und dann über sandige Hügel ans Ufer.

Der Strand war gegen das Land zu von einem hohen Dünenkamm, auf dem Sandflora wuchs, abgeschlossen. Die wenigen Badegäste, die bereits zugegen waren, verloren sich im weiten Bogen der Bucht, an deren Rand sich ein breiter Streifen gelben feinen Sandes hinzog.

Auf der rechten Seite führte ein schmaler Steindamm weit hinaus ins offene Meer bis zu einem zerklüfteten Riff. Die Wellen brachen sich dort mit weißem Geschäume, was dafür sprach, daß die Klippen sich auch unter der Oberfläche des Wassers fortsetzten. In der Stille konnte man das rhythmisch klatschende Aufbranden der Wogen deutlich vernehmen. Auf der linken Seite säumte ein dschungelartiger Mangrovenwald die Bucht. Das Wasser war ruhig, von langen, seichten Wellenzügen sanft bewegt. Hinter dem flachen Sandstrand stieg – wie erwähnt – eine steile, nur spärlich bewachsene Düne an, die aber voll von Treibgut war, das es in stürmischeren Tagen hereingeschwemmt haben mochte. Viel knochenweißes, sonnentrockenes Holz, das Herr Bäuml gleich zu sammeln empfahl. Man hatte nämlich ein stilgemäßes Picknick geplant, wo man auf frei entfachtem Feuer Spieße zu braten gedachte. In mehreren Kühltaschen hatte man Fleisch, Zwiebeln und Speck und natürlich auch Getränke mitgebracht; allerlei Limonaden, Bier, aber auch den hinterhältigen Tequila.

Jeder suchte sich nun einen geeigneten Platz für sein Badetuch, und die Damen wechselten im Sichtschutz des Autos ihre Kleider gegen nachthemdartige Baderoben, wie Don Rodrigo sie empfohlen hatte. Einzig Frau Herschel hatte einen Klappstuhl mitgebracht, auf dem sie auch die Füße hochlegen und unter einem sinnreich befestigten Sonnenschirmchen sitzen konnte. Auf Badekleidung verzichtete sie, da sie nicht die Absicht hatte, ins Wasser zu gehen. Für Natur und sportliche Veranstaltungen hatte Frau Rosa wenig Sinn. Im stillen sehnte sie sich bereits nach ihrer Bridgerunde.

Dagegen entfalteten die anderen, und zwar gleichermaßen jung und alt, eine kindisch ausgelassene Pfadfinderstimmung. Während die Studienrätin auf Ziegenbeinen, der Doktor auf strammer Wade Photomotive suchten, sammelten die anderen Berge von Treibholz, und die Herren sprachen im Fachjargon eingeweiht über das Entzünden offener Feuer und die Erzeugung grillgerechter Glut.

Von der ungewohnten Betriebsamkeit unter der grellen Sonne erhitzt, verlangte es die Leute bald nach einem kühlenden Bad.

Viel Heiterkeit erregten die Baderöcke der älteren Damen, die sich im Wasser sofort bauschten und ihnen das Aussehen von Bojen oder Riesenquallen gaben.

Das Ärztepaar ging mit Gesundheitsbewußtsein vor, Schritt für Schritt sich abkühlend und vor dem Untertauchen Arme und Schultern befeuchtend. Der Römerkopf durchschritt die sanften Wellenzüge etwa bis zu Kniehöhe, warf sich dann mit sportlichem Elan ins Wasser und machte, gerade mit dem Bauch nicht aufschleifend, ein paar eindrucksvolle Tempi, nach denen er wieder zurückkehrte und den Strand aufsuchte, ohne sich natürlich am spritzenden Frohsinn der anderen zu beteiligen. Die Schönbein, offenbar von der Meerluft euphorisiert, hüpfte kichernd bei jeder Welle hoch und gemahnte durch ihre magere Leibesbeschaffenheit an eine aufschnellende Sardelle.

Mit großem Eifer beteiligte sich das Fräulein Nowak am Treiben der Jugend aus Lopez' Bekanntschaft, welche zur Hebung der Stimmung einen Kassettenrecorder mitgebracht hatte, dessen Lautstärke aber auf Don Rodrigos Gebot mit Rücksicht auf die älteren Herrschaften gedrosselt war. Die Nowak fand sich ganz in ihrem Element. Sie trug einen sehr reduzierten pinkfarbenen Bikini, der ihr weißes, üppiges Fleisch gewagt zur Schau stellte. Dazu eine gleichfalls rosa Badekappe, die über und über mit Gummiblumen geschmückt war. Bis zu Halstiefe in die Flut getaucht, sah sie wie ein Brautbukett aus.

Schon bei ihrem Erscheinen hinter dem Bus hervor, wo man sich umgekleidet hatte, klebte alles Männliche mit hochinteressierten Blicken an der freizügigen Fleischlichkeit des Fräulein Sissy. Die Empfindlichkeit ihrer blonden Haut betonend, begann sie sich sorgfältig einzuölen, stellte sich aber dabei leider so ungeschickt an, daß die Herren nicht umhin konnten, Kavaliershilfe zu leisten und sie unter den scheelen Blicken der einheimischen Damen einzufetten wie ein Brathuhn: ein Vorgang, den die Höchstlmeier scharf beobachtete, klar durchschaute und auch mit beweglicher Maultasche kommentierte. Ob sie es nun merkte oder nicht, keinesfalls ließ sich die Nowak dadurch in ihrer gekonnt angelegten Szene stören. Den Gang in den Ozean gestaltete sie mit ängstelndem Zögern, häufigem Zurückschrecken und spitzen Schreien und gab, notgedrungen mehr mimisch als verbal, allseits bekannt, daß sie das Schwimmen nur höchst notdürftig beherrsche. Ob nun Wahrheit oder Berechnung, der Umstand gab ihr Gelegenheit und Befugnis, sich bei jeder kleinen Welle an den nächststehenden Herrn anzukrallen. Nur allzugern stellte dieser dann seinen männlichen Beschützertrieb in den Dienst des Rettungswerkes und trug die blonde Gringa an Land, die ihn, in sehnige Arme gegossen, umhalste wie eine üppige Nereide ihren Triton.

Auch bei diesem Szenarium blickte das weibliche Mexiko scheel, und die Maultasche förderte schneidende Bemerkungen zutage.

Grundlegend anders verhielt sich Ditta Dorn. Sie trug ein schlichtes schwarzes Trikot und eine gleichfalls schwarze, knapp anliegende Badekappe, was die Stromlinienform der Schwimmerin funktionsgerecht unterstützte. Sie war nicht auf Lustbarkeit aus, sondern auf sportliche Leistung.

Während die übrige Gesellschaft sich – je nach Temperament – im Sande sielte oder sich planschend und schreiend im seichten Uferwasser tummelte, watete die Dorn, ohne das kindische Getriebe mit einem Blick zu würdigen, mit raschen, weitausholenden Schritten hinaus, bis sie richtige Schwimmtiefe erreicht hatte, und kraulte dann mit kraftvollen Zügen, Kopf unter Wasser und nur zum Atemholen auftauchend, hinein in die blauschimmernde Bucht.

Wieder an Land, spielte die unermüdliche Jugend Federball. Die Frau Studienrat kritzelte mit vor Eifer krauser Stirn Eindrücke in ihr lehrhaftes Notizbuch. Der Medizinalrat ließ sich nach dem zehrenden Bad von der Gattin mit kühlen Bierdosen versorgen. Der Römerkopf lag zur Sonne hingestreckt, um sich interessante Bräune anzuzüchten, und achtete nicht der von der Gattin vorgebrachten Warnungen vor Sonnenbrand, welche Frau Cornell mit gelsenhafter Beharrlichkeit dem Gatten ins Ohr sang, so daß er unwillkürlich scheuchende Bewegungen machte. Die Dorn lag abgesondert auf ihrer Badematte und blätterte in einer jener Zeitschriften, die durch ihre heiklen Titelseiten auffielen. Herr Bäuml aber begann bereits das gesammelte Treibholz zu schichten und sich nach Helfern umzusehen. Er hatte sich nun ein sarongartiges Tuch im Stil der Kanaken um die Hüfte geschlungen, das leider dauernd ins Rutschen kam, was zwar die Tätigkeiten des Herrn Bäuml störte, keineswegs aber seine Hingabe an exotisches Volkstum.

Die Quaerens setzte sich unauffällig vom Getriebe ab, und zwar in Richtung des Mangrovenwaldes, der die Bucht auf der linken Seite säumte. Gleich bei der Ankunft hatte sie die dunkelgrüne Dschungelwand fasziniert. Ein saugendes Verlangen, halb Lust, halb Scheu, zwang sie, dort einzudringen.

Der Urwald wuchs in die seicht auslaufende Bucht hinein. Hochgestelzt auf schlangenartigen Wurzeln ragten die Bäume aus dem Wasser, das fast schwarz und undurchsichtig war von faulenden Pflanzenresten. Wasser stand auch noch im Inneren des Dickichts zwischen den dichteren Stämmen in blinden Tümpeln und Rinnen. Der Boden war ein zäher, morastiger Schlick. Die Quaerens mußte sich von Stamm zu Stamm festhalten, um nicht auszugleiten. Manchmal versank sie plötzlich unvermittelt bis zu den Knien.

Sie hatte sich bei Herrn Lopez erkundigt. Es gab hier weder Gift- noch Riesenschlangen. Nur harmloses Wassergeschlängel. Dafür schien alles voll zu sein von erschrekkend großen Kröten, die auf breitem Blattwerk hockend mit geblähten Hälsen orgelten. Es dauerte eine ganze Weile, bis sie in ihrer fleckigen Tarnfarbe auszunehmen und aus der einheitlich grünschwärzlichen Tönung zu sondern waren, die gleichmäßig Baum und Strauch, Wasser und Morast überzog. Sogar das Licht faulte. Das vieltönige Unken war die einzige Lautkulisse des Waldes. Keine Vogelstimme war zu hören, obwohl es manchmal jählings aus dem Dickicht aufflatterte.

Zwischen den lianenumstrickten Stämmen und unter den ausladenden, ineinander verfilzten Kronen stand die Luft wie ein grüner Schleim und verbreitete einen Faulgeruch, der sich an der Nasenwand niederschlug wie Materie. Sie mußte an den Mercado denken und an den sonderbaren Belag, der sie so beschäftigt hatte. Jetzt schien er ihr die Absonderung einer Urmaterie zu sein, die sich in diesem Dschungel brauend gebar und ihre zähen Fühler auf geheimen Wegen bis zum Markt vortrieb.

Obwohl die Bäume in der Randzone noch locker standen, verschlang der Dschungel schon nach wenigen Schritten jedes Geräusch vom Strand vollständig. Ebenso den Brandungslärm von der Riffseite drüben. Hier war das Wasser morastbeschwert völlig unbewegt, nur dann und wann ein dumpfes Aufklatschen, wenn eine Kröte in ein Sumpfloch sprang.

Da die Quaerens sich nur auf ständigen Umwegen einen trittfesten Pfad zwischen Schlammlöchern suchen konnte, verlor sie bald die Richtung, und als sie eine Weile zwischen Lianengeschling und Wurzelverknotungen vorgedrungen war, wurde ihr plötzlich bewußt, daß sie weder das Meer noch den Himmel sah. Sie fühlte sich eingeschlossen im schwül stickigen Pflanzengewirr, und aus den Schlangenknäueln der faulgrünen Vegetation sickerte ein Stoff, der als schwere Beklommenheit in ihre Atemwege drang. Mit jagenden Pulsen suchte sie durch das Rankengedärm durchzubrechen, zurück zum Strand, in blinder Hast, ohne zu wissen, in welche Richtung sie sich mühte und ob sie sich nicht nur noch tiefer im Morast verfing. Eine schwere Müdigkeit lastete auf ihren Gliedern, lähmte den Atem. Blind gegen ein Erstickungsgefühl ankämpfend, stolperte sie über Wurzelstränge, verstrickte sich in Rankengeflecht und versank bis über die Knie in Morastlöchern.

Die Unruhe steigerte sich zur Panik.

Da erblickte sie ein dicht überwuchertes Gebilde, das auf eine eigentümliche Art abstach vom chaotischen Vegetationsgewühl rundum. Obwohl es, wie alles andere auch, umstrickt und halb verschlungen war von allerlei Gewächs und Blattwerk, ließ sich eine Struktur ahnen, die nicht wild gewachsen war. Erstickt in der Überwucherung waren noch gerade Streben und Flächen wahrzunehmen, verrottete Reste einer von Menschenhand gefertigten Konstruktion. Von Neugier und fast einer Art Heimweh getrieben, kämpfte sie sich näher heran, und plötzlich begriff sie mit Staunen und einem untergründigen Erschrecken, daß sie vor einem dem Rostfraß und Dschungelwuchs ausgelieferten Eisenbahnwaggon stand.

Jetzt sah sie auch, halb im Morast versunken, das Gestänge der Räder, sah Fensteröffnungen im Rankengehänge und in schwarzen Schlick getauchte Eintrittsstufen.

Erst dachte sie an ein schwüles Trugbild ihrer getrübten Sinne, eine durch die vibrierende Luft bedingte Täuschung. Dann aber faßte sie sich, raffte und riß sich durch das nur zäh nachgebende Pflanzengestrick und erspürte rostverwittertes Eisen. Sie zog sich über die glitschigen Stufen hinauf, wo einmal eine Plattform gewesen sein mußte, und hoffte, daß noch etwas von einem tragfähigen Boden sei unter dem würgenden Bewuchs. Und als sie den Lianenvorhang auseinandergenestelt hatte, betrat sie fast mit einer Art Ehrfurcht einen Raum, in welchem Reste von Bänken, sogar die angefressenen Fetzen ehemaliger Polsterung auszunehmen waren. Sie zwang sich zu nüchterner Sachlichkeit, um sich hinwegzuretten über das Absurde dieser Erscheinung, die Irrealität eines Eisenbahnwaggons mitten im Dschungel. Als ihre Sinne sich allmählich klärten, fiel ihr ein, daß sie bei der Fahrt zur Bucht ein Schienenband überquert hatten, wobei Lopez erwähnte, daß hier vor ein paar Jahren noch Züge gefahren seien, die Linie dann aber aufgelassen wurde, weil sie unrentabel war. Es fiel also durchaus in den Rahmen der Möglichkeit, daß man damals Teile der Eisenbahn, um sich das mühselige Fortschaffen zu ersparen, einfach ein Stück in den Dschungel geschoben und es diesem überlassen hatte, sich des nutzlos gewordenen Gegenstandes zu bemächtigen. Der Urwald hatte ihn allmählich eingeschlungen in seine erstickende Lebendigkeit und verdaute ihn nun, wie eine Anaconda unzerkaut Eingewürgtes durch stille, unermüdliche Zersetzung verdaut.

Die Quaerens spürte jetzt an sich selbst das Kräftezehrende dieser Atmosphäre. Sie fand sich am Rande der

Erschöpfung. Gleichzeitig fühlte sie sich diesem aufgegebenen Wrack eines technischen Erzeugnisses der westlichen Zivilisation sehr nahe; fast zum Weinen nahe. Eine heiße Solidarität befiel sie mit dem vom Menschen Gemachten, gegen die taubstumme, ausbordende Drohung des Vegetabilischen, das stärker war als das Gebilde der Vernunft. Sie, die sich gern bei den verschiedensten Gelegenheiten maulfertig gegen die Technisierung des Lebens ausließ, hatte plötzlich das Gefühl, um wieviel sauberer und würdiger maschinelle Verschrottung ist als dies Gefressenwerden von der Natur.

Aus Müdigkeit, aber mehr noch vielleicht, um ein Zeichen einer Art Verbrüderung zu setzen, suchte sie eine Stelle auf den Resten der Bank, wo sie sich niederlassen konnte. Und als sie saß, empfand sie etwas wie ein geborgenes Glück. Vollends als sie merkte, daß hinter der Wucherung sich noch eine gerade Lehne erhalten hatte, überkam sie etwas Feierliches. Diese humane Insel im Naturgewühl, die in sterbenden Resten den Rücken aufrecht hielt in einem aussichtslosen Kampf, flößte ihr Ehrfurcht und Trost ein.

Dann überwältigte sie die dickflüssige Last der Müdigkeit. Die Augen fielen ihr zu, und sie döste hinweg. Im Halbtraum suchte sie die Illusion heim, der Waggon komme in räderschiebender Bewegung und mit ächzendem Gestänge in rhythmisches Rollen.

Als der kurze Schlummer von ihr fiel, umgaben sie wieder das grünlich schleimige Halblicht und die Rufe der Riesenkröten. Die Uhr zeigte ihr, daß sie nur für wenige Minuten eingenickt war. Aber die Lähmung war von ihr abgefallen, Sinne und Kopf hatten sich geklärt, und es war ihr plötzlich selbstverständlich, in welche Richtung sie sich wenden mußte. Es führte sie unübersehbar die Spur, die sie ins Pflanzengewirr gerissen hatte, sogar ihre Fußabdrücke nahm sie im Schlamm wahr. Sie überlegte jetzt auch, daß man den Waggon vermutlich nicht weit in den Dschungel verfrachtet haben konnte. Und sie behielt recht. Bereits nach wenigen Minuten sah sie zwischen den Bäumen Himmel und Meer. Sie war gar nicht so tief eingedrungen, wie sie sich eingebildet hatte. Sie war nur der Verhexung des Dickichts erlegen.

Die Quaerens befiel plötzlich eine stechende Sehnsucht nach den gehegten, luftdurchwehten, von Vogelgezwitscher belebten Wäldern des Abendlandes und gleichzeitig ein tiefes Erbarmen mit dem schon halb verdauten Eisenbahnwaggon.

Als sie sich wieder der Gruppe zugesellte, befand sich schon die gesamte Männlichkeit (mit Ausnahme des Hofrats Cornell) beim Feuermachen, jeder mit einem anderen praktischen Rat. Aber der hochgetürmte Haufen trockenen Geästs wollte und wollte nicht Feuer fangen, obwohl man Unmengen Papiers als Anheizmaterial vergeudete.

Wieder stand der Cornellsohn mit einem überlegenen Gesicht an der Peripherie des Getümmels und sah zu. Als es sich zur Genüge herausgestellt hatte, daß alle diese Jünglinge und Männer nicht fähig waren, ein brauchbares Feuer anzufachen, drängte er sich schweigend zum Holzstoß vor, begann mit seinem Taschenmesser kleinere und größere Späne zu schnitzen und ordnete die dickeren Äste in kluger Berechnung über diesem Miniaturscheiterhaufen an, so daß genügend Luftzufuhr gewährleistet war. Diese Konstruktion ließ sich dann leicht entzünden und dank sachter Schürung in Brand halten. Die Flamme wuchs und biß sich auch in die dickeren Kloben ein, so daß binnen kurzem ein ansehnliches Feuer entstand. Johannes Cornell hielt es umsichtig in Grenzen, damit es nicht sinnlos verlodere, sondern sich eine glosende Glut erhielt. Über dieser errichtete er – woran keiner der Wortreichen und Geschäftigen gedacht hatte, aus geeigneten Astgabeln eine Vorrichtung zum Drehen der Spieße. – Die Mutter erzählte so, daß jeder es hören konnte, daß dank ihrer Vorsorge »unser Hannes« in seiner Knabenzeit Pfadfinder mit Hut, Halstuch und Fahrtenmesser gewesen sei und jeden Tag eine gute Tat gesetzt habe. »So kommen die Halbwüchsigen auf keine dummen Gedanken mit Mädchen, Alkohol et cetera!«

Die Oberschwester fühlte sich wie stets zu einem Kommentar verpflichtet, der in diesem Fall lobend ausfiel.

Die Frauen hatten mittlerweile das Mitgebrachte in passende Stücke portioniert und auf Spieße gesteckt, ein großes Tuch auf den Sand gebreitet und Pappbecher verteilt. Auf Teller und Besteck war der Naturnähe halber verzichtet worden. Man aß aus der Hand. Da alle vom Wasserplanschen hungrig waren, stürzten sie sich auf die zum Teil nur halb durchgebratenen Spieße, rissen das Fleisch mit den Zähnen herunter, schmatzten und ließen das Fett auf das Kinn tropfen, von dem es mit dem Handrücken abgewischt wurde. Allgemein genoß man die Lizenz. Nur die Nowak hielt ihren Stab mit spitzen Fingern, wobei sie den kleinen wegstreckte, versicherte aber, wie ihr das Picknick »tauge« und sie »anturne«.

Die Sonne stach, je höher sie um Mittag stieg. Man mußte sich bedecken. Da niemand vorausgedacht hatte, geschah dies mit den wunderlichsten Arrangements. Der Medizinalrat hatte sich das nasse Badekleid seiner Gattin turbanartig um das Haupt geschlungen und sah mit seinem Vollbart wie ein fetter Mullah aus. Herschel präsentierte sich mit einem an den vier Ecken geknüpften Taschentuch. Die Schönbein hatte sich eine Papiermütze gefaltet und Bäuml sich mit natürlichem Blattwerk geschmückt. Die Nowak trug einen ausschweifenden Sombrero, den sie einem der eitleren Einheimischen abgeschwatzt hatte. Nur der alte Cornell und Ditta Dorn nahmen einen Sonnenstich eher in Kauf als eine lächerliche Kopfbedeckung.

Die Zeit verging im Flug, und als man schließlich reichlich gegessen hatte und sich – vollgeschlagen vom Spieß – faul im Sand räkelte, stand die Sonne schon ziemlich tief am

Horizont, und eine leichte Brise kam auf. Der Wellengang wurde deutlich stärker und leckte den Strand hinauf.

Noch einmal stürzten sich die Jungen ins Wasser, tobten und spritzten, und die Nowak zog ihre Nummer ab; ausgelassener jetzt, denn sie hatte sich, wie die übrigen auch, ganz schön angetrunken, und zusammen mit der starken Sonne ergab das etwas, was nahe an der Grenze der Schicklichkeit war. Die Oberschwester beobachtete und besprach es auch.

Die höheren Wellen ermüdeten die Badenden bald, und keuchend und prustend ging die Horde an Land. Jetzt empfanden die jungen Herren das Bedürfnis, sich irgendwelcher Großtaten zu rühmen, die sie im Ozean gesetzt haben wollten. Dabei tat sich besonders der Tangojüngling vom Weihnachtsfest hervor. Er zeigte auf das brandungsumspülte Riff am Ende des Dammes, auf das nun höhere Wellen anschlugen und wildes Wassergewühl klatschte, und behauptete, einmal – im Zuge einer Wette – hingeschwommen zu sein. Lebensgefährlich natürlich, aber zu solchen Mutproben müsse ein Mann stehen! Dank seiner Kraft und Schwimmkunst sei er übrigens mit ein paar Kratzwunden und blauen Flecken davongekommen.

Die einheimischen Mädchen nannten ihn einen Aufschneider und Angeber, das Fräulein Sissy tat zumindest so, als glaube sie ihm, und starrte den Helden mit gansäugiger Bewunderung und geöffneten Mundes an, wobei sie die pinklackierten Fingernägel entsetzt auf die sorgfältig nachgeschminkten Lippen legte. Das tat dem Schönen wohl, und er ergänzte sein tollkühnes Abenteuer noch durch die Behauptung, an dem steilen, wogengepeitschten Riff emporgeklettert zu sein.

Während er dies alles laut und mit ausdrucksvoller Gestik (damit auch die Touristen es mitbekamen) schilderte, stand wenige Meter entfernt und anscheinend völlig desinteressiert Ditta Dorn im schwarzen Trikot und mit der eng anliegenden Badekappe am bespülten Strand. Trotz der kaum angedeuteten weiblichen Körperformen wirkte sie nicht eigentlich knabenhaft; eher geschlechtslos oder zwiegeschlechtlich, wie der beobachtende Herschel der Quaerens gegenüber anmerkte, wobei er als Gegenstück auf die auch ihrem Habitus nach fleischlich gesinnte Nowak wies, welche er gleichfalls einer genauen Betrachtung unterzog.

Dünn und lang also stand die Dorn im gelblichen Abendlicht und streifte den schwarzgelockten Prahlhans und Maulhelden mit einem höhnisch bitteren Zug um die blassen Lippen, die Augen halb gedeckt.

Dann blickte sie wieder aufs Meer hinaus, auf das die sinkende Sonne einen glänzenden Streifen warf, vielfach gebrochen durch den nun schon hoch wogenden Wellengang.

Langsam schritt sie ins Wasser, sich jeweils beim Anprall eines Wogenzuges mit der Hüfte dagegen stemmend, um nicht umgeworfen zu werden. Diese Bewegungen hatten, weil sie sich dem Rhythmus der Wellen anpaßten, fast etwas Tänzerisches an sich. »Eigentlich schön«, dachte die Quaerens, »und eigenartig provokant.« Die Herren glotzten. Die Dorn spürte, daß man ihr zusah, und unterstrich noch ihr Wasserballett. Als ihr jetzt einige eine Warnung zuriefen, kehrte sie sich nicht einmal um. Sie legte sich vielmehr auf die stark wogende Wasserfläche und strebte mit langen Schwimmzügen hinaus ins offene Meer. Mit kräftigen Stößen kam sie rasch vorwärts.

Nun sah man, daß sie nicht gerade hinausschwamm, sondern in die Richtung des Riffs. Als die Zuschauer die Richtung erfaßten, sahen sie erst still gespannt zu, dann wurde ihnen klar, was sich da anbahnte, und sie schrien ihr nach, doch um Gottes willen umzukehren ... Die Flut habe eingesetzt ... in Riffnähe ganz unberechenbar ... Unterwasserfelsen ... die Dunkelheit setze in Kürze ein!

Ditta Dorn hörte es nicht oder wollte nichts hören.

Zügig schwamm sie weiter den gefährlichen Felszacken

zu, tauchte geschickt unter den hohen Wogenkämmen durch. Die Sonne sank langsam in die grau werdende Wasserwüste, an deren Kimm das Blau des Himmels in giftiges Grün überging. Die Dschungelwand auf der anderen Buchtseite lag bereits in tiefer Schwärze, nur auf den gischtenden Brandungswogen blitzte noch letzte Sonnenstrahlung.

Nun standen alle dicht am Ufer, schrien durch hohlgeformte Hände, brüllten, pfiffen, gestikulierten. Man sah jetzt nur mehr den schwarzen Punkt der Badekappe regelmäßig auftauchen und wieder verschwinden.

Was dachte sie sich? Wie konnte sie so toll und selbstmörderisch unvorsichtig sein? – Man wandte sich an die jungen Männer, die vorher so wacker geredet hatten. Man solle ihr um Gottes willen nachschwimmen und sie zurückholen. Sie stürzten sich auch mit viel Aufwand ins uferseichte Gewoge, kamen aber nach wenigen Tempi wieder zurück, die Unmöglichkeit des Einholens beteuernd.

Ein paar von der Gesellschaft machten sich schon auf, über die Landzunge das Riff zu erreichen. Ein Pfad war in die Steinbarriere getreten, aber man kam darauf nur langsam und mühsam voran.

Die Stimmung in der Reisegesellschaft war jetzt eindeutig gegen die Dorn umgeschlagen. Immer diese Extras! Ihre hochstelzende Absonderung und ihre bizarren Einfälle! Wie kommt sie dazu, einem mit dieser Aufregung den fröhlichen Tag zu verderben?

Mit gesichtsloser Gewalt brachen sich die Brandungswogen in regelmäßigen Abständen krachend am Felsenriff und zogen sich in einem weißschäumenden Strudel zurück. Dabei legten sie scharfzähnige Klippen frei, die vorher unter der Oberfläche gewesen waren.

Herr Bäuml, mehr um Verantwortungsbewußtsein darzustellen als in ernster Absicht, kletterte ein Stückchen das Riff hinunter, kehrte aber rasch wieder um, als der Gischt zu ihm aufspritzte und ihn durchnäßte.

Herr Lopez erwies sich als der einzige, der sachlich handelte. Er rannte zum Auto, um vom nächsten Telephon aus die Küstenwache zu verständigen.

Die Gruppe stand nun dichtgedrängt auf dem schmalen Plateau des Kaps und starrte bleich in die wütenden Strudel. Schwarz und verschlossen, irgendwie näher gerückt, starrte die Wand des Dschungels von der anderen Buchtseite herüber. Der Himmel verlor rasch die letzten Spuren von Licht. In wenigen Minuten würde es dunkel sein. Man mußte sehen, selbst rasch vom Felsen zu kommen, ehe einen die völlige Finsternis einholte; sonst geschah noch ein Unglück.

Von Ditta Dorn konnte man schon eine Zeitlang nichts mehr sehen. Niemand konnte ihr mehr helfen. Vermutlich war es schon geschehen, dachte jeder mit Schaudern, sprach es aber nicht aus. Ertrunken, vom Aufprall auf die Klippen erschlagen, wahrscheinlich furchtbar zerfetzt.

Kalt überfröstelt stolperte man zurück zum Strand, mehr beleidigt als mitleidig. Nur die Nowak flennte laut, ihres Make-ups nicht achtend. Es war die Oberschwester, die in fast anstößiger Nüchternheit die Idee aussprach, die Kleider und Sachen der Ertrunkenen in deren Badetasche zu packen und mitzunehmen. »Wegen der Nachlaßformalitäten!« sagte sie praktisch.

»Eine so drastische Antwort hat die läppische Tangofarce nicht verdient«, sagte die Quaerens zu dem neben ihr stehenden Herschel, über den tragischen Vorfall grübelnd. »Arme Närrin«, gab Herschel zurück, »dem Angeber hat sie's damit nicht ›gezeigt‹, der hat die Geschichte von gestern wahrscheinlich schon vergessen, und ebenso der grausame Spötter seine Pantomime.« – »Sie hatte diese selbstquälerische Ader und muß dabei sehr verletzbar gewesen sein«, antwortete die Quaerens und sah nachdenklich zu, wie die Oberschwester den fürs Bad abgelegten Dornenschmuck mit rüstigen Händen einpackte.

Als endlich Lopez zurückkam, drängte man sich um ihn.

Er hatte die Küstenwache telephonisch erreicht, als aber vom Riff die Rede war, gab man ihm nur wenig Hoffnung. Immerhin erklärten sich die Männer bereit, hinauszufahren. Vielleicht würde man wenigstens die Leiche finden oder Reste davon.

Ausgestiegen und die Ungehörigkeit von Wundern

Auf der Heimfahrt äußerte dann jeder jene Phrasen der Bestürzung, wie sie in solchen Fällen erwartet werden und wie es sich unter kultivierten Menschen gehört; eine schickliche Schaufel Erde ins Grab. Im Hotel setzte man sich unlustig zum Abendessen, stocherte nur in den Speisen herum und schickte sie zurück. Aber dann konnte sich die Reisegesellschaft nicht, wie es sonst geschah, wenn man einen ganzen Tag zusammengewesen war, entschließen, ihre Zimmer aufzusuchen. Etwas trieb sie, beisammenzubleiben und den prekären Fall mit vereinten Kräften in irgendeine erträgliche Ordnung zu bringen. So wechselten sie vom Speisesaal in den kleineren Gesellschaftsraum und nahmen in Klubsesseln um ein kleines Rauchertischchen Platz: eine ebenso bedrückte wie gereizte Runde.

Ganz ähnlich, wie es bei Begräbnissen geschieht, suchten sich die beklommenen Gemüter im Gespräch zu lösen. Man redet über den Bestatteten, und zwar zunächst mit allem Respekt, bald aber freier, mit einem krittelnden Unterton, kurz, man richtet ihn aus. Es ist das eine gewisse Vergeltung für den Schrecken, den einem der Tod aus nächster Nähe einjagt, den ausgestandenen Schauer des Memento. Und vor allem möchte man die Feierlichkeit, die der Verblichene durch den Tod erworben hat, etwas besudeln, um den Fall wieder ins bequem Gewöhnliche einzubetten.

Den Introitus lieferte, wie üblich, die zungenfertige Höchstlmeier und sprach aus, was alle dachten: »Es ist ohne Frage ein schreckliches Unglück, das der Person zugestoßen ist, aber unter uns gesagt: war sie nicht selber schuld daran? – Immer hat sie sich von unserer Gesellschaft distanziert, hat an keinem Gespräch teilgenommen, sondern ist mit einer abschätzigen Miene beiseite gestanden und hat Rauchringe geblasen, die für mich etwas beabsichtigt Provokantes hatten. Und dann plötzlich der Eklat mit dem Tango. Verzeihen Sie, aber hätten Sie jemals in völlig fremder Umgebung einen fremden jungen Mann so direkt, fast herrisch zum Tanzen aufgefordert und dann noch so getanzt, wie sie es getan hat? Und wie man ihr eine kalte Abreibung verpaßt hat, spielt sie die Mimose! Rächt sich dann noch mit ihrem Wahnsinnsakt, um es den jungen Männern zu ›zeigen‹ und verliert dabei die Balance, den vernünftigen Überblick. Wie kommt sie dazu, uns mit ihren überspitzten Launen die Reise zu vermasseln. Jetzt können wir mit einer Toten im Flugzeug zurückreisen, wenn die Leiche überhaupt gefunden wird. Wie kommen wir dazu? Aber so sind die jungen Leute heute, keine Rücksicht wird genommen, sie nehmen sich jede Freiheit heraus!«

Die Gesellschaft war der seelisch gefestigten Oberschwester dankbar dafür, daß sie das, was sie alle unklar fühlten, in stramme Worte gefaßt und es ihnen selbst erspart hatte, ihren schwelenden Groll auf die außenseiterische Dorn auszusprechen; einen Groll, der als besonders beißend empfunden wurde, da man sich nicht so leicht über die düstere Majestät des Todes hinwegzusetzen vermochte, welche die anfechtbare Person einer scharfen Beurteilung irgendwie entrückte.

So gab die Schönbein auch mit angemessener Larmoyanz ihre persönlichen Erfahrungen mit der Jugend zum besten: »Sie ist halt auch so eine Schwierige gewesen, das arme Fräulein, wie es heute unter den jungen Leuten viele gibt und gerade auch in den besten Kreisen. Als Lehrkraft bekomme ich ja in der Sprechstunde so allerlei zu hören von kummervollen Müttern – manchmal sind auch die Väter dabei –, weil sie sich nicht mehr hinaussehen mit ihren Kindern, und das bei sorgfältigster Erziehung. Da hören Sie Geschichten! Richtige Schauerromane. Tragödien spielen sich heute in den besten Familien ab, und jede Schicklichkeit wird mit Füßen getreten.« – »Man hat es ja schon an der stacheligen Aufmachung der Person gesehen. Sie wollte ihre abwehrende, verachtende Haltung jedem unter die Nase reiben ... wo man sich doch mit Schmuck gefällig machen will, ein angenehmer Anblick sein!« entrüstete sich Frau Rosa Herschel so recht aus der Tiefe ihres waagrecht geschoppten Busens, auf dem die Perlenkette bebte, »aber diese Frauenrechtlerinnen, Sie wissen schon, die man Emanzen nennt, da kennt sich ja keiner aus, die haben so ein verdrehtes Verhältnis zu den Männern. Einerseits wollen sie, und dann wieder wollen sie nicht, und dabei kommt so eine degoutante Szene heraus, wie das Fräulein Dorn sie sich bei der Weihnachtsfeier unter lauter fremden Leuten geleistet hat.«

Zu diesem Thema hatte die Frau Studienrat eine interessante Mitteilung zu machen.

»Hat einer von den Anwesenden vielleicht einmal einen Blick auf die Lektüre der Dorn geworfen? Ich hab es getan. Aus beruflichem Interesse natürlich, schließlich ist die Jugend gewissermaßen mein Fach. Sie las da immer in solchen Heften, besonders als Frauenzeitschriften unterbetitelt. Auf meine Bitte hat sie mir eine Nummer ohne weiteres zur Einsicht überlassen. Also ich kann Ihnen verraten!« – jetzt dämpfte die Schönbein ihre Stimme und neigte sich vor, worauf sich alle andern auch vorneigten, damit ihnen nichts entginge, die Köpfe zusammengesteckt im Kreise und erwartungsvoll lauschend. Die Schönbein aber bediente sich – nicht ohne Einlegen einer die Spannung steigernden Pause – jenes weithin hörbaren Geflüsters, in welchem man pikante Mitteilungen zu machen pflegt. »Wie soll ich es einigermaßen schicklich ausdrücken, wovon das – übrigens äußerlich anspruchsvoll aufgemachte – Machwerk handelte. Also wissen Sie, rundheraus gesagt, es waren lauter Ferkeleien, Obszönitäten, anschaulich gestaltet in Wort und Bild. Ich war entsetzt. Dabei bin ich durch meinen Beruf ziemlich abgehärtet. Es ist ja auch in der Schule dauernd von diesen Dingen die Rede, die man zu meiner Zeit mit taktvoller Diskretion behandelt hat. Heute ist das ja in der Schule sogar zur Lehrpflicht geworden, und es existieren entsprechende Lehrmittel zum Anschauungsunterricht. Aber ich bin keineswegs prüde und begrüße es sogar, wenn diesen heutzutage so frühreifen Kindern diese Dinge in nüchterner Sachlichkeit erklärt werden. Immer noch besser, als wenn besonders Knaben im gespannten Zustand der Pubertät Hefte, Pulte und vor allem die Wände der Toiletten mit abstoßenden Darstellungen bedecken. Bitte, es hat, wie man weiß, mit dem Hormonpegel zu tun, von welchem die Jugendlichen in einem bestimmten Entwicklungsstadium passager heimgesucht werden. Man kann ein Auge zudrücken. Aber was mir in jener Frauenzeitschrift für Erwachsene die Gänsehaut auftrieb, war nicht einmal die Schlüpfrigkeit der Themen, sondern die eigenartige kalte Drastik der Behandlung, nicht in nüchtern sachlicher, sondern in einer betont eisigen und damit wieder hochprovokanten Form. Das Gebiet enthält ja viel schwülen, unordentlich erhitzten Urstoff, der sich eben in den erwähnten WC-Kritzeleien ausdrückt. Aber ich sage Ihnen, die verletzen weniger das Anstandsgefühl als die unterkühlten Unflätigkeiten dieser Hefte, mit deren Lektüre das Fräulein ihre Freizeit würzte, und zwar – ich habe es beobachtet – ruhigen und ernsten Gemüts. Verstehen Sie, ich kann es nicht anders nennen als mathematische Unanständigkeiten … ich weiß, ich drücke mich nicht ganz verständlich aus, aber vielleicht liegt es auch an meiner Generation, daß uns der treffende Wortschatz fehlt für Phänomene, die den Jungen vertraut sein mögen, die unsere alten, eingefahrenen und in der Vorstellung und Ausdrucksweise definierten Bahnen längst verlassen haben. Es ist eine fremde Sprache für uns.«

Nach dieser langen Rede, der die Gesellschaft aufmerksam und mit zusammengesteckten Köpfen gefolgt war, verlor die Schönbein den Faden, errötete und lehnte sich im Fauteuil zurück, wobei sie tief ausatmete. Dasselbe taten auch die übrigen. Sie stießen die wie bei großer Spannung angehaltene Luft aus.

Nur die Oberschwester, der kraft ihrer gründlichen Ausbildung am Krankenbett nichts Menschliches fremd war, hatte ihren klaren Kopf behalten und fand bündige Worte: »Ja, so ist es. Die heutige Jugend strebt mit allen Kräften aus den wacker gebahnten Geleisen, die ihre Altvorderen angelegt haben, und es gerät ihnen nicht zum besten. Was sie dann großspurig Avantgarde und Befreiung von vermoderten Vorurteilen nennen, ist Firlefanz und Unfug, und wo es hinführt, zeigt der peinliche Vorfall mit der Dorn.

»Ja«, antwortete nach einer Weile des Schweigens und Nach-innen-Horchens die Gattin Cornell. »Das mit dem ›aus den Geleisen streben‹ und der ›Avantgarde‹, da hat die Frau Medizinalrat ganz recht. Und es hängt gar nicht von der Erziehung und dem Elternhaus ab, wie die Frau Studienrat aus ihrer Erfahrung so interessant berichtet hat, im Gegenteil, möchte man meinen, je anspruchsvoller das geistige Niveau der Familie … fast als wäre es eine absichtliche Bockigkeit …« – »Aber gerade Sie, Frau Cornell, dürften über diese erschreckende und beunruhigende Erscheinung unter der jungen Generation nicht klagen, bei Ihrem Sohn, der so frei von all dem modischen ›Firlefanz‹ ist, wie die Frau Oberschwester es treffend nannte. Ein Mustersohn, wie man sich ihn nur wünschen kann!«

Der Cornellsohn war tief errötet und sah mit verbissenen Kiefern zu Boden, und die Blicke aller, die er auf sich ruhen fühlte, trieben ihm die Gänsehaut auf. Auch der Blick der Mutter ruhte liebevoll auf ihrem gelungenen Sproß, den man überall herzeigen konnte. Aber nach einem tiefen Atemzug, heraufgeholt aus der Zone, wo der Hennentrieb wohnt, setzte sie wieder zu sprechen an.

»Dieser schon, unser Johannes macht uns keine Schwierigkeiten. Aber wir haben noch einen ...« – »Sagten Sie nicht einmal bei Gelegenheit, daß er bildender Künstler sei und Objekte herstelle?« schürte die Oberschwester den Bekennertrieb der versorgten Cornell in Erwartung von Mißständen in der heimlich beneideten Familie.

»Objekte!« nörgelte der alte Cornell, »rostiges Blechgerümpel zur Darstellung des Humanen. Man stellt das Humane jetzt mit Vorliebe aus Wegwerfmaterial dar oder einfach unappetitlich, und im Grunde ist es nichts anderes als die Wanddekorationen in den erwähnten Knabenabtritten.« – »Du läßt keine Gelegenheit vorübergehen, auf unserem Ältesten herumzuhacken«, biß die Mutter Cornell mit erstaunlicher Energie auf den Hofrat ein, dem sie sonst so untertänig war. »Diese Objekte finden durchaus Anerkennung in gewissen fortschrittlich gesinnten Kreisen. Alles nach der Natur und mit edlem Material Geformte ist passé, sagt er. Freilich fehlt den etablierten Galerien und schon gar den Museen das Organ für avantgardistische Entwicklungen, und der offizielle Geschmack ist von verstaubter Rückständigkeit, so daß man naturgemäß als Fortschrittlicher nicht mit Ankauf, Förderung und sachkundiger Kritik rechnen kann ...« – »Also muß man aus der Tasche der rückständigen Eltern leben«, keifte der Hofrat, »und das mit Frau und vier Kindern!« – »Er hält nichts von Verhütungsmitteln«, flüsterte die Cornell der Oberschwester zu, »er braucht das kreative Klima für seine Produktion, sagt er.« Gierig vernahm es die Höchstlmeier und dachte sich das ihre.

Die Geschichte vom aus dem Geleise getretenen Cornellsohn befriedigte alle, und die Mitteilung förderte ebenso ihre Schadenfreude wie den eigenen Offenbarungsdrang für bisher Geheimgehaltenes.

»Also unser Sohn«, ergriff der Maulbeutel das Wort, »hat sich für den Arztberuf entschieden. Er will die Ordination des Medizinalrats übernehmen und daraus eine Musterpraxis machen, gelt, Alois? Schon jetzt schafft er sich – auf Kredit natürlich – die modernsten Apparate an ...« – »Ich bin immer ohne das ausgekommen«, spürzelte verärgert der Vater, »und dabei ist er bereits im achten Jahr des Studiums und immer noch keine Aussicht auf Abschluß!« – »Aber du selbst sagst doch immer, Alois, um wieviel umfangreicher und komplizierter die Materie geworden ist seit deiner Studienzeit!«

»Und die Tochter?« fragte begierig die Schönbein, »erwähnten Sie nicht, daß sie sich der Entwicklungshilfe in Afrika gewidmet hat? Das ist doch ein schöner, ein idealistischer Beruf, in dem man Strapazen und Mangel an allem neuzeitlichen Luxus auf sich nimmt, um den Unterentwickelten zu helfen. Sie können stolz sein!«

»Ja, das wohl!« räumte die Oberschwester nachdenklich ein, »Idealistin ist sie durch und durch und denkt nicht an die praktischen Seiten der Zukunft. Auf diesbezügliche vorsichtige Fragen beim letzten Urlaub sagte sie: ›Hauptsache, daß ich glücklich bin, das muß euch doch recht sein.‹ Natürlich ist es uns recht, wenn sie Befriedigung findet, indem sie die Ärmsten der Armen hygienisch aufklärt und versorgt. Aber es fehlt dort doch das, was man eine passende Gesellschaft nennt, Gleichaltrige und Gleichgestellte zur Ansprache ...« – »Das kann ich mir denken, unter lauter Wilden«, äußerte Frau Rosa. – »Nun es gibt unter den Einheimischen auch Gebildete, solche, die in Europa studiert haben ... Einen solchen hat sich die Tochter zum Lebensgefährten erwählt ...« – »Einen Neger«, stieß der Grimmbart hervor, »und mit dem lebt sie!« – »Ja, das ist leider wahr, aber ich bin ohne Vorurteile. Unter der Haut sind alle gleich, und als Krankenschwester ist mir ja alles, was unter der Haut ist, durchaus vertraut. Aber verstehen

Sie, irgendwie hat sich die Sache in St. Pölten herumgesprochen, und da gibt es viele Menschen, fast alle, möchte ich sagen, die es an Weltläufigkeit fehlen lassen. Heimlich bereden sie den Fall, vor allem, da es sich ja beim Medizinalrat quasi um eine öffentliche Person handelt. Nicht wahr, Alois? Und so gern wir unsere Tochter wieder bei uns hätten – wenn sie mit einem Schwarzen ankäme!? Nicht auszudenken das Geschwätz der Leute ohne Weltläufigkeit.«

Nach einer Pause verständnisvollen Schweigens fühlte sich Frau Rosa bereit zu Bekenntnissen. Man hörte von einem gewissen geschäftsgewandten Ronny, der sich in der Firma findig umtat und großzügige Neuerungen einführte, die dem Vater mißfielen und Sorgen bereiteten, weil er aus den Gewinnen die Mittel zu einem flotten Dasein zöge, statt damit das Kapital zu mehren. – »Ach, sag ich immer, soll er so vegetieren wie wir Jahrzehnte, wo wir uns jeden Groschen abgespart und nichts gegönnt haben, in einem Alter, wo man noch was hat davon? Ist es nicht genug, daß die Tochter sich abrackert, fleißig und bescheiden und sparsam.« – »Was denn bleibt ihr bei *dem* Mann?« warf Herschel bitter ein. – »Na ja«, gab die Mutter zu. »Er ist nämlich so ein Alternativer. Sie wissen schon. Alle Industrie abschaffen und von dem leben, was der Boden von selbst gibt.« – »Seine eigenen Rettiche ziehen aus dem selbst gespendeten Dung«, mokierte sich ärgerlich der Vater. »Und wie sollen die Kinder da aufwachsen in der Einschicht ohne Schulen und so. ›Pflanzen und Pflügen‹ werden sie lernen, sagt der Trottel, das ist besser als die sogenannte Bildung, die nur die Natur verdirbt. Aber in einem Kibbuz hat er's nur wenige Wochen ausgehalten, weil ihm die Arbeit zu schwer und das Regiment zu straff war. Da reißt er lieber den Mund auf bei Demonstrationen und geht mit Spruchbändern ... und die Kleine betet ihn an und arbeitet im Geschäft um Lohn, beim eigenen Vater! Ich bitte Sie! Sind das Zustände? Inzwischen sitzt er im Selbstgezogenen und studiert irgend etwas ...

ach nein, keineswegs Bodenkultur, Psychologie, glaub ich, und Soziologie.« – »Aber ich finde das großartig, diesen Mut und die Konsequenz«, mischte sich Bäuml ein, »wenn meine Frau einsichtiger wäre, säße ich längst auf meinem Bauernhof im Einklang mit der Natur, bebaute meinen Acker und züchtete mein Vieh. Aber es fehlt ihr jede Einsicht dazu. Sie höhnt und stichelt und zwingt mich zum Brotberuf. Sie verzeihen, aber ich bin es leid, die wenigen noch natürlich lebenden Zonen mit Touristen zu überschwemmen und zu korrumpieren, statt ihre gesunde Rückständigkeit und Urtümlichkeit zu bewahren wie einen Schatz. Das ist Kultur in meinen Augen.«

»Ach ja! Die Kinder, die Kinder«, seufzte die Schönbein. »Selbst habe ich keine – gottlob, sage ich mir manchmal nach so einem Schultag. Mißverstehen Sie mich nicht! Ich liebe meine Schüler. Sie stehen mir wirklich nahe, und ich bemühe mich um Verständnis mit der Jugend. Vielleicht gehe ich auch bisweilen zu weit mit diesem Verständnis. Mein Herr Direktor und auch die Kollegenschaft werfen mir vor, daß ich zu wenig Disziplin halte und den Schülern zu viel Toleranz entgegenbringe. Aber dafür hängen sie an mir, das kann ich wohl sagen, die hängen an mir, wenn sie es auch nicht zeigen. In diesem Alter geniert man sich doch, Gefühle zu zeigen, und noch dazu zu einer Lehrkraft, aber ich spüre es doch. – Aber zugeben muß ich, daß mich die Form, in der sie ihre Sympathie verbergen und kaschieren, doch oft kränkt, und ich gehe manchmal weinend aus der Klasse, und morgens, wenn ich mich zur Schule aufmache, schneidet mich der Magen, und ich muß – verzeihen Sie – sauer aufstoßen. Aber ich lasse nicht von meiner Überzeugung. Güte und nochmals Güte und Nachsicht und Verständnis, wenn das auch manchmal bitter schwer ist, und ich kann ihnen all die Sorgen nachfühlen mit den eisernen Objekten und Negern und Bauernhöfen ...«

Die Quaerens hatte sich hartnäckig ausgeschwiegen über

einschlägige Erfahrungen trotz der heischenden Blicke, die sie von allen Seiten trafen. Der Cornellsohn starrte mit leiser Aufsässigkeit vor sich hin, und die Nowak zeigte eine störrische Unterlippe. Don Rodrigo hatte die Ausführungen mit einer deutlich sichtbaren Verständnislosigkeit verfolgt. In seiner Umgebung gab es offenbar nicht diese Neigung zur brotlosen Ausschweifung bei der Jugend. Darüber befragt, teilte er höflich seine Verwunderung mit und versicherte, daß er selbst und seine Altersgenossen, ohne sich um Ideologien zu kümmern und bestehende Normen anzuzweifeln, sich fleißig ihrer Ausbildung widmeten, dankbar, daß die Eltern sie ihnen ermöglichten. Und die Wahl dieser Ausbildung hänge auch durchaus vom Stellenmarkt ab. So studiere er selbst wie alle seine Freunde technische oder chemische Fächer. Die sogenannten humanistischen Studienrichtungen würden ausschließlich von den Überreichen frequentiert, die genügend gebettet seien, daß sie an keinen Beruf denken müßten.

Als sich das Gespräch über die heiklen Mißstände bei der Nachkommenschaft erschöpft und man mit beträchtlicher Erleichterung zur Kenntnis genommen hatte, daß jeder im Nest seinen Kuckuck sitzen hatte, tat sich die Tür zum Gesellschaftsraum auf, und herein trat, salzverklebt und bleich wie ein Gespenst, Ditta Dorn, mit einem Ausdruck im Gesicht, in welchem tiefe Verlegenheit mit künstlich aufgesetztem Trotz im Kampf lag. Sie stand auf der Türschwelle wie auf dem Pranger, als schämte sie sich, davongekommen zu sein. Und wenn man die Mienen der Reisegenossen betrachtete, mußte man sich eingestehen, daß sie mit diesem Gefühl gar nicht so falsch lag.

Mit vorquellenden Augen bestarrten sie die Wiedergekehrte wie eine Spukerscheinung, einen Revenant aus den Schlünden des Ozeans. Und als sie sich endlich faßten und die Realität zur Kenntnis nahmen, zeigte sich in ihrem Gesichtsausdruck nicht freudige Überraschung über die unerwartete Wendung, sondern ein breiter, kaum verhohlener Verdruß. Sie hatten den Fall bearbeitet, sich im Gefolge davon zu intimen Eröffnungen hinreißen lassen, die sie jetzt schon wieder bereuten, und schließlich die peinliche Affäre ad acta gelegt. Und da hatte diese Affäre jetzt die Stirn und trat leibhaftig und unbeschädigt, wenn auch ausgelaugt, durch die Tür.

Da stand sie also vor einer dicken Mauer allgemeiner Mißbilligung und wußte nicht wohin vor Befangenheit. Ihr grünliches Gesicht verzog sich wie das von Kindern, knapp bevor sie in Tränen ausbrechen. Ein Mann von der Küstenwache hatte sie mit dem Auto hergeführt und erzählte nicht ohne Stolz, wie sie die bereits Ertrinkende aufgefischt und dem Leben zurückgegeben hatten. Die Gesellschaft vernahm es beiläufig.

Herschel war es, der die Situation rettete. Mit einem Freudenruf eilte er auf die Verstörte zu, umhalste sie und redete so viel und schnell, daß sich niemand so recht in seinen Übelsinn einnisten und geißelnde Anspielungen machen konnte, an denen man die Maultasche schon arbeiten sah. Die unselige Dorn barg ihr Gesicht an der Schulter Herschels und fing endlich zu heulen an. Weil sie stark rotzte, bot er ihr sein Taschentuch und verordnete ihr sofortige Bettruhe mit einem Thermophor und einem kräftigen Zug aus der Flasche.

Ungeheuchelte Freude und Genugtuung zeigte nur Señor Lopez, und zwar eigenartigerweise mit frenetischem Applaus, als handle es sich um einen besonders gelungenen Bühnenauftritt.

Als die ausgelaugte Dorn in Begleitung Herschels das Zimmer verlassen hatte, blieb die Gesellschaft noch unentschlossen auf den Sitzen kleben. Man empfand allgemein das Bedürfnis, das mirakulös Außergewöhnliche aus dieser Rettung aus Wassernot möglichst gründlich wegzudiskutieren und sie auf den trockenen Boden beruhigender Realität zu stellen. Man besprach ausführlich die Vorgangsweise einer Küstenwache und verweilte bei Spezialscheinwerfern, welche die Meeresfläche systematisch anstrahlten, so daß nichts Wasserfremdes ungesehen bleiben konnte, in diesem Fall der Kopf der kämpfenden Dorn. Der Medizinalrat entwickelte aus dem Stegreif eine ausgeklügelte Theorie – für seine Verhältnisse außergewöhnlich redefreudig – über das physikalische Verhalten von Flut- und Brandungswogen und deren Rücksog, der es gesetzmäßig unmöglich mache, daß ein fester Körper gegen die Uferfelsen geschleudert werden konnte. Er spürzelte sich dahin aus, daß jeder Ozeanexperte durch exakte Berechnungen beweisen könnte, daß an der besagten Stelle die Bewegungsmechanik des Wassers so ablaufe, daß ein Aufprall unmöglich sei. Es habe also eigentlich, nehme man Physik und Küstenwache zusammen, gar keine ernste Gefahr bestanden.

Es dauerte nicht lange, bis man den Fall glücklich trivialisiert und mit einem lückenlosen Netz logischer Zusammenhänge das »Wunder« durch fleißige Bagatellisierung verläßlich abgewürgt hatte. Nun konnten sich die Geschockten beruhigt zur Nachtruhe begeben.

Die Quaerens blieb noch eine Weile sitzen, um ihr angeschlagenes Gemüt ins Gleichgewicht zu bringen. Die Reaktion ihrer Reisegenossen und die Behendigkeit, mit der sie alles Mirakulöse griffig zu machen verstanden, hatten sie nicht minder geschockt als der unerwartete Auftritt der Totgeglaubten. Da erschien auch Herschel wieder. Er hatte noch einmal nach der Dorn gesehen und berichtete, sie befände sich bereits in einem gesunden Tiefschlaf. Als er sah, daß die Gesellschaft bereits aufgebrochen war, kam er sofort auf deren Verhalten zu sprechen mit der Frage, die auch der Quaerens im Magen lag: »Haben Sie unsere Werten beobachtet?« – »Ja, haben Sie es auch gemerkt? Sie war ihnen anscheinend gar nicht recht, die Rettung. Ich hatte vielmehr den Eindruck, daß sie tief verstimmt waren, als die Ertrunkene plötzlich wieder in Fleisch und Bein und unbeschädigt vor ihnen stand. Begreifen Sie das? Man hätte Erleichterung, meinetwegen Vorwürfe erwartet, aber dieses einmütige, feindselig getönte Erstarren?« – »Freilich hab ich es auch gesehen. Es ist nicht ganz leicht zu begreifen.« – »Ich war ja im ersten Augenblick auch perplex und mundtot. Schließlich war es wie ein Wunder, wenn man das schwarze Wasser dort wüten gesehen hat und die scharfen Klippen wie die Zähne eines Haifischmauls. Aber Sie haben das folgende Gespräch versäumt. Wie sie sich angestrengt haben, als hinge ihre Seelenruhe daran, das Mirakelhafte an dieser Rettung auf die Plattfüße der Natürlichkeit zu stellen.« – »Ich kann's mir vorstellen«, lachte Herschel. »Wunder mögen wir Europäer von heute nicht. Weniger aus Aufklärungsstolz als aus einer Art Wehleidigkeit. Unser ganzes Sicherheitssystem ist auf praktische Logik gegründet, und da uns die Sicherheit über alles geht, können wir nicht gestatten, daß ein Wunder, ein Unberechenbares es aus den Angeln hebt. Das unterwühlt die ganze Verläßlichkeit. Wo bleibt denn die staatlich verbürgte und gesetzlich geregelte Sicherheit der Krankenkasse, Altersfürsorge, kostenlosen Spitalsbetreuung, wenn da Wunder herumspuken wie Ungeziefer neuerdings in Computern. So eine Unart gefährdet ja den ganzen soliden Gemeindebau unseres Sicherheitssystems und läßt es in allen Fugen krachen. Auf nichts ist mehr Verlaß.« – »Ja, ein Wunder ist freilich nicht nur eine Gefährdung, sondern ein peinlicher Fauxpas. Es gehört sich einfach nicht, denn es bringt das ganze System zum Entgleisen.«

»Das hat ohnedies schon empfindliche Risse durch die Ungebärdigkeit der jungen Generation. Ist Ihnen nicht aufgefallen, wie sie, als sie noch unter dem Schock des Unfalls standen, plötzlich auf die bohrenden Ängste um ihre Brut kamen, mit der sie ein paar Tage vorher noch geprotzt haben? Geradeso wie Soldaten im Schützengraben ins Bekennen kommen, so hatten sie plötzlich einen Offenbarungsdrang und breiteten ihre geheimgehaltenen Ängste um die Aussteigerallüren ihrer Kinder voreinander aus. War doch in ihren Augen die Dorn ertrunken, weil sie sozial nicht richtig angepaßt und aus dem Geleise getanzt war. Und Anspruch auf Achtung und Sicherheit hat heute nur einer, der sich an die alteingefahrenen Regeln hält. Wer es nicht tut und ins Elend kommt, ist selbst schuld daran. Die Welt ist kein göttlicher Entwurf mit dem Anspruch auf Gnade, sondern eine soziale Einrichtung.«

»Übrigens, Herr Herschel«, fragte nach längerem Schweigen die Quaerens, »glauben Sie eigentlich an Wunder?« – »Ich glaube«, antwortete er zögernd, »daß es in der trockenen Realität Dinge gibt, für die das logische Netz zu kleinmaschig ist. Große Fische verfangen sich nicht darin.«

Die beiden schickten sich nun ebenfalls an, sich zu Bett zu begeben, da kam die Quaerens noch mit einer Frage an den mexikoerfahrenen Herschel. »Sagen Sie, ist Ihnen nicht das Verhalten des Don Rodrigo aufgefallen, als die Dorn aufschien?« – »Ja, er hat als einziger spontan seine Freude an der glücklichen Rettung bekundet.« – »Ich meine die Art, wie er es getan hat: mit Klatschen wie in der Arena bei einem gelungenen Auftritt! Reagiert man so auf einen Gnadenakt? Das Eingreifen einer gütigen Schutzgottheit?« – »Nein, aber auf das gelungene Kunststück eines Zauberers, eine geglückte Hexerei! Und da klatscht man eben. Hierorts gehören der Zauber und seine Beherrschung zur Realität wie bei uns die Naturwissenschaft, eine therapeutische Maßnahme der Medizin. Der mexikanische Begriff von der Wirklichkeit ist weniger röhrenförmig als unserer. Wenn wir ein Phänomen nicht auf seine logische Ursache zurückführen, es anderseits aber auch nicht einfach wegleugnen können, dann bedienen wir uns des Wortes ›Zufall‹, um nicht Wunder oder Magie sagen zu müssen. Im Grund ist es aber nichts anderes. Zufall nennt man etwas, dessen bewirkende Ursache man nicht kennt, oder *noch* nicht kennt. Damit drückt man sich um eine sakrale Einmischung, sei es eines Gottes oder eines Schamanen. – Kein Wunder, daß der wichtigste Gott der Azteken Tezcatlipoca war, ›der rauchende Spiegel‹, der einzige, der sich um die Menschen kümmerte und in diesem Spiegel die nüchterne Wirklichkeit der Dinge sah. Es berührt einen seltsam und etwas unbehaglich, daß gerade dieser Gott sich durch besondere Launenhaftigkeit und Unverläßlichkeit auszeichnet. Er foppt gerne und hält zum Narren. Ein Hexer und Trickser. Kennt weder Gnade noch Gerechtigkeit, sondern lenkt Dinge und Geschick nach Laune und mit Zauberei. Man kann froh sein, wenn es für einen einmal günstig ausfällt. Und dann sind keine Dankgebete am Platz, sondern Bravorufe und Applaus, die man der Taschenspielerei jenes Gottes spendet.«

»Wenn man sich das vorstellt, kommt einem erst so recht zu Bewußtsein, wie sehr wir alle, im Abendland und im Vorderen Orient, religiös oder freidenkerisch, einem Gott am Gewandsaum hängen, der sich väterlich um uns sorgt, streng oder mild, aber väterlich. Wir nehmen es als selbstverständlich hin, daß wir ihm etwas bedeuten. Dabei ist das gar nicht so selbstverständlich ...«

»Jedenfalls nicht bei den Azteken. Sie hatten zwar einen Hochgott, Ipalnemoa mit Namen, auch ist er der ursprüngliche Zeuger der Hauptgötter, aber denen – Erscheinungen höchst fragwürdigen Wesens – hat er dann die Schöpfung des Menschen und die Lenkung der Welt überlassen. Obwohl dies bekannt war unter den Menschen, und sie seine Unerreichbarkeit immer wieder erfahren mußten, flehten die von der Schwäche oder Launenhaftigkeit der Götter Gequälten immer wieder zu dem, den sie nicht fanden, wo sie ihn suchten, weil er fern und gleichgültig war, so daß man zweifelte, ob es ihn überhaupt gab:

›Bist du es, bist du es wahrhaftig, bist du es nicht wahrhaftig, der, durch den man lebt? Was ist wahr? Man sagt, daß nichts wahr sei, sondern eine Täuschung Ipalnemoas. Darüber sind unsere Herzen betrübt ... Keinen Augenblick ist der Gott auf seiner Matte. Er ist fortgegangen und hat euch als Waisen zurückgelassen. Ach, ich Sänger seufze im Elend vor deinem Angesicht. Nur mit Wehleidsblumen und mit Klageliedern flehe ich zu dir, Herr, dem alleinigen Gott Ipalnemoa. Wo weilst du, laß mich dich rufen, denn ich bin betrübt. Die Fellpauke ist aufgestellt, weithin schallt der Gesang und mischt sich laut in unser Weinen, in unser Leid. Wird sich dein Herz nie um uns kümmern, Ipalnemoa?‹

Er hatte kein Gesicht, dieser Gott, keine Embleme, keine Eigenschaften und keine Geschichten, dieser schwermütig Verehrte und vergeblich Angebetete. Seine Unnahbarkeit west im dreizehnten, im obersten Stockwerk der Weltpyramide, dessen Spiegelbild dreizehn Stockwerke unter der Erde Mictlan ist, der schreckliche Wohnort der Toten in seiner Trostlosigkeit. Die christliche Hölle in ihrer theatralischen Pein, die Strafe für ein sündiges Leben, ist erträglicher als diese öde Plage, weil sie immerhin die Verdammung durch die Hand Gottes ist.«

»Es zeugt von erstaunlichem Edelsinn dieser gottverlassenen Menschen und von einer Würde, mit der sie ihre Götter weit übertrafen, daß sie es sich doch angelegen sein ließen, aus eigenem, und ohne Hoffnung auf Lohn, sich anständig zu halten, irdische Gesetze zu befolgen und sich den irdischen Gerichten zu unterwerfen, die strenge Strafen setzten, ohne göttliche Weisung und Anordnung.«

Cornell verteidigt das Abendland aus dem Unrat heraus und wird dafür »chinguiert«

Der Aufenthalt im Exotischen ging jetzt rasch seinem Ende zu. Niemand bedauerte es. Man war allgemein reisemüde, abgespannt und reizbar. Immer mehr bedrückten die Gemüter auch die nun dichter werdenden und mit konkreten Zahlen unterstützten Gerüchte von der sich langsam ausbreitenden Cholera, und das Gemunkel über die absichtliche Vertuschung der Behörden wirkte nicht gerade beruhigend. Eine letzte Exkursion war noch geplant, und gerade von dieser ließ sich Bäuml nicht abbringen. Es handelte sich um Antigua, die Reste der ersten Niederlassung der Leute des Cortez. Man müsse, formulierte es Bäuml mit fanatischem Auge, diese Stätte besucht haben, nicht so sehr wegen der Sehenswürdigkeiten, die zugegebenermaßen spärlich seien, als um des unauslöschlichen Unrechts zu gedenken, welches Europa einer fremden Kultur angetan habe. In diesem Sinne wolle er die Gesellschaft zu dieser allerdings ziemlich ruinösen Zwingburg führen, von welcher die Vergewaltigung der Eingeborenen durch Dünkel und Raubgier und maßlose Überschätzung der eigenen Zivilisation und Religion ihren Ausgang genommen habe.

Nach dieser flammenden Rede wagte es niemand, sich von diesem Vorhaben auszuschließen, abgesehen Frau Rosa Herschel, die scharfäugig voraussah, daß diese Ruinenwanderung ihren Füßen nicht bekommen würde. Die Nowak ging mit, wenn auch mit schmollendem Gesicht.

Man fuhr die Küstenstraße entlang bis zu jener Flußmündung, in welche die Flotte der Spanier eingefahren und gelandet war, und wo man ein erstes Standlager errichtet hatte, von dem aus man ins Landesinnere aufbrechen wollte.

Antigua war ein kleiner, verschlafener Ort. Interessant war, daß sich die kleine Kirche, die Cortez hatte bauen lassen, noch unversehrt erhalten hatte, aber nicht aus musealen Gründen, sondern weil jetzt noch gerade wie ehedem hier die sonntäglichen Gottesdienste abgehalten wurden. – Der Umstand berührte die Quaerens eigentümlich, und sie teilte es auch Herschel mit. Beide stellten sich nun vor, wie in diesen Mauern, vor diesem Altar mit finster spanischem Pomp eine Messe für die ins Unbekannte aufbrechenden Abenteurer zelebriert worden sein mochte. Allerhand Galgengesichter verschiedener Herkunft – vom Klima rostende Harnische und Waffen –, die in frommer wie raubgieriger Entschlossenheit auf den Knien die heilige Hostie entgegennahmen.

Von dem Gebäude, in welchem Cortez und seine Stellvertreter residiert hatten, waren nur mehr Reste vorhanden. Man konnte die Fundamente besichtigen und notdürftig erkennen, wo der Eingang und wie die Anordnung der Räume gewesen war. Man hatte diese Ruine nicht archäologisch freigelegt und geputzt. Vegetation hatte sich eingenistet und die Mauerreste überwuchert. Sogar Bäume, uralt und knorrig, waren emporgesproßt und hatten sich mit teils armdicken Wurzeln in den Rissen der aus Steinblöcken gefügten Mauern festgekrallt. Die breiten ausladenden Kronen gaben kaum einen Blick auf den Himmel frei, und so lag das ganze Areal in einem grünlichen, von Halblicht durchsprenkelten Schatten und wirkte ein wenig gespenstisch.

Da geschah es, daß der Hofrat Cornell, der seinen Römerkopf betont aufrecht trug, ohne den Boden unter seinen Füßen zu kontrollieren, eine Wurzel übersah, stolperte und in seiner ganzen Länge mit einem dumpfen Aufprall hinschlug.

Es hätte dies natürlich in diesem unebenen Gelände jedem passieren können, und der, dem das Mißgeschick zugestoßen wäre, hätte sich schimpfend oder lachend aufgerappelt und sich die Kleider abgeputzt. Nicht so Cornell.

Zur allgemeinen Verblüffung blieb er auf dem Bauch liegen, schnaubte seine Wut in die Erde und trommelte mit geballten Fäusten den Boden. Die Intensität, mit der er dies tat, verscheuchte sogleich jede Besorgnis, er hätte sich beim Sturz am Ende verletzt. Als sich die erschrockene Gattin neben ihm auf die Knie niederließ, knurrte er die Verdutzte weg. Auch die hilfsbereiten Hände, die ihm aufhelfen wollten, verscheuchte er wie lästiges Ungeziefer. Die Leute glotzten und umstanden schweigend im Kreis den weiterhin auf dem Bauch Liegenden, der die Erde zu malträtieren fortfuhr.

Nach einer guten Weile geruhte er, sich auf den Rücken zu wälzen, und blickte mit einem stieren Ausdruck in die Baumkronen, immer noch längelang im faulenden Laub der feuchtlehmigen Erde.

Die Quaerens und Herschel verständigten sich leise dahingehend, daß der eitle Cornell an einer Szene arbeitete, welche die blamable Lächerlichkeit, die am Hinfallen eines Erwachsenen haftet, tilgen und zu seinen Gunsten umdeuten solle.

Das Hinschlagen und damit der zwangsweise Verlust der schönen, gesammelten Haltung mußte einem Mann vom Schlage Cornells überaus peinlich sein. Man begriff, daß etwas, das für jeden anderen ein lästiges Ungemach und Mißgeschick war, von Cornell als Kränkung empfunden wurde, die ihm persönlich durch die Bosheit der hiesigen, kulturell unentwickelten Umstände zugefügt worden war. Man sah, daß er zutiefst beleidigt war und außerdem gebläht von stechender Rachsucht. Er, Cornell, hatte sich nicht blamiert. Er war tückisch blamiert worden und hatte auch einen Schuldigen ausgemacht:

Mexiko, ein Land, mit dem er schon vom ersten Tag des Aufenthaltes an auf gespanntem Fuße stand.

Nun setzte nach kurzer Sammlung der Beleidigte, immer noch auf dem Rücken im Unrat liegend, zu einer haßgesättigten Diatribe an: »Nach den ersten Eindrücken war es mir klar«, tönte er, »daß dieses Land nichts ist als ein flüchtig verkappter Dschungel. Optisch ebenso wie geistig. Primitiv, rückständig, fern von jeder Kultur. Ich scheue nicht die Bezeichnung: ordinär. Ist auch nur ein ferner Abglanz vom Ideen- und Formenreichtum des Abendlandes in dieses Dickicht gefallen? Obstinat verharrt es im stumpfen Ungeist. Man sehe sich nur an, was es unter dem Namen der Kunst herausgewürgt hat und gegen Eintrittsgebühr herzeigt. – Lassen sich diese sogenannten Pyramiden etwa mit der geheimnisvollen Geometrie der ägyptischen vergleichen? – Haufen aus steinvermischter Erde in eine stachlig öde Halde gekackt! – Ja, ich verwende mit Absicht dieses gewöhnliche Wort ›gekackt‹, denn von Bauen und Konstruieren, von Architektur kann dabei ja wohl nicht die Rede sein!« – Cornell blickte gereizt in die Runde, weniger auf Beifall als auf Betroffenheit aus.

„Und ihre Götter oder besser Götzen? Mißgestalten, gestauchte Krüppel und Querzen ohne Hals und Stirn, aber aufgedonnert mit grobschlächtigen Symbolen, glotzen sie feindselig vor sich hin, das geballte Übelwollen.«

Um zu demonstrieren, wie ihn das alles leiden machte, krümmte Cornell sich zur Seite und verhüllte sein Antlitz mit Händen, an denen Bodendreck haftete, den er sich absichtlich nicht abputzte.

Seine Frau, die ihn mit einem Taschentuch abtupfen wollte, biß er weg und schlug ihr auf die Hand wie ein böses Kind. Sollte nur der ganze Unrat, den dieses Land ausschwitzte, auf seinen noblen Zügen sichtbar werden und empören, dachte er vermutlich. – Jedenfalls legten es sich die Quaerens und Herschel so aus, welche die bühnenreife Szene mit gespanntem Interesse beobachteten.

Nun wälzte sich der Professor wieder auf den Rücken

und nahm die Hände vom Antlitz, weil in dieser Position seine Rhetorik besser zur Geltung kam. An seinen schmerzlich vergeistigten Zügen ließ er sehen und sprach es auch aus, wie sein, Cornells, Innenleben seit seinem Hiersein auf ein Nagelbett ästhetischer Pein gestachelt war. Ein Umstand, der ihn jedoch nicht hinderte, geläufig und eloquent über das Schöne und Edle zu sprechen, das leider seine Wohnstatt ausschließlich im Abendland habe. Im Klageton tiefen Bedauerns fühlte er sich zu der Feststellung genötigt, daß hierzulande Anmut und Schönheit schlechterdings fehlten. »Selbst in der Natur – wenn ich von der Kunst schon nicht reden will. – Wo finden Sie liebliche, herzbewegende Harmonie, die sich zu gefälligen Motiven fügt? Stinkendes, ineinander verstricktes Dschungelgewucher oder öde Kaktuswüsten. Und die Menschen, selbst untereinander im intimen Kreis! Kein heiter gelassenes oder mit Witz gewürztes Gespräch kommt in Gang, unterhalten von der feurigen Wärme edlen Weines. Der Agavenkrätzer, den sie saufen, wirft sie wie tot hin in stummer, tierischer Trunkenheit oder läßt sie in rhythmisches Gehampel verfallen, das sie Tanz nennen. Tanz! Diese harmonisch gebändigte Übereinstimmung von Sympathie und Bewegung! Das dumpfe Stampfen nackter Wilder im Urwaldmorast, eine appetitverschlagende Ekstase, die keine Würde kennt, das bißchen Hirn aufzehrt im hackenden Lärm, geschlossenen Auges und mit zurückgeworfenen Köpfen. Alles, was Geist und Sitte ist, in die Bäuche verbannt. Und heißen sich gute Christen, feiern angeblich Weihnachten, die innige Geschichte vom göttlichen Kind, und dabei wird der besinnliche Christbaum zum psychedelischen Diskomöbel mißbraucht und geschändet. – Speiwerk, nichts als Speiwerk und ein Sodbrennen für eine empfindliche Seele.«

Cornell legte nun eine wirkungsvolle Pause ein – wohl auch aus Atemnot, die er aber nicht zugab; eine eindrucksvolle Pause, während derer er zitternde Lider über die

Augen sinken ließ, ein Bild geistiger und seelischer Erschöpfung.

Dann riß er sich – immer noch im Mist – plötzlich zusammen und dozierte mit geweitetem Auge: »Und ihre Gottesfurcht? Schweißgetränkte, duckende Angst. Üble Praktiken, von Luderhexen mit gekreuzigten Rattenköpfen gesudelt, Winkelkabalen boshafter Kobolde, die alles Edle in den Unrat zerren. Pfui, pfui und nochmals pfui!«

Cornell hatte jetzt seinen Kopf aufgereckt und starrte mit vor Haß und Abscheu fast schielenden Augen die Gesellschaft an.

»Weder Unachtsamkeit noch Unbeholfenheit waren es, die mich zu diesem eklen Sturz gebracht haben. Ich schwöre es Ihnen.« Er sprach fast fiebrig. »Ich habe keine Wurzel *übersehen,* sondern ich wurde das *Opfer* einer Wurzel. Die Bosheit der Wurzel, durch Hexenbann in sie eingeholzt, hat mir ein Bein gestellt. Denn das hier herum sind keine harmlosen Schöpfungen der Pflanzenwelt. Sehen Sie sich nur um im Gestrüpp. Das hat alles verstohlene Lebendigkeit in sich. Hinterfotzige Halbgespenster, prall voll frotzelnder Gemeinheit, gehässig gegen alles Noble.«

Die Gesellschaft stand immer noch stumm und bis zur Lähmung vergafft in den Auftritt, den Cornell hinlegte. Jetzt aber begannen sie einander besorgt anzusehen, denn der Professor steigerte sich allmählich ins Paranoide, und seine kühn formulierten Gedankengänge verloren sich bedenklich ins Zwielichtige.

Nun erhob er sich zum Sitzen und faßte sich zum Schlußwort zusammen. Dabei aber – was den Verdacht auf Kontrollverlust verdichtete – verletzte er ohne Takt und Scheu ein Tabu, was die Gesellschaft, peinlich berührt, nach Lopez schielen ließ: Cornell, mit der Rechten mit spitzem Zeigefinger auf die spärlichen Mauerreste deutend, bohrte sich direkt in die nie verheilende Wunde Mexikos: er pries die Conquista. »Recht haben sie gehabt, Cortez und die

Seinen, ich stehe nicht an, sie und ihre Taten zu rühmen, recht und nochmals recht, daß sie alles niederschlugen, ausrotteten, niedermetzelten und Raum und Luft schufen für das edle Pfropfreis vom grünen Baum des Abendlandes. Mögen es auch großteils Banditen und Strauchdiebe gewesen sein, so hatte doch jeder einen Hauch der Grazie der Alten Welt geatmet, und sein vermutlich verlaustes Haupt war gesalbt mit der Narde der Anmut. Aber die da« – er streifte die Gegend mit einer globalen Geste der Verachtung –, »jene haben sich gesträubt gegen die überlegene Gesittung mit Tücke und Verbohrtheit. Sie haben wenig Widerstand geleistet, was noch edler gewesen wäre. Zum Schein haben sie die Segnungen der überlegenen Kultur und Religion angenommen und dann ein abscheuliches Gebräu zusammengekocht aus dem Alten und dem Neuen, aus welchem Mißgeburten krochen, ihre gräßlichen Dämonen höhnisch verlarvt zu den Heiligen, die man im Gesitteten verehrt. Wenn sie die Madonna anzubeten vorgeben in Guadalupe, stampfen sie in Wahrheit vor dem blutrünstigen Monster der Coatlicue, das sie Mutter nennen. Wenn sie vor dem Kruzifix auf den Knien rutschen, haben sie in allen Kirchen das Greuelbild eines über und über mit Blut überströmten Kadavers vor sich, der nicht vom Speer eines römischen Soldaten sauber in die Seite gestochen ist, sondern sich selbst im Namen der Gottgefälligkeit mit Agavendornen traktiert hat von sieben Zentimeter Länge, und zwar auch in überempfindlichen Stellen, wie man nachlesen kann, unterhalb des Lendentuches, das dicht an dicht benadelt ist mit den Paßphotos der Bittsteller an roten Mäschchen. Ich habe es selbst gesehen in einer gewöhnlichen Kirche. Ich werfe ihnen ja nicht einmal die sakralen Gemetzel ihrer Vorfahren mit den herausgerissenen Herzen vor. Ich bin ein Mann der Wissenschaft und kann diese Dinge mit kühlem Interesse betrachten und mit sachlicher Wißbegierde. Aber ich werfe ihnen vor und bedaure sie gleichzeitig tief, daß nichts, was ihnen heilig ist, die Schönheit kennt; daß sich Heiligkeit und Schönheit bei ihnen auszuschließen scheinen. Alles Heilige ist häßlich, grausig, menschliches Zutrauen abstoßend und Hilfe verweigernd, es starrt von Blut und fordert Blut, Wunden, Selbstverstümmelung. Die Mayapriester sollen sich sogar den Penis verknüpft haben, und schlichte Männer aus dem Volk haben es ihnen freiwillig nachgemacht. Ja, verziehen Sie nur Ihre Mienen peinlich geschockt. Das steht alles aufgeschrieben und ist vielfach dargestellt und verbürgt!«

Jetzt endlich schien Cornell der Faden und wohl auch der Atem auszugehen, und er schwieg, im Unrat sitzend, und schien ihn jetzt erst wahrzunehmen.

Señor Lopez, den man bei den stärksten Stellen immer von der Seite her mit ängstlichen Blicken streifte, hatte bei den Schmähungen seines Landes und Volks mit keiner Wimper gezuckt. Seine Miene war absolut ausdruckslos und hatte nur, wie es bei Dunkelhäutigen ist, wenn sie erblassen, eine vitriolartige Tönung angenommen.

Cornell schien jetzt erleichtert und befriedigt von seiner medisanten Charakteristik des Landes, das ihm mit frecher Unverschämtheit ein Bein gestellt und ihn schimpflich in den Dreck geworfen hatte, auch innerlich erfrischt, weil er sich endlich den Grünspan aus der Kehle geputzt hatte, der sich im Lauf der Wochen darin angesetzt hatte mit kratzenden Kristallen. Er schickte sich nun an, sich – ganz Abendländer und Humanist – federnd zu erheben. Da stellte sich leider heraus, daß eine leidige Steifigkeit, sei es vom Alter oder vom langen Liegen im Feuchten, ihm die elegante Auferstehung nicht erlaubte. Die Gesellschaft war von der vorangehenden Szene zu schockiert und eingeschüchtert, um ihm beizuspringen. So war Cornell genötigt, sich zur Seite rollend auf Arme und Knie zu stützen mit hochgerecktem Gesäß und sich dann knirschend und ohne jede Anmut hochzustemmen. Man beschaute ihn dabei mit gemischten Gefühlen zwischen Peinlichkeit und stiller Schadenfreude. Die

Gattin war verstört. Der Sohn jedoch verfolgte, ohne einen Finger zu rühren, die mühsame Veranstaltung des Vaterhauptes mit einem eigenartigen Glitzern im Blick.

Der Hofrat aber, als er sich endlich ächzend zum aufrechten Stand der Menschenwürde hochgerappelt hatte, vergaß die Schmach und komponierte spielend seine Glieder wieder zur edlen Positur und brachte auch seine Kinnpartie zur Räson. Jetzt erlaubte er seiner Gattin auch, ihn abzustauben.

Wie erwähnt, hatte Don Rodrigo die Sottisen, die der Professor gegen seine Heimat ausgestoßen hatte, schweigend, ohne den Versuch einer Widerrede, angehört. Er hatte der Vorstellung mit ausdrucksloser Miene beigewohnt, die Augen in stumpfer Schwärze auf Cornell gerichtet, völlig abgeschottet gegen Einblick von außen. Nicht die Spur innerer Aufbäumung. Niemand ahnte, was er dachte und empfand. Die Gesellschaft schwankte unbehaglich, ob sie in dieser Haltung die Unempfindlichkeit einer Sklavenseele sehen sollte oder ob sich dahinter nicht eine schwelende Drohung verbarg.

Was dann aber wirklich geschah, darauf war niemand gefaßt gewesen.

Als sich Cornell zusammengeklaubt und wieder die gewohnte Anmaßung in Blick und Haltung zurückgewonnen hatte, sprang plötzlich Don Rodrigo mit betonter Dienstfertigkeit herzu und umklammerte mit eisernen Griffen seiner zarten bronzefarbenen Finger den Professor, der sich entrüstet wehrte, unter der Achsel und am Ellbogen, wie man es bei Gehbehinderten tut, und führte den schrill Aufkeifenden behutsam Schritt für Schritt in Richtung Auto, als geleite er einen hilflosen Krüppelgreis. Dazu sprach er mit betonter Sanftmut auf den Giftgeschwollenen ein, wie auf ein ohnmächtig trotzendes Kind. »Schon gut, schon gut, abuelito, Großväterchen«, ließ er sich vernehmen, »gleich haben wir's geschafft. Nur noch ein paar Schrittchen. Wer wird denn strampeln und sich unartig gebärden! Das macht ja alles schwerer. Ja, ja, die Gelenke, Alterchen, die sind halt schon ein bißchen lädiert. Nur ruhig, und stützen Sie sich voll auf mich jungen Schnösel, daß Sie mir nicht wieder hinschlagen. In Ihrem Alter kann da schon leicht was zersplittern, ist ja doch schon alles porös und abgenützt. Na ja, diese Wochen waren wohl ein bißchen zu anstrengend für ältere Leutchen. Die anderen Herrschaften haben sich ja erstaunlich gut gehalten, aber Ihnen, Herr Hofrat, hab ich es schon von Anfang an angesehen, daß Sie sich schwer tun werden. Die Geistigkeit und zarte Bildung leidet ja mehr im Rohen als rüstige Gewöhnlichkeit.« Und nach einer kleinen Pause, während derer die Menge gaffte und Cornell erstarrt schien, ätzte Lopez weiter. Er sah nun Cornell aufmerksam ins Gesicht, ohne seinen eisernen Griff zu lockern, und sprach mit deutlicher Besorgnis: »Herr Hofrat scheinen sich ja wirklich ernst übernommen zu haben! Ja was ist denn das? Schweiß auf der Stirn?« Er fuhr ihm ohne weiteres mit dem Zeigefinger ins Gesicht. »Kalter Schweiß?! Und Sie zittern ja und sind ganz bleich! Die Kinnlade bebt, und die Zähne schlagen aufeinander. Es wird doch um Gottes willen nichts Ernstes sein! Erst schon der bedenkliche Gleichgewichtsverlust, das fiebrige Gerede und die Schwierigkeit, sich zu erheben! – Nein, ich kann's nicht glauben. Die Cholera bleibt ja im allgemeinen auf die Viertel der Lumpigen beschränkt. Wir wollen den Teufel nicht an die Wand malen … nur Ruhe, nicht aufregen, abuelo … laß dich ruhig von mir Halbgebildeten ins Auto heben …!« Zur unbeschreiblichen Erbosung Cornells fiel nun der unverschämte Kanker noch ins Du, wie es Ärzte bei halbidiotischen Bauern und Greisen tun.

Ihn mit harten Griffen unter beiden Achseln fassend, stemmte Lopez den Erbitterten, der nun vor hilfloser Wut tatsächlich irgendwie gebrechlich wirkte, in den Bus und lehnte ihn in eine Fensterecke wie einen Erdäpfelsack. »So, das hätten wir«, beschwichtigte der Teuflische weiter, »und zu Hause dann husch ins Bettchen. – Ich würde übrigens sofort einen Arzt heranziehen«, wandte er sich an die nachgedrungene Gattin, »obwohl sich natürlich über die Qualität der Ärzte in einem unterentwickelten Land wie diesem einiges einwenden läßt! Aber mit der Cholera haben sie vielleicht mehr Erfahrung als in den Zonen, wo Sie zu Hause sind und solche schmutzigen Krankheiten längst ... nein, nein, ich will Sie keineswegs voreilig erschrecken, nur ein Rat unter Freunden ... wir sind doch Freunde, Herr Hofrat? Also an Ihrer Stelle würde ich, auch wenn es nicht die Frühsymptome einer Cholera sind, was ich doch hoffe, mich möglichst bald einer gründlichen Durchuntersuchung unterziehen, natürlich nicht hier im Land des zivilisatorischen Tiefstands, sondern drüben in Europa ...«

Die Gesellschaft, zu Lots Weib versteinert, beobachtete starräugig den Vorgang. Allmählich war es allen aufgefallen, welch fürchterliche Rache Herr Lopez für die nur scheinbar stumm hingenommenen Beschimpfungen Cornells nahm und wie er mit jedem Wort und jeder Geste das Selbstgefühl des Römerkopfs zerbeizte und ihm darüber hinaus die Schlangenbrut einer nachhaltigen Angst ins Gemüt säte.

Herschel schnalzte vor Bewunderung über das gekonnte Spektakel, mit dem der devote Señor Lopez Rache nahm. Im Bus, neben der Quaerens sitzend, begann er sofort mit einer Erklärung: »Sie werden das Wort ›chingar‹ nicht kennen; angeblich aus dem Aztekischen.« – »Nein, was bedeutet es?« – »Es gibt keinen identischen Begriff dafür in irgendeiner Sprache, nicht einmal im Spanischen. Man kann es nur umschreiben, nicht übersetzen. Es ist eine reinrassige Schöpfung der mexikanischen Seele. Allgemein umschrieben heißt chingar, einen Menschen in aggressiver Weise und Absicht belästigen. Diese Belästigung reicht vom Sticheln bis zum Erstechen, und zwar zum Zweck der Demütigung bis Schändung, körperlich wie verbal. Es zielt immer auf jenen Punkt, wo der Betroffene am verletzbarsten ist. Im allgemeinen weniger in seinem Leben als in seiner Ehre, seinem Selbstgefühl.«

»Da hat ja unser formbewußter Don Rodrigo eine erstaunliche Treffsicherheit bewiesen!« – »Das will ich meinen! Er hat Cornell in seiner eitlen Eigenliebe angestochen, und so, wie er das inszeniert hat, wäre das keinem von uns eingefallen. Keine rüde Beleidigung, alle Formen blieben gewahrt, und das Opfer war absolut wehrlos und ausgeliefert.« – »Da muß ich wieder an die Episode mit dem Tango denken. War das nicht auch eine Form des Chinguierens? In Europa wäre die versteckte Parodie des kleinen Fetten das gewesen, was man bei uns als Hetz bezeichnet, ein harmloses Sich-lustig-Machen, ein Gelächter, in das allenfalls auch der Belachte selbst miteinstimmen könnte, wenn er genug Humor hat. Hier wurde ja auch gelacht, aber es schien mir keine eigentliche Heiterkeit dabei, es war eine Lachorgie ohne Lustigkeit. Ein Lachen, das verletzen sollte. Die Augen hatten keinen Anteil an diesem Lachen. Ich glaube, daß es dieses war, wenn ich mir die Szene retrospektiv wieder vorstelle. Dieses Lachen machte den Belachten nicht nur zur komischen Person, es verletzte und erniedrigte, es zerfraß die Selbstachtung, und auch da, bei der Dorn, diese instinktive Treffsicherheit mitten in ihr mühsam gepanzertes, verletzliches Ego.«

»Da haben Sie recht mit diesem Lachen ohne Beteiligung der Augen. Es wird viel gelacht hier in Mexiko, mehr als bei uns wahrscheinlich. Aber die Augen lachen selten mit. Das Lachen ist weniger ein Ausdruck behaglicher Heiterkeit als eine Waffe. Am lautesten ist das Gelächter, wenn einer hineingelegt worden ist, wenn es gelungen ist, jemanden auf kränkende Weise bloßzustellen. Sie müssen sich die mexikanischen Standardwitze anhören. Die Antagonisten sind gewöhnlich ein großmächtiger Gringo und ein kleiner, armer Mexikaner. Dieser legt den Gringo auf listige Art hinein, und der geht ihm voll auf den Leim; meist hat es mit fäkalischen Dingen zu tun. Der Gringo rutscht in der Scheiße aus gewissermaßen. Der Kleine überwältigt ihn nicht durch Geist oder Kraft, er macht ihn lächerlich in einer weniger lustigen als demütigenden Form.« – »Hat das nicht mit den Minderwertigkeitsgefühlen gegenüber dem Westen zu tun?« – »Vom Vorwurf her sicher, aber nicht unbedingt in der Methode. Das Wort ›chingar‹ ist, wie gesagt, aztekisch, und einer der wichtigsten Götter der Azteken war Tezcatlipoca, der Fopper und Hineinleger, der große Frotzler.«

Herschel zeigte auf Cornell, der blaß in seiner Ecke lehnte. »Sehen Sie, das ist ein exzellentes Beispiel von Chinguieren. Ich bin ja nicht frei von Schadenfreude, aber dem Bedauernswerten wurde von den zartgliedrigen Fingern des überhöflichen Lopez wirklich ein schartiges Messer in seinem Selbstgefühl umgedreht, er ist das Opfer einer seelischen Vergewaltigung. So etwas kann nur ein Mexikaner. Unsereiner hätte sich an Lopez' Stelle im fruchtlosen Protestgekreisch verzettelt, sich dabei womöglich ins Unrecht gesetzt, jedenfalls dem sicher geistig gewandteren Cornell Gelegenheit gegeben, ihn niederzureden.«

Señor Lopez hatte glänzenden Auges neben dem Chauffeur Platz genommen, ein Bein über das andere geschlagen, und zündete sich eine Zigarette an, was er sonst niemals getan hatte, ohne die Erlaubnis der Fahrgäste einzuholen.

Im Hotel stocherte man unlustig im Abendessen herum. Oben bei Cornells war hektischer Betrieb. Ein Arzt war geholt worden. Dieser nahm nun, unter Hinzuziehung des Medizinalrats, eine genaue Untersuchung vor. Beide Herren kamen nach einer Weile ernsten Gesichts die Stufen herabgeschritten. Niemand traute sich eine Frage zu stellen. Nach einer Weile aber kam die Oberschwester, die dem Konsilium ebenfalls beigewohnt hatte, mit geblähtem Maulbeutel und erstattete Bericht. Der Arzt habe sich nicht festlegen wollen, aber auf jeden Fall absolute Bettruhe verordnet und genaue Überwachung des Stuhlgangs empfohlen. Cornell habe allerdings sofort nach Eintreffen einen Anfall von Diarrhöe erlitten, nach Angaben der Frau habe sich jedoch keine reiswasserähnliche Beschaffenheit gezeigt, auch er selbst wirke eher gelb als bläulich und reagiere, wie die Gattin berichtete, auf seelische Erregungen häufig mit Durchfall. Alarmierend sei im gegenwärtigen Stadium eine Irritation des Pulsschlags, vor allem jedoch eine tiefe Niedergeschlagenheit des Kranken, was als Frühsymptom der Cholera bekannt sei. Morgen früh werde der Arzt sich wieder zur Visite einfinden, er hoffe, dann schon Genaueres sagen zu können, den Patienten möglicherweise ins hiesige Spital einweisen.

Mit besorgten Gesichtern begab die Gesellschaft sich in ihre Zimmer.

Die Quaerens machte sich auf nach ihrem Monasterium, und Herschel, der sich noch ein wenig die Füße vertreten wollte, begleitete sie.

»Was sagen Sie zu unserem Cornell?« begann er, nachdem sie eine Weile schweigend nebeneinander hergegangen waren. – »Er hat sich aufgeführt, wie ein römischer Patrizier sich aufgeführt haben mag, als die Horden Alarichs vor den Mauern Roms gestanden sind – die abendländische Kultur ist bedroht, durch ein Land, wo ein Cornell über eine Wurzel stolpert und hinschlägt! Welche Barbarei, diese Wurzeln hierzulande!« – »Ja, so hat das ungefähr ausgesehen. Aber finden Sie nicht, daß alle unsere Reisegenossen seit einiger Zeit zu Überreaktionen neigen?« – »Das ungewohnte Klima, das gestopfte Programm, und so viel Fremdes selbst im kleinen? Übrigens, ausgenommen sind Sie und Ihre Frau, ja und das Fräulein Sissy Nowak!« – »Ich und meine Frau, wir sind Juden, seit zweitausend Jahren das Reisen gewohnt und die fremden Betten. Und was die liebe Sissy anbelangt, so gehört sie der einzigen echten Internationale an. Sie ist erhaben über die Unterschiede der Völker und Kulturen, nicht aus Überlegung und moralischem Ehrgeiz, sondern weil ihre begnadete Herkunft ihr einen Sitzplatz unterhalb des nationalen und ästhetischen Getriebes verschafft hat. Die international oder interkulturell denkende Elite, liebe Frau Doktor, das sind nicht wir, wir reißen nur das Maul auf darüber. International sind weltweit die bildungsmäßig Unbeleckten. Die kennen und üben zwar den nackten Brotneid, geistig aber sind sie völlig neidlos und tauschen Kulturen wie Kleider.« – »Da haben Sie wahrscheinlich recht. Eigentlich können sich nur die Ungebildeten den Bildungstourismus seelisch leisten. Die bringen von so einer Reise ein paar vollgeschossene Filme mit, ein typisches Souvenir und ein neues Kochrezept. Im ärgsten Fall einen Zehenpilz, eine Schuppenflechte und Kopfläuse. Ihre Seelen bleiben unangefochten. Anders geht's den Ganz- oder auch nur Halbgebildeten. Schauen Sie sich die Unseren an. Nicht nur der Cornell liegt chinguiert darnieder.« – »Die arme Schönbein hat erleben müssen, wie die lieben Buben, für die sie so viel Herz und Verständnis hatte, sich als routinierte Kriminelle erwiesen haben und trotzdem liebe Buben mit ausgezeichneten Manieren geblieben sind! Welch ein Debakel für eine ›alte erfahrene Lehrkraft‹!« – »Die von sich selbst gesättigten Höchstlmeiers hat eine gewöhnliche Bruja von ihrem wissenschaftlichen Thron gezerrt und ist ihnen gegenüber nicht nur respektlos aufgetreten, sondern hat sie so durcheinandergebracht, daß sie öffentlich in ein böses Ehegezänk geraten sind.« – »Und die unselige Ditta Dorn hat es sich zwar zum Programm gemacht, überall anzuecken und zu provozieren, ist gefaßt und sogar gierig auf kreischende Empörung, daß man aber mit Spott und Persiflage reagiert, räumt ihr den Stachelpanzer ab und läßt sie als Weichtier zurück.« – »Sogar der Dritte-Welt-Schleimer Bäuml ist schwer frustriert, weil die dritte Welt sich adrett in Nadelstreif und Krawatte zeigt und er allein naturgefranst daherkommt.«

»Solche Reisen ins Exotische sind ganz und gar nicht harmlos. Gegen Gefahren und Mißstände von außen ist man ja durch ein feinverzweigtes Versicherungsnetz tadellos abgedeckt. Aber den seelischen Verstörungen und Verletzungen ist man völlig ungeschützt ausgeliefert.« – »Da gibt's keine Versicherungen, denn man ahnt ja nicht einmal etwas von einer Bedrohung! – Aber jetzt«, sagte Herschel mit einem Seitenblick auf die Quaerens, »wenn wir schon davon reden, wie es fast jeden aus der Runde aus dem seelischen Gleichgewicht gehoben hat, wie ist das eigentlich mit Ihnen, Verehrte? Sie sparen sich aus? Dabei hat es gerade Ihnen die Bruja auf den Kopf zugesagt!« – »Wie meinen? Ach ja, ich erinnere mich ...!« Die Quaerens versuchte hastig das Thema zu wechseln, aber Herschel hielt sie in der Zange: »Wie ist das also? Sind Gnädigste nicht ein bißchen aus dem Orbit ausgefahren und ins Schleudern gekommen?« – »An Takt und Diskretion übernehmen Sie sich nicht gerade!« murrte sie, »aber was soll's? – Wenn Sie es unbedingt wissen wollen, bin ich ja gerade deswegen hier! Ja, ich bin ausgefahren ... fahre dauernd irgendwie aus und bin manchmal im kalten Schweiß aus Angst, ich könnte nicht mehr aufspringen auf meinen Zug. Aber – wie gesagt – ich hab's gewollt. Ich wollte aussteigen. Das war der eigentliche Grund zu dieser lächerlichen Unternehmung!«

»Bildungsekel?« – »Nicht im Sinne derer, die, von unserer ehrwürdigen Vergangenheit angeödet, das sekundäre Analphabetentum preisen und pflegen, moralisch die Wunschträume Pubertierender herausstülpen und ästhetischen Vandalismus betreiben oder aber sich einer wildfremden Kultur an den Hals werfen und ihre ungeeignete Anatomie in Yogastellungen zwingen.« – »Wie dann?« – »Ich achte und ehre unsere alte Lokomotive, unsere rostigen Geleise, die schon halb Museumsstücke sind. Ich trotze nur auf gegen angebliche Revitalisierungen. Dagegen, daß man diese Züge aus lauter Angst und Wehleidigkeit für Behinderte adaptiert und für jede Erinnerung an lebendiges Leben Beruhigungspillen reicht und schmerzstillende Pharmaka gegen den Tod.« – »Also eine Art Trotzhandlung? – Sie meinen, von Kultur kann nur dort die Rede sein, wo Leben noch Leben, heißt großteils Leiden ist und Tod noch Sterben, wogegen es kein mitigierendes Medikament gibt?« – »Ja, ungefähr so mein ich es.« – »Und das haben Sie hier zu finden geglaubt, gesucht?« – »Nicht ausgesprochen hier. Daß ich gerade hier gelandet bin, ist eher Zufall, jedenfalls eine zufällig zustandegekommene Fügung. Ich hab spontan eine Möglichkeit ergriffen, meine Geleise, meinen Luxuszug zu verlassen und in die Wiesen zu gehen ... nein, gar nichts verstehen Sie, es ist auch schwer, es zu verstehen, weil es zu absurd ist ... aber das Alter hat auch etwas damit zu tun ... ich will nicht in einem Sonderabteil des Luxuszuges an vielen Schläuchen hängend verrecken, vor den Fenstern eine Salzkammergutidylle ... aber ich verwickle mich immer mehr in Abersinn, verzeihen Sie!« – »Nur zu, ich will nicht behaupten, daß Sie sich sehr präzise ausdrücken, aber vom Gefühl her kann ich mir schon etwas vorstellen darunter: Abstand nehmen vom Allzugewohnten, es aus ein paar Metern Entfernung sehen unter einem anderen Aspekt, auch wenn man sich dazu neben den Weg in die Brennesseln stellen muß. Ungefähr so?« – »Ja, ungefähr so. – Aber weil schon immer das Wort Kultur fällt! Es ist kein gutes Wort, jedenfalls geht es am Gemeinten vorbei. Man denkt dabei an die Summe der Hochleistungen irgendeiner Gruppe von Menschen, also Kunst, Wissenschaft, Religion, Philosophie. Das sind aber nur die Spitzen, leger ausgedrückt, die Schnörkel einer bestimmten Lebensordnung. Kultur, wie wir es gewöhnlich meinen, ist ein viel zu hochgestochener Begriff. Woraus entwickelt sich denn, was man Kultur nennt? In den Anfängen ist es das, was eine Familie, ein Clan, eine Population je nach den territorialen und klimatischen Bedingungen erfindet, um zu überleben. Überlebensstrategien.

Zunächst allein ausgerichtet auf Sattheit und Wärme, für die man sich rein materielle Voraussetzungen schafft. Bald aber stößt man auf unüberwindbare Grenzen; die äußerste ist die unabwendbare Grenze des Todes. Dagegen hat man nichts in der Hand. Aber, ob er es will oder nicht, der Mensch ist auch noch mit einem Hirn ausgestattet. Und so stellt er sich das, was seiner Wahrnehmung verschlossen bleibt, vor, grübelt darum herum und bastelt sich aus dem Nichtsichtbaren, aus dem Vorgestellten einen Überbau, der dem Leiden Sinn und dem Leidenden Hilfe gibt. Eine höhere Instanz, in deren Allmacht die Lösung aller der unbeantwortbaren Fragen des alltäglichen Lebens liegt. Man entwickelt eine Religion. Da liegt dann schon der Anfang dessen, was man ›Kultur‹ nennt.«

»Und die Kunst?«

»Die Kunst? Die Kunst! Nun, ich glaube, all die Bildnerei, die Musik, die Dichtung, das sind gewissermaßen die Umgangsformen mit dem Überirdischen, man kann mit Gott schließlich nicht im breitmäuligen Dialekt reden.«

»Das leuchtet mir ein! – Und Sie meinen, aus dem Humus alles dessen, aus breitmäuliger Überlebensstrategie, hat sich an verschiedenen Orten des Erdballs, wo sich Menschen knäuelten, eine jeweils verschiedene ›Hochsprache‹ entwickelt, voneinander ganz unabhängig, denn das Herumkutschieren in aller Welt ist ja kaum zwei Generationen alt. Und jede dieser Gruppen hat ihre eigene, unverwechselbare und unaustauschbare Kultur. Trampelpfade gewissermaßen durch die Wildnis des Universums. Und in die eigene ist man eingewachsen mit allen Fasern und Äderchen und kann auch dann nicht loskommen davon, wenn sie allenfalls am Kollabieren ist. Wenn die Überlebensstrategie sowie die ›Hochsprache‹ so überfein geworden sind, daß sie im vollsten Sinn des Wortes überschnappen.«

»Ja, ich glaub wenigstens, daß es so ist.«

»Und da wollten Sie sehen, wie das anderswo ausschaut,

auf einem anderen Trampelpfad, ob der womöglich der bessere ist, näher zum Ziel führt?« – »Anschauen, nicht überwechseln. Vielleicht auch etwas abschauen. Natürlich weiß ich, daß ich auch hier nicht das ›Richtige‹ finde. Es wird auch hier ein Rätsel bleiben. Aber manchmal reicht es einem schon, wenn man einen anderen falschen Weg sieht, für die Illusion, nicht zu ersticken. – Natürlich bezahlt man auch für dieses Abenteuer. Aber man übersteht's wie eine Influenza. Hoffe ich wenigstens.«

Der Zug der Toten und der Lindenbaum

Als die Quaerens an diesem Abend in ihre Klosterzelle kam, war sie gar nicht so richtig bettmüde. Außerdem hatten sich ihr, wie sie jetzt erst merkte, die düstere Stätte von Antigua und die peinvolle Szene mit Cornell sowie die Rache des Don Rodrigo doch stark auf die Nerven geschlagen. Ganz unberührt war sie auch nicht von der Besorgnis wegen der Cholera geblieben.

Der Stimmung entsprechend kam ihr alles in den Sinn, was sie über Tod und Unterwelt in der Vorstellung der Azteken gelesen hatte. Sie schlug die Seiten in ihrem Mythen- und Ritenbuch auf, wo davon gehandelt wurde, und stieß auf das rituelle Bestattungsgebet: »Nun ist es für immer zu Ende gekommen. Du bist gegangen nach dem Ort des Geheimnisses, wohin wir alle hinabsteigen ... wo die Türen links sind, wo keine Straßen zu den Menschen führen. Denn niemals gibt es für dich eine Rückkehr.« – Unten, las sie, herrschten Armut und Not, Kälte und Arbeitsplage, und an anderer Stelle hieß es: »Giftkräuter werden in der Unterwelt gegessen, und alle, die hinuntergehen, essen Stachelmohn. Alles, was auf Erden nicht gegessen wird, wird in der Unterwelt gegessen und nichts anderes.« In einem eisigen Wind wirbeln scharfe Obsidianmesser, reißende Ströme müssen durchquert werden, worin Felsenbrocken aneinanderstoßen, dornige Agaven und Stachelkakteen sausen durch die Luft. Der Abstieg dauert nicht weniger als vier Jahre und ist eben mit diesen schweren Qualen verbunden.

Unten dann in Mictlan herrscht ein düsterer Herr, ein Gerippe mit schwarzen verfilzten Haaren auf dem Beinschädel, und es ist ein böses Leben, ungeachtet dessen, wie man sich oben gehalten hat. Keiner von den Göttlichen gibt sich die Mühe, für das Menschengeschmeiß ein gerechtes Gericht abzuhalten. Nicht wie ein Trost, eher wie ein Hohn mutet es an, daß willkürlicherweise die Ertrunkenen und vom Blitz Erschlagenen den Vorzug genießen, in eine Art fröhlichen Paradieses einzugehen, das Reich Tlalocs, des Wassergottes. Nach ihren moralischen Verdiensten wird nicht gefragt.

Eine andere Ausnahme machen die im Kampf Gefallenen und im Kindbett Gestorbenen, die den geschwächten Sonnengott bei seiner Wanderung über den Taghimmel begleiten und mit Musik ermuntern dürfen. Die überwiegende Mehrzahl der Menschen aber muß zu Mictlan das Leben Strafgefangener führen in alle Ewigkeit.

Diese Lektüre war nicht geeignet, der Quaerens Stimmung aufzuhellen. Die Vergeblichkeit des Flehens zu einem Gott, »der nicht auf der Matte sitzt« ... »Wie oft«, dachte sie, »beschleicht auch unsereinen, so tief man eingebettet ist in der Vorstellung eines Gottes, der sich kümmert um den Menschen und ein Ohr hat für seine Gebete, wie oft beschleicht uns der Verdacht, daß wir all dies nur glauben, weil wir es wünschen, weil sonst das Leben und seine natürlichen Plagen untragbar wären. Vielleicht«, sagte sie sich beklommen, wie schon oft vorher, »ist all dies eine Täuschung, entsprossen unserer seelischen Schwäche und Wehleidigkeit. Mag sein, daß dieses Volk der Azteken über stärkere Herzen verfügte, mit schärferen Augen die Wirklichkeit sah und sie ertrug. Daß sie zuviel auf sich hielten, auf eine Art geistliche Ehre und Würde, um sich Illusionen zu machen.«

Sie löschte das Licht bedrückten Gemüts und fiel in einen unruhigen Halbschlaf. Sie drehte und wälzte sich, geriet in Schweiß. Die Bettücher fühlten sich feucht und unrein an. Sobald sie in einen kurzen Schlummer stolperte, quälten sie Peinträume.

Noch ehe der Morgen anbrach, raffte sie sich auf. Sie versuchte, sich durch eine Dusche zu erfrischen, geriet aber trotz des heißen Wassers in ein zähneklapperndes Frösteln. In der Hoffnung, ein Spaziergang an der Luft würde ihr Beruhigung und die nötige Bettschwere bringen, verließ sie das Hotel.

Es war gegen vier, halb fünf Uhr. Um diese Stunde zwischen dem Ende der Nacht und vor Anbruch des Morgens ist die Finsternis am kompaktesten. Sie hat etwas Stockiges, Überständiges und den Geruch eines ungelüfteten Raumes, in dem lange niemand gewohnt hat.

Es war Sonntag. Die Straßen waren leer, die Türen verschlossen und die Fenster mit Jalousien verhängt. Zu dieser Stunde hatte auch der Verkehr der Nachtschwärmer aufgehört. Man sah keinen Menschen, kein Autolärm unterbrach die Stille. In den finsteren Gassen lagerte schwül die Nacht. Der schwarze Spiegel des Meeres wogte in matter Dünung unter einem Himmel, der wie ein hängendes Tuch war, welches das orangefarbene Licht der Straßenlaternen wie einen glosenden Brand reflektierte.

Die Quaerens schlenderte am weißen Band der Mole entlang, unter Palmen, an denen kein Wedel sich raschelnd regte. Am Strandboulevard die gußeisernen Bänke mit den barocken Spitzenmustern. Der kalkweiße Anstrich gab ihnen etwas Knochen- und Knorpelartiges.

Sie fühlte sich in einer vagen Weise übel. Abgenützt. »Abdeckreif«, kam ihr in den Sinn, und sie empfand es als das treffende Wort. Der Kopf war schwer, ein ringförmiger Druck lastete auf Stirn und Schläfen. Kalter Schweiß sickerte aus allen Poren, durchtränkte klebrig Wäsche und Kleider. Dazu kamen ein leises, aber scharfes Ziehen in den Eingeweiden und eine bleischwere Müdigkeit in allen Gliedern, die sogar in die Augen, in die Sinne zu dringen schien.

Sie fröstelte und sehnte sich dennoch nach einer kühlen Brise, wie sie in ihr vertrauten Zonen vor dem Hellwerden aufzukommen pflegt. Diesem Land fehlte ganz die linde, alptraumlösende Frühmorgenstimmung, die zu Hause – »mein Gott, wie weit ist das Zuhause« – mit einem immer dichter werdenden Gespinst von Vogelstimmen einsetzt. Hier trat der Wechsel von Dunkel und Licht jäh ein, und an Vogelstimmen gab es nur das kreischende Knarren der schwarzen Pichos mit den harten Hackschnäbeln.

Mit vor Schwäche zitternden Knien ließ sie sich auf eine Bank nieder, deren Rückenlehne dem Meer zugewandt war, denn der Blick auf dessen schwarze zähflüssige Masse bedrückte sie körperlich und gab ihr das Gefühl, ihr Blut pulse ebenso zähflüssig durch die Adern.

Sie zog die Sicht auf die verschlossene Häuserfront jenseits der Avenida vor. In den schmalen Nebengassen zwischen den Blocks hockten komprimierte Finsternis und eine Stille, die sich aufzublähen schien. Von ihrer Bank aus sah die Quaerens gerade in die Mündung einer solchen Gasse hinein.

Sie starrte sich fest. Da war es ihr, als rege sich etwas darin. Etwas Wühlendes. Dickschleimige Strudel in schlingender, würgender Lebendigkeit. Aaliges Meergetier ließ in stumpfer Schwärze Gestaltungen ahnen, chimärenhaft. Auch menschenlarvig kroch es heran, lahmgliedrig wie in einem narkotischen Rausch. Langsam quoll es aus dem Dunkel der engen Seitengasse auf den Boulevard heraus. Schiebend, sich windend, torkelnd und taumelnd formte es sich in zäher Trägheit zu einem Zug von Schattenwesen, über dessen Häuptern Fledermausfetziges schwankte, gegen die Köpfe schlug und klatschte, vergebens gescheucht mit ächzendem Protest.

Als der Zug näher kam und im schwachen Laternenlicht die Formen deutlicher menschlich wurden, sah die Quaerens, daß, was die Wankenden attackierte, kein Getier war, sondern Dinge. Scharfdornige Agavenstauden, Steinsplitter und Knüppelholz, aber auch Hausgerät. Zischende Klingen von

Schlachtermessern, offene Scheren, Schlägel und blecherne Pfannen hatten es tückisch abgesehen auf die matten Gänger, die sich mit tauben, fehlgreifenden Händen wimmernd und fluchend gegen die bösartigen Angriffe des leblosen Geräts zu schützen suchten. Es fuhr ihnen in die Gesichter, verfing sich in den Haaren, prallte gegen die Schläfen und schnitt und stach und verletzte mit einer Wucht, die von einem pfeifenden Wind kam, der über der Elendsrotte blies. – Nur über dieser. – Die Quaerens spürte nicht den leisesten Luftzug, nur die Eiseskälte, die von ihm ausging und sie unkontrolliert zittern machte.

Als die gequälte Prozession in den Lichtkreis einer Laterne kam, konnte sie starre, wachsbleiche Larven ausnehmen mit schmerzverzerrten offenen Mündern und halbgeschlossenen Augen unter schweren Lidern. Sie sah das ungezielte, vergebliche Fuchteln kraftloser Arme, die gegen die Bosheit der Dinge nichts auszurichten vermochten.

Da nahm sie plötzlich, zum Häuflein zusammengedrängt, Versehgänger im schwarzen Chorhemd wahr. In einer Wolke schwelenden Weihrauchs ein dünnbalkiges Kruzifix. Der Christus darauf trug eine agavenstachlige Dornenkrone auf schwarzen, zerzausten Haaren, die aus einem Beinschädel wuchsen. Die Gruppe intonierte mit heiser zittrigen Stimmen einen Choral, den das Klirren und scharfe Klappern der Geräte aufzehrte. Die Anrufungen der Litanei erstickten im höhnischen Gekecker des wüst lärmenden Hausrats.

Um den Zug hing eine Geruchsschwade, die an den Dschungel und den Mercado gemahnte: ausblutendes Fleisch, verendender Fisch und faulendes Blattwerk, vermengt mit Weihrauch, und das schale Aroma von Angst – Todesschweiß.

Als sie sich langsam im Dunkel entfernten, das Scheppern der Angreifer und das Jammern der Angegriffenen leiser wurde und sich verlor, blieben nur ein paar dünne, im Zugwind verirrte Töne der Einsamkeit zurück, die sie wiedererkannte. Die Töne, die ein Zerlumpter einer irdenen Schildkröte entlockt hatte im Wüsten vor der Totenpyramide, einer, der nicht mit Sicherheit nur ein Hausierer war.

Allmählich erstarb auch dieser Laut, und sie vernahm nur mehr das Klatschen der schlappen Brandungswogen, die sich an der Mole brachen.

Sie lehnte sich zurück, ließ den dumpf bohrenden Kopf mit geschlossenen Lidern hintüber hängen. Das Gefühl der Verlassenheit schoß ins Kraut wie eine körperliche Übelkeit. Schwere Mattigkeit zehrte im Knochenmark und ein schneidender, eisiger Schmerz in den Eingeweiden, eine saugende Pein, die sich bis in die Haarwurzeln, Zähne und Fingernägel fraß. – Und dann kamen die Geräusche des Meeres über sie: die knochenzernagende haifischgezähnte Säge der See, die in nervenzerrüttender Geduld alles Geformte zermalmte.

Sie fühlte sich jetzt bereit. Bereit für die ekelerregenden Begleiterscheinungen der Cholera, für die Zerstörung des Seins durch lähmende Müdigkeit und Überdruß. Schon wateten ihre Knöchel im zähen Morast der Finsternis.

Plötzlich sickerte ihr etwas ins Gehör. In die dumpfe Teigigkeit des Bewußtseins drang der sirrende Anschlag einer Saite. Nichts Konkretes. Aber es bewirkte eine Veränderung in der Luft, und es wuchs sich aus zu einem leisen Rauschen. Es war kein Meeresrauschen. Ein grünes Rauschen war es, aber nicht das faulgrüne der Mangrovenwälder. Und doch Waldesrauschen. Frischgrüne Blätterkronen, in welche, ehe die erste Helligkeit aufkommt, sanft die Morgenbrise fällt. Waldesrauschen »in einem kühlen Grunde«, »und seine Zweige rauschten, als riefen sie mir zu ... hier findst du deine Ruh« ... schlafen, sterben. Sterben und begraben werden im Schatten eines Lindenbaums ... und alles, alles ist wieder gut ...

Eine Woge von Selbstmitleid überflutete ihr Herz und

floß durch alle Verzweigungen der Adern und Nerven, eine flüsternde Überredung, sich in diesen Schwindelwahn eines Halbtraums versinken zu lassen.

Da rissen sie schneidende Leibschmerzen auf und ein quälender Brechreiz. Sie saß in schwerem Schweiß jetzt steif aufrecht und horchte in sich hinein. Hat man nicht gestern genau genug das Initialstadium der Cholera beschrieben mit Niedergeschlagenheit, bleierner Schwäche, Durchfall und Fieberphantomen?

Ein plötzlich sehr handfester, banaler Schreck ließ ihr das Blut aus dem Kopf in den Bauch sinken und verursachte stärkeres Grimmen. Nicht hier auf der Straße, sagte ein Aufbäumen des gewöhnlichen Anstands, als sie vor den entsetzten Augen die Zeitungsnotiz sah: »Heute frühmorgens entdeckte ein Müllmann die bläulich verfärbte Leiche einer Touristin auf einer Strandbank. Alle Anzeichen sprechen für einen akuten Fall von Cholera!« Als sie dann aber vor sich die mit spanischem Pomp zelebrierten Funeralien in der Kathedrale und die Gesichter ihrer Reisegenossen sah, da war schon alles umgeschlagen ins Lächerliche und in trockene Kälte, in der nur leise ein Rest von Selbstmitleid und Beleidigung schwelte.

Als sie sich von der Bank erhob, war die Finsternis einer lichtlosen Gräue gewichen, so daß man die Dinge um sich her ausnehmen konnte. Da merkte sie erst, daß auf der Bank neben der ihren ein Mann schlief. Abgerissen, klein, zartgliedrig. Ein alter Stromer oder ein bis zur Bewußtlosigkeit Betrunkener. Das Gesicht hatte er mit einem Hut mit ausgefranster Krempe bedeckt. Neben ihm stand ein Korb, in dem sich irdene Schildkröten befanden.

Der Anblick ließ ihr keine Ruhe. War es derselbe, den sie in der Nähe von Mexico City vor den Pyramiden gesehen hatte? Wie kam er plötzlich nach Veracruz? Weil sie sich vergewissern wollte, schaute sie sich noch einmal um. – Aber die Bank war leer. Nur einer der herrenlosen schakalartigen Hunde schnüffelte darum herum, deren es hier viele gab. Nachdenklich legte sie die kurze Strecke zum Hotel zurück, gerade noch rechtzeitig für einen Anfall von Diarrhöe.

Wegen der Schwäche, die von den ausschweifenden Phantasien und Gesichten dieses Nachtausflugs und dem darauffolgenden Durchfall kam, legte sie sich, ohne sich noch einmal auszuziehen, auf das zerwühlte Bett und blickte auf die Wand mit ihren grünlichen Blasen und Abblätterungen, aus der in einer hochgesteigerten Nacht die grausame und doch allumfassende Erdgöttin »erschienen« war. Jetzt lag diese Wand im hellen Morgenlicht und zeigte ganz nüchtern und frei von jedem Hintersinn ihre Beschädigungen, die in einem Hotel für europäische Begriffe unstatthaft waren, eine unverzeihliche Schlamperei. Trotz schoß in ihr auf. »Du mit Wehleidigkeit Angefressene, von Leidseligkeit Gemästete«, schalt sie sich selbst. »Das gefiele dir, an der Cholera zu verrecken in diesem Dschungel. Totenblumengebausch und Selbstzerstörung mit Blaufärbung des Kadavers. Uns alle hat es etwas von den Füßen gerissen, dies Furchtbare, von Grund auf Andere in diesem Land. Die Dorn hat es arg gepackt und gestern den Cornell, als er im Dreck liegend unsere Kultur pries und von der hiesigen wegwerfend sprach. Nicht daß ich ihm zustimme, aber ich versteh ihn. Und alle die andern, wie sie ihre Balance verloren haben, und ihre wohlgehüteten häuslichen Mißstände preisgaben! Und jetzt du selbst, mit dem unseligen Nachtspaziergang, seinen Gesichten und Sterbensängsten. Schäm dich gefälligst. Nichts als Wehleidigkeit, und von allen Leiden ist die Wehleidigkeit das degoutanteste, weil sie wohltut und einen am elendigsten korrumpiert.

Ins Fremde bist du gefahren, aus dem eigenen Geleise gesprungen, um dich aus dem blinden Trott herauszureißen. Es war für einen Überblick gedacht, der ein wenig Distanz zum Gewohnten verleiht und üble Verwachsungen auflockert, die das Hirn und die Sinne verwuchern. Das Grundandere wolltest du sehen und erfahren, aber nicht mit Haut und Haaren hineinstolpern und den Stand verlieren. Das ist ganz unrömisch! Ja, ich sag es ohne kleinliche Vorbehalte: Unrömisch und charakterfetzig.

Stänkern konntest du nicht genug über das Römische, und es ist ja auch viel Anfechtbares daran. Aber jetzt hält es dich gegen den Absturz und steift den Rücken. Es sind deine Wurzeln, dein Halt und deine Herkunft, ob es dir nun recht ist oder nicht, es sind die tief ausgefurchten, richtungssicheren Spuren deines Seins.

Erstarrtes und Störrisches wolltest du aufbrechen und dich frei machen von den armseligen Lächerlichkeiten der Vergreisung. Das hat etwas für sich, und du hast es getan. Aber allmählich hast du es nicht mehr getan, sondern es ist mir dir geschehen; es ist dir aus der Hand geglitten und zugestoßen und hat dich getrieben bis nah an den knochenweißfingrigen Zupack des Todes. Das ist nicht nur lebensgefährlich. Es ist gegen den Anstand des Lebens. Es gehört sich nicht.

Jetzt sieh zu, daß du heil wieder hinkommst, wo du hingehörst, wo du hineingeboren bist mit Mark und Fasern. Es war fesselnd und aufschlußreich zu sehen, daß der eigene Orbit nicht der einzige ist, der zählt, daß er nicht besser und nicht schlechter ist als andere Planetenkreise, in deren Schienen Menschen fahren auf der Suche nach Sinn und Bedeutung von Lebensplage und Tod. Jetzt aber steig wieder ein in deinen alten Zug und fahr heim. In den grünkühlen, blätterrauschenden Wald, wo die Vögel singen und Bäche über blanke Kiesel plätschern. Mögen die Hiesigen sich erbauen an Trommeln und Beinewerfen. Es ist nichts Schlechteres. Du bleib beim Lindenbaum ›in einem kühlen Grunde‹.«

Als die Quaerens, am Bettrand sitzend, mit ihren Gedanken so weit war, kräuselte sich aus ihrer Magengrube Rührung auf und stieg ihr in die Augen. Eine ungeheure Erleichterung machte sich breit. Sie fühlte sich davongekommen. Und als sie daran dachte, daß sie morgen abend schon, über das Verwirrspiel der Zeitgrenze hinweg, wieder unter ihrem Himmel, auf ihrer vertrauten Erde stehen würde, kam sie die Lust an, ein bißchen zu weinen, aber sie gestattete es sich nicht.

»Das ist ganz unrömisch«, sagte sie laut und hörte sich dabei mit einem kleinen Gelächter zu.

Dann machte sie sich ans Kofferpacken.

Inge Merkel

Das andere Gesicht

Roman

Band 5448

Eins der fulminantesten literarischen Debüts der jüngeren Literaturgeschichte gelang der Wiener Autorin Inge Merkel. Knapp sechzigjährig, legte sie ihren ersten Roman vor, den die Rezensenten sogleich begeistert begrüßten. Nur wenige Wochen nach der Auslieferung des Romans wurde der Autorin einer der wichtigsten Literaturpreise zuerkannt, die in der Bundesrepublik vergeben werden: der ›Aspekte‹-Preis des ZDF. In ihrem Roman führt Inge Merkel das Leben zweier Heranwachsender aus Wiener Bürgerfamilien vor, von den zwanziger Jahren bis zum Ausbruch des Zweiten Weltkriegs. Fernab von der bislang gewohnten Erinnerungs- und Bewältigungsliteratur setzt Inge Merkel aus (fiktiven) Briefen, Tagebucheintragungen, Kommentaren und Diskussionen die Leben von zwei Menschen zusammen, die diese Zeit gelebt haben und in ihr verstört wurden. Inge Merkel gelang ein figuren- und perspektivenreiches Fresko dieser Epoche, das seinesgleichen in der neueren Literatur nicht hat.

Fischer Taschenbuch Verlag

fi 4020 / 2

Inge Merkel

Eine ganz gewöhnliche Ehe

Odysseus und Penelope

Roman

Band 9230

Noch einmal die alte Geschichte vom »göttlichen Dulder«, vom »listenreichen Odysseus« und der geduldigsten Warterin in der Weltliteratur, von Penelope. Es geht weniger um Götter-Intrigen und Schlachten-Gemälde, als um Kummer und Verzweiflung, um Güte und Verstehen – schließlich um gemeinsames Gelächter. Die promovierte Altphilologin Merkel kommt dem Leser nur am Rande mit Troja und Staatsaktionen, sie erzählt vielmehr von Menschen, denen übel mitgespielt wird. Augenzwinkernd-verständnisvoll läßt die Autorin durchblicken, warum Odysseus zwanzig Jahre braucht, um zu Weib und Sohn zurückzukehren. Das lag natürlich an diversen Frauen auf dem Weg zwischen Kleinasien und Ithaka. Aber: Auch Penelope nimmt sich ihren Teil vom Leben. Anders als bei Homer gebärden sich die Freier bei Inge Merkel nicht nur als beschauliche Verehrer.

Fischer Taschenbuch Verlag

fi 4008 / 7

Inge Merkel

Das große Spektakel

Eine todernste Geschichte, von Windeiern aufgelockert

Roman

Band 10864

In ihrem Roman sucht Inge Merkel – metaphorisch gesprochen – die Abstellkammern von sieben Jahrhunderten abendländischer Geschichte auf (vom Mittelalter bis zum umstrittenen Bundespräsidenten Waldheim, mit gelegentlichen Exkursen in die klassische Antike) und breitet ein buntscheckiges Historienpanorama Österreichs/Europas aus. Es geht um die mißglückte Symbiose zwischen Christentum und Judentum, um den gescheiterten Sozialismus, die gescheiterte Aufklärung – die Weltgeschichte als ›großes Spektakel‹. Selbst die gelehrtesten Exkurse sind durchzogen von Heiterkeit, weisem Humor und Menschenzugewandtheit. Der Leser wird nicht mit Bildungsbrocken erdrückt, er darf nachschmecken und genießen, er darf sich unterhalten und nachdenklich machen lassen, darf in nie zuvor betretene Winkel folgen, überraschende Schlüsse nachvollziehen.

Fischer Taschenbuch Verlag

fi 4021 / 2

Ilse Aichinger

Werke

Herausgegeben von
Richard Reichensperger

Acht Bände in Kassette. Band 11040

Die Kassette wird nur geschlossen abgegeben.
Als Einzelbände lieferbar.

Die größere Hoffnung
Roman. Band 11041

Der Gefesselte
Erzählungen 1 (1948-1952). Band 11042

Eliza Eliza
Erzählungen 2 (1958-1968). Band 11043

Schlechte Wörter
Prosa. Band 11044

Kleist, Moos, Fasane
Prosa. Band 11045

Auckland
Hörspiele. Band 11046

Zu keiner Stunde
Szenen und Dialoge. Band 11047

Verschenkter Rat
Gedichte. Band 11048

Fischer Taschenbuch Verlag

fi 1800 / 4

Österreich erzählt

27 Erzählungen

Ausgewählt und mit einer Nachbemerkung
von Jutta Freund

Band 9283

Österreich erzählt – von Träumen und Erinnerungen, von Einsamkeit und Tod, vom Lachen und Vergessen. 27 österreichische Autoren schreiben bissig, böse, witzig oder wehmütig über ihr Land, über historische Ereignisse, über seine Bewohner, schreiben ihre Geschichten – jeder auf seine charakteristische Art und Weise. Die hier gesammelten Erzählungen zeigen in ihrer Vielfalt die Spannweite und die verschiedenen Strömungen der österreichischen Prosa unseres Jahrhunderts. Sie geben die Stimmung dieses Landes wieder, des Landes, das Hans Weigel »die Synthese aller Welten«, das »staatsgewordene Paradoxon« nannte, in dem man »deutsch sprechen kann, ohne Deutscher zu sein«. Eine Mischung aus Heiterkeit und Melancholie tritt uns entgegen, diese typische Mischung, die zu so vielen nicht nur literarischen Bildern und Vergleichen schon Anlaß gab.

Es erzählen:
Ilse Aichinger, Peter Altenberg, H.C. Artmann, Ingeborg Bachmann, Alois Brandstetter, Franz Theodor Csokor, Heimito von Doderer, Erich Fried, Barbara Frischmuth, Marlen Haushofer, André Heller, Fritz von Hermanovsky-Orlando, Hugo von Hofmannsthal, Ödön von Horváth, Elfriede Jelinek, Robert Musil, Alfred Polgar, Helmut Qualtinger, Christoph Ransmayr, Peter Rosei, George Saiko, Arthur Schnitzler, Jutta Schutting, Jura Soyfer, Franz Tumler, Franz Werfel, Stefan Zweig.

Fischer Taschenbuch Verlag

fi 1153 / 6